U0126744

尤信雄著　林佳蓉編校

中國古典文學論文集

臺灣學生書局印行

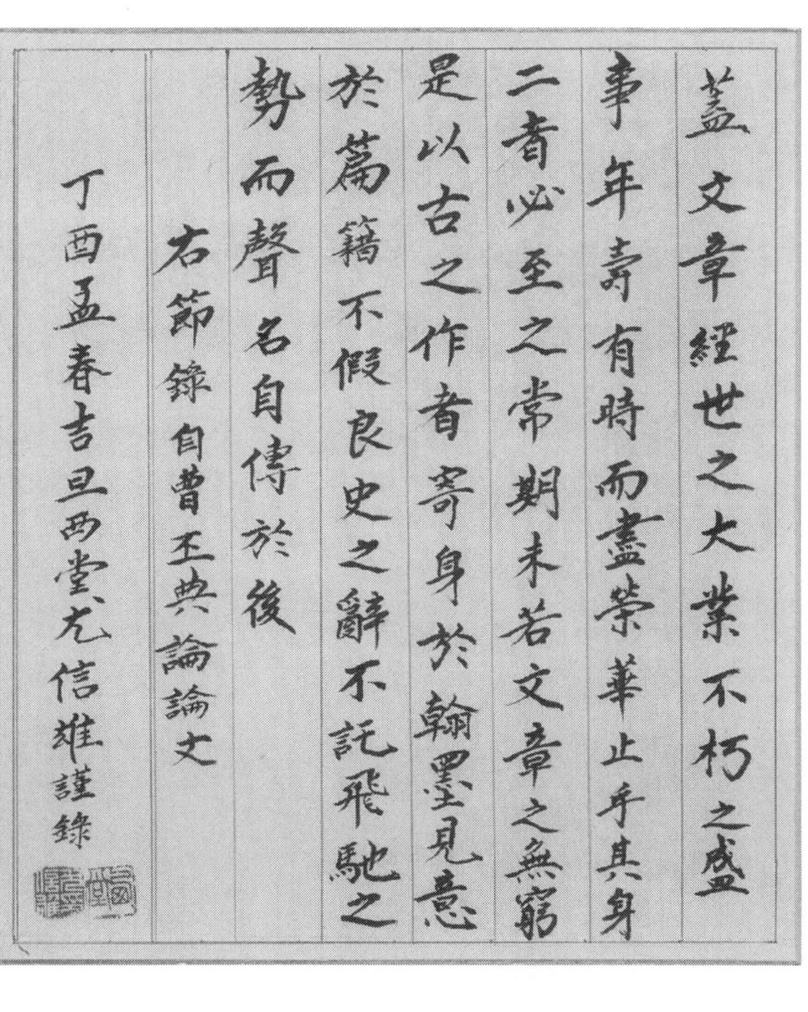

蓋文章經世之大業不朽之盛
事年壽有時而盡榮華止乎其身
二者必至之常期未若文章之無窮
是以古之作者寄身於翰墨見意
於篇籍不假良史之辭不託飛馳之
勢而聲名自傳於後

右節錄自曹丕典論論文

丁酉孟春吉旦西堂尤信雄謹錄

敏捷千首詩無敵飛揚拔劍自
為雄京華憔悴夜郎去未得
丹砂成仙翁蜀道難於濟蒼
海長風破浪竟成空太白詩聲
動天下千古比肩唯杜公
右感懷詩仙李白七言古體一首

自來詩是杜家事悲天憫人憂患
多儒冠誤身終稱聖彩筆驚人語不休
右感懷詩聖杜甫一首節錄

丁酉孟春吉旦西堂八十叟尤信雄撰

弁言

中國文學源遠流長，歌謠、神話遠古與生民並生，是為口頭文學，流傳至文字發明，後人予以追記，作品多元而豐富。至西元前一千一百年，西周建立，詩歌、散文誕生，為書面文學之肇始；因緣時變，孳乳衍化，迄晚清建立三千年之文學信史，體類繁多，風格殊方，宏學大家輩出，偉著名篇燦然，流傳中外，巍巍煌煌大哉！

偉大的文學創作所以能驚天地、感動人情，在於能反映現實之社會人生，以藝術之形式呈現其美感，以實質之內含賦予不朽之文學生命。故完美之文學作品必須具備藝術功能與社會功能，前者呈現藝術之美，後者建立文學之生命。此文學所以能成為「經世之大業，不朽之盛事也。」一自周朝詩經至季清之新文學，其優美傳世之作品建構一部諸美並陳，體類風格多方，宏偉耀眼之文學史，誠乃必然之事。

中國文學以其源流廣，及其文字特性，地域、文化特性，而建立特殊之大包容性，除一般文學作品外，將具有藝術價值之非文學作品加以包容，視為文學作品，與經、史、子容合，此種作品仍具有文學特殊功能，稱為雜文學，與一般純文學對稱。故先秦諸子，及卓越優秀之史學作品，其特殊之文學價值，仍受到相當之重視，在先秦兩漢之歷史敘述散文，及哲學說理散文，具有相當高的價值與地位。先秦因純文學觀念尚未產生，文學的主要功能在服務政教，重質尚用，以應當代政教所需。除經學、史學、哲學等雜文學作品外，純文學作品其所佔之比重已相當可觀；從古歌謠到詩經，神話到傳說、寓言，韻文與無韻文，已開創純文學之先河。洎戰國末期，詩歌與散文結合，孕育出新的韻文——楚騷與辭賦，詩歌與辭賦，遂成為周秦至魏晉南北朝之文學主流。

在中國文學史上，先秦為中國文學之開創期，建立詩文兩種基本文體，由口頭文學而進入書面文學。兩漢為中國文學之轉捩期，文體孳乳擴大，單篇純散文之出現，與五言詩、樂府詩之建立，為文體發展之突破，賦之領域擴大，持續影響至魏晉南北朝。六朝因駢文唯美文學盛行，故純散文與詩歌至唐宋始成為中國文學兩大主流。文學發展至建安魏晉，純文學之觀念已逐漸萌生，自建安至南北朝，歷史進入長期之亂世，政治社會動盪不安，儒道式微，佛老盛行，助長浪漫思潮興起，唯美主義大盛。文學創作講究格律、聲韻、對偶、修辭華麗，強調文學之形式與藝術功能，不再重視重質尚用之社會功能，故唯美文學成為當代之文學主流。唯美文學之盛行，造成雜文學之式微，而促進純文學之建立。故自建安至魏晉南北朝，文學史進入文學批評與唯美文學之階段，文體論亦在此階段建立。新文體之建立，提供文學演進的動力，文章之唯美化、辭賦之格律化，與新體詩之產生，志怪小說之出現，皆為魏晉以來，時代社會演變與文學新思潮興起之結果。

文學史之發展，進入唐代，形成六朝文學後之文藝復興時期；古體詩與近體詩結合成完整之古典詩體，成為唐代主流文學，與全民文學，同時古文之復興再振，使詩、文之發展影響至宋、元、明、清而不衰。唐朝因國力興盛、社會繁榮，除古典正統文學欣欣向榮外，通俗文學亦於焉勃興，在文學史上，促使宋朝進入古典文學轉變與俗文學大盛期。宋詩上追唐詩，而風格殊方；合樂的宋詞承晚唐五代而大盛，成為宋朝之代表文學。俗文學亦乘時崛起，繼唐之傳奇小說與變文，平話小說，以白話流行於民間，開創白話通俗小說之先河。至於戲曲亦有突破性之發展，樂曲之歌舞戲，與講唱戲已萌發；結合曲、白、科完整結構之戲文則盛行於南宋，屬於南方之戲曲，正式完整之戲劇於焉誕生。從文學史之演進，可看出宋朝成為正統古典文學與通俗文學之分水嶺；宋以前正統古典文學為主流文學，宋以後則盛行通俗文學，此為文學史上文學發展之大轉變。

中國文學史之發展，至元代蒙古之崛起，其影響之大，超過五胡亂華。蓋元人尚武輕文，以征戰為能事，漠視中國傳統文化，文人大受排斥，又廢科舉（僅舉行一次），文人在高壓統治下，乃投入俗文學之創作，傳統古典文學於是式微。以散曲與雜劇為主要之創作，散曲為合樂之韻文與唐詩、宋詞並稱，為其代表文學，較詞更趨通俗化。雜劇為最早完整成熟之歌劇，其歌曲以散曲之套曲組成，以四折為原則之短篇戲劇，名家輩出，大為盛行，成為元代之「市民文學」。文學演變至明朝，進入文學擬古時期；元亡以後，明人欲重振傳統古典文學，思復秦、漢、唐、宋之古，惜無力創新而流於擬古，詩文尊唐崇宋，流派並起，惜無法超越前代，無甚可觀。惟明之俗文學承元而大放異彩，「傳奇」戲曲結構嚴密，為長篇之完整戲劇，其樂曲屬南方之樂調，以崑腔為主，至今猶流傳，稱為崑曲，名家、佳篇甚夥，情節動人。至於明之小說則開創分章分回之長篇白話小說，其結構用語有定，情節善體人性，曲折而匠心獨運，其作品有四大名著，即李漁所謂「四大奇書」（《忠義水滸傳》、《三國志通俗演義》、《金瓶梅》、《西遊記全傳》）流傳至今；章回小說之外，另有平話作品：「三言兩拍」，具警世之功能與社教意義。洎清文學已進入集大成終結之時期，滿人入主中原，雖以高壓統治，以八股文箝制文人之思想，然崇尚傳統文化，頗重視文學，各體文學作品紛陳皆備，詩歌、古文、駢文、詞，皆能再振；戲劇則以皮黃為主之亂彈興起，傳奇承明再盛，名篇佳著絡繹；章回小說與筆記小說皆充滿蓬勃之生氣，卓越不凡。綜觀清代總結三千年之文學信史，呈現最後勁之景象，殊為燦然。

本論文集裒輯余三十餘年來所發表之論文廿一篇，為余講授中國文學史及文學專題研究之心得，每有個人沉潛深思之獨得。詩文為中國之基本文體，從其分合之關係論述中國文學之演進，此為前賢所未述及。古典詩為中國主流文學之一，因緣事變，在政治社會演變、治亂興衰之中，詩人憂時念亂、蒿目時艱，創作充滿憂患意識之作品，讀之令人心動骨驚，呈現文學作品內含特殊之精神意識，而啟發文學之社會功能。上述兩篇，前篇呈現文學在形式上研究之特色，次篇則表現文學在內含探究之積極精義；此兩篇皆發表於國際學術研討會，並有熱烈之討論。史記為史學之敘事散文，抱朴子為子學論述散文，皆具有開創性與創作形式與內含之特質，可為文學史上雜文學之代表，故本論文集選錄其有關之論文五篇。至於晉宋之陶淵明，生當亂世，歸隱田園，出世而不忘世，人格高潔，其詩高雅古樸，平淡自然而有深味，為一位卓越不群、偉大的田園詩人。惜被唯美思潮所掩沒，史家定位其為隱逸之士，史傳皆置於隱逸傳，而非文學傳、文苑傳；文論家亦受外在因素及才識之局限，無視其詩之高妙意遠，真古而有奇趣，論列偏頗，文心明詩篇甚至不提，至為憾然，余爰撰〈陶潛之歷史定位及齊梁諸家對其詩作評論之探究〉，以還其真象。又陶淵明雖有濟世之心，「猛志固長在」，然不幸生於亂世，其內心之苦悶可知，故寄跡田園，以詩、酒、神話、神怪小說以舒解，此四者乃成為陶通往心靈自由世界之橋梁，於是另撰〈陶淵明之神怪小說〉以明之。

文學之演進、文體之建立對文學之創作發展，至關重要，文體論乃成為文學史不可缺之一環，中國文學之文體論，在中國文學演進一千二百年，至齊梁始建立完整之體系。其間之關鍵人物，自建安之曹丕，晉之陸機，至齊梁之劉勰始竟其功；曹丕典論論文分文體為四科，陸機文賦將文體分類擴大為十類，在文學批評上頗具系統性，文體詩賦分科為重要之突破。劉勰為一位卓越偉大的文學批評、文藝理論、修辭學大家，其精心力作文心雕龍，體大思精，結構嚴密，系統完整；包含文原論、文體論、創作論、文學批評論、自序等五部分。其中文原論，正緯、辨騷二篇，置於此，明顯不宜，既驗其偽虛謬，而非正其為文學之源流，移置於批評論似較妥適；辨騷鬱起詩經之後，為詩與散文之結合體，為新之韻文，當移置於文體論較為允當。文體論二十篇中史傳、諸子為學術之名體，立名為文體，似顯不類；諧讔立名顯然不能呈現其內含之特質，當沿用莊子所稱之「寓言」為宜。至於「明詩」未論列陶詩其鑑識力誠未及蕭統，論詩體推重四言詩，對漢新創之五言詩，但言流調清麗，未加以重視，而有失於文學進化之必然史觀。詩歌明詩之外另立樂府一體，似無必要，且所論樂府但及廟堂樂府，對創作價值極高之文士樂府、民間樂府則無所論述，間或論而不的當。又所立「雜文」一體，為辭賦性質，可不必立此一體。又文體論相關論述之局限，則另詳加評議。《文心》之後，唐、五代、宋、元、明、清，時代社會之發展、文學之流變，代有新文體之開創，完整之文體論於焉建立；爰特撰〈從詩賦之分科與文心雕龍文體論之建立論述文體論之演進〉一篇，以呈現中國文學之源流體類發展之大概，並令人感受到研究中國文學必須重視了解文體論。

唐詩發展至中唐，題材風格已變盡，於是清奇苦吟之士崛起，孟郊與韓愈詩風一變成為奇險詩之領袖。孟郊一生失意潦倒，至以「倚詩為活計」，自脫一代風氣，奇險苦吟，為韓愈所敬愛推重，二人情誼深厚，東野之奇險高古，苦吟思深，早為昌黎所推服，二人結契為詩文骨肉，相交二十餘年，洵為千古知音。孟郊崇古好古，詩文創作主「心氣」說，謂文章為賢人心氣之表現，而心氣是否雅正，則由於時故，而心氣之形成，則受時代與環境之影響。至其詩作苦吟而奇險孤峭，論者往往不深究，至以「寒蟲」「詩囚」目之，誠為憾然。其詩之奇險冷僻，表現在命意奇，名篇奇，句法奇，押險韻，用冷僻奇字。孟詩雖苦吟，然無一字無來歷，無一字蹈襲古人。所作間有古淡清雅、雄奇豪放者，亦有溫婉感人者，綜而觀之，可窺其全貌。

中國文學散文流衍於歷代，說理與敘述之學術性雜散文興盛於春秋戰國，單篇之純散文創建於漢朝。魏晉南北朝則駢文獨盛，至唐宋古文復興，八大家流澤明清，清代散文創作風氣尤盛，乾嘉之際桐城派崛起，學宗程、朱，文崇韓、歐，一代文士從風，古文聲勢大昌，建立系統嚴密之理論，至晚清咸、同之際，湘鄉曾文正師法桐城義法，再振桐城末流之弊而光大之，爰撰桐城派之文論，並蠡探湘鄉之文論。桐城之文論包含文原論：論文道合一、古文義法；文體論：論文體之分類、駢散之分合；文術論：論為文之條件、模擬與脫化、謀篇布局、字句音節、古文戒律；批評論：論文之境界、論文之風格、評各家之文等。至方苞桐城派同時陽湖之張惠言亦治古文，可視為桐城之旁流支派，雖皆取法唐宋八大家，陽湖派則兼取漢魏六朝。

清代小說無論長篇之章回或短篇之筆記，名篇紛陳，其中題材及筆法較特殊者為鏡花緣，乃李汝珍以「小說見才學」之作，表面上強調重視女權，其實真正之主旨，在以聲韻反切之用語隱藏「反清復明」之心願，並借秀才唐敖遊歷海外諸國之奇事異聞，以寄託其心中之烏托邦，此玄機向來無人留意及之，爰撰〈鏡花緣之主旨及其成就〉，與〈鏡花緣考證與版本〉二文。至〈清詩之流變與宋詩之復興〉在論述清詩之蓬勃，流派之盛，宋詩在明朝擬古思潮排斥後，清之詩人重振之，且唐宋並尊。又〈談古典詩之前途〉乃感慨古典詩至清末民初，氣勢漸衰，文學環境之改變，無法扭轉古典詩之式微，乃以個人三十年之教學心得，提出變革之管見，庶能賦予新之生機。

「中國文學史之研究」為中文科系之重要基礎科目，亦為研究中國文學之核心內含，中國文學信史雖有三千年，惟中國文學史之研究不及一世紀。其內容含蓋文原論、文體論、創作論、批評論。〈談中國文學史之研究〉為導讀性質，為研究中國文學開展之前導。〈論詩文合一〉與首篇〈詩文關係之分合看中國文學之演進〉二篇之內容與中國文學史之研究相關，可參閱。

詩經開創中國純文學，亦為韻文之始祖，其國風作品文學價值最高，為抒情之民歌，具有美刺之功能。本論文集所收之〈黃土高原上的天鏡——詩經中的月亮〉，乃就國風作品中創作題材有關月亮者作一分析；在一般詩歌創作中，水月輝映之美感常被強調，月之圓缺與人之離合亦常呈現，惟黃土高原土厚水深，無法呈現水月輝映之美感，故月亮題材之運用，頗為特殊。至於宋詞中秦觀〈鵲橋仙〉中之愛情世界，「兩情若是久長時，又豈在朝朝暮暮」，寫男女之情，高雅清麗，間或哀豔悽惋，至為動人，爰為收錄之。

至於末篇〈論古典詩〉乃為余指導臺灣師大「南廬吟社」二十餘年，在其付梓之南廬詩刊中所撰之序論，可視為余「詩觀」之一。余自少壯雅愛中國文學，及古典詩，三十年前付梓西堂詩稿丙寅年出版續稿，此為余近年吟詠所得，茲選數首以殿焉：感懷詩聖杜公、感懷詩仙李白、讀李義山詩、讀東坡寒食詩二帖。就教於博雅君子，以匡不逮。

二〇一七年孟春吉旦　**尤信雄**謹識

中國古典文學論文集

目次

附錄

從「詩」「文」關係之分合看中國文學之演進

一、緒論——文體分類的商榷

吾人何其幸生長在四千年舊文學光榮結束後的今天，讓我們有機會來欣賞數千年來整個文學的全貌，也能作一整體性的探求和研究。這一點比起古人只能站在歷史的半途上，回顧前人不完整的旅程，我們的確是幸運多了。半個多世紀以來，無數的學者專家，紛紛對幾千年來的文學加以整理探究；一本本的中國文學史，一冊冊的文學批評史和文藝思潮史出現了，還有很多很多的專著問世。然而大部分的研究或論述都是著重在文學思潮的興替，時代環境的變遷，來談文學的流變，或從作品的風格、造詣、影響來評論作家的得失。而很少有人專從文學體裁本身結構的變化，來研究中國文學的流變，本篇即想在這一方面作一新的嘗試和探究。於此，我們得先將幾千年來的各種文學體裁作一綜合歸納，然後再來探討彼此的關係和流變。

(一)前人文體的分類

我國文體論的萌發，殆昉於魏晉，而盛於齊梁。因為先秦之世，著述之事專，其文原不分類別，而純文學之創作僅詩與楚騷而已。但自東漢以還，著述日微，而單篇之文漸富。逮至建安，辭賦詩歌之創作轉為繁劇，於是而有別集之出現，由於別集之滋廣，讀者難備，於是而有總集，有總集而文體之分類於焉產生。不過從魏晉以來，總集紛紛出現，而分類之塗亦至殊，往往體例不一，含混不清，使人有無所適從之感。如魏文帝之典論論文，以奏議、書論、銘誄、詩賦四科相提並論。而陸機文賦亦以詩、賦、碑、誄、銘、箴、頌、論、奏、說並稱，以為「體有萬殊」，而「區分在茲」。二人都把文學創作的體裁，和文章的體裁和作法，直接並列，混為一談，而無一定分類的標準。晉摯虞之文章流別，和梁任昉之文章緣起，二書雖並已散佚，然就遺文考證，其分類率皆患有與曹、陸相同之弊病。至文選出，按其目錄，共分三十九類（賦、詩、騷、七、詔、冊、令、教、策、表、上書、啟、彈事、牋、奏、書、移書、檄、難、對問、設論、辭、序、頌、贊、符命、史論、史述贊、論、連珠、箴、銘、誄、哀文、碑文、墓志、行狀、弔文、祭文）。然其分類，或就文學創作之體裁分，或就文章之作法和用途分，體例不一，標準無定，故姚鼐譏其「分類碎雜，立名多可笑者。」其實文選是一部以駢文為主的總集，他選文的標準是，「綜輯辭采，錯比文華」，「事出沈思，義歸翰藻」。凡合乎這些標準的駢文都收錄，而收錄的篇章繁多，雖然都是駢文，但不得不予分類。而齊梁之間，詩賦亦極盛行，與駢文成鼎立的局面，而詩賦（包括騷、七）與駢文體性可相通，其作品也大都合乎「綜輯辭采，錯比文華」，「事出沈思，義歸翰藻」的條件，於是被大量收錄，而且細分子目（賦子目十六，詩子目二十二），以與「詔」以下三十五類駢文作品並列。儘管文選的分類有其個別的用意和缺陷，但蕭統究竟是一文選家，而非文論家，因此其分類的不當，也是無可厚非的。

與文選並世的劉勰的文心雕龍，是我國第一部文學批評的專著。全書共分五十篇，從卷一的「辨騷」到卷五的「書記」共二十一篇，是屬文體論。（卷一第五篇的「辨騷」，本論騷賦之體（與「詮賦」篇有別），但一般論者皆泥於五篇一卷的成數，而歸入第一卷「文之樞紐」的總論，這是不當的。）這二十一篇是辨騷、明詩、樂府、詮賦、頌讚、祝盟、銘箴、誄碑、哀弔、雜文、諧隱、史傳、諸子、論說、詔策、檄移、封禪、章表、奏啟、議對、書記等。這二十一篇也可以說是分文體為二十一類，比起文選的三十九類是較為簡明（可包舉文選之分類），但仍有其缺點。在二十一類中，除騷、賦、詩、樂府等是屬文學體裁外，其他皆屬文章之體裁（分類標準亦不一），而「諸子」「史傳」二目，原屬學術之範疇，逕以此為文體立名，殊為不倫。雖然文心一書，在中國文學批評史上自有其崇高的地位，其風格論、批評論、創作論亦皆有精闢超詣的論說；但無可諱言的，其文體之分類，仍然與前述諸家有相同的缺陷。這一點劉大杰在中國文學發達史裏，就率直的指出有四個缺點，而有「文學的觀念不清楚」、「分類沒有統一性」的譏評。然而諸家文體分類既然都有相同的缺陷，則顯然不是「文學觀念不清」的問題，而是「觀念不同」的問題。我們只能說前人對「文學」的觀念，不如今人成熟。既然時異勢殊，豈可據此論斷，因為這種分類上的「毛病」，是有他的文學背景和時代性。

文心之後，唐文粹、宋文鑑、明文衡、文章辨體、文體明辨、文章辨體彙選等諸總集，其分類視前雖有增損，然率多因循齊梁，無足可觀；至其分類之苛細，立名之不當，則有過之而更甚。至清姚鼐古文辭類纂，分類十三（論辨、序跋、奏議、書說、贈序、詔令、傳狀、碑志、雜記、箴銘、頌贊、辭賦、哀祭），曾國藩之經史百家雜鈔，分三門（著述、告語、記載）十二類（論著、詞賦、序跋、告語、詔令、奏議、書牘、哀祭、傳誌、敘記、典志、雜記）。而後人之論文體者，多斟酌其間，而奉為圭臬。其實古文辭類纂和經史百家雜鈔，皆是桐城派「古文」的選本，所分類皆散文之體裁。其中列辭賦一類，原是想參酌漢賦的氣魄筆勢，以為質樸古雅之桐城文潤色，這是姚氏選文之微意，本非借此以分文體，後人不察，據以論文體，實亦不思之至。

(二) 文體分類的嘗試

以上所述，是傳統對文體分類的大概情形。其分類的不當是很顯然的：一是分類標準不一，亦即劉氏所謂「分類沒有統一性」；二是分類煩雜瑣細，或立名不當；三是只管分類，不辨文學源流，無以觀其會通。因此，古人的分類，今天我們是無法接受的。正如近人鄭氏在他的研究中國文學的新途徑中所說的：「我們要有的，是一種新的分類，明瞭而妥當的分類。」幾十年來，很多文論家，在文體的分類上，曾有很多的嘗試。其分類大都能避免古人分類標準不一，煩雜瑣細無當之病，但也往往長於理論而不顧事實，尤其在文學流變上，無以「原始要終」，仍有美中不足之處。

中國的文體是幾千年來自然演變、孳乳而形成的，如欲給予合理而妥當的分類，就必須把幾千年來的各種文學作品，一方面就其源流，一方面根據作品本身的體性、形式，先予以個別的分析比較。然後綜合歸納出一完整的系統，而後予以分類。根據這個原則，可以把中國歷代的文學作品歸納為七大類：第一類是詩歌。又可分歌謠箴銘、樂府、古詩、近體詩、語體詩等五小類。第二類是文章。又可分三小類，一是散文，一是駢文，一是語體文。而散文又可分單篇散文和專著散文兩種；前者又分論辨、序記、書牘、哀祭、詔令、奏議、傳狀、碑誌等八類。後者則包括歷史散文與哲理散文兩種。第三類是辭賦。又可分辭（騷賦）和賦兩類：賦又可分古賦（漢賦）、駢賦（俳賦）、律賦、散賦（文賦）等四種。第四類是詞，第五類是散曲（包括小令和散套）。第六類是戲曲（戲劇），又可分樂曲（諸宮調）、戲文、雜劇、南戲、亂彈等五種。第七類是小說，又可分筆記小說、傳奇小說、平話小說、章回小說四種。茲就此七大類，列表於次，以便一覽。

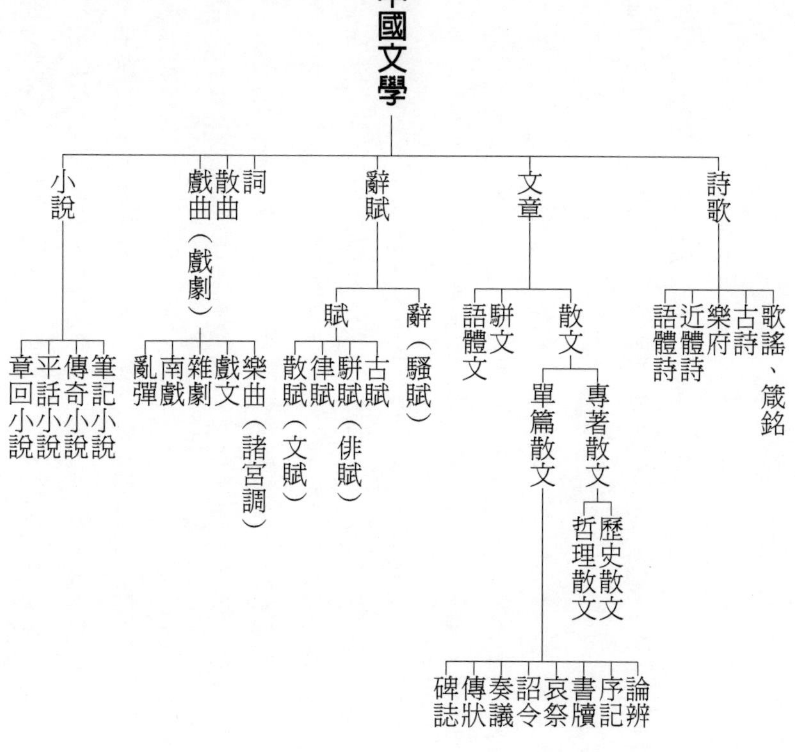
中國文學
詩歌
歌謠、箴銘
古詩
樂府
近體詩
語體詩
文章
散文
專著散文
歷史散文
哲理散文
單篇散文
論辨
序記
書牘
哀祭
詔令
奏議
傳狀
碑誌
駢文
語體文
辭賦
辭（騷賦）
賦
古賦
駢賦（俳賦）
律賦
散賦（文賦）
詞
散曲
戲曲（戲劇）
樂曲（諸宮調）
戲文
雜劇
南戲
亂彈
小說
筆記小說
傳奇小說
平話小說
章回小說

從上表中，一方面可約略看出中國文學的流變（從詩歌、文章、而辭賦、而詞曲、而戲劇小說），亦可以看出各種文學的體性和細目，以試求達到「原始表末」、「敷理以舉統」二個要求。其中必須說明的是，「箴銘」傳統的分類是歸屬於文章，但一則它是詩的形式，一則起源甚早，故列入詩歌類，而與歌謠同列。又散文的創作和內容，本極複雜，最難歸類，其分單篇的純散文和專著的雜散文，是為便於瞭解散文的形式和性質。而單篇純散文又分論辨、序記、書牘、哀祭、詔令、奏議、傳狀、碑誌等八類，是為便於瞭解散文的內容，並與傳統的分類所比較。當然這七大類的劃分，只是代表個人的見解，一種嘗試而已。

二、中國文學的兩種基本體裁——「詩」與「文」

(一)前人的歸納

中國文學體裁既如此之繁多和複雜，為了便於敘述和研究，歷代的文論家，莫不想給予基本而更簡明的歸納。首先出現兩分的歸納是，六朝的「文」「筆」之分。文心總術篇云：「今之常言，有『文』有『筆』。以為無韻者『筆』也，有韻者『文』也。」又曰：「『文』場『筆』苑，有術有門。」序志篇亦曰：「若乃論『文』敘『筆』，囿別區分。」又梁元帝金樓子立言篇曰：「屈原、宋玉、枚乘、長卿之徒，工於辭賦，則謂之『文』……至於不便為詩如閻纂，善為章奏如伯松，若是之流，泛謂之『筆』。吟咏風謠，流連哀思者謂之『文』。」又南史顏延之傳：「宋文帝間延之諸子才能。延之曰：「竣得臣『筆』，㚟得臣『文』。」」凡此皆「文」「筆」對舉，可見六朝文人喜以「文」「筆」歸納文體。據文心之說，是以有韻無韻為「文」「筆」區分之標準，此為「文」「筆」之第一義。而梁元帝金樓子則以「工於辭賦」、「吟咏風謠、流連哀思」為「文」，而以「不便為詩」，「善為章奏」為「筆」。換言之，凡沈思翰藻而有情韻如詩賦者，即是「文」；而直言無文采，質於為用的則屬於「筆」，此為「文」、「筆」之第二義。如此以「文」「筆」歸納文體，雖稱簡明，不過就第一義有韻無韻為準來歸納文體，則間有困難。因為古人為文，本不拘於有韻無韻，故叶韻與否，原無嚴格的分界，考之五經無不然。因此，無韻的散文時雜韻語，而有韻的詩賦間有無韻之篇，箴銘頌贊押韻與否，亦非絕對，故以有韻之「文」，無韻之「筆」來歸納文體，難免有捉襟見肘的困擾。其次以第二義有無文采、工修辭或重實用為依據來歸納文體，則益形複雜。因為工修辭有文采者，不見得就不實用；而實用者不一定無文采不工修辭。故欲以此來歸納文體，必雜亂而混淆不清，求簡而益繁。如此欲以「文」「筆」歸納統屬各種文體，其不妥也明矣。

在六朝，「文」「筆」而外，又有以「詩」「筆」對舉而分的。南史沈約傳云：「謝元暉善為『詩』，任彥昇工於『筆』，約兼而有之。」又庾肩吾傳：「梁簡文與湘東王書曰：『詩』既若此，『筆』又如之。……又曰：「謝朓沈約之『詩』，任昉陸倕之『筆』。」又任昉傳：「昉以文才見知，時人謂任『筆』沈『詩』。」又梁書劉潛傳：「孝綽常曰：三『筆』

六『詩』。三即孝儀，六孝威也。」由此可見，六朝人也喜以「詩」「筆」對稱。不過這一稱說法出自史傳，非出於文論家之口，對於「詩」「筆」的性質和範疇未見說明。然細玩其語意，「詩」似指「詩歌」和重文采之作品，「筆」似指質樸實用之文。則「詩」「筆」之性質範疇約略等於金樓子和文心所謂之「文」「筆」，故其歸類亦不足取。

六朝以還，以二分基本文體而歸納之者頗少見。至近代，則頗多。如蔡元培在「論國文的趨勢」、「國文的將來」二文中，曾歸納文體為「實用文」和「美術文」兩類。前者包括說明和記載的實用文兩種，後者包括詩歌、戲劇、小說三種。這種歸納法和日人加藤咄堂在實用的修辭學中區分基本文體為「達意文」和「美文」兩種很相似。這種區分雖也簡明，然實用與否，美術與否，其標準實難劃定，而且「實用」「美術」二者兼具者亦有之，欲將各種作品歸納統屬自是不易。近人亦喜以「純文學」、「雜文學」概括文體，這種區分也源於日人以詩歌、小說、戲劇三者為純文學，其他則屬雜文學。則此種分類與蔡氏所分之「實用文」、「美術文」甚相似，故不贅論。又章太炎先生在「文學論略」一文中，區分文體為「無句讀文」、「有句讀文」兩類。其實「無句讀文」不能歸屬於文學的範疇，因此他實際的歸類是「有句讀文」中的「有韻文」和「無韻文」兩類。以有韻無韻歸類，其不妥已見前所述，茲不贅及。

又近人潘氏在從「學理上論中國詩」一文中，則以「詩」和「論」二者來區分歸納文體。其歸納統屬於詩者有騷、賦、樂府、頌贊、祝盟、銘箴、誄碑、哀弔、雜文、諧隱等十種。歸納統屬於「論」的，有史傳、諸子、詔策、檄移、封禪、章表、奏啟、議對、書記等九種。歸屬於「詩」類的十種大致上與詩體性相近，沒什麼問題。而統屬於「論」的九種，則頗有商榷之必要。如史傳、書記，原以記敘為主，歸諸「論」則不妥，其他各類盡歸於論，亦有曲包之弊。故「詩」、「論」二者立名既不相稱，而其歸屬亦不當。又近人唐氏在「詩與詩體」一文中，則以「詩」、「說」二者區分歸納文體。此種歸納乃以具有「詩的旨趣」者歸於「詩」類。把「非詩的旨趣」者歸於說類，如此以旨趣為依歸，非以文體為據，實無從歸類。又日人多以「韻文」「散文」二者歸納，姑不論其所歸屬之文體是否妥切，即以「韻文」「散文」對舉，實屬不倫。又近人蔣氏於文體論纂要中，區分文體為「狹義的文章」和「文學」兩類，謂「文章是求實的，文學是架空的」。其外文章於「文學」的範疇而並列之，固屬不當，而謂「文學」作品是「架空」的亦不妥；故其立名歸類皆不盡妥切精密。

(二)兩種基本的文體「詩」與「文」

上述各家的歸類，雖皆持之有故，言之成理，然皆有其缺陷。一方面不盡能概括歸納各種文體，一方面也難於據此探討其淵源流變。故今之所歸納，乃從繁多的文學體裁中，就其淵源流變，及分合的關係歸納為「詩」與「文」兩大類。先就源流而言：先秦時期，由於純文學的觀念尚未建立，而且受儒家倫理思想、及崇質尚用之文學觀的影響，文學是為政教和學術而服務的，於是文學乃成為政教和學術的附庸。故先秦所謂「文學」，乃泛指一切學術與學問而言。其所謂「文」、「文學」、「文章」，實乃性質相類，內含相通之泛稱。在這稱特殊的情形下，「文學」的意義和體裁，實在很難加以明確的體認和分劃。故後人對論語中「文學」（先進篇）一詞之解釋，率以「博學古文」（皇侃疏），「文章博學」（孔穎達疏），「善先王典文」（邢昺疏引范寧說）釋之，其中以文章博學的解釋，較為具體而明晰。其實孔穎達所謂的「文章」，即相當於孔孟所常談的「詩」（指詩經），所謂「博學」也可概括於儒家所常談的「書」（指書經）。由此我們可以加以歸納，先秦所謂「文學」，其體製之劃分，約略可以「詩」、「書」（相當於「文」）二者為之，其後文體孳乳，流衍愈多，然皆由此二者衍化而出。我們可以說：「詩」是後世詩歌、和辭賦、詞、曲、箴、銘等文體的根源，「書」（「文」）是後代文章，以及戲劇、小說等文體的根源；因此就文體的源流而言：「詩」、「文」是我國文學體裁中的兩種基本形式。

次就分合的關係而言：「詩」和「文」從其形式來看，是由兩種絕不相類的句法和結構所形成的體裁。欲瞭解此點，必先瞭解中國文字的特性。中國語言是屬於單音節的孤立語，而根據此特性所創造之文字，其形體四方整齊，給人視覺上一種美的感受。其音讀則音節單一整齊，而且四聲分明，也給人聽覺上一種美的感受。而運用中國字形體及聲韻上的特色，來遣詞造句，可以造成兩種不同的形式：一是單行的、直言的、質樸的、活潑的句法。一是偶行的、婉曲的、優美的、整齊的韻語。這只是兩種基本的形式，前者具有樸素生動的自然美，後者則具有形式音韻整齊的藝術美；前者就是「文」的形式，後者就是「詩」的形式。當然也可安排結構介乎兩者之間的一種新句法，新形式；只是兩者成分比例的多寡各有差，而其所造成的句法體性也不相同。在這樣複雜而微妙的情況下，中國的文學就得到孳乳演變的生機了，而「詩」、「文」關係的分合也從其中建立起來。

根據這種文體分合的關係，在七大類的文體中，辭賦即是「詩」、「文」兩種基本形式相結合所產生的新文體。只是「辭」中「詩」的成分比「文」多，而「賦」中「文」的成分比詩多。而賦中的古賦、駢賦、律賦、散賦，其「詩」、「文」的成分亦各有損益。大致而言，駢律二賦，「詩」之成分又稍多，而散賦則「文」之成分又稍多。詞曲亦是「詩」「文」高度結合所產生的文體，惟「詞」中「詩」的成分多於「文」；而「曲」則文的成分又稍多於「詩」。至其各體結合的程式及形成的新體性，與辭賦又各有差而不同。宋元的戲劇也是「詩」「文」自由結合的新文體，惟其結合乃形式組織上之結合，非形式成分的結合。如雜劇是散曲與賓白所組成，乃「詩」與「文」在形式組織上的結合。金元的平話小說和明清的章回小說，也是「詩」「文」在形式組織上自由的結合，如平話中的「大唐三藏取經詩話」，馮玉梅團圓等十二種詞話，即是典型的例子。以其有「詩」有「話」（文），有「詞」有話（「文」），故謂之「詩話」、「詞話」。其實在章回小說中，「詩」、「文」在形式組織上的結合，隨處可見。如每一章之首必冠以兩副對聯，每回之末亦綴以詩句，至於在敘述中夾雜詩詞，則是司空見慣之事。至於詩中之近體詩，和文中之散文（尤其是古文家的散文）則是「詩」，「文」兩種形式極度的「分」。而駢文雖歸屬於「文」類，惟其句法稍受詩之影響而傾向於「詩」。箴銘雖歸屬於「詩」，惟受「文」的影響，而稍傾向於賦。茲列一簡表以明其大較。

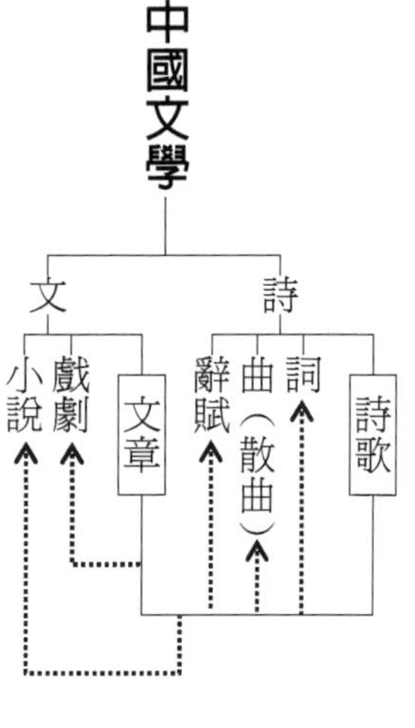

三、「詩」、「文」關係分合的演進

(一)「詩」、「文」關係自然分合的時期——春秋戰國以前

從炎黃以迄春秋戰國，這一階段是中國歷史締造創業的時代，也是中國文學啟蒙的時代。詩歌的產生是與生民並始的，在有文字之前，古歌謠的存在是不容置疑的，從古歌謠發展到詩經，「詩」的形式已完全建立。有了文字之後，「記事」之體也必然產生，則由「記事」之體到「尚書」的出現，「文」的形式也完全確定。前已言及，「文」的基本形式是單行的直言；詩的基本形式，是偶行的或押韻的美言。這兩種形式，各有其表現的特色：「文」的形式，以

單行之直語縱橫恣肆，動輒千言萬字，一瀉千里，雄於氣魄筆勢，亦極奧折奔放之致，而便於說理記事。「詩」的形式，則協音以成韻，修辭以達遠，婉曲其意，錯綜其言，具迂迴盪漾之深致，而利於抒情。而這兩種關係，在中國文學啟蒙的時代裏，是視其實際需要而自然分合的。

在這一階段裏，文學尚未完全建立，一切篇章典籍皆為當世所需，而都具有實用的價值；於是文體之形式，不得不視其實際需要，作較富彈性之結構和安排。而古人思慮單純，言辭簡單，故無妨於直言；又中國文字之聲音形式皆極整齊而便於韻偶。故古人為文，為求方便或實用，往往協音比偶，或綴以韻文以便吟誦，而利於記憶；或參差其文，恣其修短，以便於敘事。而此二種形式，往往在同一篇章典籍中，交錯出現，故其文體綺密整贍，而又極雄肆跌宕。由是，「詩」「文」關係之分合，乃在極自然之情況下進行之矣。試觀五經和周秦諸子，莫不散句與偶行韻語雜陳並見；易經尤然，往往在一片散句中，雜以整齊的詩句。如屯卦六二：「屯如邅如，乘馬班如，匪寇婚媾。」屯上六：「乘馬班如，泣血漣如。」賁卦六四：「賁如皤如，白馬翰如，匪寇婚媾。」又如中孚卦之九二：「鳴鶴在陰，其子和之，吾有好爵，吾與爾靡之。」明夷卦之初九：「明夷于飛，垂其翼，君子于行，三日不食。」又乾卦文言，幾於句句用韻用偶。文心麗辭篇曰：「易之文辭，聖人之妙思也。序乾四德，則句句相銜；龍虎類感，則字字相儷；乾坤易簡，則宛轉相承；日月往來，則隔行懸合；雖字句或殊，而偶意一也。」於是後世而有謂美文造於斯者。「文言」之外，彖象亦多用韻語。顧亭林日知錄：「且如孔子作易彖象，其用韻有多有少，未嘗一律。亦有無韻者，可知古人作文之法，一韻無字，則及他韻，他韻不協，則竟單行」（卷二十二）又曰：「易之有韻，自文王始，凡卦辭之繁者時用韻。……至周公則辭愈繁而愈多用韻。」（卷二十二）由此可見，易之用韻，蓋以辭繁之故，約之以韻語，則便於誦記也。而由此亦可獲得「詩」「文」關係自然分合的一點消息。

易之外，經書之雜以韻語者，禮記之曲禮、禮運、樂記諸篇之中亦時見之。如曲禮：「行前朱鳥而後玄武，左青龍而右白虎，招搖其上，急繕其怒。」樂記：「夫古者天地順而四時當，民有德而五穀昌，疾疢不作而無妖祥，此之謂大當。然後聖人作為父子君臣，以為紀綱。」又孟子亦有之，梁惠王下：「師行糧食，饑者弗食，勞者弗息，睊睊胥讒，民乃作慝，方命虐民，飲食若流，流連荒亡，為諸侯憂。」以孟子文章之雄肆，神鋒四出，而雜此韻語，則真具迂迴盪漾之妙也。至周秦諸子之文，亦莫不有散有偶，或韻或否，其例不煩贅舉。故日知錄曰：「凡此之類，秦漢以前，諸子並有之。」（卷二十二）又曰：「古人之文化工也。自然而合於音，則雖無韻之文，而往往有韻。苟其不然，則雖有韻語之文，而時亦不用韻，終不以韻而害意也。」（同上）這一段話說得最貼切不過了，可為「詩」「文」關係自然之分合，作最精當之注腳。

(二)「詩」、「文」關係有意分合時期——戰國以迄兩漢六朝

戰國在歷史上，雖是一黑暗時代，但在文學的發展上，已漸露曙光，至漢魏以後，純文學的觀念已逐漸的建立，故「詩」「文」關係分合的演進，也進入一有意識的時代。由於「詩」「文」關係有意的結合，南方的新興文學——楚辭，於焉勃興。文心辨騷云：「自風雅寢聲，莫或抽緒，奇文鬱起，其離騷哉！固已軒翥詩人之後，奮飛辭家之而。……其文辭雅麗，為辭賦之宗，雖非明哲，可謂妙才。」文心說離騷是繼詩經之後，而產生的一種「奇文」，且稱作者屈原為一奇才。文心這幾句話很妙，「詩」「文」第一次有意識結合所產生的文體，當然是前所未見的「奇文」，而創作此奇文的，當然是奇才。屈原本是楚國的外交家，史記稱其「嫻於辭令」，「出則接遇賓客，應對諸侯。」對於這樣一位出色的外交家，能「誦詩」、「專對」，自是其本分之事。因此當屈原被放逐到湘南，困愁無偶，滿懷悲憤，而「詩」的原有形式無以發抒詠嘆，於是乃運用「詩」的形式，參以「文」的句法和氣勢，並綴以「楚語」、「楚聲」，造成一句法參差、篇幅修長似「文」，而駢偶協韻似「詩」的新文體，以發洩其複雜而婉曲的情思。「詩」、與「文」第一次有意識的結合，便這樣的產生了。

這種「詩」「文」關係有意識的結合，是出於文人本身遭遇困頓之境，所產生沉鬱複雜的情思，與個人高度的文學修養相激越而形成的，因此出現了所謂象徵個人的浪漫文學。因為它具有一部分「詩」的形式和旨趣，所以具有迂迴盪漾的深致，而形成一種「迴盪」的表現法。又因具有一部分「文」的形式和旨趣，所以具有奧折奔放之氣勢，而形成一種「噴迸」的表現法。這些特色，在屈原的離騷、九歌、九章諸作中，隨時可見。於此值得我們注意的是，這些作品大都是四、五言，或六、七言的參差句法，因其協韻而多偶語，故「詩」的成分多於「文」的成分，「詩」的旨趣多於「文」的旨趣，因此在「詩」「文」兩種基本體裁中，它是比較傾向於「詩」的。其後宋玉、景差、唐勒之徒皆有所作。而後人乃稱此種「詩」「文」特殊結合體為「騷賦」，亦稱為「辭」。

這種騷賦發展到漢朝，又產生了一點變化。因為環境改變，社會生活安定，於是抒情變成次要，說理、託諷、詠物、歌頌成為文人主要的任務。為了適應這種改變，賦中「文」的成分增多，而「詩」的成分減少了，而形成一近似「文」體的賦體——古賦（漢賦）。這個發展是從屈原的卜居、漁父開端的。明徐師曾文體明辨云：「按楚辭卜居漁父二篇，已肇其端，而子虛、上林、兩都等作，則首尾是文，後人倣之。純用此體，蓋議論有韻之文也。」由此可略見辭賦演變之迹。不過由卜居、漁父到漢賦，荀子的禮、智、雲、蠶、箴諸賦（賦名肇始於此），宋玉的對楚王問、高唐、神女、登徒子好色賦諸篇，應是轉捩的作品。這裏必須說明的是，宋玉高唐、神女諸賦，後人都有疑之者，其實具有創作才華如宋玉者，以及文學修養，加上其瀟灑倜儻的個性，創作諸賦，原非不可能之事。後人特以漢初未見此種綺豔之賦體而疑之。事實上，這種推論並非絕對可靠的；因為漢初文景二王，篤好黃老，以無為為治，文教簡肅；而風氣所限，賦家皆承屈、宋有風雅之義的楚辭而創作（漢初楚辭頗受重視，離騷至被尊為經，帝亦多愛好，朱買臣嚴助等至以楚辭見幸），而像宋玉諸篇那樣侈麗浪漫的唯美作品，如何能為當代的風氣所接受。而且我們可以說，假如司馬相如的子虛賦，不被武帝賞識的話，

（此事長卿因而得寵貴，對賦家及賦的創作有很大的鼓勵和刺激作用。）恐怕漢賦的完成不知又要延後多久。

由辭發展到漢賦，不但在形式上「文」的成分增加，「詩」的成分減少；而且在創作表現上，不再用「迴盪」或「噴迸」的表現法，而是強調「鋪采摛文」，以造成侈麗宏衍之辭，恢詭無涯之勢。此又與「文」之縱橫恣肆，雄於氣魄筆勢的表現法相近，因此古賦是一種比較傾向於「文」的賦體。此種賦體發展到魏晉齊梁，賦的形式和成分又發生變化。「詩」的成分又增加，而「文」的成分又稍減。同時漢武首尾對話式之散文，已被放棄，而代之以押韻之駢句，在形式上變成賦和駢文的結合，故稱為駢賦（俳賦），而後世之駢文選集亦多選錄駢賦之作，而具有賦與駢文之雙重身分，其實真正的駢文是不押韻的，一押韻即是賦。其後駢賦發展至唐，因為受「詩」的形式高度發展的影響，「詩」的成分又加多，「文」的成分又稍減。不但講究聲律對偶，而且四六的形式也確定，是非常「詩」化的一種賦體。律賦發展至宋，「詩」的成分大減，而「文」的成分又被提至最高的限度，而形成散賦（文賦）。因為宋朝是「文」的形式最發達的一個時代，文賦受其影響，而成為一種最傾向「文」的賦體。（為便於敘述，故律賦、文賦由唐宋提前論述於此。）

(三)「詩」、「文」關係高度分合的時期——唐、北宋

唐宋是中國歷史進入一新文化的時代，在文學史上，則是「詩」、「文」兩種基本文體極

度發達的時代。因此，「詩」「文」關係的分合，也進入一高度分合的時期。

首就「詩」的形式而言：從古歌謠、詩經、樂府、古詩，發展到近體詩，可謂已達到最藝術化的形式。從四言、五言、到七言，其體已變盡，而「詩」本身的形式也進入最格律化的階段。漢魏的樂府，雖然是合樂的，但在形式上，多少受一點「文」的形式的影響。到了南朝，由於聲律對偶的發達，樂府詩所具有一點「文」的形式，又逐漸消失，而慢慢趨向格律化，到了絕律，「文」的形式完全消失，而「詩」的形式卻達到最格律化的境界。我們可以說，絕律以前的詩體都是形式不定的自由詩，絕律則是形式完全定型的格律詩；這在「詩」的形式的演進上，是屬極端的發展。

次就「文」的形式來說，先秦「文」的形式，雖是單行的直言之語，但很自然的與「詩」結合後，往往錯雜一些駢偶韻語，使文之疏密自然有致。到了六朝，「文」的形式受「詩」形式影響，使得字句整齊，講究對仗，聲音諧和，而傾向於「詩」的形式，也可以說是「文」的格律化。但「文」的格律化是違背「文」的形式和旨趣的，因此到了唐朝，為有識者所揚棄，於是「文」中「詩」的成分被排除，而恢復單行直言之語的本來面目。而且在「文」的旨趣上，強調內含和創作精神的重要，一切以「古人」為依歸，而形成所謂「辭古」，「道亦古」之古文，這是「文」的極度古樸化。故「詩」的極端格律化，和「文」的極度古樸化，造成了「詩」「文」關係極度的「分」。

然而，在另一方面，「詩」「文」的兩種基本形式，卻又高度的結合在一起，而產生一新文體。那就是萌發於中唐，成熟於晚唐，而盛行於五代兩宋的詞。詞的形式，「詩」的成分很高，這不僅是它具有很重的音樂性；從各方面來看，都是很「詩」化的一種文體。但它長短參差活潑的句法，又具有單行直言的「文」的形式和旨趣。而「詩」「文」兩種成分的結合是不甚著痕跡的，這是「詩」「文」關係分合的過程中，達到高度結合境界的一種文體。

同時在唐代「詩」「文」結合的進行過程中，也形成了一特殊的文體——傳奇小說。漢魏的筆記小說，其形式是單行的直言之語，到了隋唐之際，小說的文體在「文」的形式中，加進了一點點「詩」的形式，而形成一具有偶行美語特色的文體，這與先秦「詩」「文」自然結合的文體，有一點相似，只是傳奇裏面不雜韻語，而且修辭細美，描寫深刻細膩。而當它縱筆而言，一洩千里，造成長篇巨幅，這又和「文」的形式特色相同。因此「傳奇小說」是「詩」「文」關係分合中，所產生的一種具有「詩」的形式，而比較傾向於「文」的新文體。

(四)「詩」、「文」關係自由分合的時期——南宋、元、明、清

從南宋到明清，是中國俗文學由崛起而盛行的時期。這在中國文學的發展上，是一值得注意的轉變，而這種轉變主要是由於「詩」「文」關係的分合，進入一空前的新階段——在形式組織上自由的結合所致。這種「詩」「文」關係的自由結合，雖然盛行於宋元，但並非始於此，這必須追溯到盛唐所出現的「變文」。「變文」是一種宗教性的講唱文學，是由「詩」「文」兩種基本形式，結合而成的一特文體。它不但具有「詩」形式的韻語和駢體（在韻語中

雜有很整齊的律詩），同時又具「文」形式的散文和語體文。其形式或先敘以散文，後繼之以韻文歌唱；或是韻文散文交錯並用。其初變文是用來講唱佛經故事的，大概產生於盛唐，而流行於中晚唐的佛教界，後來乃演成講唱民間傳統的故事。雖然到了宋初，變文被明令禁止而消失，但卻影響了宋元間的話本、諸宮調、雜劇，和明之南戲，明清的章回小說也間接受它的影響。因為這些文學的形式，都是韻文、散文交錯而成的，也就是由「詩」、「文」的形式自由結合而成的。

首就宋元間的小說和戲劇而言。「話本」是宋代說話人據以敘說的底本，也就是後人所謂的「平話小說」，它盛行於北宋之末，以至南宋滅亡。這種「平話」當時多被稱為「詞話」，也有被稱為「詩話」者，它是由變文脫胎而來的一種特殊文體。所謂「詞話」是小說裏有詞有話，「詩話」是小說裏有詩有話。很顯然的，平話小說是由「詩」的形式和「文」的形式，在形式組織上自由結合而形成的。其中「文」的形式，或是純白話，或是淺近的文言文，或是文白夾雜的形式。「詩」的形式，或用近體，或用詞。大致的形式是，在篇中或篇末綴以詩詞。在「平話」的作品中，大都是「詞話」，今存約有三十種左右，而詩話今存僅「大唐三藏取經詩話」一種。這大概是宋朝是詞的黃金時代的緣故。因此平話裏，「詩」的成分稍有改變，大都是由詞的形式來表現。而白話圓熟的被運用，使「文」的形式也變成單行的直言口語，這一點對明清的章回小說是有很大影響的。

「諸宮調」，是宋代流行的一種「講唱戲」，也是由「詩」「文」兩種形式自由結合而成的。「詩」的形式，與平話一樣是詞，「文」的形式也是白話。它與平話不同的地方是，它是一種伴有音樂的表演，而平話則無。「雜劇」是中國最先出現的完整戲劇，又稱為北曲，是一種歌劇，唱白兼用。也是由「詩」「文」兩種形式自由結合而成的偉大作品。其「詩」的形式，就是它所唱的散曲，而文的形式，仍是白話。這裏必須說明的是散曲，散曲是繼詞之後，「詩」、「文」高度結合的一種「詩」的形式，只是它比詞更接近「文」的形式，是一種很活潑的白話詩。明代的南戲，亦稱為南曲，由南宋的戲文演變而來的，是流行於明代的歌劇。也是由「詩」「文」兩種形式自由結合而成的，它的形式大都與北曲相似，只是音樂宮調稍有出入，唱曲角色的寬嚴不同，和篇幅長短的殊異。這裏特別值得我們注意的是，宋元間的戲劇和小說，其「詩」「文」自由結合的形式，已經形成一種新的趨勢。即是「詩」的形式，由詞而散曲，其成分逐漸的傾向於「文」（接近語體的「文」），而「文」的形式也變成活潑的語體形式。這就是前面所說的，是中國文學發展上的大轉變，造成俗文學的發達，也促進新文體——語體文的成熟。

明清的章回小說，正是這種成熟的語體作為它「文」的形式，而仍以詩或詞，作為「詩」的形式所自由結合而成的文學。這種「詩」「文」形式的自由結合，也慢慢發生變化，即是「詩」的形式，在結合的比例上已逐漸逐漸的降低（在諸宮調和南北曲裏，「詩」的形式在結合的比例是佔絕對的優勢。），終至變成一種寫作上文筆調和性的點綴。而「詩」「文」關係分合的演進，發展至此，正意味著「詩」、「文」兩種形式的蛻變已達到極限，當它們在最後的蛻變而二者終於完全「合流」時，一種新時代的文體——語體文，已呈現在大家的面前。

四、結語

「詩」、「文」這兩種中國文學的基本體裁，雖然其形式不同，但撇開音樂性不談，兩者同以修飾的語言為其表象，也同樣是文學創作上美善的融合體；在文學創作的基本精神，和共同目標之下，時而結為一體，齊步同趨，偶爾也分道揚鑣，各奔前程。也由於這種複雜而近似規律的動人進行過程，創造了一部璀璨奪目的中國文學歷史。在二者自然的結合下，首先開拓了先秦哲理文學，和歷史文學的領域。接著在二者有意的結合下，創造出辭賦那樣侈麗的美文，那樣典雅豐縟的韻語。而當二者經過高度的分合過程之後，晶瑩明麗的唐詩宋詞，已經在這兩個令人懷念的朝代裏大放異彩、醉人心目！最後在二者自由的結合下，俗文學質麗的花朵，終於綻放在中國古典的園地裏。就這樣，在四千年文學發展的軌道上，我們可以首尾相望，有以觀其會通；這就是「詩」「文」關係的分合，和在中國文學發展過程上所造一連串的盛事和美談。

儘管文學的發展是複雜的，而文學的研究也是多方的，但每一個關懷中國文學前途的炎黃子孫，當他面對著那蒼茫一片，曾經是繁華似錦，充滿冷韻幽香的歷史莽原，不應是失神的憑弔；在虔摯的禮贊之餘，我們應嚴肅地、熱誠的，重新把握它那曾經奔流數千年的血脈。因著它，我們去追尋一條文學的歷史軌道，讓我們可以循著這條軌道，追尋過去，更可以奔向未來。而本文所努力嘗試的，也正試圖探求這樣的一條途徑而已。

本篇為第一屆比較文學國際學術研討會論文
原刊於《中外文學》第五卷第二期

中國古典詩所表現的憂患意識

一、緒論——憂患意識何所指

儘管文學的界義很難確定，但為人生而文學，其創作的意義和價值，自是不容否認的。詩歌是人類最古老的文學，可謂與生民並始；在文字發明以前，我們的先民就已經用歌謠唱出了他們的心聲。這些歌謠的性質，不管是慰苦悅己，或是頌禱娛神，無不直接或間接的表現出：先民對生活空間和境遇的關懷，以及對未來的期待和思慮。我們可以說，這些無論是寫實的，或是帶有神話性質的作品，無不深藏著「憂患」的情懷和意識。其後隨著歷史文化的演進，詩歌的內含也由對自然及人生的關注，而延伸到對羣治和日用的關切，以及對個人理想的追求。然而在現實的生活裏，在追求理想的過程中，也許是歡愉快適的順境，更可能是忉怛慘痛的逆境，而其中往往逆境居多。在此種情況下，詩人自然產生一種悲天憫人的情懷，或慷慨赴義的偉思。換言之，當嚴肅的人性活動受到挫折阻撓，或與人生理想目標相衝突；人為求解脫，或衝破此困境，常造成無數可歌可泣的事蹟，也表現了剛毅堅貞的節操。也許在百折不撓之後成功了，也許招致不幸，甚或犧牲生命，但卻都能顯示出人生積極的意義，及生命的永恆價值。對於詩人在如此的人生和生命裏，所產生或感受到的那種崇高情懷和意識，無以名之，姑謂之曰「憂患意識」。

然則所謂「憂患意識」，前人雖不名，而已多言之者。易經繫辭上說：

「易之興也，其于中古乎，作易者其有憂患乎！」

禮記大學篇則說：

「有所憂患，則不得其正。」

這是中國載籍上，最早揭舉「憂患」一詞的資料。很明顯的，此處所謂的憂患，當指人處在逆境中所產生的情懷和意識。然則「憂患」與創作又有何關係呢？易經王弼的注說：

「無憂患，則不為而足也。」

孔穎達的正義也說：

「若無憂患，何思何慮，不須勞作。今既作易，故知有憂患也。」

王弼以為如果無「憂患」，則一切美好滿足，何須有所作為？孔穎達也認為：假使沒有「憂患」，就不用其思慮，既無憂無慮，則亦不須有所營作。故周易這部談哲理的經典，是在作者先有「憂患」之感受，而在「憂患意識」下創作出來的。反之，假如作者無「憂患」的感受，就不會啟發他去創作這一部究天人之際、談宇宙萬象的哲理作品了。由此可見，「憂患」是促使人有所作為的一種背景，而「憂患意識」，則是產生此有所作為的一種原動力。

雖然，周易是一部談哲理的學術著作，在中國的文學領域裏，它只能算是一種雜文學——哲理散文。不過，它在文的「形式」上或「內含」上，與詩歌文學頗有相通之處。就「形式」而言，易經之文，往往在一片散句中，雜以整齊的詩句，故偶行韻語時時可見，如乾卦文言，幾於句句用韵用偶，於是後世有美文造於斯的說法。故從某種角度來看，易之文體確有些像詩。次就「內含」而言：易經所談論的，大都是天地陰陽變化、人事休咎、政治的得失等哲理。詩歌雖然不議論說理，但其內含不外乎反映現實的人生社會；這種特色在古代尚質尚用的文學環境裏，尤其顯然。故詩歌可從現實生活的體驗，借生動的故事情節來表現人生，寄託深旨；我們也可以說，詩歌是用文學來表現哲理的一種藝術。由此看來，文學與哲學在創作上，其理應該是可以相通的。故哲人既有「憂患」以作「易」，詩人當亦有「憂患」以作「詩」了。

詩經是我國最早著諸竹帛的詩歌作品，雖然在詩經的作品中，古人沒有明言其創作的「憂患意識」，但人人皆知詩經是我國早期北方社會詩的典型作品；它所反映表現的，都是當代的政治社會和倫理人生，而在治亂興衰之中，自有「憂患」寓焉。所以在那些不朽的詩經作品裏，我們不但可感受出它所隱含的、憂國憂民的「憂患意識」，甚至某些作品的作者，更自我指陳出來。如小雅「節南山」：

「家父作誦，以究王訩；式訛爾心，以畜萬邦。」

又小雅「何人斯」：

「作此好歌，以極反側。」

又小雅「巷伯」：

「寺人孟子，作為此詩，凡百君子，敬而聽之。」

又陳風「墓門」：

「夫也不良，歌以訊之，訊予不顧，顛倒思予。」

這些作品都是作者在憂患之餘所創作，並明顯的表現了他們的憂憤和創作意圖。而其中的「憂患意識」，在我們誦讀全詩之後，應該是可以體會感受出來的。

詩經之後，戰國時的屈原，忠貞見放，憂讒畏譏，其楚騷之「憂患意識」，亦顯然可見（惟楚辭作品屬辭賦文學之範疇，故本文以下各節不加論列）。又漢魏古詩樂府，率皆勞人思婦之辭，其憂患之情懷，自是觸目動人。唐宋以下，詩人閔時念亂，傷時感事，尤富動人的詩篇；在那些可歌可泣的作品裏，更是充溢著作者的「憂患意識」。這一點我們從歐陽修的梅聖俞詩集序很顯然的可以看出來。他說：

「予聞世謂詩人少達而多窮，夫豈然哉。蓋世所傳詩者，多出於古窮人之辭也。凡士之蘊其所有，而不得施於世者，多喜自放於山顛水涯之外，見蟲魚草木風雲鳥獸之狀類，往往探其奇怪。內有憂思感憤之鬱積，其興於怨刺，以道羈臣寡婦之所歎，而寫人情之難言。蓋詩愈窮則愈工，然則非詩之能窮人，殆窮者而後工也。」

歐陽修認為後世所流傳的詩歌作品，都是古代的「窮人之辭」。因為他們「內有憂思感憤之鬱積」，故以怨刺的筆法，來寫逐臣棄婦的苦悶憂思，而這些都是人情所難以表達的。歐公之意，不朽的詩歌作品，是有局限性的；它們大都是出於那些身歷危苦、失意困愁的「窮人」之手。因為他們的境遇和愁懷，使他們充滿創作的「憂患意識」，而且其境遇愈愁苦不堪，其「憂患意識」也愈濃烈明顯。所以說：詩窮而後工，而且「愈窮則愈工」。這也就是韓愈所說的：「懽愉之辭難工，而窮苦之辭易好也。」（荊潭唱和詩序）

由此之認識，可知詩歌之創作，如果缺乏創作的「憂患意識」，必定難工，也不足以動人；縱有可取，也只是臺閣體的佳作而已。反之，具有「憂患意識」的作品，都是愁苦感人，足以「驚天地、泣鬼神」的悲壯之作。但有的作品卻由愁苦悲壯而變形，成為超曠之作。而這些不管是直接的、或間接的表現「憂患意識」的詩篇，必能引起讀者強烈的共鳴，最後也都必然成為不朽的佳構，而傳誦千古。

二、憂患意識的形成

在人性之中，本具有悲天憫人的情懷，它是構成「憂患意識」的基本因素。但在平常的狀況下，它是潛藏內斂的，所以「憂患意識」的產生，必須經外來的刺激誘發，始有以形成。所謂情以性熔，境緣情變；故凡人生活在複雜的現實社會裏，或處在多變的人生中，難免坎壈乖舛，困頓顛沛，而此憂患危苦卻足以映發其心志。何況人是有理想，有目標的，但其追求理想，邁向目標的過程，絕非一片坦途，也不可能都是一帆風順；它往往受現實的政治社會，和個人環境變化的影響。除極少數能順利的如願以償之外，大都身丁亂離，或歷經危苦；其中幸運的也許最後成功了，不幸的就必須面對失敗，接受悲慘的下場。在此種情況下，其抑鬱牢愁，困窮憂憤，自然刺激誘發潛藏內斂的「憂患意識」，經由創作的媒體而顯露於外了。

在孟子告子篇下，有一段生動的文字，我們可以藉它來說明這個道理。孟子說：

「舜發於畎畝之中，傅說舉於版築之間，膠鬲舉於魚鹽之中，管夷吾舉於士，孫叔敖舉於海，百里奚舉於市。故天將降大任於是人也，必先苦其心志，勞其筋骨，餓其體膚，空乏其身，行拂亂其所為；所以動心忍性，增益其所不能。人恆過，然後能改。困於心，衡於慮，而後作；徵於色，發於聲，而後喻。入則無法家拂士，出則無敵國外患者國恆亡。然後知生於憂患，而死於安樂也。」

孟子生當戰國擾攘之世，力闢楊墨，困於齊粱，雖轍環天下，而終老於行。因此，他對於本身在追求理想過程中，所遭遇到的種種打擊挫折，體會最為深刻親切。從孟子這一段話，我們可得到兩點啟示：其一，一個身負大任或有所作為的偉人，他們的一生並非都是一帆風順，懽愉快適的，大都必先經歷「苦」、「勞」、「餓」、「空乏」、「拂亂」等困境的磨鍊。當然在這種荊天棘地的困境裏，終將激發其「憂患意識」，而流露於其言行述作之中。其實，孟子說這一段話，其本身就充滿憂患的意識。其二，困窮的境遇，不一定悲慘得使人消極墮落，或一蹶不振；相反的，它可以使人「動心忍性，增益其所不能」。因為當他們飽受「恆過」、「困心」、「衡慮」、「徵色」、「發聲」等顛沛迍邅之後，使人對現實的政治社會人生，有更深刻而真切的體認；進而更激勵其奮鬥向上的雄心毅力，於是他們慨然興起，奮發直前，終底於成而有所作為。所以一個有理想有志氣的人，在困境中反而更能激發其內在的熱誠和潛能，形成一股偉大的力量，以助其成。而在此種情況下所形成的「憂患意識」，更可能帶來建設性，積極性的作為和影響，個人如此，國家何嘗不然。有了這樣的體認，然後才能徹悟「生於憂患」的道理。

然則一般賢德之士，或傳統文人，他們所處的境遇，與憂患意識的形成，又有何種關係和影響？對於此點，范仲淹的岳陽樓記，曾用象徵性的文筆作生動的描述：

「……遷客騷人，多會於此，覽物之情得無異乎？若夫霪雨霏霏，連月不開；陰風怒號，濁浪排空，日星隱耀，山岳潛形；商旅不行，檣傾楫摧；薄暮冥冥，虎嘯猿啼。登斯樓也，則有去國懷鄉，憂讒畏譏，滿目蕭然，感極而悲者矣。至若春和景明，波瀾不驚；上下天光，一碧萬頃；沙鷗翔集，錦鱗游泳，岸芷汀蘭，郁郁菁菁。而或長煙一空，皓月千里，浮光躍金，靜影沈璧，漁歌互答，此樂何極，登斯樓也，則有心曠神怡，寵辱偕忘，把酒臨風，其喜洋洋者矣。嗟夫！予嘗求古仁人之心，或異二者之為。何哉？不以物喜，不以己悲，居廟堂之高，則憂其民；處江湖之遠，則憂其君。是進亦憂，退亦憂，然則何時而樂耶？其必曰：先天下之憂而憂，後天下之樂而樂乎！……」

范仲淹這一篇文章，表面上是記岳陽樓的勝景，其實是在寄託他的深旨微意。范氏本居廟堂之高位，卻迭遭降黜，去國懷鄉，憂讒畏譏，心境之憂苦，無可告訴，正好借景物以抒其苦悶困愁。所以那些表面上寫景的文字，其實都應作象徵筆法來看。其中春秋佳日，山色水光，明月漁歌的佳景，正象徵著懽愉快適的人生；這樣的美景或好的遭遇，當然是令人「心曠神怡」，「喜氣洋洋」的了。至於陰霾風雨之日，陰風濁浪，薄暮猿啼的苦景，正象徵困愁窮蹙的人生；如此的愁境或惡劣的遭遇，也必定令人滿目蕭然，「感極而悲」的了。所謂「覽物之情，得無異乎」，說明了人的心境無法避免受外來環境的影響和改變，尤其是遷客騷人更是如此。物美境好，則充滿愉悅的情懷，而獨對愁景逆境，則必當流露出動人的「憂患意識」了。而這種「憂患意識」的昇華，定然是「居廟堂之高，則憂其民，處江湖之遠，則憂其君。」最後也必定達到「進亦憂，退亦憂」的「古仁人」之境了。

雖然這種「不以物喜，不以己悲」的「古仁人」，能超脫個人的毀譽，抒發其悲天憫人的襟抱，和憂國憂民的情懷，而創作出足以驚風雨、泣鬼神的名篇。不過這種名公巨卿而兼工詩歌的，固然代有所見，但究竟太少了。倒是那些半生惡命，長困逆境，薄宦窮蹇的詩人，才能創作更多富有「憂患意識」的不朽作品，這個道理，歐陽修在薛簡肅公文集序中說得最簡明切要。他說：

「君子之學，或施之事業，或見於文章，而常患於難兼也。蓋遭時之士，功烈顯於朝廷，名譽光於竹帛，故其常視文章為末事，而又有不暇與不能者焉。至於失意之人，窮居隱約，苦心危慮，而極於精思，與其所感激發憤，惟無所施於世者，皆一寓於文辭。故曰：窮者之言易工也。」

歐公以為君子之事業文章難以兼有，若得意於事業，則不暇為詩文，甚或不能此道，縱或有「憂患意識」而無由表露以動人。而失志之士，感激發憤，則必增益其所能與所不能，而罄衷託之於歌詩，則其創作，必充滿「憂患意識」，也必極思精工。清代李慈銘所謂「文章窮後健，天地布衣寬」，正是這個意思。於此，清代錢謙益在鈍吟集序中有很好的闡述：

「古之為詩者，必有獨至之性，旁出之情，偏詣之學。輪囷偪塞，偃蹇排奡，人所不解而已不自喻者，然後其人始能為詩，而為之必工。是故，輭美圓熟，周詳謹愿，榮華富貴，世俗之所羨慕也，而詩人以為笑。凌厲荒忽，傲僻清狂，憂悲窮蹇，世俗之所詬姍也，而詩人以為美。故曰：詩窮而後工，詩之必窮，而窮之必工，其理然也。」

錢牧齋認為性、情、才學三者固是詩人所應兼具的基本條件，不過要成為一真正的詩人，創作動人的詩篇，其關鍵不在於榮華富貴，或以優渥的人生來襯托，而在於憂悲窮蹇，危苦境遇之鞭策。也惟有身歷人生所不能堪之窮蹇困頓，感悼身世，徨徨鬱勃，才能發為危苦之言，而不能自已。蓋才從學出，情以性熔，而「偃蹇排界」，「凌厲荒忽」，適足以發越激盪其才學情性，無所緣飾矯揉，而其悲愉喜慍之情，忉怛惻隱之思，痛快淋漓，一一流露。所以他肯定：「詩之必窮，而窮之必工」。易言之，偉大的詩人必歷經憂患；而感人的不朽詩篇，當具有「憂患意識」。這也就是為什麼在中國文學史上，那些偉大詩人的作品裏，永遠流露出強烈的孤獨感和深度的傷感的原因所在了。

三、中國古典詩所表現的憂患意識

中國古典詩在中國文學史上，流變了三千年，可謂源遠而流長。在這漫長而複雜的歷史中，治亂興衰，代有不同，而詩人的際遇，亦人人有殊。「憂患」之感受既異，其意識之強弱輕重，當各有差。故幾千年來，古典詩的不朽作品，雖然同樣的生動，同樣的感人之深，但其所表現的「憂患意識」，則不盡相同。爰就其意識之內含及精神加以歸納，可得下列四種類型：

(一)由人生局限之啟示而產生之憂患意識

天地浩浩，而人生有限；時光無窮，而生命有盡，這就是人生的局限。人俯仰於天地之間，奔勞於有限的生命裏，當他突然驚覺到，人無法超越人生的局限，不能突破生命的限制，他的震駭和迷惘是可以想像的。在西洋的哲學裏，認為這就是「悲劇」的產生，稱它為「不能從心所欲的悲劇」。其實西洋人的看法，多注意到問題的前半——人生的局限，而易忽略問題的後半——解脫之道。中國古代的詩人他們卻關注了整個的問題，於是悲天憫人的「憂患意識」，就這樣產生了。我們先看詩經小雅「正月」篇的第十一章：

「魚在于沼，亦匪克樂；潛雖伏矣，亦孔之炤。憂心慘慘，念國之為虐。」

此詩用象徵的筆法，借池中之魚來比喻人生。魚活在池沼，為何不樂？因為儘管它潛藏在水底，但看起來卻是太明顯了。詩經作品都是運用中國北方簡鍊有力的語言來創作，故非常質樸生動，但有時由於詞簡意隱，讀者易生歧解。此處我們如果拿清代梅曾亮的「觀魚有感」一文來參看，其旨自明。梅文說：

「漁於池者，沉其網而左右縻；網之緣出水可寸許，緣愈狹，魚之躍者愈多。有入者，有出者；有屢躍而不出者，皆經其緣而見之。安知夫魚之躍而出者，不自以為得也，又安知夫躍而不出，與躍而反入者，不自咎其躍之不善耶？而漁者視之忽不得失於心。嗟夫！人知魚之無所逃於池也；其魚之躍者可悲也！然則人之躍者，何也？」

魚之可悲，是無所逃於池；人之不幸，是無所逃於天地之間。但這是先天的局限，對於這一種怎麼樣也永遠改變不了的事實，我們只好接受，積極的去面對它。人人應盡其所能的，在天地間活得更有意義，有價值。因此，詩人所憂患的，不在人生局限的本身，因為他們可以找到上述的解脫之道。然則君子所憂心慘慘的，乃在「念國之為虐」，因為生活在暴政中不幸的人民，他們才真正的像池中之魚，一無所逃，因為漁人可隨時取而烹之。而他們無所逃於暴政，就像「正月」篇第六章所說的：

「謂天蓋高，不敢不局；謂地蓋厚，不敢不蹐，維號斯言，有倫有脊。哀今之人，胡為虺蜴！」

雖然人生天高地厚，但生活在暴政下的人民，戰戰兢兢的，彎著腰小步的走路。有理性有原則的人們，本來是可以頂天立地的，堂堂的生活在局限的天地和人生之中。但生活在暴政下的人，這一切的自由和意志，都被剝奪了；他們像蛇蜴一樣，可憐的在地上爬行，那樣的驚恐不安，這也就是詩人憂心如焚之所在了。

又如詩經檜風「隰有萇楚」篇，詩人又揭發了另一種人生的局限：

「隰有萇楚，猗儺其枝。夭之沃沃，樂子之無知。隰有萇楚，猗儺其華。夭之沃沃，樂子之無家。隰有萇楚，猗儺其實。夭之沃沃，樂子之無室。」

人是有理性，有情緒的倫常動物；這是人生可貴之處，但也造成了人生的另一局限：人生而具有各種的情緒——歡愉哀樂愁苦，而且過著家庭倫理的生活。這種局限的本身，原無所憂患，應是可喜的。因為有情緒可以體味生活的各種情趣，可以感受人生可喜可愕，可歌可泣之事。而理性卻賦予人生活的原則，和理想目標。家庭倫理的生活，更帶給人生活的寄託和欣慰，也使生活更充實。這一切正顯示出人生的可愛，和生命的意義和價值。所以在正常的情況下，人是得其所哉的，是不會覺得這種局限的存在。人寄生於天地之間，猶如萇楚寄生在隰地：萇楚欣欣向榮的生長，它的枝葉、花朵、果實，都是長得那麼美盛。人也是得其所哉的生活成長，結婚生子，過著美滿的生活。但若遭逢衰亂之世，時變日亟，干戈滿地，民生塗炭；此時他們的情緒，卻造成愁苦悲痛的感受，他們的理性因受亂世的挫折阻撓，不能達到人生的目標，而臻於理想，這時他們反而羨慕萇楚之「無知」。更悲慘的是：家室不保，骨肉流離，飽受轉徙思親之痛；此時他們反而羨慕萇楚無家室之累。所以由衰亂的刺激，上述的人生局限，就一一的由隱藏而顯現；如此詩人傷時念亂的「憂患意識」，就自然流露出來了。

其他如生老病死、人生苦短的局限，在正常的人生裏應是理所當然之事，故此種局限本也是隱藏不明顯的。但若生活困愁無俚，或俯仰亂世之中，則此種局限，也就被揭露出來。如詩經曹風「蜉蝣」一篇，由於人遭逢世亂而有人生苦短之感慨，猶如蜉蝣之朝生暮死；尤其想到人生最後的下場和歸宿，真令人無限的憂思哀傷。又如詩經唐風「有樞」篇，則由於人有衰老病死之局限，而引起富貴無常之憂思；此詩妙在全不出以正意，而以反意微諷。他如古詩十九首之「青青陵上柏」、「迴車駕言邁」等篇，皆以衰世為背景，而引起人生侷促無常之憂思，但卻故為排盪，謬悠其詞，似勸而實諷，而成為一種變形的「憂患意識」了。

(二) 因政治社會之擾攘而產生之憂患意識

人本是社會羣居的政治動物：蓋「天生烝民，有物有則」（詩大雅烝民），於是羣治經濟之道生焉。古者之明君賢相所惻隱愛人而畢世經營的，莫不思有以贊天地之化育，致斯民安於衽席之上。而黔黎眾庶，所終身企求以自歉的，則晨昏作息，耕桑衣食，以遂其生；父子相聚、妻子好合，以樂天倫。然而這種經綸天地，敷治羣倫，民生樂利的理想，並非輕易可就。因為聖君賢相非世世而有，求其相遇合則更難；甚者內無法家拂士，而外則敵國外患不息，也就是孟子所感嘆的「天下之生久矣，一治一亂。」（滕文公下）興衰治亂既無常，而昏君庸主，佞臣讒人，則往往代而有之。於是朝綱不修，上闇政險；教化不行，倫理敗壞；以致寇難並至，喪亂未已。政治社會既擾攘不安，民亦不遂其生，而詩人蒿目時艱，傷時念亂，憂國憂民的「憂患意識」，當然難於抑制，而湧現出來了。

文學既因緣時變，詩歌亦多反映社會人生。故我國數千多年的古典詩作品，從詩經到古詩十九首，到漢魏古詩樂府，到唐杜甫元白的社會詩，以迄清代道咸同光諸朝的喪亂之什，莫不充滿著此種「憂患意識」之作。又此類作品，其寫作運用之題材，及其表現之特色亦頗多方：有寫禍國亂政，揭露政治之黑暗腐化的，有寫亂離行役的，有寫民生疾苦的，有寫家庭倫理悲劇的；凡此諸作莫不委曲周至，幽涼悽惋，讀之動移人情。其中詩經尤多描繪時代社會的亂離，政治的敗壞，和民生的悲苦等寶貴的社會史詩，以及表現家庭倫理悲劇之敘事詩。詩經之外，古詩十九首，暨漢魏古詩樂府以下之古典詩，此類之篇什亦夥；雖其時代背景不同，表現之筆法殊異，但其憂患之思，感人之深，則無二致。茲就前列之四種類別，分別舉例以論述之。

1. 寫禍國亂政或其他政治悲劇者

詩經中此類作品頗多，如小雅之「節南山」、「正月」、「雨無正」、「小旻」、「巷伯」、「大東」等篇皆是。「節南山」之作者家父，目睹幽王之太師尹氏當權執政，任用姻小而敗政，悲憤之餘作此詩以刺之。而詩人之所以「憂心如惔」是因為「國既卒斬，何用不監」。這就是人類政治的悲劇：殷鑑不遠，卻無動於衷，不接受歷史的教訓和啟示，而偏偏要重蹈覆轍，難怪亡國亂君相屬；此西周所以終於如此斬決而亡了。詩人認為此悲劇之形成，是在於當政的太師「弗親弗躬」，「弗問弗仕」，卻重用「瑣瑣姻婭」，以欺罔君子。由於小人害國，使得王室不寧，但執政不懲其惡，反怨惡正道之人。既然善惡無別，是非不明，難怪亂靡有定，國土日蹙，以致於亡國。此篇作者的憂患之思，在「我瞻四方，蹙蹙靡所騁」的黯然感傷之下，流露無遺。但是詩人卻溫柔敦厚之至，不忍直斥其君，而宛轉的一再說是「昊天不弔」、「昊天不傭」、「昊天不惠」，並強調「君子如屆，俾民心闋」，「君子如夷，惡怒是違」；這兩個「如」字有深意，頗堪玩味，真是言之者無罪，而聞之者足以戒了。

又小雅「正月」篇，也是刺幽王暴虐無道，終至覆亡。此篇作者亦善用諷喻之筆，以襯托其憂患之思。當幽王之時，褒姒傾國，寵臣成黨，小人不但「昏姻孔云」，又有旨酒嘉殽以「洽比其鄰」；讒佞既高張，賢士自然惸獨無名。詩人目睹此暴政之殘酷，民無以為生，而善人又是如此的孤獨，不禁為之「憂心京京」、「憂心愈愈」、「憂心惸惸」、「憂心慘慘」、「憂心殷殷」，頗有瞻烏誰屋之悲慨。此詩諷喻之妙在於：「哀今之人、胡為虺蜴」、「民今方殆、視天夢夢」四句。堂堂的人類屈服在暴政之下，猶如蛇蜴在地上爬行，驚恐不安；然而對於人類所承受的危苦，上天視之卻夢夢然，昏昧不知。所謂「人窮返本」，天本是人類最後的精神依託所在，但當人需要天來關愛撫慰之時，天卻無動於衷。然則天理何在？人何所依託？能不使人慘然而絕望？此與德國哲人尼采所謂上帝已死亡，其內心之沈痛，諷刺之深刻，可謂異曲同工。對於借天道來諷刺暴政，在小雅「雨無正」篇更為明顯。所謂「旻天疾威，弗慮弗圖。舍彼有罪，既伏其辜；若此無罪，淪胥以鋪。」如此，弄權的小人無所懲處，而無辜的人民卻全部沈淪於罪戾的深淵，使人有天道不彰，正義何在之悲憤。而此種對上天失望悲憤的情感，在小雅「大東」篇裏最為高張。所謂：

「維天有漢，監亦有光；跂彼織女，終日七襄。　雖則七襄，不成報章。睆彼牽牛，不以服箱。東有啟明，西有長庚；有捄天畢，載馳之行。　維南有箕，不可以簸揚；維北有斗，不可以挹酒漿。維南有箕，載翕其舌，維北有斗，西柄之揭。」

天道本是人所崇敬信託的，但在亂世的人們看來，它卻和人間的事物一樣，虛有其名，而無其實。銀河有光而無所明，又織女星雖終日七襄，而無所織，以成文繡錦帛；牽牛星也不能拉車，啟明星也不能揭開人間光明的序幕，長庚星更不能帶給人間永恆的光明；那長柄的天畢星，卻捕捉不到一隻禽獸；還有南箕星也不能用來簸揚，北斗星也不能像酒斗一樣，可以挹注酒漿。這一切都是有其名，有其形，卻無其實，無其用；天道既如此不可恃，而瀕臨崩潰，則人事之敗亂，又夫復何言？其憂患之深，諷刺之剴切，猶如晨鐘暮鼓，當頭棒喝，能不發人深省？

詩經之外，古詩十九首，率多以逐臣棄婦之辭來表現政治之悲劇，以寄託詩人的憂患之思。如「行行重行行」，「冉冉孤生竹」，「迢迢牽牛星」，「涉江採芙蓉」等篇，極含蓄深婉，稍異於詩經之直率樸實，但也不出風雅諷喻感悟的方式。魏晉之際，詩人多詠懷寫志之篇，對於政治少作直接之抨擊諷刺。南朝唯美思潮極盛，詩人多唯美浪漫之作；北朝則間有亂離疾苦之篇。至盛唐老杜，憂患之作乃大放異采，所謂「朱門任傾奪，赤族迭罹殃，國馬竭粟官，官雞輸稻粱。」（壯遊）可見其時政治之腐敗黑暗。又如三吏寫官吏之蠻橫凶惡，及民間征兵之苦，諸將五首諷刺材官之顢頇無能；凡此，可見其深憂時事，借題寓意之幽懷。

2. 寫離亂行役者

此類作品，大都也是用諷喻怨刺的筆法來表現。如詩經魏風的「陟岵」，寫一出外行役的軍士，由於長久戰亂而不得歸，只有登高望遠，聊以自慰，但卻產生強烈的鄉愁，及對家人無限的懷思。此詩雖用比較平淡的「賦」法，但卻運用回憶之筆，勾起父母兄弟在出征前夕殷殷的叮嚀和告戒的情景，一幕幕的浮現腦際，但每一句叮嚀卻似重重的敲擊在他的心田上。父親說：「猶來無止。」母親說：「猶來無棄。」兄弟說：「猶來無死。」這些直率而帶著悲憐、卻又充滿禱盼的話，真可強烈的震撼讀者的心弦。雖然全詩沒有寫戰爭的殘酷，亂離的悲苦；但戰爭所造成社會的動亂，家庭的破碎，骨肉的離散，這些憂患的意識，早已浮現在讀者的腦海裏，故能婉轉的達到諷喻的效果。

又王風的「君子于役」，寫一村婦無限的繫念其久役不歸的丈夫。全詩質素樸婉，而善於選材取喻，以襯托其憂患之思。在丈夫行役不息，無有歸期的情況下，每當夕陽西沈，雞都回到了雞窩，牛羊也下山歸牧；這一幕野鄉自然親切的情景，特別觸發思婦的情懷而不能自已。為何太陽都「回家」了，雞鴨牛羊也「回家」了，而偏偏自己的丈夫不能回家，這真教她「如之何勿思」呢？本來是一個完整和樂的家庭，但卻被無情的戰亂所破壞了，而且要這一個可憐的女子去承受這個悲劇的折磨，也未免太殘酷了。然而詩人的「憂患意識」，卻藉此噴迸而出。他如召南的「殷其雷」，小雅的「采薇」，豳風的「東山」等篇，都是以戰爭行役為背景，無不在溫柔敦厚的情思中，達其風雅諷喻之旨。

詩經而外，古詩十九首雖非直接描述亂離之作，但其中頗多寫哀亂中離愁別緒之篇，而時寓憂患之意識。兩漢樂府如「十五從軍征」，寫征戰死喪之戚，可謂古今獨絕。所謂「十五從軍征，八十始得歸。……遙望是君家，松柏冢纍纍……。」喪亂不已，雖然老兵不死得以歸里，但家破人亡，無有孑遺，慘然獨對荒亂的家園，能不為之椎心泣血嗎？洎建安之際，喪亂之作尤多，如王粲七哀詩之「西京亂無象、豺虎方遘患……出門無所見，白骨蔽平原；路有饑婦人，抱子棄草間……。」一片悲慘，憂患殊深。曹子建送應氏詩：「中野何蕭條，千里無人煙」，與此同慨。又曹孟德之蒿里行：「……鎧甲生蟣蝨，萬姓以死亡；白骨露於野，千里無雞鳴。……」喪亂之慘，令人幾疑非人境而置身鬼域，能不使人悚然憂懼嗎？魏晉以下，此類作品亦夥。至盛唐杜子美，身丁亂離危苦，憂患尤深；「三別」、「兵車行」、「征夫」、「春望」、「北征」、「月夜憶舍弟」、「喜達行在所」……等等，皆字字血淚，篇篇無空文。所謂：「中原書信闊，干戈北斗深，……戰血流依舊，軍聲動至今。」（風疾舟中伏枕書懷），血淋淋沈痛的揭發古今人類永遠扮演不完的悲劇，讀之難道不令人驚心動魄而有所深思嗎？

3. 寫民生疾苦者

此類憂患的社會詩，亦由敗政世亂所造成，詩經中不乏此類篇什。如小雅「苕之華」，寫周室衰亂，民不聊生之悲境。詩人用象徵聯想的筆法，感慨生在亂世的人，其悲苦無助，猶如攀附在樹上的陵霄花，是那樣容易黃謝凋零。在詩人親歷亂世人生的悲苦之餘，不禁發出「知我如此，不如無生」的哀號。雖然人情百計，惟保一生，但如早知亂世的人生如此疾苦，則不如無我之生，以免受其折磨。為何詩人發出如此沈痛的呼喊？因為在此凶荒之世，生靈塗炭，無以為生。所謂「牂羊墳首，三星在罶」，連地上的草都快吃光了，所以母羊瘦得連頭比身體還要大，水裏的魚兒也捕光了；此時的老百姓當然是「鮮可以飽」的，而豪門權貴卻「可以食」。可憐哀哀赤子，嗷嗷輾轉於溝壑，真是「朱門酒肉臭，路有凍死骨」。至此，詩人悲天憫人的「憂患意識」，在不知不覺中已傳達給讀者，而迴盪於其胸中了。

又如王風的「葛藟」，寫亂世逃亡的難民流落異鄉，舉目無親，潦倒乞憐的悲狀。人平時受家庭的愛護庇蔭，猶如葛藟蔓生於河邊而得其滋潤。然而一旦遭逢喪亂，家國殘破，骨肉離散，則孤苦無託，何以為生；縱然低頭向人乞憐，無可奈何的叫人一聲「爸爸」，叫人「媽媽」，或叫人「哥哥」，別人也無動於衷，仍然得不到他人的眷顧、親近和安慰。生活的窘迫，社會的冷漠，而親情又喪失無可彌補，人生至此，真是欲哭無淚；當然詩人的「憂患意識」，早已隨著讀者隱含的淚光而閃動顯露出來了。

又如魏風的「碩鼠」，諷刺在位者苛征暴歛，以致民不聊生。唐風的「鴇羽」刺民從征役，不得耕作以養父母。二詩都是用象徵的筆法來諷喻，前者以「碩鼠」比重歛的暴君；這一隻貪婪的大老鼠，吃掉了老百姓的黍稷、麥子，甚至連禾苗也被吃光了，使得黎庶無以為生，終為人民所唾棄，而去追尋人生的樂土，和理想的安樂國。後者以鴇鳥棲息於栩樹，比喻民從征役，不得與家人共處，更無以仰事俯畜。所謂「父母何怙」、「父母何食」、「父母何嘗」，為人子女於心何忍，於心何安，也只有問「悠悠的蒼天」：「何其有所」？「曷其有極」；「曷其有常」了。二詩皆善用比興之筆以怨刺，前者藉「苦悶之象徵」以諷喻，後者則借揭發人民悲痛的呼聲以警世；字裏行間，無不充溢著憂時慮患的情懷。

詩經而外，兩漢樂府如東門行、病婦行、滿歌行等，亦皆寫民生疾苦之社會詩。如東門行之「出東門，不顧歸，來入門，悵欲悲。盎中無斗儲，還視桁上無懸衣。」衣食無著，可謂窮困至極，逼得這個貧賤丈夫拔劍出門而去，幾乎鋌而走險，釀成另一個社會悲劇，讀之能不令人為之欷吁不已？魏晉而下，此種憂患之思，都見於亂離之作，古詩樂府兼而有之。至唐，在杜少陵「但覺高歌有鬼神，焉知餓死填溝壑」（醉時歌），及元白「篇篇無空文……惟歌生民病」（白居易寄唐生）等社會詩中，此種憂患意識的表現，又漸趨高潮。

4. 寫家庭倫理悲劇者

詩經是一部最好的倫理教材，也最具教化的功能。它不但從正面去強調啟發，更從反面的教訓和反省來諷喻；而出現了頗多感人的、寫倫理悲劇的詩篇。如衞風的「氓」篇，就是這類作品的典型代表。它描寫一個熱情奔放的少女，和一個陌生人的自由戀愛；從私訂終身、到憧憬式的結合，以至婚姻的破裂和被遺棄，強調了少女遇人不淑的可悲和不幸，也刻劃出愛情騙子的狡猾和凶惡。所謂「女也不爽，士貳其行；士也罔極，二三其德。」「言既遂矣，至於暴矣。」已經暴露出猙獰的面孔；而以前的「言笑宴宴，信誓旦旦。」都是最美麗而可怕的偽裝，終於造成「兄弟不知，咥其笑矣」的倫理悲劇。這樣的婚姻，本來就不足為訓，但它卻帶給青年少女一個寶貴的教訓：切忌過於痴情而自食惡果。也給世人帶來一個反省的主題：不健全的婚姻，它所要付出的代價，以及它對家庭倫理所造成的傷害，都是如此的重大。今天大家常談「孔雀東南飛」故事的辛酸感人，殊不知在它一千年以前，就已經出現「氓」篇這樣震撼社會倫理的完美悲劇作品。作者感禮義之衰頹，憂人倫之敗壞，故借此悲愴感人的作品以警世，讀者當不難窺見其苦心苦詣之所在。

又如邶風的「谷風」，也是刺夫婦失道，淫於新婚而棄舊室的倫理悲劇。此詩寫一個「何有何亡，黽勉求之。凡民有喪，匍匐救之。」的賢德糟糠之妻，在「既生既育」，家境改善後，可惡的丈夫竟然棄之而後快。所謂「誰謂荼苦，其甘如薺」，棄婦的悲苦是難以言喻的；其心靈的創傷，又何以彌補撫慰。這又是一個發人深省的倫理悲劇課題，詩人在憂危慮患之餘，借棄婦之口提出了他的規勸勗勉：夫婦應當「黽勉同心，不宜有怒。采葑采菲，無以下體。德音莫違，及爾同死。」這一段苦口婆心的道理，真是溫柔敦厚之極，也足以感動天下的頑夫愚婦。

詩經而外，古詩十九首率皆逐臣棄婦之辭，如「凜凜歲云暮」、「冉冉孤生竹」、「青青河畔草」等，亦多寫倫理悲劇之「憂患意識」。兩漢樂府如「白頭吟」、「艷歌行」、「豔歌何嘗行」、「孔雀東南飛」等篇，皆傷婚姻之不諧，而慨嘆仳離之作。其中尤以「孔雀東南飛」（本作「焦仲卿妻」）為著，此篇為中國詩歌史上最長的倫理悲劇敘事長詩。惟此種悲劇與前述諸作不相類，此詩之辛酸感人亦在於此。篇中寫廬江小吏焦仲卿夫婦，本極恩愛，但因焦母之嫉妬而被迫仳離，終至釀成雙雙殉情的倫理悲劇。作者頗具卓識的，選取此種前人所未曾運用過的題材——婆媳間之衝突，來表現中國家庭的傳統悲劇：並借焦氏夫婦堅毅奮鬥，不屈而死的悲劇教訓，來震撼人心，並喚起人性的覺醒，以正視此種人間悲劇，且阻止其繼續重演。而其憂俗之勞，慮患之深，可見詩人仁者之懷；篇末所謂「多謝後世人，戒之慎勿忘」，讀者當可於此中窺見其用心之所在。

(三)因個人境遇之打擊而形成之憂患意識

古代的賢德之士，以及傳統的文人，因受儒家思想的薰陶和影響，無不懷有經世濟民的襟期，而思有以嶄然自現。於是有理想、有抱負的文士，莫不以稷契自許，而想「致君堯舜上，再使風俗醇」（杜甫奉贈韋左丞丈二十二韵）以建立他們理想中的政治社會，躋斯民於安樂之境。然而通往這理想之境的道路，是相當漫長而艱苦的，而其中個人之境遇又有幸與不幸繫焉。幸運的生逢其時，賢聖在位，又得機緣以遇合，那真是人生一大盛事。然而這究竟是可遇不可求的，能如此順適的，也實在太少了。大多數的文士，在他們奮鬥過程中，總是遭遇無數的挫折阻礙；當然他們的理想也屢遭摧敗，甚至終於幻滅。於是他們「處江湖之遠」，非但滿懷的理想抱負無以實現，而又憂讒畏譏，懼小人之亂政，憂生民之倒懸。至此，他們感懷身世，憂心君國，繫念黎庶的「憂患意識」也就橫溢而出了。

這一類型的作品，大都是寫個人的懷才不遇，窮困落拓，命運不諧之事。或受小人讒害，蹭蹬不偶，而表露其身世之感，家國之思。從詩經以下，古典詩的作品，莫不充滿著這種篇章。詩經如邶風之「柏舟」、「北門」，秦風之「權輿」，小雅之「巧言」、「巷伯」、「北山」等篇皆是。「柏舟」寫一才德之士、困愁而不遇，所謂「我心匪石，不可轉也；我心匪席，不可卷也。威儀棣棣，不可選也。」真是一位賢德有原則的堅貞之士，但卻「憂心悄悄，慍于羣小；覯閔既多，受侮不少。」忠而見斥，不為羣小所容，難怪他「靜而思之，寤辟有摽」，我想任何人遭此境遇，都必將痛心疾首，而為之廢然摧沮。「北門」則寫一失志的薄宦，「終窶且貧，莫知我艱」，不但「王事敦我，政事一埤遺我」，而且「室人交徧摧我」。雖然賢者多勞，但位卑事繁，俸祿之入，又不得以仰事俯畜，得不到家人的諒解，其內心之痛苦，何以排解，只有委諸於命吧！故謂「天實為之，謂之何哉！」真是無可奈何之極。又「巷伯」篇寫寺人孟子受讒害，而攄其憤激之情。所謂「彼譖人者，亦已太甚」，以致「驕人好好，勞人草草」。這實在是太沒有公義了，所以逼得詩人大聲疾呼：「蒼天！蒼天！視彼驕人，矜此勞人。」至此疾惡如讎的詩人，再也不能讓世人姑息此可惡的讒人；於是再度發出疾厲的正義呼聲：「取彼譖人，投畀豺虎；豺虎不食，投畀有北；有北不受，投畀有昊。」這樣充滿浩然正氣的嚴正指陳，豈不令小人為之震懾氣沮！

古詩十九首，亦多逐臣憂患之作，如「行行重行行」：「……相去日已遠，衣帶日已緩。浮雲蔽白日，游子不顧返。思君令人老，歲月忽已晚。棄捐勿復道，努力加餐飯。」雖然恩絕見棄，情慘神悴，但仍念念不忘其君；亦善自寬慰勗勉，毋使頹廢墮落，可謂溫柔敦厚之至。

又如「西北有高樓」，所謂「不惜歌者苦，但傷知音稀。願為雙黃鶴，奮翅起高飛。」詩人撫衷徘徊，四顧無儔；傷知音之難求，故思遠引而去。又如「今日良宴會」：「……令德唱高言，識曲聽其真。齊心同所願，含意俱未申。人生寄一世，奄忽若飆塵。何不策高足，先據要路津。無為守窮賤，轗軻長苦辛。」此詩寫賢士失意而志不平的憤激之情；既然人生苦短，含意未申，而又窮賤轗軻，豈能長久忍受。故作者感憤自嘲，雖謬悠其詞，意在反諷，然正可見其憂患之深。

兩漢之作如班姬之「怨歌行」，託物寄興，以團扇自傷。所謂「長恐秋節至，涼飈奪炎熱。棄捐篋笥中，恩情中斷絕。」意婉音和，怨而不亂，足以感悟其君。又漢末趙壹有「疾邪詩」二首，深慨文士窮困潦倒於衰世，而無以自振。所謂「文籍雖滿腹，不如一囊錢。伊憂北堂上，骯髒倚門邊。」又「勢家多所宜，欬吐自成珠。被褐懷珠玉，蘭蕙化為芻。賢者雖獨悟，所困在羣愚。」貧賤受辱，賢者遭困；佞幸見親，高亢剛直被斥。正如趙壹在其刺世疾邪賦中所說的：「法禁屈撓於勢族，恩澤不逮於單門。」社會是如此的不公平，文人遭遇是如此的悲苦，「斯人也而有斯困」（鍾嶸詩品），真是可悲。難怪詩人忼激之情坌涌而出，讀之不令人廢書長嘆乎？

建安魏晉而下，詩人染翰漸多，文士抒憤之作益夥；而憂勞之懷，忠勤之思，每寄之筆端。若曹子建、阮嗣宗、陸士衡、張景陽、左太冲諸家，藉詠勞人思婦、詠懷、詠史等題材，而為深婉之諷喻，或攄蒼茫之感憤，頗得風雅楚騷之情致。南朝因唯美文學高度發達，詩歌多脫離現實的社會人生，而少憂患之作。洎盛唐杜子美，以一代詩聖，懷其匡時救濟的仁者胸襟，「自比稷與棄」，要「致君堯舜上，再使風俗醇」。然而「冠蓋滿京華，斯人獨憔悴」（杜甫夢李白之作，實自況也），其孤苦落寞可知。儘管少陵迍邅困躓，歷盡生人所不堪，但仍然積極奮進，知其不可而為；故有「落日心猶壯，秋風病欲蘇」（江漢）的豪氣，及「齒落未是無心人，舌存恥作窮途哭」（暮秋遣興呈蘇渙侍御）的堅貞。但在殘酷的現實裏，在政治社會的大悲劇中，詩人究竟無力回天，而發出無限的悲慨：「唐堯真自聖，野老復何知」（秦州雜詩）頗有壯氣蒿萊，吾道何之的哀嘆；而馴至「此身飲罷無歸處，獨立蒼茫自吟詩」，雖然無可奈何之極，但憂國憂民的情懷，卻使詩人更加堅強的獨立在蒼茫中，為多難的國家，為可憐的蒼生，而悲壯高歌了。

(四) 由於人性之挫折而產生之憂患意識

與生俱來的人性，是嚴肅而崇高的，而人性整個之活動過程，也就是吾人所謂之人生了。由於人性正常的活動和發展，使得生活更為積極，生命更有價值，人生更有意義。但人性的活動並非隨心所欲，而往往受人生際遇和社會現實生活的影響。有的人其人性活動自然順遂，並得到應有的啟發和指引，終能創造完美可喜的人生；有的人其人性活動蹇滯困頓，屢遭壓抑挫折，而形成殘缺不幸的人生。考其挫折之出現，或因倫理追求之打擊、失敗而造成，或因戰爭喪亂之逼迫摧殘而導致，或因對知音的追求受挫敗而形成，或由於生命不諧，壽夭難齊而引起。當人性的活動因此而遭致挫敗，則原本對完美理想人生的追求，也必定受到阻礙和破壞，而產生不同的影響和結果。有的變得消沈頹廢，有的轉為憤激不平，有的卻求得解脫而超曠。但不管此種挫折所造成人性的轉變趨勢如何，都必將產生憂苦哀憐的情緒；詩人往往運用諷喻嘲弄，或反諷映襯的筆法來抒發，而其所流露出的「憂患意識」，足以感悟啟發吾人而資省視，以達風雅美刺之深旨。茲就前述四種類型，各舉古典詩之作數篇以明之。

1. 因倫理之追求而造成人性的挫敗

如詩經鄭風之「蘀兮」，寫一苦命的女子受環境的壓迫而淪落風塵。所謂：「蘀兮蘀兮，風其吹女。叔兮伯兮，倡予和女。　蘀兮蘀兮，風其漂女。叔兮伯兮，倡予要女。」這是一個多麼悲苦的感人場面。傳統的女子本就是謹守閨訓，擇人而嫁，以尋求其理想的歸宿；但命運卻逼迫這個可憐的女子墮落，猶如枯槁的樹葉木皮，被一陣狂風所吹落而委於地。環境的殘酷逼得她拋頭露面，鬻身賣唱，而成為男子的弄人。這對她追求倫理的努力，毋寧是一記嚴重的打擊；所謂「叔兮伯兮，倡予和女」，「叔兮伯兮，倡予要女」，表面上似乎很放蕩浪漫，實際上內心是很哀傷沈痛的，在放縱的歌聲背後卻交織著模糊的血淚（我們豈能單純的把它看作「淫女之辭」）。這樣一個感人的悲劇，一定可以深深地震顫讀者的心弦，而引起人類正視此種社會倫理的問題。古詩十九首中的「青青河畔草」，也是屬於此類型的作品。所謂「昔為倡家女，今為蕩子婦；蕩子行不歸，空牀難獨守。」正與蘀兮女子遭遇相似的命運，而面對一無法超脫的悲劇。另外有一種倫理的挫敗，是由於對天倫的失望而引起的。如詩經鄘風之「鶉之奔奔」，此詩刺惠公夫人宣姜與公子頑淫亂；此種亂倫之事是多麼卑鄙可惡，但很不幸的，「人之無良，我以為兄」，「人之無良，我以為君」。想不到這兩個亂倫的主角，卻是我（惠公）最親近的人，一是我之兄，一是我之君（小君，指國君之夫人）這令人多麼難堪而沈痛失望。又如陶淵明的「責子」詩：

「白髮被兩鬢，肌膚不復實。雖有五男兒，總不好紙筆。阿舒已二八，懶惰故無匹；阿宣行志學，而不愛文術；雍端年十三，不識六與七；通子垂九齡，但覓梨與栗。天運苟如此，且進杯中物。」

當詩人鬢白體衰，垂垂老矣之際，雖有五男兒承歡膝下，卻不能述事繼志、克紹箕裘。子多而不材，無一成器，家業將墜，無以復振；天運苟如此，深責何益。淵明高蹈清標，襟懷曠達，世事無一芥蒂，獨憂子不肖，耿耿於懷。可見對天倫的挫折失望，連曠達如淵明者，亦無以超脫，只好借酒澆愁了。難怪杜甫譏之曰：「陶潛避俗翁，未必能達道……有子賢與愚，何其掛懷抱。」（遣興）但由此卻可看出此種人性之挫折所帶給人的憂患之深。

2. 因戰爭喪亂而形成的人性挫折

如陳琳飲馬長城窟：

「……邊城多健少，內舍多寡婦。作書與內舍，便嫁莫留住。善事新姑嫜，時時念我故夫子。……生男慎勿舉，生女哺用脯，君不見長城下，死人骸骨相撐拄。……」

健少築城戍邊，生死不保，既然團聚無望，室家不完，哪裏忍心讓妻子眼睜睜的等待當寡婦。故突發奇想，以求解決之道；於是心一橫，修書內舍以遣嫁，但如此問題仍未根本解決，悲劇亦將繼續存在。因為再嫁生子，長大仍然戍邊不回，成為長城下相撐拄的骸骨。故憤言「生男慎勿舉，生女哺用脯」，痛哉斯言。人本自私，各愛其婦，豈能迫其改嫁，更事一夫；人亦皆深愛其子女，豈忍摧殘親子。人生至此，天道寧論。似此用反諷之筆，來襯托人性的挫折，實在太生動感人了。杜甫兵車行的命意，與此頗相似，所謂「信是生男惡，反是生女好，生女猶得嫁比隣，生男埋沒隨百草。」生男本是我國家庭中最重視的事，也是人人所企求的；如今卻嫌惡生男，反喜生女，一反平常人心，也是妙在反諷映襯。此外如王粲七哀詩：「天下盡樂土，何為久留茲。蓼蟲不知辛，去來忽與諮。」又王翰涼州詞的「醉臥沙場君莫笑，古來征戰幾人回」，都是善於運用此種筆法，有異曲同工之妙。

3.因知音追求之不遂而造成的人性挫折

如韓愈的雙鳥詩：

「雙鳥海外來，飛飛到中洲：一鳥落城市，一鳥集巖幽；不得相伴鳴，爾來三千秋。兩鳥各閉口，萬象銜口頭。春風捲地起，百鳥皆飄浮；兩鳥勿相逢，百日鳴不休。有耳聒皆聾，有口反自羞。……雷公告天公，百物需膏油。自從兩鳥鳴，聒亂雷聲收；鬼神怕朝詠，造化皆停留。草木有微情，挑抉示九州，蟲鼠誠微物，不堪苦誅求。不停兩鳥鳴，百物皆生愁；不停兩鳥鳴，自此無春秋。……周公不為公，孔丘不為丘。天公怪兩鳥，各捉一處囚；百蟲與百鳥，然後鳴啾啾。兩鳥既別處，閉聲省怨尤。朝食千頭龍，暮食千頭牛；朝飲河生塵，暮飲海絕流。還當三千秋，更起鳴兩酬。」

這是一首用寓言的方式來諷喻的作品。兩鳥志同道合，彼此一見如故，而相投契；此種知音之追求，本是人性正常活動之一。但由於這兩隻象徵君子的鳥，不停的相唱和，發出正義的呼聲，使得羣小窘態畢露。於是雷公告天公，逼得天公不得不用祂的權威，把兩鳥「各捉一處囚」；痛失知音是人生最大的不幸之一，也是人性活動的一大挫折。所以兩鳥只好「閉聲省怨尤」，向現實低頭，這也是人性可悲之處，但挫敗如此，夫復何言。又白居易的太行路：

「……與君結髮未五載，忽從牛女為參商。古稱色衰相棄背，當時美人猶怨悔；何況今日鸞鏡中，妾顏未改君心改。……人生莫作婦人身，百年苦樂由他人。行路難，難於山，難於水。不獨人間夫與妻，近代君臣亦如此。君不見左納言，右內史，朝承恩，暮賜死。……」

此詩也是用嘲弄的筆法來反襯。美人追求嘉偶，文士追求知音，賢臣追求明君，這些都是人性的正常活動。然而美人色衰被棄，文士落拓，懷才不遇，賢臣忠諫賜死。人性的活動既然受到嚴重的挫折，在悲痛之餘，也就突發奇想而思逃避，故謂「人生莫作婦人身，百年苦樂由他人」。此種反諷的筆法，一語破的，足以發人深省。

4. 由於生命不諧、壽夭不齊而引起的人性挫折

如詩經王風之「兔爰」，詩人看那狡兔爰爰，綽然自得，堅貞的雉鳥卻遭羅網之災，而已亦不幸的「逢此百罹」、「逢此百憂」、「逢此百凶」。詩人既深慨堅貞的賢士罹禍，而己又生命不諧，無以積極的發展正常的人性活動；在挫折之餘，只好尋求逃避解脫，故謂「尚寐無吪」、「尚寐無覺」、「尚寐無聰」。然而生命可貴，誰又願意一睡不起，接受這種無可奈何的了結方式呢？由此可以看出，人性的挫折所帶給人的打擊是如何的嚴厲可怕。又如古詩十九首「驅車上東門」，繁華的東都，墳墓纍纍的北邙山，這是多麼可怕的對比。繁華無常，壽夭不齊，常帶給人何等的感慨。所以一想到「潛寐黃泉下，千載永不寤」，而「年命如朝露」、「壽無金石固」，甚至於「萬歲更相送，聖賢莫能度」；在衰世之中，一想到人生如此，更加令人黯然神傷。於是想追尋人性以外的超脫——追求神仙之道，但神仙不可得，只好飲美酒、被服紈素，以物質的享受來麻醉受到挫折的人性了。又如古詩十九首的「生年不滿百」，亦是與此相類之作：

「生年不滿百，常懷千歲憂。晝短苦夜長，何不秉燭遊。為樂當及時，何能待來茲。愚者愛惜費，但為後世嗤。仙人王子喬，難可與等期。」

生活的目的，生命的意義，原在永恆的繼承和開創，以臻真、善、美的境界。故「為天地立心，為生民立命，為往聖繼絕學，為萬世開太平」，凡此千歲之憂，應是人性活動積極的一面。但衰世的刺激，生命的不諧，乃有及時行樂的頹廢趨向，而造成人性活動的另一挫折。杜甫曲江詩「細推物理須行樂，何用浮榮羈此身」，亦同此調。然而這種對人生失望悲觀的解脫，最後終於轉變成超曠一派的詩風，而形成「憂患意識」的另一種變形作品。

四、結語

詩為性情之物，性情本與生命相因緣，生命則寄託在時代社會複雜的時空之中，而活動於現實的生活裏。其生命之貫串，活動之綜合，始終交織形成一部部動人的憂患的歷史；而一部光輝奪目的中國詩史，就依託在一部充滿「憂患意識」的中國歷史之中。因此，「憂患意識」活躍在幾千年的古典詩園地裏，是理所當然，不足為奇的事。而傳統的文人——詩人往往具有較高的文化教養，而產生一種「以天下為己任」的責任感。在他們的心靈深處，也蘊藏著對社會人生無限的深厚的同情；而此種同情，又常在複雜多變的現實生活裏，昇華成一種崇高的悲天憫人的情懷。並藉著真摯生動的詩筆，來傳達他們最真切的關注，使讀者在諷誦之餘，皆有「若傷我心者」的親切感受。這也就是由於他們能真實地反映人類在現實生活中共有的情思和不同的感受，所以使得此種具有「憂患意識」的詩篇，能更深刻的、廣泛的感動讀者。

故從歷史的啟示來看，人類生活的時空，無不伴隨著「憂患」，或為個人、或為社會、或為家國，而憂深思遠。所謂「饑者歌其食，勞者歌其事」，正可以看出生活的憂患，此亦即君子何以無日不憂之所在。另一方面詩人在現實的人生中，又有豐富的生活體驗，和強烈的奮鬥意識，以及堅毅的實踐精神；凡此使得詩人與其作品，及其生命，其整個人生融匯凝聚成一個整體而不可分。如是這些帶有「憂患意識」的動人詩篇，不時的出現在古典詩的園地裏，自非是偶然的了。而作為社會意識形態之一的文學藝術，尤其是詩歌文學，終竟是隨著社會的發展，而向前推進。此種必然的事實，不但賦予詩歌更活躍的生命力，也豐富了詩歌的內含和精神，也使我們有機會體驗到各種不同形態的「憂患意識」作品。從另一個角度來看，由於「憂患意識」的表露，使詩歌的形象，得以逐漸的推展，詩歌情思內含的容積，也得以層層的加深、擴大，而終於結合成一能融匯生命與情感，涵蓋社會與人生的完美詩篇。對於此種為生命而謳歌，為人生而藝術的動人作品，其創作意義當更積極，其內含必更具體，其價值也更加可以肯定；從詩經到古詩十九首，到漢魏古詩樂府，以至唐宋以後的各種不朽作品，莫不如是。我想這一點，一部爍古耀今的中國詩史，已經給我們作最好的證明了。

原刊於《第一屆中韓文學會議論文集》六十五年六月

黃土高原上的天鏡——詩經中的月亮

一輪光滿，萬里氣清，這是多美的景象；素月流天，觸目生情，這是多動人的事。多少年來，在詩人的彩筆下，寫下無數感人的詩篇。然而在西元前六百年之前，在中國的黃土高原上，亙古以來，在冷寞的夜空之中，恆照大地的，只是一面高高的天鏡，卻是相當寂寞的。正如神話無法在遠離海洋的黃土高原上滋生一樣，月亮在先民的心目中，只是自然的一種天體和形象，在土風膇重的黃河流域，和山川秀異的江南是絕不相類的。北方民尚實際，雖負才而敦厚，因此他們很難從「月」產生豐富的聯想，和高妙的象徵。當然無法產生「莫辭終夕看」的雅興，或是「岸白不關沙」的聯想，也產生不出「未必圓時即有情」的婉轉抒發，或「高高秋月照荒城」的景象。尤其是黃沙濁浪，水月無法相輝映，當然更不能出現「波心蕩冷月無聲」的情景。這也就是為什麼我們在詩經中，可以讀到很多足以動移人情的寫實詩篇，也可以欣賞到不少活潑生動的情歌，但卻很難從詩經中能欣賞到寫月的詩篇。

在三萬九千一百二十四字的詩經中，「月」字雖出現了五十五處，但大多是當年月的「月份」用，或當為時間的代名詞，就是直接用以敘述「月」的也很少，只能作「照臨下土」的描述。像「月出之光」、「東方之月兮」（見齊風雞鳴東方之日二篇），這樣的描寫已經是難能可貴的。不過在我們失望之餘，卻奇蹟似的發現了陳風的「月出」篇；在詩經三百五篇中，這是唯一以月為題材，望月懷遠而生情的一首「月詩」。「月出」篇的出現，當然也非偶然，這也許是陳國在十五國中，它的風土人情和地理環境比較特殊的關係。陳國地域在河南淮陽以東至安徽亳州一帶；其地廣平，雖無名山大澤，但已接近江南。而且陳國巫風很盛，民風開放而浪漫。熱情的青年男女，常常羣聚舉行舞會，甚至當街婆娑起舞（見東門之枌），這在詩經其他十四國風中是找不到的。由於陳國民風之熱情開放，所以它的情歌作品也相當浪漫優美。在「東門之楊中」，敘述男女之戀——「東門之楊，其葉牂牂，昏以為期。」說明城外的楊柳萬樓，繁星點點，在如此柔美而充滿情調的黃昏，正是「今宵好向郎邊去」的好時光，雖不見更富情調的明月，但「月上柳梢頭」的情景已呼之欲出，而動人的「月出」篇更可以彌補詩經中「月」的缺憾。

「月出皎兮，佼人僚兮，舒窈糾兮，勞心悄兮。月出皓兮，佼人懰兮，舒懮受兮，勞心慅兮。月出照兮，佼人燎兮，舒夭紹兮，勞心慘兮。」詩中多述望月生情，思戀心目中的美人，月光由初生到揚彩飛光，終於藏人帶樹而「天涯共此時」，情人綽約的風姿，明媚光艷的形象，早以透過月光，而浮現在戀人的眼前，然而伊人縹緲，幽心愁思，終於到了無法承受的「慘兮」境地。特殊的題材和風格，以及情歌的浪漫情調，帶向楚辭風味的感覺。但更重要的是它不再使「明月」，僅僅仍是黃土高原上一面冷漠的天鏡，而寫下中國第一首純粹以月為題材，以月的形象的抒情詩。難怪蘇東坡在孟秋之夜，泛舟赤壁，月出於東山之上，在舉酒屬客之餘，聯想起詩經的作品要「誦明月之詩，歌窈窕之章」了。

原刊於《中央日報・副刊》

司馬遷及其成就

一、一位偉大史學家的生命歷程

司馬遷，字子長，左馮翊夏陽人（夏陽今陝西省韓城縣）。於漢景帝中元五年（西元前一四五年）生於龍門（今陝西省韓城縣東北、山西省河津縣西北），約卒於漢昭帝始元元年（西元前八六年）以前，年約六十左右。

在十歲以前，他是在韓城的家鄉過著耕牧的日子，這使得童年的司馬遷，即有機會體驗中國傳統農村田野間的實際生活。十歲時隨他的父親司馬談來到京師，從孔子十二世孫孔安國學古文之學，熟讀左傳、國語、戰國策等史書；在當時政治文化學術中心的長安，奠定了他學問的根柢，也渡過了踏實的少年時代。二十歲那年，開始了周遊天下，遍歷名山大川的壯舉。他先南遊江淮（江蘇安徽北部），訪問了韓信的故里；然後經江西的廬山，來到了浙江，登上了會稽山，也探了禹穴。又從浙江到了湖南湘水上流九疑山，憑弔舜的葬地。然後沿湘水順流來到長沙，也來到汨羅江畔，追懷投江的屈原而潸然淚下；顯然的他對屈原賈誼這兩位同病相憐的騷人，充滿著虔誠的敬意，也表現了真摯的關懷和同情。之後北涉汶水、泗水，來到了齊魯；一方面觀孔子之遺風，以涵泳儒道；一方面在鄒魯之間學鄉射之禮，講習禮樂。後來在鄱、薛、彭城等地遭遇困阨，脫困後遊歷了齊、梁而回到長安。這次的旅遊，可謂足跡半天下，而且每到一地，必考其山川風俗，疾苦利病，或訪其賢豪長者，以與所知聞相印證，這對他後來從事史記的創作，是最好的實際體驗了。

壯遊之後，司馬遷就開始了他的仕宦生活，在他二十二歲那年（元朔五年，西元前一二四年），被任命為郎中。元鼎五年（西元前一一二年）他三十四歲時，因某種特殊機會，曾有過西陲之遊。次年，奉命隨將軍李息出征巴蜀以南，南略到了邛筰、昆明，為朝廷宣諭西南的蠻夷，並且成功的完成使命。而此次西南之行，和上次的西陲之遊，以及二十歲的東南之旅，使他的足跡幾乎踏遍了大漢皇朝的國土，也真正達成了他遍歷中國名山大川的壯志。元封元年（西元前一一〇年），他從西南夷回到洛陽行在所報命，見到了他那臥病不能扈從天子封禪的父親，司馬談在彌留之際，曾勉勵他繼承父志，著史以發揚先人的緒業。這一年的四月，他扈從武帝封禪泰山，並從海上到了遼西。

當元封三年（西元前一〇八年），他守父喪三年之後，繼承父職為太史令，開始紬繹整理史記石室金匱之書，而論次其文，完成史記正式創作前的準備工作。這時他已三十八歲，正是人生最成熟而富有活力的時代，也是一個人從事著述，建立功業的最好時機。次年，他又扈從封禪，先到雍祭祀五時，又出蕭關（今甘肅東北部），北過涿鹿鳴澤（今哈爾濱涿鹿），再經山西恆山而回。其後又曾隨從武帝巡遊，南至江陵，祀舜於九疑，又登廬山，過九江彭蠡（即鄱陽湖），然後從海路北上山東琅琊，增封泰山而回。司馬遷從二十歲開始壯遊，以至四十歲，二十年之間，或由於奉命出征，或扈從封禪、出巡，使他完整的經歷了大漢帝國重要的空間。在那一再經歷的偉大的自然環境中，更陶冶出他那高潔而樂觀向善的人格，和雄偉的懷抱氣魄；也使他的偉大創作，有了更豐富而深刻的體驗。

太初元年（西元前一〇四年），四十二歲的司馬遷參與了漢帝國的一件大事，那就是與壺遂、公孫卿、兒寬等人主持改曆易服色的事；而太初曆的完成，二千年來支配了中國人的時間觀念，也成了漢民族農耕或日常生活的行事依據，可謂為一不朽的事業。在這一年，他也正式的下筆從事史記的創作，開啟了他另一不朽的事業。當史記正式的創作進行了七年，卻遭遇了李陵之禍，下獄受腐刑。這對他來說雖是不公平，難於忍受的，也是最大的不幸，但卻激勵了他，更加的發憤積極的去創作，以求完成那「究天人之際，通古今之變，成一家之言」的史記。到了太始元年（西元前九六年），武帝大赦天下，司馬遷出獄後，被任命為中書令；職雖尊寵，但卻是宦者之官，這也是他所難於釋懷的，而此時已進入了半百的垂暮之年了。從此，他專意致力於創作，在征和二年（西元前九一年）他報任少卿的信中，可知史記一書已粗備。從他當太史令屬意作史記起，經過了十八年的慘淡經營，百三十篇、五十二萬六千五百字的史學巨著也終於完成了，而這時他也五十六歲了。此後他的人生如何？以及如何走完他的人生之旅的盡程？都不得而知。據今人楊家駱先生的考證，司馬遷所任職的中書令，而昭帝始元二年

（西元前八五年）為郭穰所繼任，故疑他當死於此年，或前一年；如此，他大概也經歷了約六十年憂患的人生。但這一切都是他對生命、創作最真實深刻的體驗，而成為司馬遷世界精神寄託之所在。

二、史記的精神價值——宏揚儒學之功

史記固是一部具有開創性的史學不朽巨著，它除了有史學的實質價值之外，更具有文化上的精神價值，亦即它的宏揚儒學之功。司馬遷在太史公自序裏，特別強調他秉承先人遺志，創作史記的微旨，他說：「先人有言，自周公卒，五百歲而有孔子。孔子卒後，至今五百歲；有能紹明世、正易傳、繼春秋，本詩書禮樂之際，意在斯乎！小子何敢讓焉。」顯然的，史遷是以「孔子」作為他個人祈嚮的理想極至，以繼「春秋」之著作，為其個人之終身職志。究竟司馬遷有沒有成為「第二個孔子」？史記是否成為「第二部春秋」？相信歷史會提供我們正確的答案，但無論如何，史記終於成為一部宏揚儒學的巨著，這一點是可以肯定的。

首就司馬遷的思想而言：司馬遷的思想，一是得自家學淵源，一是來自他所接受的教育。在家學淵源上，他在早期受了父親司馬談的薰陶，而對道家的思想即有所體認，這使他在以後的言行和論述裏，不時流露出，受道家思想遺澤的沾溉。不過他父親司馬談雖醉心於「指約而易操，事少而功多」，「能為萬物主」（太史公自序）的道家之術，而頗憾於儒家的「博而寡

要、勞而少功」（同上）；但他深知欲建立完美的政治體制，和安定的社會秩序，則非儒家之術莫辦，故嚴肅的強調：「若夫列君臣父子之禮，序夫婦長幼之別，雖百家弗能易也。」（同上）可見司馬談論六家之要旨，雖貴道家，且不廢儒家；而且他「既掌天官，不治民。」（同上）故其醉心道家，亦不妨其職。然而司馬遷生長的時代，黃老之學已逐漸式微，而是一個經學勃興，儒學大盛的新時代。同時，他的父親也希望他成為一個新時代的偉大學者，不但讓他接受具體的儒家教育，而且更進一步鼓勵他，要效法孔子「修舊起廢，論詩書，作春秋」（同上）。故由於時代和學術思潮的改變，以及個人對先人遺志的奉持和實踐，這些種種的因素，使得司馬遷的思想，最後卻歸趨於儒家，而成為一位宏揚儒學的功臣。

次就史記一書所表現而言，其宏揚儒學，昭然若揭。孫德謙太史公義法曰：「司馬遷之作史也，立言之旨，一本孔子，而後凡為學者，皆知奉聖人為依歸；其有功聖教，抑何偉哉！」這話說得最簡要確切；史遷對孔子的崇敬，是無以復加的，他總是把孔子視為一可以印證的最高權威。他常常引據孔子的話，甚至於巧妙的襲用孔子的話，以資論述，而成為儒家最忠實的傳道者。此外，他列孔子於世家，創為儒林之傳，作仲尼弟子列傳，其表揚儒家可謂不遺餘力。又名墨諸家，列傳概乎無有，亦可窺見其尊儒之微旨。至其游文六藝，表彰仁義，則全書隨處可見。凡此在在顯示出司馬遷對儒家的服膺與忠誠，及其顯揚之功。

三、司馬遷的儒學思想

司馬遷借史記一書來表彰儒學，則其崇儒、揚儒的思想，皆可於史記中窺見之。然而其儒學思想究竟如何？吾人可以於尊聖宗經，崇禮樂，諸端中見其端倪。

(一)尊聖宗經

在司馬遷的心目中，天下之君王或賢人實在太多，但都是榮名及於當世而已，真正能不朽而為後世所宗法的，只有孔子一人。顯然的，他對於孔子的「追修經術以達王道，匡亂世反之於正。」（太史公自序）無限的敬慕，而有「高山仰止，景行行止。雖不能至，然心嚮往之。」（孔子世家）的由衷讚嘆。觀史記一書，徵引孔子之言論者特多，凡五百餘見，可見其師法之誠，崇尚之極。因為「自天子王侯，中國言六藝者，折中於夫子，可謂至聖矣。」（孔子世家贊）此其所以序列孔子於世家，這一點與公羊家尊孔子為素王，其用意相同，無不在於「尊聖」。他又特別推重孔子作春秋之功，以為比刪定諸經的影響更大，猶孟子所謂孔子作春秋可比禹抑洪水，周公兼夷狄同功，這也就是孔子能功繼群聖的原因。又史記十二諸侯年表，「起於共和，終於孔子」，而且凡於本紀世家之中，於孔子之卒，必筆書之。凡此莫不深寓崇孔尊聖之微旨。

考孔子之所以為司馬遷所特別景仰尊崇，除了孔子有崇高完美的人格之外，就是由於孔子論述六藝的偉大事業；也就是司馬遷所謂的「為天下制儀法，垂六藝之統紀於後世」（自序）。由於孔子尊經，使得後世尊孔之魁儒，也「咸尊夫之業而潤色之」（儒林列傳）。司馬遷既然對孔子的偉大「心嚮往之」，而又拳拳奉持先人遺志——「昭明世、正易傳、繼春秋、本詩書禮樂之際」（太史公自序），而「何敢讓焉」，其尊孔宗經之意已顯然若揭。至其宗經思想，在太史公自序、孔子世家贊、儒林列傳、伯夷列傳、屈原賈生列傳、殷本紀、滑稽列傳、貨殖列傳、大宛列傳贊、司馬相如列傳贊、張釋之馮唐列傳贊、田敬仲完世家贊，外戚世家、封禪書、平準書、樂書、天官書等各篇中，隨時按之可見。固然尊孔必宗經，但更重要的，乃在於「六藝之歸」可以「明政」「補缺」（語見李斯列傳贊），可以實踐儒家的政治思想，這也是司馬遷原有的抱負。

(二) 崇仁義

「仁」是孔子學說的中心，「義」是孟子性善說之所本，二者皆是孔孟所常談而特別留意的。司馬遷既尊聖宗孔，並思有以上繼儒道，因此在其言行裏，無不利用任何機會來表彰強調仁義。他認為小至個人修身，大至國家為政，一切當以仁義為依歸。就國家而言，地形險阻、兵革刑法，皆未足恃，如能「仁以愛之，義以正之，如此則民治行矣！」（樂書）故為政當「以仁義為本，固塞文法為枝葉。」（陳涉世家）而凡能「篤於仁義，奉上法」（高祖侯者年表序）的人，必能自全而傳世；所以於「當世仁義成功之著者」，「咸表終始」（惠景間侯者年表序）。至於個人為人處世，也都是以仁義為貴，凡能崇仁厲義的，也必加以顯彰表揚。如伯夷叔齊，生當爭利之末世，而「維彼奔義」（太史公自序）；又孫子吳起所以能傳兵論劍，乃在其能信廉仁勇；田叔之所以顯榮，也在於能節義言廉，直行勵賢；又李將軍之所以受人敬愛，乃在於他能「仁愛士卒，勇以當敵」（同上）；而游俠之所以立傳，也在於他能「救人於戹，振人不贍」，而且「不既信，不倍信」（同上），凡此表現正是「仁者有乎，義者有取焉」。

至於司馬遷本身，他所拳拳服膺而求以實踐的，也是在於仁義之德，這可以二事印證之：其一，他創作了「述往事，思來者，而為聖賢發憤之所為作」的史記，對於自陶唐以來，至漢武帝獲麟為止的歷史，予以褒貶美刺，而成為中國歷史上的第二部「春秋」；所謂「撥亂世反之正，莫近於春秋」（以上並見太史公自序），所以著作史記可以說是司馬遷仁義胸懷的最高實踐。其二，他之所以遭李陵之禍，乃是痛心像李陵這樣「事親孝，與士信，臨財廉，取予義，分別有讓，恭儉下人；常思奮不顧身以殉國家之急。」（報任少卿書）的一位賢德勇士，舉事稍一不當，就受到全軀保妻子之臣的媒孽其短，使得是非公理不昭，故基於義憤而仗義執言。這就是司馬遷的仁德之懷在生活上最真切的實踐，由此正可以看出其人格之完美與偉大。

(三) 重禮樂

禮樂是孔子學說的要旨，也是儒家教育哲學和政治思想的重要內容，故為孔子所常揄揚美談。司馬遷既崇孔尊儒，重禮樂自然成為他儒道思想重要的一環。史記之作，列禮樂二書為八書之首，其推崇強調之意顯然可見。他認為「禮者，人道之極也。」（禮書）（樂者，通於倫理者也。）（樂書）二者皆根源於人性，故謂「禮樂皆得，謂之有德。」（樂書）而成為個人修養之所依。因為「禮由外入，樂自內出。故君子不可以須臾離樂，則姦邪之行窮內。」（樂書）可見禮樂乃用來「養行義，而防淫佚」（同上），不或缺的憑藉和工具。故由修己而治人，禮樂終竟成為政教之所本，蓋其可以「善民心」，「補短移化」（樂書），也「所以同民心而出治道」（同上），此所以「先王著其教」之所在。故為政能從禮樂，則天下必治安；不能從禮樂，則天下必危亂。故曰：「揖讓而治天下者，禮樂之謂也。」（樂書）至其效用之極至，乃能「宰制萬物，役使群眾」（禮書），難怪太史公有「洋洋美德乎」的禮贊了。

考禮樂之可貴，而為政教之所本，乃在於禮「固人質為之節文」，以其「近性情而通王道」，故可「略協古今之變」；而樂者乃「人情之所感，遠俗則懷」，「所以移風易俗也」（以上並見太史公自序）。蓋先王「緣人情而制禮，依人性而作儀」（禮書），由於禮的制定，使得「事有宜適，物有節文」（同上）。從教化的立場來看，人生而有慾望，於是有紛爭以至於亂，故禮乃用來養人之慾以止亂；蓋「恭辭讓之所以養安」，「禮義文理之所以養情」（同上）。而君子若能得其「養」，又能辨其「樂」乃所以節制人的性情，先王以各地風土殊異，情習不同，故「博采風俗，協比聲律，以補短移化，助流政教。」（樂書）因為人心感物而動，形於聲音，惟其感有哀樂喜怒敬愛之分，故其聲有唯殺、嘽緩、發散、粗厲、直廉、和柔之別，而樂正可以節其情而和其聲。而此種「和」的極至，必達「樂者天地之和」，而「和，故百物皆化」（樂書）的境界。

四、司馬遷的史學成就

司馬遷是中國最偉大的史學家，史記一書，可說是他整個生命的凝聚，也是中國史學最豐富的遺產。二千一百多年來，「司馬遷」這三個字，和「史記」這個名詞，一直帶給千千萬萬的中國讀書人，嚴肅的啟示和深遠的影響。他在學術上的成就和貢獻，不但使他成為中國史學之父，也成為讀書人心目中的偉大聖哲。

史記——這部中國史學的經典著作，不但始創正史，而且其體制之完備，內含之豐富，組織之嚴密，寄託之深微高遠，文辭之雅潔生動，皆足以震古爍今，而啟發來茲。茲就史記一書，論述其創作之特色，與表現之技巧。以窺其史學成就之一斑。史記創作之特色，約可歸納為開創性、整體性、客觀性與批判的精神、發展性、塑造性諸端，略述於下：

(一)開創性

史記一書為紀傳體之通史，不但為正史之始，也開創了史學創作的完整體例。此點趙翼言之頗為精當：「司馬遷參酌古今，發凡起例，創為全史。本紀以敘帝王，世家以記侯國，十表以繫時事，八書以詳制度，列傳以誌人物。然後一代君臣政事，賢否得失，總彙於一編之中。自此例一定，歷代作史者，遂不能出其範圍，信史家之極則也。」（廿二史劄記）劉知幾二體篇也有相似的推崇：「子長著史記，載筆之體，於斯備矣。後來繼作，相與因循，假有改張變其名目，區域有限，孰能踰此。」由於司馬遷開創了「史家之極則」，載筆之體新備，而能「區域有限」以故後代之史學家，不能踰此而出其範圍。尤其本紀世家，列傳開創了正史紀傳體，特別強調人才是歷史的主宰，才是歷史的創作者，而司馬遷所寫的人物，可謂含蓋了整個政治社會，以及現實人生中的各種代表人物，而由這些人物串聯而形成的歷史，當然是最充實而真切動人的。

(二) 整體性

由於司馬遷獨特高超的史識，及其創作體例之嚴密完備，使史記一書表現出其完美的整體性。就體制上來說，紀傳體固然表現了人在歷史中的意義和地位，但對於繫年記事，則嫌有所不足，史遷為彌補此一缺陷，特創立「十表」。趙翼謂：「史記作十表，昉周之譜牒，與紀傳相為出入，凡列侯將相、三公九卿、功名表著者，改立為傳。此外，大臣無功無過者，傳之不勝傳，而又不容盡沒，則於表載之，作史體裁，莫大於是。」（廿二史劄記）梁章鉅退庵筆記亦以為：「傳之不可勝書」，或「傳中有未能悉備者，亦於表載之」。故能「年經月緯，一覽了然」。如此人、時、事三者皆能相貫串一氣，而表現完美的歷史特質。難怪鄭樵特加讚美，謂：修史之家，莫易於記傳，莫難於志表，太史公囊括一書，盡在十表。」（通志年譜序）次就內含而言，由於人、時、事三者的相貫串結合，使得史記一書能包容當代中國的整個社會，並含蓋整體的生活體驗。同時更難得的是，「八書」的創立，更超越了一般歷史的表現，而開創文化史更充實的內容。它不但成為記載國家重要典章制度的體例，而且使史記成為中國古代第一部的百科全書，舉凡禮、樂、律曆、天文、宗教、政治經濟、山川、地理等等，包含無遺。後來班固的漢書，把八書擴大為「十志」，使這種中國式的百科全書，更為完美充實。而此種整體性的歷史創作，終於成為後代正史創作的楷模。

(三) 客觀性與批判精神

司馬遷在史學的創作上，由於他不但能致力於「究天人之際」，「通古今之變」；而且又繼承了董仲舒公羊學派的批評精神，也感染了其父司馬談好論事理的態度，使得史記一書充滿著積極的批判精神。因此，對於歷史演化的意義和規律，以及史實的客觀價值與意義，皆能作一嚴肅而超然的批判和衡斷。在史實的敘述中，他能將主觀的情思，和客觀的描寫分開，而忠於歷史寫作的藝術；至於主觀的批判則往往歸入篇後的贊——太史公曰：或則序之中。誠然，歷史本身就是最好的批判，故一位偉大的史學家，最難能可貴的，就是如何公正而自然的來表現此種批判精神。司馬遷之所以善於批判歷史事實，並不在於篇末的論贊，乃在於善借事來達其批評諷喻的目的，而避免給人主觀的批判印象；這也就是顧亭林先生所謂「于敘事中寓論斷」，顧亭林說：「古人作史，有不待論斷而于事之中即見其指者，唯太史公能之。平準書末載卜式語，王翦傳末載客語、荊軻傳末載魯勾踐語、武安侯田蚡傳末載武帝語，皆史家于序事中寓論斷法也。後人知此法者鮮矣，惟斑孟堅間一有之。」（日知錄卷二十七）顧氏以為，在中國歷史上，史學的創作可以不待論斷，能於敘事中見其意旨，而寓其論斷的，只有司馬遷一人能作到，後人瞭解此種史法的也很少，只有班固偶而有此表現。太史公這種自然而客觀的歷史批判，從另一方面來看，正是孔子作春秋，託微言，寓褒貶，另一種形式的表現，也是孔子春秋精神的繼承和發揚。

(四) 發展性

史記是記載從五帝以至漢武帝，大約二千五百年的一部通史，對於這樣一部複雜的紀傳體通代史，由於司馬遷在處理手法上所建立的系統性，使得這部一百三十篇的歷史鉅著，顯得條理秩然、脈絡明晰。由於本紀和年表，皆各依時代先後為序，故兩者能互為經緯，兩相參照，而顯示出整個歷史的演進過程。而在系統性的基礎上，司馬遷又表現了創作上的另一種特色——發展性。列傳七十篇，佔全書一半以上的篇幅和份量，面對著這麼多歷史上的重要人物，和那麼複雜難處理的材料，他先作系統性的歸納，以類相從、歸納獨傳、合傳、類傳、四夷傳四類，然後再以發展性來處理表現；不但列傳如此，本紀和世家的寫作也有相同的特色，這是司馬遷處理紀傳體歷史最突出而成功的一種手法。他對人物的敘述，性格的烘托，一事的形成，皆能逐層推展。因此，他善寫一事複雜的原因，及其推衍所產生的結果；在筆法及架構上不但表現了生動的發展推衍特色，而且在一篇文字之中，又能做到首尾呼應。凡此手法特色，在本紀、世家、列傳中，隨處可見，篇篇皆可印證。

(五) 塑造性

史記既是以人為中心的紀傳體創作，而且在內含取材上，特別重視整個社會各階層的活動，因此對整個政治社會人生各種人物的描寫，自然成為最重要的任務；而最難能可貴的是——司馬遷正是一位善於塑造各種類型人物的史學家。他所描寫的人物——有帝王、后妃、貴族、官吏、聖賢、學者、文人、軍人、商人、醫生、卜者、游俠、刺客、佞幸弄臣等等，可謂涵蓋了中國古代社會各階層人物；他就藉著對各種人物的塑造、並加強其特色，來反映人類歷史的真相。如他把項羽塑造成一狂飆突起式的亂世英雄，把劉邦塑造成一雄豪有氣度，而又帶有流氓無賴氣息的平民帝王，把張良則塑造成為一智慧謙恭而又具有道家完美人格的謀臣，把樊噲塑造成一粗獷剛烈的勇士。他對人物的塑造，總是藉兩種手段來達成，一是藉敘事來烘托，一是藉人物的對白來刻畫；而這種手段往往同時並行的。前者是一種間接的描繪，後者則是一直接的敘述刻畫；兩者都是歷史寫作常用的筆法，而以後者最為生動，一部成功的歷史作品，必然把這種筆法發揮得淋漓盡致。司馬遷就藉這種筆法，讓歷史中的人物親自對話，從對話中來表現其性格思想。這種筆法不但能塑造各種類型的歷史人物，而且讓這些歷史人物，藉著他們生動的對話，在讀者面前親自現身說法，使人有栩栩如生、歷歷在目的真實感，如項羽本紀，鴻門宴一段從項羽、沛公、范增、項伯、張良、樊噲等諸人生動的對話，不但貫串成一幕動人的歷史畫面，而且經由他們談話的刻畫烘托，每個人鮮明的性格，也非常突出的顯現出來。如：項羽的粗豪坦率、容易衝動，以及婦人之仁的性格，在他的對白中立現讀者眼前。而沛公的機警果斷、曲伸圓滑；張良的溫文機智，從容的籌畫紓解；項伯的仁厚重然諾；范增的深沈尖刻，樊噲的剛烈勇猛；一個個歷史人物的性格，都很自然巧妙的，在他們的對話中被塑造出來了。

至於史記在寫作上所表現的技巧，特別表現出他的史學修養和才識，可從下列諸端略論之：

1. 不拘泥體制

司馬遷固然開創了嚴謹而完整的史學體例，但他卻很靈活的運用，而不死守拘泥，因為他把史記的創作當作一個活的藝術品來看待、來處理。由於司馬遷超人的史識，故能不為自創的體制所拘限，而且能從其中寄其微意，也寓其褒貶；因此絕不可以「自亂其例，多所牴牾」（王安石讀孔子世家）來小看他。如項羽入本紀、陳涉入世家、劉知幾史通多所譏議。以為「再三乖謬」；黃文弼卻以為史遷之本紀的標準，「不在位而在權」，而世家之體例標準，則「不在年代之久暫；不論封土之大小，而在是否有功有德於天下。」（史記源流及體例）黃氏固頗有所見，然史遷之微意，乃在秦失其道，豪傑並擾，陳涉能首先發難，項羽則乘勢而起，卒亡秦族。像這種能在亂世創造時勢，而影響一代的人，或列本紀、或入世家，自是卓識，又呂后入本紀，是因為惠帝不聽政，呂后實際掌握政權，綱紀天下，同時也寓其重女權之微意。又孔子入世家，是因為孔子繼承道統，集儒家思想之大成，為知識分子心目中之精神領袖，而其教化之功，不在輔弼股肱之臣之下，其垂教後世，影響之大，更超越一般之諸侯王；由此，正可見史遷尊聖之微旨。又外戚之列世家，也因為他們能左右政治，或有輔弼帝王之功。至於刺客游俠有傳，這是他特別注意社會各層面的人物及其活動的意義；如刺客游俠之流，亦有忠義仁信之徒，一者足資表彰，一者嫉社會之不平，而深寓其諷喻。

2. 互見之表現法

歷史的敘述原是非常錯綜複雜的，尤其紀傳體的寫作，常常一事一人見於二傳，或出現於數篇之中，為了避免重複刻板的敘述，但又要保存史實的完整，以及對人物本身的刻畫和強調，於是史遷創造了互見的表現技巧。所謂「互見」，也就是同樣的事件和人物，如須共同出現在不同的篇章裏，則以重點置於本傳，在他篇中則作適當的點化，以為交代，而求其詳略得所。如鴻門宴一段，互見於項羽本紀、高祖本紀、留侯世家、樊酈滕灌列傳等諸篇之中，但其敘述的重點及詳略卻各有不同。其中項羽本紀對整個事件記敘最為詳盡生動，對各重要人物的刻畫也同時兼顧，這是因為項羽本紀出現在其他各篇之前，而且整個事件是因為項羽聞曹無傷之細言，為之大怒而引起，項羽當然是影響這個事件的中心人物。在高祖本紀中，此事則以沛公為重點，作一個簡要的敘述，對其他的人物的描述和生動的對話，則予省略。在留侯世家中，則以張良為重點，利用張良和沛公的對話，來強調表現張良謀畫紓解之才德。在樊酈滕灌列傳中，則以樊噲為重點，以他和項羽的對話，來描繪刻畫樊噲的忠義勇猛。另外，互見法的運用，也可以用來寄託褒貶，或寓其諷喻之微意。信陵君事互見於魏公子列傳及魏世家二篇，於魏公子本傳亟言其長處，謂其「仁而下士」，「名冠諸侯，不虛耳」。在魏世家中，則有所貶抑，謂：「說者皆曰魏以不用信陵君故，國削弱至於亡，余以為不然。」又如史遷對於漢高祖之批評，互見於高祖本紀，張丞相列傳，佞倖列傳諸篇中。本紀謂其「仁而愛人」，張丞相列傳謂其「桀紂主」，佞倖列傳謂其則「至暴抗也」。蓋本紀為高祖隱諱，張丞相及佞倖列傳則保存史實以諷喻之。

3. 加強氣勢及效果的寫法

史記之筆，本就奇肆疏蕩，縱橫有致，但為了使敘事描繪更鮮明生動，他運用了幾種加強氣勢及效果的筆法，如對照法、對稱法、奇峰突出法、提振法等。對照法是將兩個不同性格的歷史人物，或兩種殊異的情況，來相對照映襯，藉以加強生動的氣勢及效果。如項羽本紀中的項羽和范增，項羽是一位勇力而氣盛，容易衝動而又有婦人之仁的青年豪傑，范增則是一個深沉好奇計，堅毅自信的老謀士；像這樣對立的個性，要想共圖天下，必然不能相容，而註定失敗；難怪范增要大叫「豎子不足與謀」，終於負氣而去，疽發背而死。此種對照的筆法，所引起氣勢上的激蕩，對讀者的感受是相當強烈的。對稱法是一種平衡的寫法，對人對事皆可，在氣勢上往往能造成均衡的美感，與史記本身單行而奇的筆法相映成趣，往往能造成筆單氣雙的特色。奇峰突出法是在一般的敘述中，筆法突變，異峰突起，而有波瀾起伏之妙。提振法是司馬遷在長篇敘述中所運用的一種筆法，以避免長篇敘事頭緒之雜亂。他常用「是時」，「當是時」，「當此之時」等用語，一者結束上文，一者作適當的提振，使氣勢不至緩弱散漫。此法在史記一書中，所在多有，如在項羽本紀中，用此法提振者即有十三處之多。

五、司馬遷的文學成就

司馬遷不但是一位偉大的史學家，同時也是一位突出的文學家，謂之文史兼聖，實當之無愧。雖然他只想「垂空文以自見」，不志在成為文學家，但他的文學成就仍然極為輝煌，他的文學批評，他散文的成就，他辭賦的特色，建立了他在中國文學史崇高的地位，也贏得後人的推崇和應有的評價。爰就文學批評，散文的成就，辭賦的特色，對後世文學的影響諸端論次於後：

(一)文學批評

文學本是現實社會人生的反映，但是在何種背景或情況來誘發這種反映呢？創作在何種心理或動機下形成的呢？司馬遷以為當其人「意有所鬱結，不得通其道」，也就是當一個文人困窮至極點，而無法實現理想時，必定有所創作。他說：「昔西伯拘羑里，演周易；孔子戹陳蔡，作春秋；屈原放逐，著離騷；左丘失明，厥有國語；孫子臏腳，而論兵法；不違遷蜀，世傳呂覽；韓非囚秦，說難孤憤；詩三百篇，大抵聖賢發憤之所為作也。」（太史公自序）又說：「古者富貴而名磨滅，不可勝記，唯俶儻非常之人稱焉。……此人皆意有所鬱結，不得通其道，故述往事，思來者。……退論書策以舒其憤，思垂空文以自見。」（報任少卿書）在屈原賈誼列傳他說屈原「疾王聽之不聰也，讒諂之蔽明也，邪曲之害公也，方正之不容也，故憂愁幽思而作離騷。」在憂幽窮蹙之餘，文人發憤著作，是內心壓抑和苦悶，最自然也是最好的發洩。而內在情思發洩所凝聚而成的作品，正可藏之名山，表彰於後世，使自己苦悶的心靈，得到永恆的慰藉，和現實遺憾的補償。司馬遷的這種說法和佛洛依特的「壓抑說」，阿德勒的「補償說」，厨川白村的「苦悶的象徵」，正不謀而合，所不同的是司馬遷不是純理論的空談，而是本身最真切的體驗和實踐。

另外從他苦悶的發洩，和創作的補償的立場來看，也可以略窺其文藝創作的價值觀。他認為古人突出的創作，都是「以舒其憤，思垂空文以自見」（報任少卿書），而他遭李陵之禍，悲憤之餘，則「自託於無能之辭」（同上）所謂「空文」、「無能之辭」，表面上看來，好像是自謙之辭，其實是一種嘲弄。因為他們的創作都是在現實的政治人生無能失敗之後才表現出來的，故就創作的背景來看，和現實的感受而言，這些作品正是無用的空文，自是「無能之辭」。但如果從創作本身的價值及其影響來看，那些在現實人生得意、功名富貴，但卻其名磨滅無聞；而這些無能失意，俶儻非常之人，卻因其創作能為後人所稱述而不朽，其價值之存在，自不言可喻。由此可見，司馬遷的文學價值觀是與現實對立的，現實的失意無能，正是文學家的有能和大用；這種說法與歐陽修所謂「非詩之能窮人，殆窮者而後工也。」（梅聖俞詩集序）是可以相通的。

(二) 散文的成就

司馬遷是兩漢非常突出的一位散文家，他一方面繼承春秋戰國歷史散文的創作，史記一書在散文上的表現，終於自成一家之風格，建立正統之散文，而為唐宋及桐城諸派所宗。另一方面他又能導引一代的新風氣，創作單篇的書疏散文，成為散文史上單篇抒情散文的開創者。他的歷史散文，體奇而變，極縱橫疏宕，為兩漢駢散分途、散多駢少、意偶而筆奇的典型形式，也成為敘事散文中之最富有情韻的作品。又漢散文在形式上已逐漸脫離專著雜散文的形式，而出現書疏與論說的單篇散文，不過一般仍以說理論事為主，抒情之作難得一見，而司馬遷的報任少卿書，及與摯峻書，則以單篇書疏散文的形式，而為抒情之作，尤為可貴。

司馬遷在散文上的另一項成就是始創古文義法，及建立雅潔之風格。古文義法雖為桐城派古文家所美談，但卻是太史公之始創；他說：「孔子明王道，干七十餘君莫能用，故西觀周室，論史記舊文，興於魯而次春秋，上記隱，下至哀之獲麟，約其辭文，去其煩重，以制義法；王道備，人事浹。」（史記十二諸侯表序）此所謂義法，本是太史公論述孔子述作春秋之旨趣，而加以闡揚。他認為孔子作春秋，以「義」為重，而求「王道備，人事浹」。然欲臻於此，不可不裁之以「法」，因此必須「約其辭文，去其煩重」。可見「義」是用來載道，「法」所以行遠，二者終不可偏廢。清代桐城派方望溪諸家，擴大發揚其說，「義法」之說終於成為古文創作的最高指導原則。司馬遷既標舉義法，故必求文之雅潔，才不致於駁雜不醇，壞亂無章；於是雅潔成為表現義法的一種標準，也形成為文的一種風格。桐城派方望溪說：「柳子厚稱太史公書曰潔，非謂辭無蕪累也；蓋明於體要，而所載之辭不雙，其氣體最潔耳。」（書蕭相國世家後）柳子厚以「潔」稱許史記之文，方苞則稱其明於體要，而歸之於「雅」，故其文清澄而發精光，雅潔之風格於焉建立，而達到歷史散文的極致。

(三) 辭賦之特色

漢朝是我國文學史上、辭賦創作的黃金時代，司馬遷即生於此黃金時代的全盛期，以他的文學修養，在如此的環境裏，成為一位賦家，是理所當然的事，漢書藝文志著錄「司馬遷賦八篇」，即為明證。可惜其賦作為史記的光輝所掩，不為後人所重視，以至亡佚失傳；今存「悲士不遇賦」一篇，收錄於藝文類聚及續古文苑，而不為文選所選錄，更引起後人的懷疑。其實司馬遷不但雄於文，而且喜愛辭賦，在史記中，也常收錄辭賦之作，如屈原錄其漁文、懷沙，賈誼錄其弔屈原賦、鵩鳥賦，司馬相如錄其子虛賦、上林賦、大人賦。又晉陶淵明在他的感士不遇賦序中說：「昔董仲舒作士不遇賦，司馬子長又為之；余嘗以三餘之日，講習之暇，讀其文，慨然惆悵。……」陶淵明既然肯定「司馬子長又為之」，而且「讀其文」，則子長之作「士不遇賦」應無可疑。陶淵明的時代在蕭統之前，則文選不選錄此篇，已無足重要。又唐李善注文選，於張衡歸田賦「諒天道之微昧」句下注曰：「司馬遷悲士不遇賦曰：『天道悠昧』。」又於江淹詣建平王上書「仁不可恃，善不可依」句下注曰：「馬遷悲士不遇賦曰：

『理不可據，智不可恃』。」李善之注一再明言引據司馬遷之悲士不遇賦，可見唐代之李善熟讀此賦，而此賦在唐代為一般文人所肯定，亦毋庸置疑。

上面所以論證司馬遷悲士不遇賦之真偽，是因為此賦與漢賦典型之風格不同，而獨具特色。一般漢賦宏偉富麗，喜歌頌揄揚，多敘事詠物說理之作，率與一己情思無關。此篇則幽憂窮蹙，直抒一己不遇悲憤心情，有寄意託諷，而無頌揚舖陳之態，為一抒情之賦作。而這種有寄託的創作和抒情的特色，正是司馬遷文學創作的一貫表現，從歷史散文的史記到書疏之什、到辭賦之作，無不表現此種精神和特色。而賦作尤能超脫當世風尚，不以舖采摛文，堆砌藻麗炫能，不為虛辭濫說，而持其風喻之義。他在司馬相如傳批評子虛上林之作說：「無是公言天子上林廣大、山谷水泉萬物、及子虛言雲夢所有甚眾，侈靡過實，且非義理所尚，故刪取其要，歸正道而論之。」他認為辭賦之創作應有詩風諫之義，而歸於正道，不可侈靡過實，競為富麗閎衍之辭。司馬遷的賦作，實際上就實踐了他自己的主張；不作無謂的描狀，和誇張的舖寫，而直抒其「生之不辰」，「有能而不陳」，以及美惡不分的幽思悲痛。他在屈原賈生列傳中謂屈原：「疾王聽之不聰也，讒諂之蔽明也，邪曲之害公也，方正之不容也，故憂愁幽思而作離騷。」這與他本身賦作的背景和動機是很相似的，其實這也是他「發憤著書」的另一次表現。很明顯的，由發憤而著述，而抒發憂思幽情，正是司馬遷創作上的一貫表現，從「悲士不遇賦」我們又得到一次明確的印證。

(四) 對後世文學的影響

由於司馬遷對文學的融會貫通，及其突出的成就，不但雄視當代，而且對後世之文學，尤有深遠之影響；舉其較著者約有下列數端：即對唐宋散文的影響、對傳記文學的影響、對後代戲劇小說的影響。首就散文而言，司馬遷的散文已經脫離先秦駢散合轍的形式，轉變為專以奇行的單筆，而義能相輔，氣亦不孤伸的新散文。此種散文予人平易雅潔，而又高古簡妙之感，與以排偶聲調相尚，典麗綺靡為工之六朝文絕不相類。它一方面保持先秦散文崇質尚用的功能，而且在語文形式及修辭上，能適合中古時代的需要，而不失古文雄深雅健的氣勢；因此為唐宋古文運動韓柳歐曾諸大家所崇尚，對明末的歸有光，及清代的桐城派皆有深遠的影響，可謂韓柳之導師，桐城之遠祖。

次就傳記文學而言，司馬遷以紀傳體寫作歷史，不但是史學的始創，也是傳記文學的發端。史記對人物的記敘描寫，除了史筆的寫實性之外，更富有傳奇性、趣味性和文學性，為散文的創作體類和題材，開創了新領域，和新的道路。後世之散文家往往有傳誌之作，而不限於達官名人，舉凡圬者種樹之流皆可入傳，一方面可補史傳之不足，一方面對社會各階層有貢獻的人士，也可藉資表彰。這些作品不但發揮史記紀傳文學的特色，也繼承了列傳的創作精神。其他諸如行狀、墓誌、事略、甚至年譜等，都是這類作品的擴大和延伸。曾國藩以為傳誌有「記載之公者」，有「記人之私者」（見經史百家雜鈔序），謂史家之紀傳為「記載之公者」，而文士作傳則是「記人之私者」。今天的史傳寫作，除了國史的編纂，可算是「記載之公者」以外，其他的人物紀傳之作，都已成為傳記文學創作的範疇，而已無明顯的「公」、「私」之分，並且獲得獨立的文學生命。然而，我們追本溯源，傳記文學未嘗不是受史記這一部偉大的歷史文學巨著的孕育，而孳乳成長的。

再就戲劇小說而言，史記一書充滿豐富生動的歷史故事，和各種類型人物的傳奇性材料，這些自然成為後世戲劇小說創作取材的寶庫。同時由於司馬遷奇肆疏宕的文筆，對歷史敘述架構的設計安排，對人物形像的塑造，以及其意象表現的經營，使得他的紀傳作品，充滿了小說的文藝氣息和生命。在史記創作中，從神話傳說的聯想和暗示，到現實人情的體驗，與我國小說進化的過程，極為相似，在精神上也是可以相通的。就史記來說，五帝本紀、夏本紀、周本紀中的神話故事，對漢魏六朝的神怪小說，當有所啟發影響。又東周列國誌、西漢演義等歷史小說，亦多取材於史記。而刺客列傳、游俠列傳的故事，也開俠義小說之先河。至如史記中司馬相如和卓文君的浪漫愛情故事，自是言情小說的濫觴。而且後代小說家在創作意識上，或題材的發掘選擇上，直接或間接受司馬遷的啟發和影響，必然甚多。再就戲劇而論，雖然我國戲劇的興起較小說為晚，元明清戲劇的創作距司馬遷的時代，也較遙遠，但史記仍成為後世劇作取材的對象。在現存一百三十二種元雜劇中，有十八種的劇本故事採自史記；在明傳奇方面，也有三種作品取材於史記；清代的皮黃戲，則有十九種的劇本，取材於史記。由上述可見司馬遷對後世小說戲劇的創作，其影響是相當明顯和不可抹煞的，而史記一書的價值也更見其完美和多元性。

六、後人的瓣香

司馬遷，這一位在華夏歷史文化，及漢帝國偉大時代，所孕育出來的中華學術巨人，由於其史記一書的完美價值，建立他在中國史學上最崇高的地位；由於他在歷史散文創作的突出成就、在文學上的獨特表現，以及對後世文學明顯的影響，樹立了他在中國文學史上永恆不朽的地位。此外，由於他崇高的精神和完美的人格；也塑造成傳統文人所嶄向崇拜的形象。而他一生的成就和表現，使文學、歷史、學術三者達到和諧統一的境界，這一點更造成司馬遷對後世的學術界和文人普遍而深遠的影響。至於他宏揚儒學之功，從某一種角度來看，甚至於超過漢代的經學家，和宋代的理學家，因為他結合了史學和文學的雙重影響，以及個人精神和人格的感召。因此，司馬遷對儒學的表彰顯揚，經由史筆的頌贊，文筆的感染，和個人遺澤之霑溉，使得他尊聖宗經、重仁義、崇禮樂等揚儒思想，或直接、或間接的影響後世人心。而後人對司馬遷的景仰，對史記的推崇，對他散文成就的評價，這一切使司馬遷的人格、史學、文學，世世代代永遠為中國的文人所瓣香。

原刊於臺師大《國文學報》七十三年六月

抱朴子葛洪的文學批評

葛洪本以子學鳴世，非以文學名家，這似乎是他自己的願望，也是後人給他的定評。不過他卻生長在一個文勝的時代裏，而且在個人的理想上，也希望成為一個聞名於後世的「文儒」，這些給他對文學有很多觀察和體驗的機會。同時他對東漢的文論家王充，和晉初的文學家陸機，都非常的仰慕和推崇，他稱讚王充是「冠倫天才」，陸機他譽之為「儒雅之士」，「文章之人」。這兩人在文學批評上給他很多的啟發和影響，另一方面，道家自然和進化的哲學，也帶給他某種刺激和啟示；再加上個人對文學的心得和卓識深鑑，終於使他成為兩晉間一位重要的文學批評家，並且能獨樹一幟，摧堅陷固，建立清新活潑的文學理論。

一、貴文主道論

在儒家傳統的文學觀裏，文學是政教和道德的附庸，因此德行為本，文章為末的觀念，一直深植於人心。葛洪雖頗推崇儒術，但對這種重道輕文的哲學觀，則不敢苟同。他認為德行文學都是君子之根本，猶如巍峨嚴岫為山岳之本一樣，故德行文學二者應該並重。世人所以重道輕文，是因為德行可見於行事，容易表現，優劣亦立見。而文章微妙，其體難識，其術難精，必須靠天分表現，難於討好。但他認為凡是易見的東西都是「粗」的，難識的東西都是「精」的；如此「精」「粗」比較之下，文章的分量和價值自然提高，而不再委屈於末技的地位了。如此看來，他所主張的是「貴文重道」的文學觀。

在這方面他頗表現了個人的卓見和膽識，他一再的強調；文章絕非德性的餘事，文章和德性也沒有先後本末之分。他認為文章與德性，猶十尺之與一丈，並無輕重之分，一切事物各有其「德行」和功用，但也有其「文采」和光輝，而「文」正是用來「滋內輝外」的，凡文之所在，雖賤猶貴（語見外尚博篇）。如此，文質同為一物之所具，豈可偏重其一，豈能謂文是餘事。由此可見，他不但突破傳統輕文的觀念，而且表現出他好文重文的思想。不過對此我們必須注意兩點：其一，他所重視的文學是哲理性的雜文學，而非他所謂的「詩賦淺近之細文」，這是因為他特重子書，而次純文藝的緣故。其二，他雖然重「文」，但卻未賦予「文」應有的獨立性。他認為「筌可以棄而魚未獲，則不得無筌。文可以廢而道未行，則不得無文」（外尚博篇），可見他仍存有「文以行道」的觀念，只是反對先德行後文學的輕文態度而已。其所以致此，最主要的是基因於，他所倡導的是實用的文學觀。

二、實用的文學觀

他之所以重視屬於子書的雜文學，而輕視詩賦等純文藝，很顯然的是由於前者有實用的價值，能用以行道的關係。因此，他認為文學必須具有實用的功能，不徒以形式的虛華為貴。在這方面，他可以說承受了儒家傳統崇質尚用的文學觀（但並不否定文學本身的意義和價值），因此對那些貴愛「詩賦淺近之細文」，而輕視「深美富博之子書」的人，誤以「切磋之至言為騃拙，以虛華之小辨為妍巧」，深深不以為然。因為這樣容易使得真偽顛倒，美疵無別，而這種現象在當時又是悠悠然皆是，令人深致慨嘆。所以他極力主張：立言為文，必須以有助於風教為貴，而不以華艷取悅，偶俗釣譽為高。猶如一種制器，所貴在於能周急備用，而不以采飾外形為美一樣。而子書之著作，正可以拯濟風俗之流遯，挽救世途之淩夷；而且「可通疑者之路，賑貧者之乏」，對社會對人生皆具有實用的價值，不像那些華美的細碎小文，雖具有春華之外美，茝蕙之徒芳，卻不能救人之飢寒。至於他稱讚古詩，正因為它能美刺得失，所以有益而貴；而當代的詩賦，純以采飾為虛譽，所以有損而賤。那麼，文之貴賤亦由此可見了。

他這種實用的文學觀，如從時代背景和文學思潮看來，也可以視為對當代唯美文學的反響；所以雖然他生當文勝的時代，卻成為一個反時代潮流的文學批評家。在魏晉之世，駢儷之風已盛，一般文士追求時尚，無不重文輕質，於是競為侈麗綺艷之作；為文往往只重在彫琢辭藻，但求粉飾外形之美，不復顧及內容實質，而漸失大家之風度。這與他所強調的，為文著書，要能成一家之言，而且足傳於後的主張是不相合的，這也就是他在文學上為什麼要反對時尚流俗的原因。其實一個文人要想完全脫離時代風氣的影響，也是很困難的事，就連葛洪自己也難免從俗：儘管他反對時尚，但抱朴子一書，整篇都是用駢儷的美文寫成的。這一點固然是由於個人無法抗拒時代的潮流，而霑染其風尚，但也未嘗不是受陸機文賦，商榷辭藻的薰染。不過他的為文著述，內容質美豐贍，都是「有益而貴」之文，絕不是虛飾徒華之作。從這一點看來，正可以印證他自己所主的「貴文重道」的文論。

三、文學進化論

在傳統的文學批評上，因受崇古思想的影響，往往持著「今不如古」的退化的文學觀。對於這種貴古賤今的錯誤觀念，葛洪是不顧時人的非難，而大加撻伐。更進一步的，他積極的提出了「古不如今」，進化的文學觀，這也是他在文學批評上最突出的地方。他這種理論的萌發，一方面固然受到莊子進化論的啟發，但最直接的還是受東漢王充的影響，但他所論比王充論衡更加深切。

向來一般人由於崇古好古思想的作祟，認為古人無不才大思深，而覺得其文隱微而難曉；謂今人意淺力近，而譏其文淺露而易見，於是而有古優今劣的說法。他認為這完全是淺識之流，管穴拘閡的錯誤論調。他在鈞世篇裏特別指出，古人非神非鬼，與今人無異，雖然他們的成就曾照耀於古昔，但其作品的精神，仍然可以從其文字中窺識，並不如一般人所謂的隱微難曉。其實古書之所以多隱，並不是古人故弄玄虛，而是由於時移世易，語言文字也隨之變遷，而造成古今語異義殊，南北土音方言相隔。或是由於歷經喪亂，簡篇亡失脫誤，或後人雜續殘缺。凡此種種，使得古書意隱而難知，也與人一種高深莫測的錯覺。很顯然的，這絕非是才思心力的問題，而是時空變化所造成的隔閡。事實上，文學是進化的，古人之文語約意簡而過於醇素，而後人之作清新淺顯而趨於華麗，這完全是隨著時代的需要而改變。如從實用的觀點來看，所謂「淺露易見的今文」，是更合世用，更具時代精神和社會意義的；這樣說來，反而今優於古了，這也就是文學進化之所在。

於是更進一步的，他嚴肅的指出，如果從文學形式的演進上看，古文反而不如今文。像尚書的文章，反不如魏晉時詔策奏議的清麗；詩經的作品，也比不上漢朝上林、羽獵、二京、三都諸賦的汪濊博富（語見鈞世篇）。而這種詳贍富麗的特色，正是今文勝古文之所在。然而今人卻一昧的因循貴遠賤近的陳見，只信耳聞，不用眼睛去看，而造成無古不神，凡今皆下的可笑見解。其實，歷史的演進，文化的推展，一切的創作發明，無不後來居上，後世轉精；為何偏偏認為文章後人不及前人，真是令人不可思議。他這種文學進化論，嚴肅而圓融，在中國的文學批評史上，是深具意義和價值的。

四、文學批評論

文學批評是一件複雜而困難的事，尤其是一般的批評，容易流於主觀的論斷；葛洪針對這一點，特別強調客觀批評的可貴。他認為人情多「愛同憎異」，或「貴乎合己，賤於殊途」，所以往往以「入耳為佳，適心為快」（語見辭義篇）。如此，完全以本身的好惡和立場，作為批評的標準，必然喪失批評的意義和價值。文學批評除了態度要超然客觀之外，他認為批評者的才力和識見，也是很重要不可缺的。假如才力不贍，識見不深，而妄加批評論列，那也是可笑而無益的事。在批評上，他的態度是很嚴肅的，由於他的才力和膽識，不但能立能破，而且能時時提出驚人之見。他常常從文學的觀點來批評儒家的經典，如前所述，謂毛詩不如漢賦，尚書不如魏晉之詔策奏議。就作品本身的價值而言，這似乎是過當之論，但如就寫作技巧之講究運用，和文體的演進而言，這種批評自有其意義和價值的。

對於文學的創作，他也表現了獨特精闢的評論。他以為文學創作，必須要有天分，不是英才是很難有所創獲的。天分固然不可缺，但創作的技巧也不可不講究，故謂「粹豫山積，非班匠不能成機巧；眾書無限，非英才不能收膏腴。」（辭義篇）。然而「總章無常曲，大庖無定味」（辭義篇），是以運用之妙，存乎一心，是不能死守規矩的。至於創作的可貴，是不在立異，而在創新。否則徒以「斟酌前言」為事，實在不能算是文之能事，所以凡是模古擬古之作，皆毫無意義價值可言。這種論調，和他的文學進化論的精神是相映照貫通的。

談到文學創作的弊病，他認為一般作家或多或少，各有「淺深之病」（語見辭義篇）。「深」的毛病是「譬煩言冗，申誡廣喻」（同上），這是由於不善裁度，而失諸煩雜，有違雅潔的特色。「淺」的弊病是，「妍而無據，皮膚鮮澤，而骨鯁迴弱」（同上）：這是由於學殖不豐，徒恃才情，以致於形式華美，而內容空洞無物。還有一般的作家，也常多偏長一格，罕有兼通之才。故凡所作，參差萬品，或工於此，而不善於彼，以致難見完美之篇，和不朽之作。這正是文學創作上的一大缺陷，也是最大的難題。

五、對後世文學批評的影響

葛洪在中國的文學批評史上，可算是一位非常的人物，這可以從他所表現的膽識和積極的精神看出來。他的這種精神有三：其一是反傳統的進化精神，其二是反時代潮流的改革精神，其三是積極的創作精神。這三者不但表現了個人在文學批評上的特色，和卓識深鑑，而且深深的影響於當代，影響於後世。

他的文學批評雖然是反傳統的，但並不是數典忘祖的離經叛道，也不是標新立異，肆意的破壞，因為這些都是他所厭惡鄙棄的。而是一種歷史的覺醒和反省，也是一種積極的建設，因為他表現了一種富有生機的進化精神。很明顯的是，他所強調的是文學創作的意義，和時代的精神；而嚴肅的提出「古不如今」的看法，也大膽的指出尚書毛詩等經書，不如魏晉的詔策奏議，或是漢賦的作品。這比起王充反對流俗的「好珍古，不貴今」，和消極的鄙薄經生，更顯得積極而有意義多了。他的這種文學進化論，不但可矯正盲目崇古的觀念，而且可刺激文學的發展，並賦予活潑的生機，以至開創新局。我們可以說，歷代文學之所以能從末流中自振，或別開新運，莫不與此種精神有關。最明顯的是，明朝反擬古主義的文學批評，莫不直接或間接的受其影響。像道學家王陽明的主張「師心不師古」，陳獻章、李卓吾等的強調「自我」的意義和重要；不但啟發了晚明的新文學運動，而且大膽的提倡俗文學。這種自我精神的發揮，不受傳統思想的束縛，予哲學與文藝之改革，帶來了新的契機。他如明末的李漁、清初的金聖嘆、盛清的袁枚，亦莫不受此種精神的鼓勵，而表現其「貴今」、「貴我」的文學精神。

其次，他反潮流的改革精神，表面上看起來似乎與文學進化精神相衝突；其實不但不衝突，而且足以補偏救弊，使之更趨於完美。因為反傳統的文學進化論，固然在激勵當代文人的自我覺醒，並建立其信心，而表現時代的精神。但他卻生在一個文勝的時代，魏晉的文學雖然改變了傳統重道輕藝，貴質輕文的文學觀；但卻矯枉過正，造成重藝輕道，貴文輕質，偏勝的局面。使得當代文學的創作，往往流於空洞無物的虛飾。由於這種矯枉過正的現象，破壞了文學進化精神的完美性。因此他提出「貴文重道」，和實用的文學觀；不僅重視文學優美的形式，而且更強調其內含的重要，這也就是他為什麼不僅僅以詩賦之文為滿足，而極力倡導子書的理由。他這種針對時弊的改革精神，不但使他反傳統的文學進化論，不致離經叛道，而且影響了後世「文道合一」文論的發展，使得更趨成熟，更趨完美。同時也建立了他那個時代文學，「清富贍麗」、「汪濊博富」的典型風格。更重要的是，這種反時代潮流的改革精神，帶給後代的文論家，更多的啟發和深省，而直接或間接的影響於各代文學的創作。

至於積極的創作精神，也是反傳統文學進化論更深一層的發揮。一般說來，傳統大都重述輕作，重經輕子，而不輕易發明；對於這種過於審慎和保守的態度，葛洪深深不以為然。於是提出了「作者之謂聖，述者之謂賢」（外篇喻蔽篇）的看法，特別強調創作的重要和難能可貴，以矯正傳統「述而不作」消極的觀念。既然崇尚創作，就不能再像漢朝說經的世儒，徒講訓詁考證，也不能像當代的文士，但作「詩賦淺近之細文」，或以虛華之巧辯炫能。因此，他積極的倡導子書，他以為子書「深美富博」，而這種能創作子書的人，也就是他所推崇的「文儒」。於是他積極的付之行動，創作了一部「抱朴子」的子書；一方面以義理思想充實其富博的內容，另一方面，則以駢儷之體寄託其清麗深美的形式。不但表現了積極的創作精神，也實踐了「貴文重道」的文論。當然，文學的發展，惟有積極的創作，才能喚起生機，活潑文運，才能不停的向前推展而進化。也惟有能表現當代思潮和文藝特色的，才能創造具有時代精神和意義的作品。在這方面，葛洪是做到了，而且給後人提供了一個很好的典型。

原刊於臺師大《國文學報》六十七年六月

葛洪抱朴子對後世的影響

葛洪，這一位亂世的高士，儘管他對傳統和儒道，有一份嚴肅的執持和敬愛，但卻無法完全超脫那悲慘而頹廢的時代，因此形成他枯寂而恬淡的人生，以及豐富而複雜的思想。雖然他終於成為一個宏揚仙道的高士，但他的思想卻包容儒道，兼蓄名法，可謂集傳統思想的大成，而表現個人的特色。而這些思想，不管是入世的，或是出世的；無論是承受傳統的，或是自我創獲的；對他自己本身，或是對那個時代，都深具意義和價值。對後世也自有其無法避免的影響，正如同他的思想，隨著他的名字永垂於中國的學術思想歷史之中，而不朽一樣，這一點是可以肯定的。茲分別就其對道教發展的影響，對調和儒道的影響，對後世文學批評的影響等三者論述於後。

一、對道教發展的影響

道教雖然創始於東漢，但那時只略具宗教的雛型，在那虛架的組織上，徒以符咒等方術欺弄愚民，談不上宗教的組織和教義。實在是一個粗濫的宗教形式，和遊民（甚至是盜匪）的混合體，也是當時社會的一種非法組織。到了葛洪，因為慨嘆世亂，絕望榮華，於是乃有嘉遁之思，想要超脫紅塵而追求肉體的永生。因此篤信神仙之說，而且熱於道教的宣揚，也因此充實了道教的內含，而建立其系統的理論；並袪除當時道士種種的迷信，力斥巫祝欺人的邪術。凡此，不但使道教脫去盜匪的色彩，和幼稚的宗教形式；而且對社會風氣的轉移，和民間迷信的破除，都有很大的貢獻。同時在信仰中更強調本身為善積德的重要，融合了儒家的倫理思想於道教教義之中，這一點更有助於民間教化的普遍推行；而且更有意義的是，使得這中國唯一的宗教，和中國正統的思想，作一無形的結合。

至於神仙思想的提出，從科學史觀的立場來看，可以說是對自然的一種反抗；是想藉人類本身的修鍊和補救，來打破大自然所給予人在壽命和生存上的限制，而表現了人定勝天的科學精神。為此，他力斥道家傳統所謂的尸解之說，認為那是欺人之談；而且更積極的提出具體的理論和行動，想藉種種養生術和精神的修養，以延長人類的壽命，甚至於達到長生的境界。姑不論其神仙境界是否能達到，但至少他所倡導的各種養生術，不但更充實了道教貧乏的內含，而且對促進我國醫藥衛生保健的發展，實有其不可磨滅的貢獻。凡此，使得道教——這個中國唯一的宗教，在它的理論和教義上，獲得完美而更充實的內容。而到了南北朝時，寇謙之和陶宏景，再在宗教的形式上，訂定其儀式和戒律，並創設道院神像，正式建立宗教的體制，使它成為中上階層的信仰。至此，道教也才真正具有宗教的形式規模，這一點不得不歸功於，葛洪在道教的內含上所賦予豐富的生命力；同時也使他自己成為道教教理上的祖師之一（另一是東漢末年的魏伯陽）。

另外，由於葛洪把道教依託於道家，於是道教也尊奉老子，諷誦道德經。他的原意一方面想提高本身的地位和聲望，藉以博得上階層社會和知識份子的信仰；一方面想使道教長生的理想，和道家出世的人生觀，能互相發越，而合乎亂世的個人理想。然而這種依託附會的結果，不但使後人容易混道教道家於一談；而且有使道家和道教的發展，傾向於彼此結合的趨勢。因此，後世的道家亦不廢養生之術，而道教信徒也多侈談黃老之術，自是不足為怪的事了。

二、調和儒道的影響

葛洪是一位有理想，有抱負的思想家，絕非意氣用事，隨世浮的人。雖然他熱愛神仙之道，但並非完全陷溺其中，而否定一切，他的思想理智仍然是清醒冷靜的。在這方面，他表現了一個傳統的文人，在亂世的應世之道，並作一難能可貴的抉擇；這也是他個人智慧的凝聚，和權變運用的成功。然而更重要，更具意義的是，他積極的表現了通古適今的精神，並致力於儒道的調和；這些對中國學術思想的發展，都具有相當的影響的。

一般說來，他對傳統是相當敬愛的，不輕言毀棄傳統，但也不是盲從附和；而是作審慎的選擇，有條件的接受，所以他能斟酌其中，而且能出能入。在這樣的情況下，他自然反對「叛聖違經」，但古今時移事異，立言則不能墨守前人，應該因事託規，隨時所急，不必專主一家，於是不得不調和儒道。其所以如此，當然一方面是由於個人理想之所在，一方面則是基於亂世社會的實際需要。就個人理想來說，當一個文儒是他一生的理想之一；而且言儒術雖無補於窮達，但卻足以鷹揚匡國，顯親垂名。至於黃老之道，雖多虛無不急之辯，但也正可藏光守拙，棲神養生。因此，儒道二家的學說自是他所深深愛慕，而不得不加以斟酌調和的。次就亂世社會的需要而言，儒家的政治哲學和教育思想，正是追求雍熙隆盛的治化所不可無的憑藉。而道家的哲學和人生，又可使人去名利之心，抑制爭競之俗，而有助於亂世之治。因此，欲追求國家社會的治化，也為了亂世客觀環境的需要，儒道二家之術亦不能有所偏廢。

由於這種微妙的原因，使他既接受傳統，留戀儒家，而又逃避現實，熱愛道家。而在一切的主張和行事中，又莫不本乎儒家之道，而善用道家之術；不但援儒入道，而且積極的調和儒道，這也是他和何晏、王弼諸人有所不同的地方。在這方面顯示出了幾個值得我們注意的事實：一是儒家正統的地位，仍能屹立不至動搖，就是一個熱愛道家的高士，也不能完全摒棄傳統的儒道；這一點正顯示出儒術放之四海而皆準，俟之百代而不易的永恆真理，及其難能可貴之處。二是儒道二者之間並非絕不相容：中國學術思想其淵源本就相同，諸子異家之說，要亦六經之支流餘裔；而諸家學術之所以蠭出並作，亦無非是世衰時弊之刺激。然而各據一端馳說，難免有所蔽短，也難合乎世用；故彼此之相融調和，更可以發揮各家思想的精神和價值。因此，在衰亂之世，儒道二家之調和，更是深具意義，在中國學術發展史上，亦自是一段難得的佳話。三是立言不囿於門戶之見，亦無古今輕重之分。立言若株守一家，無兼容之雅量；或一味墨守前人，食古不化，不知與世推移；或賤古貴今，矯枉過正，皆非立言之道，也不能算是通人之論。因此，祛除門戶之見，表現通古適今之精神，正是一個有理想，有抱負、深知卓識的思想家所應有的表現。以上所揭示的各種事實，對後代的思想家有很大的啟發作用，對後世學術的發展，也提供了歷史性的證明，而直接或間接的，產生相當的影響。

三、對後世文學批評的影響

葛洪在中國的文學批評史上，可算是一位非常的人物，這可以從他所表現的膽識和積極的精神看出來。他的這種精神有三：其一是反傳統的進化精神，其二是反時代潮流的改革精神，其三是積極的創作精神。這三者不但表現了個人在文學批評上的特色，和卓識深鑑，而且深深的影響於當代，影響於後世。

他的文學批評雖然是反傳統的，但並不是數典忘祖的離經叛道，也不是標新立異，肆意的破壞，因為這些都是他所厭惡鄙棄的。而是一種歷史的覺醒和反省，也是一種積極的建設，因為他表現了一種富有生機的進化精神。很明顯的是，他所強調的是文學創作的意義，和時代的精神；而嚴肅的提出「古不如今」的看法，也大膽的指出尚書毛詩等經書，不如魏晉的詔策奏議，或是漢賦的作品。這比起王充反對流俗的「好珍古、不貴今」，和消極的鄙薄經生，更顯他的這種文學進化論，不但可矯正盲目崇古的觀念，而且可刺激文學的發展，並賦予活潑的生機，以至開創新局。我們可以說；歷代文學之所以能從末流中自振，或別開新運，莫不與此種精神有關。最明顯的是，明朝反擬古主義的文學批評，莫不直接或間接的受其影響。像道學家王陽明的主張「師心不師古」，陳獻章、李卓吾等的強調「自我」的意義和重要；不但啟發了晚明的新文學運動，而且大膽的提倡俗文學。這種自我精神的發揮，不受傳統思想的束縛，予哲學與文藝之改革，帶來了新的契機。他如明末的李漁、清初的金聖嘆、盛清的袁枚，亦莫不受此種精神的鼓勵，而表現其「貴今」、「貴我」的文學精神。

其次，他反潮流的改革精神，表面上看起來似乎與文學進化精神相衝突；其實不但不衝突，而且足以補偏救弊，使之更趨於完美。因為反傳統的文學進化論，固然在激勵當代文人的自我覺醒，並建立其信心，而表現時代的精神。但他卻生在一個文勝的時代，魏晉的文學雖然改變了傳統重道輕藝，貴質輕文的文學觀；但卻矯枉過正，造成重藝輕道，貴文輕質，偏勝的局面。使得當代文學的創作，往往流於空洞無物的虛飾。由於這種矯枉過正的現象，破壞了文學進化精神的完美性。因此提出「貴文重道」、和實用的文學觀；不僅重視文學優美的形式，而且更強調其內含的重要，這也就是他為什麼不僅僅以詩賦之文為滿足，而極力倡導子書的理由。他這種針對時弊的改革精神，不但使他反傳統的文學進化論，不致離經叛道，而且影響了後世「文道合一」文論的發展，使得更趨成熟、更趨完美。同時也建立了他那個時代文學，「清富贍麗」、「汪濊博富」的典型風格。更重要的是，這種反時代潮流的改革精神，帶給後代的文論家，更多的啟發和深省，而直接或間接的影響於各代文學的創作。

至於積極的創作精神，也是反傳統文學進化論更深一層的發揮。一般說來，傳統大都重述輕作，重經輕子，而不輕易發明；對於這種過於審慎和保守的態度，葛洪深深不以為然。於是提出了「作者之謂聖，述者之謂賢」（外篇喻蔽篇）的看法，特別強調創作的重要和難能可貴，以矯正傳統消極的觀念。既然崇尚創作，就不能再像漢朝說經的世儒，徒講訓詁考證，也不能像當代的文士，但作「詩賦淺近之細文」，或以虛華之巧辯炫能。因此，他積極的倡導子書，他以為子書「深美富博」，而這種能創作子書的人，也就是他所推崇的「文儒」。於是他積極的付之行動，創作了一部「抱朴子」的子書；一方面以義理思想充實其富博的內容，另一方面，則以駢儷之體寄託其清麗深美的形式。不但表現了積極的創作精神，也實踐了「貴文重道」的文論。當然，文學的發展，惟有積極的創作，才能喚起生機，活潑文運，才能不停的向前推展而進化。也惟有能表現當代思潮和文藝特色的，才能創造具有時代精神和意義的作品。在這方面，葛洪是做到了，而且給後人提供了一個很好的典型。

從詩賦之分科與文心雕龍文體論之建立論述文體論之演進

一、緒論

中國文學源遠流長，風格多方，體類繁多。先秦文學起源於歌謠、神話、傳說。自西周初年至春秋中期，《詩經》已經建立了詩歌的體制，洎至戰國末期南方的《楚辭》興起，荀賦繼之，辭賦的文體也建立。春秋戰國，哲理散文與歷史散文蓬勃興起，散文的體類也完成。先秦風、騷、韻文，與散文皆已具備，惟古典文學的體製，仍未完全建立。

至兩漢中國文學史進入一新的轉捩期，文學逐漸脫離重質尚用、強調社會功能、載道的文學觀。漢賦繼《楚辭》後大盛，成為歌功頌德的貴族文學。散文也有突破性的發展，除歷史及哲理散文雜散文（與單篇純散文相對）繼續創作外，單篇純散文也興起，名篇紛陳；純散文的興起流變二千年，在中國文學史上，散文與詩歌成為兩大主流文學。漢代文學的發展，另一個重要的突破，就是五言詩的建立，使詩歌的創作繼《詩經》之後，進入一個新的里程。漢代的文學在先秦之後出現多方的發展，漢賦、散文、五言詩、樂府詩等主流文學之外，在俗文學的發展上，繼先秦神話、傳說、寓言之後，出現「筆記」作品，是屬於志人小說，在小說史上，這是一個重要的開創。

綜觀兩漢文學踵接先秦，承先啟後，開創諸多新的文體。從文學史的觀點來看，三千年的文學史，兩漢自西周初年以來，只經歷一千二百年，文學的演進頗為可觀，惟文學體類雖具基本規模，仍未臻完備。魏晉至明清一千八百年，歷史社會的演進，文學的流變，文學體類的發展，必然繼續進行，新的文體將紛紛出現，完整的文體論終將建立。

二、文體論的醞釀與萌發

中國歷史發展至漢末，又進入長期衰亂之世，自三國鼎立，至魏晉南北朝，經過兩個半世紀的變亂，政治社會動盪不安，但卻提供文學史發展的新契機；促進文學批評與文體論的醞釀萌發和建立，值得特別關注。這個契機開啟於漢末建安時代，雖短短三十年，文學體類的突破與創作斐然可觀。詩歌成為主流文學，五言古體詩與樂府詩平行發展，辭賦的創作亦可觀；最重要的是這時出現文學史上第一首完整的七言詩（曹丕的〈燕歌行〉兩首），以及文學批評史上較具系統性的論文，曹丕的〈典論論文〉，這些都是中國文學史新的開創。

曹丕〈典論論文〉今存二篇，〈論文〉見《昭明文選》，〈自序〉見《三國志・文帝紀》裴松之注。〈論文〉曰：「蓋文章經國之大業，不朽之盛事，年壽有時而盡，榮華止乎其身，二者必至之常期，未若文章之無窮。」他認為文學的創作是不朽的偉大事業，有助於政教治國，年壽榮華有其極限，但文學可以創造永恒的生命。他舉出當時文人建安七子「於學無所遺，於辭無所假，咸以自騁驥騄於千里，仰齊足而並馳，以此相服，亦兩難矣。」蓋七子以才學發揮個人創作之特色，故能相服，因此對「文人相輕，自古而然」深致遺憾。他認為文學批評的原則是「君子審己以度人，故能免於斯累。」而文學批評忌諱「遺遠賤近，向聲背實，又患闇於自見，謂己為賢。」他強調文學是進化的，而批評必須超然客觀。

最值得我們重視的是，他提出文學的體類；「夫文本而末異，蓋奏議宜雅，書論宜理，銘誄尚實，詩賦欲麗，此四科不同，故能之者偏也，惟通才能備。」他把文學體類分成奏議、書論、銘誄、詩賦四科，這是中國文學史上最早的文體分類；其特色有二，一是把文體相類的併為一科，二是仍重視文學的社會功能故置純文學的詩賦於四科之末。蓋建安時代純文學的觀念，尚在醞釀中，至晉南北朝才開始逐漸重視文學的藝術功能，文體的創作發展，才能有更進一步的突破。至於〈論文〉把文體相類併為一科，實為不宜，蓋相類不等於相同，尤其是純文學的詩賦併為一科，造成後世常把辭賦視為詩歌。

三、詩賦之分科——辭賦脫離詩歌成為獨立的文體

中國歷史發展到兩晉南北朝，進入更為紛亂的時代。儒家式微，佛老思想大盛，間接促進唯美思潮興起；聲律說、對偶說、修辭學、文學批評絡繹紛起，使文學創作更為蓬勃，趨向多元。晉朝文學仍以詩賦為主流，三張、二陸、兩潘、一左，名家輩出。詩的形式以五言古詩為主，體材多元，風格殊方，各有特色。南渡以後，清談風氣瀰漫，造成玄言詩大盛，「理過其辭，淡而寡味」。賦的創作，則以駢體為賦，稱駢賦或俳賦，以四六形式，講究修辭用典，與漢朝古賦，唐代律賦，宋文賦，明清股賦，形式風格殊異，在辭賦史上與《楚辭》蔚為大觀。至於東晉雖經歷一個世紀，偏安江南，玄言詩無甚可觀，但在東晉末期卻出現一位偉大的田園詩人陶淵明，以耕讀詩酒自娛，四言、五言皆佳，名篇多為聯章詩，高雅古樸，與當代詩風不同，不受重視，唯蕭統為知音。因史傳皆置陶於隱逸傳，鍾嶸《詩品》稱陶為隱逸詩人，置於中品，對陶之品評失真，殊為憾事，至唐宋始受到重視，受到應有的推崇，始建立在文學史上崇高的地位。

在兩晉文學家中，陸機兼善詩賦，最為突出，堪稱當代大家；他最重要的一篇駢賦作品《文賦》，是中國文學史上繼曹丕〈典論論文〉之後又一比較深入而全面的論著，在文學批評上頗具系統性，在文體論上則有新的重要突破。他把文體分為十類：「詩緣情而綺靡，賦體物而瀏亮，碑披文以相質，誄纏綿而悽愴，銘博約而溫潤，箴頓挫而清壯，頌優遊以彬蔚，論精微而朗暢，奏平徹以閑雅，說煒曄而譎狂。」陸機分文體為詩、賦、碑、誄、銘、箴、頌、論、奏、說等十類；將曹丕的四科擴大為十種體類。他特別強調文學的重要性，「濟文武於將墜，宣風聲於不泯。」與曹丕〈典論論文〉所謂「蓋文章經國之大業，不朽之盛事。」皆強調文學的政教實用功能，惟《文賦》的論述較具系統而細緻。他特別重視文學創作的動機，構思的巧妙，文學的體貌風格，以及審美的需求，這些都是曹丕〈論文〉所不及的。至於文體的分類，曹丕是兩種文體合為一科，合科問題的發生是因為建安時代，文體論尚處於醞釀萌發期，以致相類的兩種文無法作明確的區分；其中應用文和議論文合科負面的影響比較有限，但詩賦合科，卻造成文學史上文體認知很大的困擾。陸機《文賦》分為十類，不但體類含蓋性擴大，而且每類一種文體，則無無法區別的問題。

陸機文體的分類綜觀有四特色：其一，分類之序列，首列詩歌，次列賦，再次碑、誄、銘、箴、頌、論、奏，末置說。詩歌、辭賦為當代主流文學，碑、誄、銘、箴、頌、論、奏為一般應用文體，「說」則為寓言，韓非子稱寓言為「說」，故有「說林」、「儲說」之作。漢朝發展為筆記小說，至魏晉南北朝已趨成熟，因筆記小說較為通俗，故置於十類之末。其二，每類文體藝術，必點明其特質及風格；如謂「詩緣情而綺靡」，「賦體物而瀏亮」，「說煒曄而譎狂」。指詩感於性情而發，修辭則精緻華麗；賦，敘事描寫事物，文筆清順明朗；說，以事明理為達，諷喻勸戒，故內容情節奇詭，用辭耀眼炫目，以吸引誘導人，這是寓言、筆記小說的特色。其三，詩、賦分類，使辭賦脫離詩歌，而具文學的獨立生命。辭是騷體，屈原《楚辭》是結合《詩經》、戰國散文與楚國民歌，而創造的韻文，類詩而非詩，與《詩經》並稱「風、騷。」漢朝稱《楚辭》、辭。漢劉歆〈七略〉稱漢詩賦，百六家，班固《漢書・藝文志•詩賦略》則稱屈原賦，蓋漢人習慣稱屈宋作品為辭賦，在文體分類上，騷賦與魏晉南北朝之駢賦，唐之律賦，宋之文賦，明清之股賦，並稱為「辭賦」。其四，《文賦》所列之「說」類，雖置十類之末，但卻表示通俗文學已逐漸受到文人的關注，也顯示陸機對當時筆記小說、神怪小說，在文學流變發展重視。

四、文體論的建立——《文心雕龍》的文體論

中國文學發展到南朝，經魏晉衰亂之世，儒學式微，載道重質的文學觀逐漸消失，重文的唯美主義興起，文學的藝術功能取代了社會功能。到了齊梁出現了一位偉大的文學批評家，也是一位傑出的文藝理論和修辭學的大家——劉勰。他的精心力作的《文心雕龍》，體大思精，結構嚴密，建立完整的系統；他認為「時運交移，文質代變。」這是時代與文學互相激盪的必然結果，也使文體論的建立進入成熟的階段。

(一)《文心雕龍》的結構

劉勰《文心雕龍》五十篇，是用當時流行的駢文寫成的；講究聲律、用典、辭藻，反映出當時文學唯美的藝術特色。五十篇分五部分，第一部分：原道第一、徵聖第二、宗經第三、正緯第四、辨騷第五；「序志」謂為文之樞紐，是屬於文原論，論文學的起源與創作的關鍵的問

題。正緯辨騷置於文之樞紐，仍有待商榷，宜列於文體論，下再論之。這是第一部分。

第二部分是文體論：自明詩第六、樂府第七、詮賦第八，至書記二十五共二十篇。自「明詩」至「哀悼」八篇為韻文，「雜文」、「諧讔」二篇，或韻或散；史傳至書記，十篇為無韻文。這一部分論文敘筆，囿別區分，論體裁的源流演化。其中史傳、諸子、諧讔立名或有不妥，於下再論之。

第三部分為創作論，自神思第二十六，至定勢五篇為創作之基礎；情采第三十一至隱秀十篇，論修辭之法。從論文敘筆探討創作上的問題，講究構思及新變，同時辭采要精練，而拈出「鎔鑄經典之範」的風骨來。

第四部分為文學批評論：自指瑕四十一至程器四十九第九篇論文學演進與時代社會的關係，對文人才略評論褒貶，並針對文人之品德對作品之成就與評價的影響，最後論文人的創作與知音、鑑賞的關係。

第五部分，序志第五十為自序，強調為文之用心，以「樹德建言」，庶能「名踰金石之堅。」具有積極之創作精神與意義。此與曹丕〈典論論文〉「蓋文章經國之大業，不朽之盛事。」陸機《文賦》之「濟文武之將墜，宣風聲於不泯。」其用心相同。而為文應「振葉以尋根，觀瀾而索源。」故「本乎道，師夫聖，體乎經，酌乎緯，辨乎騷」為文之樞紐。為文心之文原論，惟正緯、辨騷，二篇置於文原論，仍有商榷之餘地，於下論之。

(二)《文心雕龍》的文體論

從《文心雕龍》的結構來看，包含文原論、文體論、創作論、文學批評論、自序等五部分。這是一部文學史的完整架構，文原論不是復古而是正其源流，使文學經演化而創新。惟正緯在按驗其偽虛謬，經已足訓，何豫緯，故「正緯」酌乎情理，不宜置於文原論，似可移置於批評論，有待商榷。至於辨騷，屈原《離騷》之作，繼《詩經》而鬱起，故屈宋《楚辭》之作，在荀賦之後，為辭賦之祖，宜移置於文體論；日本漢學家青木正兒在所著中國文學概論中已論及。又序志置於篇後，古人率皆如此，《詩經・小雅・巷伯》全詩七章，在末章「寺人孟子，作為此詩，凡百君子，警而聽之。」又〈小雅・節南山〉十章，末章「家父作誦，以究王訩，式訛爾心，以蓄萬邦。」可見序置於篇後，肇始於《詩經》。其後《史記》、《漢書》、《法言》、《說文解字》皆然。

《文心雕龍》，終於在中國文學史上建立初步完備的文體論，因為他的時代是中國文學發展一千六百年後的歷史半途，齊梁以後至清末民初，仍還有一千五百年文學歷史的道路要走，很多文體仍需要隨時代社會的演變建立。唐朝的律詩、散文、傳奇、小說，宋代的詞、話本，元雜劇，明清的傳奇（劇曲），章回小說等建立以後，才建立一部三千年文學史完備的文體論。儘管如此，《文心雕龍》文體論的建立，終究是非常難得的突破創建，也是文學史上的一件大事。

《文心雕龍》的文體論共二十篇，〈序志篇〉所謂「論文敘筆，則囿別區分，原始以表末，敷理以舉統。」囿別區分，即論文與敘筆，論文即有韻之文十篇，敘筆即無韻之文十篇，二十篇的安排，為「原始以表末，釋名以章義，選文以定篇。」說明二十篇的序列次第，篇章之名義，並舉前人之著作，以呼應印證。

「文心」文體論包含有韻之文十種體類，無韻之文十種體類，皆按產生之時代之先後，以及在文體論地位之輕重序列。

有韻之文十類：

1. 明詩：

詩歌《詩經》起源最早於西周初年至春秋中期，又為六經之首，以四言詩為主。至兩漢，五言詩興起，五言古詩佳麗，惟李陵、班婕妤，品錄未錄其詩，故置疑。惟舉枚乘、傅毅為五言詩人。次論建安文帝、陳思、王徐應劉等五言騰踊。至魏末正始、阮旨遙深，嵇志清峻，特為標舉。晉世張、潘、左、陸，大家輩出，惟采縟力柔。東晉玄風大盛，詩人玄言詩無深旨。至南朝宋初，玄言詩結束，山水詩興起，謝靈運為著名大家，講究聲律、對偶、儷采，情辭寫景，力求追新。惟晉末宋初的陶淵明田園詩卻未論及，其識力不及蕭統，綜觀「明詩」論詩之流變、評價，可視為先秦至南朝宋初之詩歌文學史。至其評論詩體形式，四言雅潤為正體，五言流調清麗，對五言詩之創新詩體，並沒有特別的推重，似乎沒有注意到文學進化的史觀。

2. 樂府：

「文心」謂樂府是「聲依詠、律和聲。」配樂的詩歌，並謂「詩為樂心，聲為樂體。」他推崇雅樂，排斥鄭聲。樂府詩其實包含廟堂樂府、文士樂府、民間樂府三者。他只論廟堂樂府，不提文士樂府和民間樂府。漢朝文士樂府與民間樂府已興起，至建安則文士樂府大盛，至南朝初年，民間樂府亦勃然盛行。「文心」皆未論及。其實這兩種樂府在文學史創作上，呈現新變的意義，也深具文學價值，這是《文心雕龍》所沒關注到的。

3. 詮賦：

「文心」謂賦「鋪采摛文，體物寫志。」是一種不歌而頌的韻文，淵源於《詩經》、《楚辭》，結合戰國散文演化而成。其形式、情節虛構，假設問答，誇張聲勢，描寫敘事，題材為都城、宮殿、漁獵、帝王生活，以讚美帝國之強盛雄偉，為兩漢之主流文學，與樂府詩、單篇純散文，並峙於漢朝文學史。漢賦又稱為古賦或大賦，重要作家有賈誼、枚乘、司馬相如、東方朔、王褒、揚雄、班固、張衡。漢賦以後魏晉齊梁之駢賦（或稱俳賦）則未論及，有未臻完備之憾。

4. 頌讚：

頌為歌頌神之盛德的歌舞，後轉變為歌頌功德之詩歌。讚是讚美，是補助文不足或未備的，有讚助的功能，如《史記》的「太史公曰」，《漢書》之「贊曰」。在文體論中，頌讚較無具體文學的內含和價值。

5. 祝盟：

祝本為古代朝廷向神明祈禱的官名，後稱向神祈禱的詞也稱祝。盟是國家結盟時對神明的宣誓。與祝都屬於禱告之詞。祝盟之詞，要具體崇實，不用華美的辭藻用語，以示誠敬。

6. 銘箴：

銘是鑄或刻於器物上的銘文，用來述其功美。箴是譏刺缺失，以為警惕。這是借針石以喻「攻疾防患。」銘文之佳者，如表述功德的有班固的〈封燕然山銘〉，警示的銘文，如〈湯盤銘〉。銘文的體式用韻與否，句形長短，原無定式，為求整練仍以四言韻語為主。

7. 誄碑：

誄是累德行以旌之不朽。誄是貴族在去世後，累計敘述其功德，褒揚其忠愛。碑是古代帝王在高山上祭天封禪，立石刻碑頌功述德。後來在富貴死者墓前立石敘其里籍，刻石為碑文，亦稱碑。誄文碑文，在漢朝就有，誄文佳篇不多，好的作品如潘岳的〈陽給事誄〉，顏延之的〈陶徵文誄〉，但「文心」都未提及。

8. 哀弔：

哀是不淚而悼短命者的哀辭。弔是對遭遇災禍凶喪者追思慰問之文。哀不限於未冠短命，或未婚夭折者；其辭極痛傷愛惜，如潘岳〈哀永逝文〉，顏延之〈宋文元后哀策文〉。弔文如賈誼的〈弔屈原文〉，王粲的〈弔夷齊文〉。弔文的用意，弔古傷今，借古諷今，以為鑒戒。至「哀文」引《詩經・秦風・黃鳥》；此篇為詩，非為文辭。

9. 雜文：

「文心」立雜文一體，自謂是「文章之枝派」，非其正體。其實劉勰所舉雜文之三體：對問、七、連珠，都屬辭賦之作，韻散夾雜；似可不立此體類。

10. 諧讔：

諧辭是具有諷喻作用的詼諧文辭，使人看了喜悅歡笑。讔語是借隱諱掩飾的辭來達到諷喻的功能。諧讔在先秦是屬於寓言的形式，是小說的前身，古人本不注重小說，但寓言仍具有特殊的以幽默、詼諧的情節引人好奇，誘導對方接受，以達到諷刺的功能，在先秦散見於典籍中，故頗受重視。惟「文心」用諧讔一辭未能含蓋寓言的內含與功能，莊子已有「寓言」篇，似以寓言立名為宜，以達釋名彰義以定篇之旨。

11. 史傳：

史傳是歷史著作，本身是史學的創作。劉勰在「史傳」中，對立史官、史書的體例及其源流、史學的創作功能和成就，有卓越的表現。但史傳本身不是文學作品，是依附於古典文學的「雜文學」的範疇裏；不過在傳統古典文學中，仍具頗高的文學價值，這就是好的歷史散文被稱頌的原因。如先秦的《春秋》、《左傳》、《國語》、《戰國策》、漢朝的《史記》、《漢書》、《三國志》等都是著名的歷史散文作品，其中《左傳》、《史記》的評價極高。故史傳的歷史價值和文學價值可以等量齊觀。但從文體論的角度來看，以史傳立名，顯然不宜，這與「諸子」第十二的情形是相同的。

12. 諸子：

諸子是義理思想的作品，本身不屬於文學的創作，是中國古代的哲學的著作，劉勰以諸子作為文學體類名稱，從文體論的角度來看是不適宜的。不過在傳統的古典文學中仍被視為文學作品，也是屬於「雜文學」的範疇。這種專著的哲理散文，在先秦的諸子作品中，佳者仍具有相當高的文學價值。如孟子、荀子、莊子、墨翟、商君、韓非子等諸家，「文心」就其內容，論其不同的風格和特色；如：「孟荀理懿而辭雅，列禦寇氣偉而采奇，墨翟意顯而語質，韓非著博喻之富，呂氏鑒遠而體周，淮南泛採而文麗。」因為先秦處於大亂世，儒家式微，百家爭鳴，諸子得以自立戶牖，懷寶挺秀，故能在義理思想領域與哲理散文創作上，有卓越的成就。

13. 論說：

「論」文心謂：「論也者，彌綸群言，而研經一理者也。」「論」是就一主題之要旨加以論述之單議論散文，不同於輯合多篇論文加以論述之專著哲理散文。在文體論的發展上，單篇散文的出現，又是一大突破，它是屬於單篇的純散文。「論」要「包舉羣言」就整體加以探究論述，要「義貴圓通，辭忌枝碎。」說理論述要精闢嚴密，契合義理。漢在先秦諸子後始有「論」之創作，名篇有：賈誼〈過秦論〉、班彪〈王命論〉、正始嵇康〈聲無哀樂論〉、魏李康〈運命論〉、陸機〈辨亡論〉等。

「說」是以悅懌的言辭，遊說人君；針對現實具體的情形，契合適當的時機，本志信之心，運用技巧來說服人。如伊尹以「論味隆殷」，太公以「辨釣興周」，燭之武「行而紓鄭」，端木「出而存魯」，此皆符合說之要旨。至於戰國縱橫策士，「長短用勢」，騁其巧辭，以求名利，有違時利，忠信義貞。兩漢以後，辯士不能順應時勢，配合機宜，弛張縱放，只能順風勢遊說，不能逆勢爭諫，所以不再受帝王重視，「說」乃漸式微。

14. 詔策：

詔策是古代專制政權帝王告令臣下的一種應用文。在三代時稱命、誥、誓。戰國稱令，秦始皇稱詔。漢朝稱策書、制書、詔書、戒敕。兩漢詔誥職在尚書，魏晉職在中書。漢文景以前，「詔體浮新」，武帝「選言弘奧」，建安「典雅逸群」，魏文「辭義多偉」，晉代崇才，「溫嶠文清」。詔策的寫作，要根據事實確定其要求，意與辭美為上。惟詔策有其政治的局限性，故文學價值，仍然有限。

15. 檄移：

檄是對敵國宣戰的文告，使雄師出征討伐如雷震聲威。檄文的名稱始於戰國，後又稱「露布」。檄的內容文辭要「事昭而理辨，氣盛而辭斷」。不可辭緩義隱，才能明白宣告，懾服敵人。檄文之作，佳者如陳琳〈為袁紹檄豫州〉、鍾會〈檄蜀文〉。

「移」是對內向對方勸喻的文辭。漢司馬相如有〈喻巴蜀檄〉、〈難蜀父老〉，雖稱檄，但非對敵人，與戰征無關，故實為「移」。又劉歆有〈移讓太常博士〉，責讓太常博士，「保殘守缺，無從善服義之公心。」所以「辭剛而義辨」。

16. 封禪：

是秦漢時代帝王登泰山祭天，宣示承受天命，建立帝國，盛德洽治，借神權來鞏固政權的一種大典禮。封禪在漢朝頗受重視，封禪文樹骨於訓典，選言宏富，宣揚帝國盛世，漢武帝封禪，《史記》特立有封禪書。秦始皇登泰山封禪刻石，李斯作〈泰山刻石〉，文雖質樸，然疏朗有力。大部分的封禪文，都宣揚神權，沒有創作意義，缺少文學價值。

17. 章表：

是古代臣下呈上帝王的文書。章用來謝恩，表用來陳情。凡臣下言事於帝王，皆稱上書，秦改稱曰奏，漢有章、奏、表、議。章表之用對上稱揚帝王的恩典，表明誠摯的心意，章謝恩，在創作上較無意義，表用來陳述事情，真情呈露，所以義必雅正，文清辭麗。

表之佳者，有李密〈陳情表〉、諸葛亮〈出師表〉；其他如孔融〈薦禰衡表〉、陸機〈謝平原內史表〉、劉琨〈勸進表〉等。文心稱讚孔融之作「氣揚采飛」，孔明之作「志盡文暢」，具表之特殊風格特色，為表之精英。至李密之〈陳情表〉，誠真意摯，足以感動人情。

18. 奏啓：

是臣下敷言陳述意見將事實情況進呈帝王的文書。秦漢稱上書曰奏、表。奏的文章要明白真實允當，要疏通辨析事理，意志要堅強，志節要堅定，並參酌歷史之處理，為其大要。啟要整飭合規矩，有文采而不浮誇，質樸而簡短。奏的名篇漢有賈誼〈陳政事疏〉、〈論積貯疏〉、鼂錯〈言兵事疏〉、趙充國〈屯田奏〉、張衡〈請禁絕圖讖疏〉，晉劉毅〈上疏請罷中正除九品〉、羊祜〈請伐吳疏〉。兩漢因避景帝諱，故無稱「啟」之作，至晉盛啟，用兼表作，為其異條別幹。

19. 議對：

是古代朝廷君臣議政、對策的文辭；議是臣下聚合來商議朝廷的大事，策是君主有事對臣下提問，臣下回答提出策略。議政，議論朝廷最重要、需要及時解決的大事。見解要正確，能對國家處理大事產生正面的效果，文辭要精練，合乎嚴謹的理則。秦商鞅變法最為足觀；兩漢文明大盛，人才輩出，議政以侯應之〈罷邊備議〉頗有深見，趙充國議用兵，對國家形勢，邊防情況，有周詳的瞭解，洞察機先；皆能「採故實於前代，觀通變於當今。」其文辭要辨潔，事義要明覈。

對策文，漢董仲舒〈賢良對策〉，主罷黜百家，獨尊儒術，對漢朝政權大一統的專制統治，以及對儒家地位的推崇，學術思想定於一專，影響極大。鼂錯〈四對〉，文心稱許此對策「驗證古今，文辭裁辨。稱讚似有溢美。另有公孫、杜欽、魯丕等三家之對，亦推許明範。

20. 書記：

即舒陳其言之簡牘，乃應用文之書信。書記的寫作要盡其情言，用文辭來舒解情緒，寄託個人的風格文彩，呈現內在的心聲。「記」也就是言志；即陳述一己之情志。漢之筆札書信，頗多名篇，如：司馬遷〈報任安書〉、揚雄〈答劉歆書〉。魏曹丕〈與吳質書〉、嵇康〈與山巨源絕交書〉。凡此皆能表現書記之文理通暢條達，用辭優雅，氣勢從容，程式合乎矩度。至言書記廣大多品，總雜二十四品，皆隨事立體，以精要為貴，宜切實務。

五、《文心雕龍》文體論的局限與商榷

劉勰《文心雕龍》在中國文學批評史上的卓越成就，在中國文學史上的貢獻，是絕對可以肯定的；這種表現，在中國文學史上，可以說是空前的，建立文學史上個人崇高的地位。但無可否認的，就文體論而言，仍存在一些歷史、文學、時代社會所產生的局限，宜加以討論商榷。又容易被忽視的是，要成為偉大的文學家、批評家，必須具備才、學、識的條件；然而由於個人的背景和一些相關的因素，也可能造成一些不可避免的局限，皆宜加以商榷討論。

(一)才、學、識所造成的局限

一位優越的學者，當然需要有異稟殊才，文、史、哲的學殖，高超突出的見識；其成就在於能以才運學，才學互相激盪，突破智慧的極限，而出現「悟」的境界，產生深遠卓越的見識，然後以此「識」運才學，以超越才學的局限。

劉勰生當南朝齊梁之世，自魏晉五胡亂華到中國南北分裂，歷經三百年的衰亂；佛老與起，儒家逐漸式微，以致唯美思潮、浪漫主義大盛。文學重視形式、聲律，講究華藻麗辭，不能反應社會人生，內容貧乏，而失去文學的社會功能。劉勰為糾正文學文與質，形式與內容失衡的現象，在其《文心雕龍》文原論，特別提出原道、徵聖、宗經之論，這是極正確的見解，已超越當時的一般文人，成為《文心雕龍》創作的文學思想理論。然而文原論另兩篇正緯、辨

騷，卻反映出文學史家與批評家才、學、識的局限。文原論五篇既作為文之樞紐，然此二篇實不足以稱舉；緯書既有四偽，而經書足以為訓，何需「正緯」，如欲酌其「事豐奇偉，辭富膏腴」，以增益文采，則此篇不宜入文原論，而可置於「情采」篇，或批評論中。緯書及其正偽可在國學概論中討論，在文學史及文學批評裏是不足辨論的。另一篇「辨騷」，其文學形式與實質，應屬辭賦之作，宜置於文體論，非屬文學理論指引之文原論，這也是受才、學、識本身運作的局限所造成的。

(二)識運才學的局限——辨騷應移入文體論

「辨騷」是指奇文鬱起的《離騷》，為戰國末年楚國屈原繼《詩經》後所作的楚辭韻文作品，為辭賦之宗。屈原的楚辭作品是熔合《詩經》與戰國散文結合的「奇文」作品，詩而非詩，類文而非文，是繼《詩經》之後出現的新文體。《離騷》源於《詩經》，成為先秦最重要的兩種純文學作品，《離騷》辭賦作品，影響漢朝的主流文學、漢賦的產生。並演化為魏晉南北朝的駢賦、唐代的律賦、宋代的文賦、明清的股賦，故稱為辭賦之宗。劉勰身處唯美文學的時代，本身擅長寫文辭雅麗華豔、重形式格律的駢文。故極推崇屈原之妙才，其作品之體同「風雅」，爰推舉為文之樞紐，而不列入文體論之中，這是其才、學、識及個人對華美文學喜好之局限。其關鍵在於不能以「識」運「才」、「學」，從文學史的角度衡量、辨識其應屬文體論而非文原論。

據此，則「辨騷」篇應移入文體論，置於「明詩」篇後，「樂府」篇前。蓋《離騷》、《楚辭》源於《詩經》，故序其後，而漢賦拓宇於《楚辭》，成為漢賦文學主流，演化至魏、晉、南北朝、唐、宋、明、清，流變二千年，使賦在文學史上能蔚成大國。故詮賦篇宜移至於辨騷後，以明原始表末。至「樂府」本屬詩歌，是否宜併於詩歌，於明詩篇中論述之。樂府為聲詩，源於歌謠，里巷之謳吟，《詩經》乃有國風；至漢武帝，始立樂府，採詩以合樂。文心所論偏廟堂雅樂，文士樂府則加貶抑，謂其志放蕩，辭多哀思，至於民間樂府則不加論列。蓋文學作品之價值，在於其創作之意義，是否能反映時代社會風氣，及文學思潮，而不在其是否典麗華美。

(三)以識運才學、歷史演進、文學思想所造成定篇釋名的局限

1.諧讔、史傳、諸子定篇釋名的評議

諧讔，作為文體之釋名，頗為奇異，以其文辭詼諧幽默含蓄，而意在諷喻，寄託深意，先秦兩漢作品頗多。莊子自謂其書寓言十九，並以寓言名篇；並藉寓言高妙之技巧與手法詮釋高深奧妙之哲理，使讀者釋然易明，拍案稱奇。莊子以「寓言」為文體之名，雅潔易懂，後世文學史學皆沿用之，外國亦然。文心以「諧讔」為篇名暨奇異難明，篇中雖不採空戲滑稽，然卻以稗官所採為譬，以廣視聽，其境界下矣。而此階段小說的文學體式尚未成熟，至魏晉之「神怪小說」已漸成形，至唐朝傳奇小說之建立，成為重要的平民文學，突出其文學成就與價值，

至宋、元、明、清乃大放光芒。

「史傳」與「諸子」是屬於學術性的史學作品與哲學作品，並非屬於文學範疇的作品，逕以「史傳」、「諸子」作為文體之名稱，殊為不妥。雖然齊、梁時代純文學觀念已漸萌發，駢體文已大為盛行，《文心雕龍》就是以雅麗的駢文寫成的。「史傳」是屬於歷史散文，「諸子」為哲理散文，這是二者的文學體類。雖然「散文」之名至宋朝才出現，但傳統已有「文」、「文章」之名，齊梁時漸以「古文」與「今文」（駢文）相對稱。散文是屬於文章的一種形式，在文學文史上與散文、駢文、語體文並稱。史傳歷史敘述散文、諸子哲理明智的散文，二者之作者才、學、識兼備，文筆高雅流暢生動，其文質表現俱佳，文學價值極高，「文心」之定篇釋名，實不足以稱舉之，為其醇中之瑕疵。此乃劉勰對文學之發展流變與文體之演進，未能深知洞察，以致其識不足以運其才、學所造成之局限。

(四)「選文定篇」以一己之所好、一時文風以定崇抑，以致才識未能運其學殖所造成之局限，以致陶淵明與曹操的詩歌成就被漠視

文體論中對作家及作品之評選，應以文學史家之超然嚴正之態度為極則，不能以個人之好惡，以及對古今崇抑之裁斷，不能以一時之文學風氣為定則，此為文學批評之大忌。文心明詩篇中，論建安詩於曹操詩無所論及，於樂府篇泛論三祖，指曹詩其志放蕩，而辭多哀思，顯然評騭失衡，其實曹詩悲壯蒼涼，樂府二十首、四言五言俱佳，成為建安最具代表之詩人。雖然

曹操多疑善忌，充滿政治野心，擅於政治、軍事謀略，但這不致於影響其詩歌之評價。

西晉太康八子，以采縟力柔，文心一筆輕輕帶過，然潘、陸雖詩趨於華麗，惟開啟唯美詩風，在文學史上有一定的意義，且陸詩超過百首，潘以悼亡之作名世，此皆不可忽視。又左思詠史之作，超曠豪放，其成就為西晉太康文學成就最高的詩人，凡此文心皆未論及。東晉江左則大談玄言詩，謂其譏刺徇務之志、崇尚忘機之談，雖有雕采，而辭趣一致，甚至盛讚郭璞〈遊仙詩〉挺拔俊秀，為傑出之作。對東晉的大詩人及其作品，則隻字未提；論者以為當世文風唯美，崇尚華麗文采，故陶詩不受重視，此說對當代一般之文人可以瞭解，但於一代傑出的文學史家、文論家的劉勰來說，則缺乏詩歌文學的超然鑑識力，甚至不如當世的文選家蕭統，謂其詩不群，「辭采精拔，跌宕昭彰，獨超眾類。」

陶淵明不幸生於亂世，雖歸隱田園，然出世而不忘世，詩、文、辭、賦的成就皆卓越不群。存詩一百二十六首，內容題材多方；其詩高雅古樸，平淡自然有味，在樸茂中見深美。可惜晉宋南朝文人在一片唯美浪漫主義雲霧的籠罩之下，不但不識其詩，更不識其人，這一位人格及詩歌成就皆超拔眾類的偉大文學家，不見於晉宋南朝史傳中的文學傳、文苑傳中，而被安排在隱逸傳中；只有蕭統陶淵明傳，能揭露其人格詩文成就的真象。在當代文人中除蕭統外，鍾嶸《詩品》，還能鑑識陶詩，雖格於唯美風氣列陶詩於中品，謂其詩「篤意真古，辭興婉愜。」淵明才高意遠，造語精到，妙寓自然，深味有奇趣，在文學史上有崇高的地位，《文心雕龍》不論列陶詩，令人深感遺憾而不可思議。到了唐代才逐漸受到重視，李、杜、王、孟、韋、柳諸家推重其詩，至宋蘇軾極為推崇，予陶詩極高之評價，以至清代亦然。而在陶之世及其後兩百年間，其詩沒有受到應有的重視，皆肇始劉勰之才、識不能運其學殖以超越當代唯美的文學風氣，所造成的局限，有以致之。

(五)「原始表末，敷理以舉統」，對文學之流變，文學體裁及創作題材之發展，因才識運學所受局限，而不能作完整之呈現

文心文體論對文體之流變止於宋初，南朝宋、齊將近八十年，詩歌駢文唯美文學蓬勃興起，文體形式因革，詩歌新體詩與民歌盛行，對此未加論列，山水詩麗采駢偶，極貌寫物，惟不見「選文定篇」，另元嘉詩人鮑照，雖「才秀人微」，而其詩俊逸清新，其中多文士樂府之作，以〈行路難十八首〉為代表，亦未論及。

至於詩體形式之演進流變，「明詩」篇未能深究，但言「四言正體，雅潤為本」，「五言流調，清麗居宗」。對七言詩之萌發，新體詩之興起，則無所論列。四言詩為《詩經》體，五言詩自漢興起，演進自魏、晉、南北朝、唐、宋、元、明、清，成為主流詩體；七言詩則萌發於建安，曹丕〈燕歌行〉二首，至南朝劉宋元嘉鮑照，詩有二百多首，尤於樂府詩，〈擬行路難十八首〉為七言詩之創作，特為突出，對七言詩之發展，有極大的貢獻。至於新體詩的興起，在南朝齊永明年間沈約著《四聲譜》提出四聲八病之說，主張詩歌講究聲韻格律之重要，建立詩歌聲律說，並與對偶說結合，聲律與對偶形式相配合，使詩體產生新的變化，即所謂的

新詩體，亦稱永明體，新詩體的出現，促進詩體由古體詩發展為近體詩，影響唐詩的形式格律，使古典詩建立詩體完整的形式，進入文學史創作發展的歷程。

至於詩歌創作題材，東晉末期南朝宋、齊之際，陶淵明的田園詩，及謝靈運、謝朓的山水詩，有突破性的開拓；可惜劉勰囿於當代唯美詩風，對古樸高雅的陶詩，無視於田園新題材的開發，「獨超眾類」，未具慧眼而無所論述。對於山水詩之興起，但言山水詩講究對偶、文采修辭，極貌寫物，文辭窮力追新，而於二謝山水詩之題材創新與成就，不加論述，其詩清新流麗，對新體詩及唐代王、孟山水詩之影響極大。綜上所述，可看出劉勰較重視文學作品之形式修辭，一時之風氣，而對文體之演進，內容題材之開創，未能作完整深入之觀察，皆影響其才識未能運學之局限，而造成其對文學內含與形式完整鑑識力不足之所致。

六、文體論之繼續演進
——唐五代宋元明清建立完整之古典文學文體

齊梁之後，隨歷史的演進，文學的流變，與時代社會之興替，文體論繼續發展。隋文帝雖統一南北，結束南北的分裂，但國祚甚短，只三十七年就亡國。唐高祖李淵繼隋建立大一統的偉大帝國，文明之盛與漢並稱，三唐盛世，使中國文學史進入一新的輝煌時代；文學的發展，新文體的建立，造就許多偉大的文學家，無數傑出的文學創作。其文明之盛，甚至影響鄰近的日本與韓國。唐代文學的發展與卓越的成就，導引中國文學進入一新的文藝復興時代。

魏晉齊梁從文體論之萌發到文體論的建立，出現幾位卓越的文論家，成就斐然可觀，但《文心雕龍》之後，迄清代，雖代有總集，不過大率因循前人，分類苛細，立名不當，如唐《文粹》、宋《文鑑》、明《文衡》、《文章辨體》、《文體明辨》、《文章辨體彙選》等，無所開創。至於清姚鼐《古文辭類纂》、曾國藩《經史百家雜鈔》，其分類皆散文之體裁，非文體之分類，蓋為桐城派古文之選本，後人未深察，不足據以論文體。據此，自唐迄清各代新建立之文體，分別彙整論述，以窺其全貌。

(一)唐代建立之文體

唐代自高祖建立亞東大帝國至昭宣帝亡國歷經兩百八十九年，在將近三個世紀中，由於帝國之富強、文明之盛、社會之繁榮，促進文學之發展，新文體紛紛建立，文學一片欣欣向榮。

1.近體詩之建立與古體詩之結合，成為完整之古典詩之詩體

格律化之近體詩、五、七言之絕句律詩排律皆備，與五、七言之古詩、樂府歌行，並行發展。由於帝王貴族之愛好提倡、科舉之開科取士，使文人，人人能詩，由於當時好詩風氣影響所至，社會各階層人士亦能歌詩，使唐詩成為全民文學。據全唐詩所收錄：詩人二千二百餘人，詩四萬八千九百餘首，菁華薈萃，凝聚三百年，可謂盛況空前。唐詩之發展可分初唐、盛唐、中唐、晚唐四期：初唐詩風仍沿襲齊梁華靡之餘風，主要作家有沈佺期、宋之問，與四傑

王、楊、盧、駱，其後杜審言、張九齡格律嚴整精切，渾厚古樸。陳子昂主張復古、反對齊梁、強調漢魏風骨。

盛唐是唐詩的黃金時期，由於南北文化的交流，國力的強盛，儒釋道三教的融合，以及漢胡文化交流等因素的激盪，使詩歌產生活潑的生命力與創造力。造就許多偉大的詩人，流派多元，風格多方，各具獨有的特色。李白為浪漫詩人之代表，敏捷詩千首，號稱詩仙；杜甫為社會詩人之冠冕，悲天憫人，憂國憂民，充滿忠愛情懷，有詩聖之號；王維、孟浩然愛好自然田園，為自然詩人，深受陶淵明田園詩、謝靈運山水詩之影響；高適、岑參、王昌陵、王之渙為邊塞詩人，善寫邊塞風光，征戰之苦，悲壯豪放。

中唐六十餘年，繼安史之亂後唐室中興，唐詩的發展也進入一個新的階段。新樂府詩運動，繼承杜甫寫實社會詩的創作，元稹、白居易的新樂府詩，主張「文章合為時而著，詩歌合為事而作」，「唯歌生民病，但願天子知」，作品反映現實，具諷喻功能，其詩平易，老嫗能解。中唐詩的另一重要創作，即韓愈、孟郊的奇險詩，孟郊窮苦困頓，詩風瘦寒清奇，為韓愈敬重，相互唱和，開奇險一派；韓愈才氣縱橫，善古體，為古文運動宗師，常以文入詩。中唐繼盛唐王、孟山水田園詩之自然詩人有劉長卿、韋應物、柳宗元、劉善寫景，時露悲涼，韋詩高雅閒淡，善五言寫景，柳詩寄情山水，清新峭拔，並善古文，寓言小品。

晚唐因宦官與藩鎮之亂，使唐帝國衰落，終致亡國。因處亂世，唯美思潮再度興起，詩風趨於綺靡華豔，主要的詩人有李商隱、杜牧、李賀、溫庭筠等。李商隱才氣甚高，善詩並工駢文；義山因牛李黨爭，一生坎坷，落拓潦倒。其詩典麗精工，善用典及象徵手法，有一種幽深朦朧的淒美，其無題詩穠麗深情，浪漫神秘，從心理學的角度來看，具有運用潛意識表現的特色。杜牧出身世家，祖父是史學家，當過宰相，杜牧年青時不得意，後因牛李黨爭，受排斥，具忠愛情懷。其詩受晚唐唯美詩風的影響，綺麗婉約，善七言絕句，借詠史託諷，具寫實之精神，有小杜之稱。李賀為唐代宗室的後裔，他的詩綺麗華豔，具有寫作鍛鍊技巧的苦吟特色，深受晚唐詩人的推崇，其名句有「天若有情天亦老」，惜二十七歲，英年早逝，有鬼才之號。溫庭筠才思敏捷，有「溫八叉」之稱，然有才無品，工於樂府一體，浮豔有富貴氣，而氣度未宏。詩作之外，為晚唐重要之詞人。

2. 建立古文（散文）的體類

古人泛稱文章為「文」，兩漢以後漸稱「古文」，至南宋始有「散文」之稱，惟文人仍以「古文」習慣稱之，至清亦然，尤其桐城派特別強調「古文」一詞。「古文」在文體屬文章三種體類之一（散文、駢文、語體文），古文即散文。古文文體的產生，在中唐因儒家思想再盛；文學創作再強調重質不輕文的社會功能，排斥文章日趨華美駢儷，於是，韓愈起而倡導古文運動，強調載道寫實的古文。韓愈古文運動前承北朝蘇綽、隋代李諤、初唐王通、陳子昂之復古，主張以古文取代駢文，至中唐古文創作風氣已漸形成，於是韓愈、柳宗元，大力推崇古文；韓主張「文以載道」，柳主張「文以明道」，互相呼應，一時文士從風，使古文成為文章之主流。韓愈之徒李翱、李漢、皇甫湜起而效之；韓、柳，不但提出具體古文之理論，主張復古而創新，並能創作高雅之古文以示範，蘇軾謂韓文公「文起八代之衰，道濟天下之溺。」誠然。柳宗元古文題材，善寫自然山水，並工寓言小品，與韓愈之謹嚴雅健並美，成為古文運動之領袖。

3. 短篇小說之建立——傳奇小說

唐代短篇小說為魏晉筆記小說進化之作品，唐裴鉶著《傳奇》三卷，後宋人乃稱唐人小說為傳奇。傳奇本意說奇志異，雖借小說以寄筆端，然具有社會人生寫實之特色；敘述生動，文筆修辭華美，描寫具體之故事，每篇數百字至一、二千字以上，建立富有人情化之藝術創作。作品組織精密，內容多神怪、俠客、軼聞別傳、才子佳人之豔情，題材多元，風格悽惋。名篇神怪有《古鏡記》、《白猿傳》、《南柯記》、《枕中記》、《離魂記》；別傳如《高力士傳》、《李林甫外傳》、《梅妃傳》、《長恨歌傳》；劍俠類有《虬髯客傳》、《謝小娥傳》、《聶隱娘》、《崑崙奴》、《劉無雙傳》；豔情類有《李娃傳》、《霍小玉傳》、《會真記》、《章臺柳傳》。唐人傳奇為具體小說作品之開創，題材擴大，善於人物性格之塑造，作品題材，提供後代戲曲作品之編撰，對元、明、清雜劇戲曲影響甚大。

4. 曲子詞與詞新文體的建立

在清末光緒年間，敦煌石窟發現五百四十五首五十六調的唐代民歌，這些合樂的民間歌謠，題材豐富，有寫邊塞的悲壯豪放，有羈旅之苦的、有寫宮怨閨怨、有動人的男女情歌，為唐代通俗文學，揭開新的契機，也促成中晚唐詞的產生。曲子詞的內容反映唐朝時代社會的一些面貌，和生活民俗，唐代的民間樂府和曲子詞，因為音樂的牽引，帶動詞的出現，促使晚唐五代詞的興盛。

詞，又稱長短句、詩餘，也稱樂府。形式自由、格律嚴謹、為合樂的韻文。起源於唐朝的民歌、中唐的文士樂府，與民間的曲子詞。盛唐李白有〈憶秦娥〉，北宋李之儀已證實；中唐作家有韋應物、白居易、王建、張志和、劉禹錫等，率皆小令之作，風格清新婉麗。晚唐詩人填詞已漸蔚成風氣，題材多離情、閨怨、春愁，詞風浮華穠麗，主要作家有溫庭筠、韋莊。溫詞〈菩薩蠻〉、〈望江南〉、〈更漏子〉，較精妙婉麗而綺怨。韋莊與溫庭筠皆《花間集》之詞人，韋有《浣花詩集》，無詞集，其詞清秀婉麗，纖巧而不豔麗；流落江南所作五首〈菩薩蠻〉，因流連江南而充滿鄉愁，不若晚年之綺麗。他的一首長篇歌行〈秦婦吟〉，長達一千六百餘字，為中國詩史上第一篇長詩。

5. 敦煌變文的文體

清光緒二十五年，在敦煌莫高窟發現兩萬多卷的「敦煌卷」，其中曲子詞和變文是唐代重要的通俗文學作品。變文是佛教僧侶傳教的講唱文學，講述一段，唱述一段；講用散文或駢文，唱述用七言詩或三至六言的雜言詩。依王重民所輯敦煌變文共有七十八種，其內容可分三類：演述佛經的變文、演述史事或民間故事的變文，以及演述俗賦、詞文、話本等雜事的通俗文學。變文是文學史中民間最早的講唱文學，也是唐代俗文學珍貴的資料，內容題材多元，講唱的文體詩歌、散文、駢文互用。對宋元的話本、詞文、鼓詞、諸宮調等講唱文學的民間文學之發展影響甚鉅。

(二) 五代詞的文體

唐朝亡國之後，中國又進入新的衰亂之世——五代十國，再度南北分裂。五代的西蜀、南唐因偏安江南，晚唐興起的詞得以繼續發展，西蜀作家為《花間集》詞人，西蜀代表作家有溫庭筠、韋莊，前已述及，不再提述。南唐主要的詞人有馮延巳、中主李璟、後主李煜，其中以後主李煜的成就最卓越。馮延巳有《陽春集》一百二十闋，其詞善抒情，幽深婉曲，而堂廡已大，影響北宋一代風氣。李璟與馮延巳皆好詞，一時詞風大盛。李璟存詞四首，其〈攤破浣溪沙〉名句「小樓吹徹玉笙寒」，與馮延巳〈謁金門〉名句「風乍起，吹皺一池春水。」皆甚高妙。

李煜後主登位時，南唐每年已向宋室納貢，以求苟安。後主性純真，愛好文學，不善治國，仍以絲竹歌舞倚聲填詞，沈醉於昇平享樂之中，直到宋太祖兵臨石頭城以至被俘亡國。這位天真、不曾識干戈的一代詞雄，倉皇辭廟，在教坊所奏別離歌中，猶揮淚對宮娥，隨宋將曹彬北上，結束三十八歲在江南以文學歌舞享樂的歲月，成為趙宋的臣虜，真令人浩嘆。李後主詞的創作可分二期，偏安江南、亡國前為前期，亡國後為後期，前期呈現詞的風格婉約秀麗，後期因亡國之痛，故國之思，魂夢不堪回首，激發後主創作的活力，題材開拓，風格豪放悲痛，王國維《人間詞話》謂「詞至後主眼界始大，感慨遂深。」誠然，其「虞美人」「故國不堪回首」「人生長恨」為絕筆之作。其詞作之成就至高，堪稱一代詞雄，令人讚嘆。

(三) 宋代的文體

五代亡國之後，趙宋統一中國，北宋一百六十年，可稱盛世，南宋偏安江左一百五十年，尚稱安定。因長期的升平，使經濟繁榮，社會安定，文學益趨於多元，詞為主流文學，詩與古文（散文）的成就可觀，值得注意的是俗文學有新的發展，諸宮調和戲文的出現，給戲曲的發展開創新機；小說有話本和傳奇小說，白話小說的崛起，對明清章回小說有相當的影響。

1. 南北宋的詞

宋為詞之黃金時代，承晚唐五代綺麗之詞，而開創新局，在詞之形式、風格、境界皆有新貌，為宋朝文學之代表。北宋詞可分小詞、慢詞、詩人詞、樂府詞四期；小詞時期之作品形式仍為短篇之小令，風格不脫豔科之綺麗，主要作家有晏殊、歐陽修、晏幾道等，三家才氣皆高，詞風承花間之餘而清切婉麗。大晏詞婉約而贍麗，歐詞才氣宏大，善抒情，情致深妙沈著。小晏工文章樂府，詞風清壯頓挫有致，時露傷感，近似於李後主。慢詞時期在形式上已突破短篇的小令，拓展為中長調的慢詞，詞境風格也有進一步的開展。代表作家有柳永、張先、秦觀。柳永一生失意落拓，自稱白衣卿相，留連歌坊舞榭、偎紅倚翠，其詞長調為多，善於鋪敘描寫，音律和諧，一生致力填詞，作品流傳甚廣。張先自稱「張三影」，有「張三中」之號，工於小令與慢詞，作品多寫男女纏綿之戀情，婉約清麗。秦觀，為蘇門四學士之一，其詞寫男女之情哀豔悽惋動人，辭情相稱，被視為「婉約派」。詩人詞在形式與風格特色上皆呈現新的面貌。代表作家為大文豪蘇軾。東坡以高大之才學一洗詞之綺靡，突破「詞為豔科」之局限；以詩為詞，氣勢雄渾，詞風豪放而婉約，其成就堪與後主比肩。豪放如〈念奴嬌‧大江東去〉，婉約清麗如〈永遇樂‧明月如霜好風如水〉，其詞奔放，不喜雕琢而脫離樂府。北宋後期因東坡詞去樂府，不可歌，於是精通音律格調之詞人起而倡導樂府詞，主要作家有周邦彥、李清照。周詞講究聲律法度，被視為詞律。李清照音律鍾鍊，講究自然，前期作品婉約清麗，晚年孤苦，詞風蒼涼樸雅，作品以〈如夢令‧綠肥紅瘦〉、〈聲聲慢‧尋尋覓覓〉為著，與李白、李後主並稱「詞中三李」。

靖康之難，宋室南渡，前期亡國之痛，詞人激昂悲壯，為豪放派詞人，後期偏安已久，樂府派詞人再度復起。豪放派代表作家有辛棄疾、陸游：辛為愛國詞人，懷古長調豪放悲壯，亦善描寫田園山水，與東坡並稱蘇辛，為南宋第一大家。陸游性雖疏放，與辛皆曾從軍，其詩詞多充滿愛國情懷，其詞亦豪放慷慨激厲。樂府派詞人有姜夔、吳文英、張炎等：姜白石精音律，能自度曲，善刻畫雕琢，作品以〈暗香〉、〈疏影〉為著。吳詞字句雕琢工麗，音律諧美。張炎通音律格調，善詠物，以〈春水詞〉、〈孤雁詞〉著名，有「張春水」、「張孤雁」之號。

2. 宋代的詩

詩發展到唐朝已登峰造極，於是宋詩別闢蹊徑，自立一格，以沖淡，矯唐詩末流之失，自有別致。宋初西崑體為盛，纖巧妍麗，內容空洞。至梅堯臣、蘇舜欽、石延年，反對西崑，主沖淡平易，時號「蘇梅體」。其後名家輩出，北宋有歐陽修、蘇軾、王安石、黃庭堅、陳師道五大家，南宋有陳與義、陸游、范成大、楊萬里諸名家。

歐陽修詩祖杜、韓，主氣格，疏暢婉麗。王安石亦推崇杜、韓，以文入詩，格高意妙，近體閒淡：古體典則力足。蘇軾思想兼融儒、釋、道，詩出入李、杜、韓愈，才氣卓絕，詩作豪放壯闊，亦自然如行雲流水，與黃庭堅並稱蘇、黃。黃庭堅遊於蘇門，而詩創新，別出一格，風格奇險拗峭，主作詩有脫胎換骨，點鐵成金之法，開創江西詩派，祖杜而與陳師道、陳與義並稱三宗，為文學史上第一個正式的文學流派。陳師道遠祖杜甫，近宗黃庭堅，有詩思則臥吟榻，深思苦吟，工五古與五七言近體。

南宋詩人或憤激悲歌，或歸隱山水田園；陳與義，為江西詩派三宗之一，重格律，寄意遙深，有自我特色。陸游亦多愛國之思，慷慨激越，晚年詞風俊雅閒淡，為南宋第一大家。范成大歸隱田園，詩風清婉峭秀，閒適自得，有陶淵明之遺風。楊萬里，性愛自然，平易閒淡，自成一格，時號誠齋體。另有永嘉四靈，反對江西詩派，講究音律，愛好山水田園，代表作家趙、翁、二徐皆永嘉人，故名。又有江湖詩人，為失意文人，自放於山水，詩集皆有「江湖」之名，故稱之。主要作家有劉克莊、戴復古。

3. 宋代的古文（散文）

宋代因朝野皆尚文，繼唐之後古文大盛，大家輩出，歐陽修首開風氣，曾鞏、王安石繼之，蘇洵、蘇軾、蘇轍父子挺生蜀中，與吳中歐、曾、王並稱「吳蜀六士」，以古文號召天下，聲勢壯大；明唐順之、茅坤以唐之韓愈、柳宗元與宋六名家，號稱「唐宋八大家」。歐陽修為一代文宗，學承《史記》，文從韓入，風神絕妙，善序跋、雜記，紆徐條暢。曾鞏，文詞嚴整，典雅渾厚。王安石，善議論，奇峭俊秀。蘇洵學《左傳》、《孟子》，善論兵事，有雄奇之氣。蘇軾為西蜀才子，其文得力於《莊子》，開闔舒卷自如，自然高妙，為才子之文。蘇轍，沈穩淡泊，閒逸而雄健。至於宋之理學家以文玩物喪志而不好文，其文高者，尚稱古雅。南渡之理學家唯朱熹善文，說理、記敘為優，另有後期之真德秀、魏了翁，亦能文，皆有可采。

4. 宋代之戲曲——樂曲與戲文

中國通俗文學從唐代開始受到文人的注意、重視，到宋朝又有所開創。戲曲的前身：歌舞戲與講唱戲已萌發。歌舞戲結合樂曲、歌舞、敘述、動作，以演述故事。講演戲則以歌唱、動作、伴以音樂，惟歌而不舞，以講唱故事，包括鼓子詞與諸宮調。講唱戲與歌舞戲皆為講唱之敘事體，非正式戲劇之代言體。惟樂曲為元代雜劇之本源。

戲文盛行於北宋末年至南宋，戲文由曲、白、科三者組成戲劇完整之結構。角色有生、旦、淨、丑，音樂為南曲，屬南方之戲曲，為歌劇之性質，也是中國最早正式而完整之戲劇。作品有《趙貞女》、《蔡二郎》、《王煥》、《樂昌分鏡》、《陳巡檢梅嶺失妻》等五種。元人亦有戲文之作，影響明傳奇之產生。

5.宋代之小說

宋代之小說為「平話」，為「說話人」之底本，以白話寫成，流行於民間，為中國最早之白話小說。其結構以「引子」作開場，或用詩詞，也用故事，稱為「得勝頭迴」，遇故事關鍵處，即以二句七言詩收場，以製造生動之高潮。平話小說之作品有《京本通俗小說》、《大唐三藏取經詩話》、《大典本西遊記》、《明刊宋元話本》、《新編五代史平話》、《大宋宣和遺事》、《梁公九諫》。另有講史平話，類似後代之歷史小說，上列之新編五代史平話即是，此平話作品為文學史上最早之長編演義小說。平話小說至元朝仍在民間流行，元至治平話刊本有五種：《為武王伐紂書》、《樂毅圖齊七國春秋後集三卷》、《秦併六國秦始皇傳》、《呂后斬韓信前漢書續集》、《三國志》等，皆屬講史之平話，文辭質樸，不雅順，時有白字破句，此或以元民間文人不尚文有關，蓋元人尚武不尚文，文儒被排斥，毫無地位。惟平話本為迎合群眾需求之通俗小說，此弊亦無關大雅。

(四) 元代的文體

宋亡蒙古人入主中原，建立元朝。元人為北方遊牧民族，善騎射，尚武尚勇，以征戰為能事，建立地跨歐亞的大帝國，聲勢浩大。但因不重視中國傳統的文化，也不瞭解傳統文化，統治的手段相當殘酷，漢民族受不平等的壓迫，文人受無情的排斥。人民分為十等，一官、二吏、三僧、四道……七匠、八娼、九儒、十丐。文人地位不如娼妓，儒家的學術思想幾被摧毀，終至不到一個世紀就亡國。但因歐亞外來文化的刺激，貿易發達，城市經濟的繁榮，舊有的意識精神動搖解體，傳統的文學式微寥落，「市民文學」蓬勃發展，元曲於是興起。元曲包括散曲、雜劇兩者，散曲的形式是以類似詞的長短句、為合樂的韻文；雜劇則為歌劇型的戲劇，茲分述之。

1. 散曲

散曲有小令與「套數」二種，其音樂為北曲，單調者稱小令或小曲，為元曲盛行之作。「套數」或稱套曲，由相同之宮調聯貫而成，首尾一韻，短者三四調，長者可達三十四調。散曲作家，多達二百多人，其盛況足使元曲與唐詩、宋詞鼎立為三。散曲主要作家有關漢卿、白樸、馬致遠、鄭光祖四大家，另有喬吉、張可久、貫雲石、徐再思等。關漢卿為流連酒樓舞榭之風流浪子，深入下階層的社會，體會深刻，對男女之情，以白描寫實手法表達，頗具特色，小令如〈一半兒•題情〉，套數如〈閨思〉。白樸，品格高，受元遺山之薰陶，由金入元，作品充滿故國之哀思，蕭疏清逸，小令如〈天淨沙〉、〈石州慢〉、〈得勝樂〉。馬致遠，為散曲之卓越作家，早年熱中功名，後不如意，歸隱山水之間，寄情詩酒，成為玩世不恭之名士，小令如〈天淨沙•秋思〉，套數如〈夜行船〉。鄭光祖，善劇曲，散曲作品不多，套數佳者，出語超俗，如珠玉然。喬吉一生落拓潦倒，浪跡江湖，失意而終。擅長小令，出語不俗，俊爽蘊藉。張可久，不作劇曲，為散曲專家，作品清麗有則，其〈一枝花•長天落彩霞〉為當時絕唱。貫雲石，為維吾兒族人，精通漢文，辭官居杭州，賣葯，放曠不羈，小令以〈紅繡鞋•別情〉為著，散套亦妙絕一時。徐再思，其散曲，出語清俊自然。

2. 雜劇

雜劇為中國最早完整而成熟的戲劇，結合歌曲、對白、動作三者而成，屬歌劇的性質。歌曲以散曲之套曲組成，以一宮調之諸曲連結之，宮調之曲一套為一「折」，每本雜劇以四折加楔子為原則，相當今之開場與四幕戲。每折由一人獨唱，率為主角。其演出者稱腳色（角色），有末（生）、旦為主角，花面、丑、孤（官吏）、孛老（老人）、卜兒（老太太）等。劇中必有賓白，賓為對話，白為獨白。其表演動作稱科，以表情與唱句聯結。戲中之道具則稱砌末，戲末結尾稱為散場，用對話數句，稱為「題目正名」，此為元雜劇完整之結構。

元代雜劇作家人才極盛，據明朱權《太和正音譜》，優秀者有一百八十七人，今作品仍傳世者有四十三家，王國維《宋元戲劇考》，作品存世者僅一百十六種。其興盛的原因，由於首都大都（北京）經濟發展極度繁榮，中外貿易極盛，其他大都市工商業也非常繁榮，創造戲劇發達的環境，以及元廢科舉（只舉行一次），文人才學無所投入，乃從事戲劇之創作以為寄託，並迎合都市人民娛樂之需求。重要作家有關漢卿、王實甫、白樸、馬致遠、鄭光祖諸家。關漢卿為元劇之開創者，其作品無所依傍，自創新詞，尤善刻畫人情。作品六十七種，今存十八種，題材廣泛，其中《竇娥冤》、《救風塵》二劇最著，前者為極動人之悲劇，後者為富有人情之社會喜劇。王實甫有雜劇十四種，今存三種，善鋪敘，委婉生動，頗有才氣，作品佳作《西廂記》為元劇之名著，寫男女之情精妙超絕。白樸作品十六種，今存三種，善寫男女愛情，淒美動人，才高詞雄，為元劇上品之作，以《梧桐雨》最著。馬致遠有雜劇十六種，今存七種。題材多寫神仙故事，及失意之才子；成就最高的是《漢宮秋》，寫漢宮昭君出塞的宮廷大悲劇，極淒惋悲切，蘊藏忠愛的情懷，其藝術價值，超越白樸的《梧桐雨》。鄭光祖，有雜劇十八種，今存八種，多為歷史題材與男女愛情，《倩女離魂》，描寫豔麗嫵媚，具有寫實而浪漫之特色。

(五) 明代的文體

元朝由於暴政腐敗而亡國，國祚僅九十年。朱元璋以平民革命而建立強大的帝國，國祚二百七十年，從異族殘破的統治中，重建漢民族的大政權，實施專制中央集權的體制。由於農業振興，經濟繁榮，社會安定，透過中西文化的交流，貿易發達，海外的拓展，重振中國的聲威與文明。明代為鞏固政權，恢復科舉制度，但以八股文取士，八股文的規律形式內容，非常嚴格，用以控制文人的思想，文人為獲取功名利祿，往往一生投入八股文的鑽研中；造成明朝文壇缺少一股活潑的生命力，也形成擬古主義籠罩一代的文壇。

1. 詩歌與古文（散文）

明代傳統古典文學，詩、文、詞，在擬古思潮瀰漫中衰微不振。明代文人本對秦、漢、唐、宋古典文學，具有崇古復古的思維，但受八股文的箝制，欲復古而變成擬古，蓋復古必須創新，才有新的精神與創作價值，擬古則流於形式的模擬，互相標榜，故難有創新。

明初作家以方孝儒、劉基、宋濂諸家，永樂年間楊士奇、楊榮、楊溥「三楊」世稱「臺閣體」。至弘治李東陽領袖文壇，主張復唐宋之古。其後「前七子」主張復秦漢之古，以李夢陽、何景明為主，徐禎卿、邊貢、康海、王九思、王廷相等附之。至嘉靖年間有唐順之、王慎中，師法唐之韓、柳，宋之歐、曾。其後茅坤編《唐宋八大家文鈔》，「八大家」以此得名。王、唐波瀾跌宕，而氣魄未宏。於是又有「後七子」，以李攀龍、王世貞為首，謝榛、宗臣、梁有譽、徐國倫、徐中行附之，排斥王、唐，而呼應「前七子」，主張文崇西漢，詩尊盛唐。當時歸有光，文主唐、宋，韓、歐，擁護王、唐唐宋派。其文善敘事抒情，疏淡成趣，情韻宛然。在散文創作上與擬古主義相抗衡，而不以詩名，清桐城派師其文之義法，尊為遠祖。其時反對擬古主義又有公安派、竟陵派；公安派以公安人，袁宏道、袁宗道、袁中道兄弟，稱三袁。竟陵派代表作家為竟陵人鍾惺、譚元春。為晚明最後的反擬古運動，惟欲振乏力。

附錄：八股文

明朝科舉考試以八股文取士，據明選舉志以八股文取士乃明太祖與劉基所定，八股文又名「制義」，「時文」。其形式結合散文與駢文之對偶，其結構格律非常嚴格，共有八股；一曰「破題」，二曰「承題」，三曰「起講」，四曰「提比」（提股），五曰「虛比」（虛股），六曰「中比」（中股），七曰「後比」，八曰「大結」。以四書五經命題，故又稱「四書文」。「破題」限引用題目出處兩句，以點破題義。「承題」限用三四句或五六句，以申明破題之意，「起講」為一篇之開筆，「提比」為起講後入手之處，「虛比」承接「提比」，「中比」要立柱分應，「後比」以發揮「中比」論述未盡之處，「大結」為一篇之合筆收尾。其中「提比」、「虛比」、「中比」、「後比」，為主文所在，必須以「比」之修辭法行之；所謂「比」即對偶，以駢偶之修辭形式，以句及整段作對，每兩段相對之段落構成一「比」。其排偶之形式，實為駢文之一種變體。八股文之命題以四書及五經之句子為題，「四書義」一篇二百字以上，「經」義一道三百字以上，以明晰書旨，不尚華采，惟多以機巧為貴。

2. 傳奇——南曲

明傳奇承襲南宋戲文，進一步發展為結構嚴密，情節生動，長篇鉅製完整之戲劇。其樂曲為南方樂調音韻之南曲，其腔調有弋陽腔、餘姚腔、海鹽腔、崑腔等，後統一為崑腔。其結構長短不限，可多至數齣（一齣即今之一幕），不限宮調，可換韻。凡登場者皆可唱，且以唱「開場」，每齣之末，有「下場詩」，其腳色與雜劇大同小異，惟名目較多，此為傳奇歌劇組織結構之大概。傳奇之作家，明初有丹丘生之《荊釵記》，作者佚名之《白兔記》，施惠之《幽閨記》，徐仲由之《殺狗記》，高明之《琵琶記》。盛明之作家，前期邵璨為代表，後期有梁辰魚、王世貞、湯顯祖三大家。邵璨著《香囊記》，學殖深厚，多宣揚倫理儒道，為求雅正，以時文為曲，其弊妨害劇情之生動，不感人。梁辰魚著有《浣紗記》，以崑腔為曲，為崑曲之權威，此劇寫范蠡與西施之愛情故事，非常浪漫而感人。王世貞著有《鳴鳳記》，寫嚴嵩父子專政誤國。湯顯祖著有《還魂記》（牡丹亭）、《紫釵記》、《邯鄲記》、《南柯記》，稱「臨川四夢」，前二劇為才子佳人之愛情故事，後二記為虛幻寓言之諷世劇。其中以《還魂記》最為真摯生動，敘杜麗娘、柳夢梅相愛，杜死而還魂，劇情曲折動人，轟動一時，流傳後世，為「崑曲」之名著。

3. 章回小說

自唐朝短篇精美之傳奇小說，至宋朝長篇之平話小說，小說的發展已日趨成熟，迨及明朝章回小說之出現，古典小說的體制，已臻完備。章回小說之體制形式，以長篇白話分章或分回構成，為通俗文學開創新局。其程式為每章每回開頭冠以兩副對聯，以為篇旨，每回之末，亦以詩句作結；開篇通常亦有楔子，篇中程式之習慣用語以「看官」、「話說」、「且說」、「且住」、「按下不表」、「言歸正傳」為之。創作之特色，在於作者必須善體人性世故，於篇中之背景，人物之性格，內容情節之曲折生動，匠心獨運，以吸引讀者，欲罷不能。

明代之章回小說有四大名著；即《忠義水滸傳》、《三國志通俗演義》、《金瓶梅詞話》、《西遊記全傳》，李漁稱為「四大奇書」。另有名著《三言兩拍》，為平話作品，附此述及。《水滸傳》為施耐庵所作，其門人羅貫中所增定。寫北宋末年梁山泊盜寇宋江、李逵、武松等一百零八條好漢、抗爭官府的英勇故事；有百回本、百十回本、百二十回等多種版本，為章回小說最早的一部表現傑出作品，其特色在於題材、人物特殊，善於刻畫描寫人物之性格形象；雖是梁山大盜，但其善良正直的本性，言必信、行必果的英雄好漢特徵，躍然紙上，色彩鮮明，寫作技巧非常卓越。《三國志通俗演義》，羅貫中所作，是一部流傳千古的著名歷史小說；羅曾考諸正史，事紀近其實，行文流暢不俗，文人與群眾皆可欣賞，將歷史故事以演義的形式，創作具有特色的通俗文學，在小說史上，其成就卓越，地位崇高。今傳之一百二十回本，為清毛宗岡所改定者，流行於民間社會，內容包含政治、軍事、歷史，其中以劉備三顧茅廬，赤壁之戰，關羽敗走麥城，最為委婉生動傑出。《金瓶梅詞話》，作者蘭陵笑笑生，寫惡霸西門慶潘金蓮之豔事、揭露社會醜陋之黑暗面，有「天下第一淫書」之稱，全書一百回。作者寫作技巧非常高超，是一部非常浪漫的積極寫實主義的作品，但因大膽露骨的描寫性生活，對文學的社會教育功能，產生負面的影響，故作者最後以因果報應，以為彌補，但仍使本書的藝術價值，有瑜中之瑕的遺憾。《西遊記全傳》，作者吳承恩，博學多才，性詼諧，文筆清麗，充滿豐富的想像力，和奇特的創作技巧，以生花妙筆，寫唐三藏、孫悟空西方取經的神魔鉅製長篇小說，今有通行一百回本。本書運用各種富離奇變幻的情節，和許多不同形象的妖魔神怪，以寫實的精神，反映現實社會的人情世故，並藉以批判諷刺最高統治政權的腐敗無能。由於作者卓越的藝術表現技巧，使孫悟空的七十二變的神通威力，感染讀者人心，故能於三、四百年來，大受讀者的喜愛，並且深入民間，誠為與眾不同，具有很高成就的積極浪漫主義的神魔小說。

至於《三言兩拍》，為明短篇平話性質的小說，三言為喻世明言、警世通言與醒世恆言。三言為馮夢龍編刻，明刊本曾流傳日本。兩拍為初刻拍案驚奇，與二刻拍案驚奇，兩拍之編者為凌蒙初。十餘年後，抱甕老人，選刻四十種，名為今古奇觀。三言的內容題材很廣泛，取材自社會、民間傳說、或古代的史事。三言共收平話話本一百二十篇，兩拍二刻小說三十九篇。

其創作之意旨在於世俗民佚志淫，破壞名教，故所作意殊有所屬，使言之者無罪，聞之者足以為戒，具有文學社會教育功能。

(六)清代的文體

清代是中國歷史上專制政治集權結束的時代，也是中國古典文學文體集大成的時代；在中國文學史上，這是一件很值得注意的事，流變演進三千年的中國古典文學，終於結束，三千年文學流變所形成建立的文學體制，也完整的呈現出來。由於清廷統治中國近三世紀期間，以高壓懷柔兼施的政策箝制文人，使文人避談政治，而投入學術與文學的創作與研究，造成漢學大盛，文學復興。清詩再振，宗唐尚宋；古文則桐城、湘鄉崛起，聲勢浩大；詞則出入南北宋；戲曲有崑腔與亂彈，小說章回作品名著紛陳，短篇筆記小說，亦頗可觀。晚清則新文學興起，語體白話文，與語體新詩已萌發。

1. 詩歌與流派

清初詩歌復興，江左有三大家吳偉業、錢謙益、龔鼎孳；吳擅長歌行，以〈圓圓曲〉傳世。繼之有主神韻派之王士禎，主聲調派之趙執信，主格律派之沈德潛，主肌理派之翁方綱，主性靈派之袁枚，自主門派，各樹一幟。袁枚隨園先生，主性靈之外無詩，頗有獨到之處，具名士氣之浪漫性格，袁又與趙翼、蔣士銓並稱乾隆三大家。道咸之際有龔自珍、曾國藩、鄭珍，同光年間江西詩派再起，閩、贛詩人陳衍、陳三立、范當世等沆瀣一氣，倡為同光派，崇尚宋詩。至此演進三千年的古典詩已欲振乏力，而為強弩之末。

2. 詞與流派

清詞經明之衰落，亦再振興；浙西、陽羨二派，改變一時之風氣，稍重聲律；浙西派以朱彝尊為首，講醇雅，陽羨派以陳維崧為主，重豪宕。其後厲鶚、洪亮吉、黃仲則各有所宗，至其影響，浙西派大於陽羨派。乾嘉以後有常州派，以張惠言為主，自成一家，得風人之旨，另張琦、周濟亦為常州派之大將。陳、朱二派以外，折衷其間有納蘭性德，崇尚南唐李後主，小令清麗婉約，長調不多，時見功力，內容多寫個人一己之情懷，哀感婉豔，為滿人之能詞者。顧貞觀為納蘭之好友，出入南北宋，善抒情，清妍蒼老。晚清詞人，較傑出者有項鴻祚、蔣春霖，蔣多憂患之作，蒼涼感傷。項鴻祚詞沈鬱情傷，婉約而豪放。龔自珍則作風與各家異，自成一格。

3. 古文（散文）與流派

清初散文先驅有三大家；侯方域、魏禧、汪琬，侯文尊唐宋，肆力於韓、歐，文善敘事有致，超逸雄視當世。魏文長於議論，奇偉有霸氣。汪宗宋之永叔、明之震川，深於學術，為儒者之文。其次有錢謙益、吳偉業、龔鼎孳為「江左三大家」，文較華美，內含未臻堅實。洎乾嘉之際桐城方苞崛起，學宗程、朱，文崇韓、歐，倡導古文義法，鼓動一代風氣，同鄉劉大櫆、姚鼐從之，古文之道為之大盛，是為桐城派。劉文清峻，自肆汪洋；姚從世父范學文，後入劉門下，傳方氏義法，言有物為義，言有序為法，以為成體之文；並法明歸有光，遠追尚韓愈為宗祧。姚之弟子名家有管同、梅曾亮、方東樹等，以所學授徒甚眾，古文之道聲勢大昌。同時有陽湖張惠言，因摯友王悔生，師事劉海峰而治古文。張氏同邑惲敬有殊才，而心折惠言，從之，於是陽湖派興起，其與桐城主張之異同在於雖皆取法唐宋八大家，桐城並取徑歸有光；陽湖則遠法漢魏六朝，故其文辭瑰偉健茂，駢散兼融與桐城不同，惟可視為桐城之旁流支派。至晚清咸、同之間，湘鄉曾國藩，學殖深厚，其文淵雅醇正；而桐城派流衍久廣，不能無末流之病，曾氏出而再振光大桐城。其師法桐城義法，雅潔氣清，奇偶錯綜，可自成一派，李詳論桐城派，名其為湘鄉派。曾氏弟子黎庶昌、薛福成、吳南屏、莫友芝、俞樾、張裕釗、吳汝綸等，皆為一時之俊彥、湘鄉之翹楚，影響至清末而未衰，實為中國文學史上古文運動之最後勁者。

4. 駢文之文體

駢文為文章體類之一，有別於散文。其體式以對偶平行之句法為之，亦稱「駢儷文」。其句型以四言、六言相間為主，故亦名「四六文」。駢文建立於魏晉，大盛於南朝，為唯美主義之文章作品，唯當時雖重文之綺麗華美，然未有以「駢文」稱此文體，文心雕龍雖以優美之駢文寫成，然其文體論未列「駢文」之體，是否於文體之演進流變未深入鑑識所及，以致無法論列。駢文興起於六朝，雅麗自然，講究聲律、對偶，尤重用典，於唐宋即已定型，名家輩出。元、明則衰微不振。至清乃復興，清初名家有陳維崧、毛奇齡、吳綺。乾嘉之際，由於漢學家大力提倡，於是有八大家大放殊彩，八大家為邵齊燾、袁枚、吳錫麒、洪亮吉、孫星衍、孔廣森、劉星煒、曾燠等。當時駢文已不再強調格律與華麗之辭藻，而較重視內容之情感與思想，不再只是徒具唯美形式之作品，洪亮吉為其中之翹楚。至汪中則寓駢於散，上追魏晉，與洪亮吉並稱汪洪，汪文樸茂，洪文清麗。八大家之後，清末有十家駢文作者，其中劉開、梅曾亮、周壽昌、李慈銘等人與王闓運、張之洞二家成為清末駢文文譽之最後盛者。

5. 戲劇——傳奇與亂彈

清代之戲劇以傳奇崑曲與亂彈。亂彈包括各地之腔調：有弋陽腔、京腔、高腔、秦腔、梆子腔、二黃、西皮、皮黃等總名為亂彈；其中皮黃結合西皮、二黃而成，京戲之樂曲即以皮黃為主，可接納各種腔調，兼容並蓄，為亂彈主流，亦為今所稱之平劇。清初之傳奇有吳偉業、李玉、李漁、洪昇、孔尚任、蔣士銓等著名作家，其中尤以洪昇、孔尚任頗享盛名，號稱「南洪北孔」。吳偉業有傳奇《秣陵春》，論者認為堪媲美《牡丹亭》。李玉有傳奇三十三種，以《一捧雪》、《人獸關》、《永團員》、《占花魁》，「一、人、永、占」此四劇最佳，堪可追步明湯顯祖之「臨川四夢」。洪昇最著名之《長生殿》五十齣，敘唐明皇與楊貴妃愛戀之悲喜劇，兼具寫實主義與浪漫主義的優秀藝術特色，善用精妙抒情的語言，情節曲折，充滿豐富的想像力。孔尚任為孔子第六十四代孫，所著《桃花扇》四十二齣，寫具政治性之愛情悲劇，以侯方域江南之才子與名妓李香君有情者終不能成為眷屬，最後皆出家為僧、尼，哀豔沈痛，感人至深。蔣士銓著傳奇六種，其成就超過其詩詞，為傑出之傳奇作家。亂彈之皮黃戲清嘉慶以前，劇本可考者不多，約有十幾種，至咸同年間，余治之《庶幾堂今樂》問世，皮黃戲劇本有四十種。另外李世忠有《梨園集成》，收皮黃戲四十六種，其中魚藏劍、罵曹、取南郡、探母、走雪，頗為流行。又王大錯有「戲考」，載有不少皮黃戲。

6. 章回小說與筆記小說

當清代古典文學進入集大成總結的階段，長篇之章回小說，與短篇之筆記小說之創作卻充滿蓬勃之生氣，名篇紛陳，成就卓越。就章回而言，作品之多，約可歸為三類：即「言情小說」、「社會諷刺小說」、「俠義小說」。言情類作品的代表鉅著為《紅樓夢》，社會諷刺作品名著有《儒林外史》、《官場現形記》、《鏡花緣》、《二十年目覩之怪現狀》、《老殘遊記》。俠義類之名著有《兒女英雄傳》、《三俠五義》、《施公案》、《七劍十三俠》。《紅樓夢》向來頗負盛名，在中國文學史上具有特殊的藝術價值，和崇高的地位。寫賈寶玉、林黛玉、薛寶釵三人三角戀愛之偉大愛情悲劇，今通行者百二十回本。揭露集權時代貴族官僚的昏庸頑固、驕奢淫佚。書中人物男子二百三十五人，女子二百十三人，人物之多在小說史上少見。《紅樓夢》的創作者曹雪芹，以特殊的筆法，特殊的描寫技巧，從心理上及生活言行上的表現，突顯書中重要人物不同的性格面目。本書結構規模宏大，組織精密，情節曲折錯綜，極盡高妙，堪為中國古典小說最偉大的帶有政治色彩的悲劇言情小說。《儒林外史》，作者吳敬梓，五十五回，以許多短篇故事，聯結而成長篇之章回。書中揭露科舉社會各種頹風與病態，他以敏銳的眼光觀察舊社會道德之崩潰，高舉反科舉、反禮教，重女權的主張，作無情的批判，他高妙的諷喻筆法，使《儒林外史》成為一部中國文學史上第一部最優秀的諷刺譴責古典小說。《鏡花緣》，作者為李汝珍，一百回，為以「小說見才學」之作。寫唐武則天才女百人會試赴宴，及秀才唐敖遊歷海外異聞奇事，如君子國、女兒國、黑齒國為其心中之烏托邦，並極力強調重視女權。其實創作之主要目的在以其音韻學之修養，用聲韻反切之用語，暗藏其「反清復明」之心願，惜讀者或不通聲韻，而難覓知音。《官場現形記》，李寶嘉作，未完稿而去世，年四十，此書描寫官場腐敗，各種醜陋不堪的各種現象，筆筆一針見血，痛快淋漓之至，故能轟動一時。《二十年目覩之怪現狀》，吳沃堯作，一百八回，借號「九死一生」之角色，歷記其二十年間所見所聞，足以驚動視聽之事，文筆酣暢，善於描寫各種情狀，間或流於過分誇飾，亦為寫小說之通病。《老殘遊記》，劉鶚所作，共二十章，敘「老殘」遊歷各地之見聞，及其感受之言論，具有諷喻批判之功能。《兒女英雄傳》，作者文康，原五十三回，今存四十回，作者本為旗人，因諸子不成器，家道中落，故敘擬寫一理想中之家庭以自勵，並以為慰藉。以純北京話敘述女俠何玉鳳為父報仇之俠義行為，文筆流利通暢。《三俠五義》原名忠烈俠義傳，一百二十回，為石玉崑所述，據明人龍圖公案編訂。以敘宋真宗劉妃貍貓換太子開端，繼述包公斷案及三俠五鼠的俠義故事。其敘包公之忠誠，斷案之機智精明，除暴安民，文筆流暢生動，令人拍案叫絕。《七劍十三俠》，唐芸洲所編一百八十回。無史實根據，此中劍客雖精於劍術，而侈言流於神怪之行徑，不如《三俠五義》能表現人性人情。《施公案》又名「施公清列傳」，共一百回，敘康熙時施公斷案，其後續集，始敘俠客行義除惡諸事。

清代短篇筆記小說，雖非小說主流，然名著不少，成就亦足可觀，如蒲松齡《聊齋志異》，紀昀之《閱微草堂筆記》，袁枚之《子不語》。《聊齋志異》十六卷，四百三十一篇。聊齋雖皆敘述狐仙神鬼故事，然多透過現實生活的基礎，以豐富的想像，積極浪漫的創作技巧，華麗的文筆，寫出許多動人的人狐愛情故事，優秀的表現為清代最傑出的筆記作品。《閱微草堂筆記》，紀昀作，書中分「灤陽消夏」、「如是我聞」、「槐西雜誌」、「姑妄聽之」、「灤陽續錄」五種，內容與聊齋類似，多寫狐鬼志怪之事。紀昀才學淵博，總纂《四庫全書》；文筆質樸妙遠，當時文壇與聊齋爭勝，風行當世。《子不語》，袁枚作，凡二十四卷，續十卷，後易名為《新齊諧》，內容亦多志怪，文筆不尚華麗，好言因果之事。

7.新文學新文體之萌發──語體文（白話文）、語體詩（新詩）

清末民初，由於中國門戶大開，西風新思想新智識，源源輸入，一批有識之士，於是發起新文學運動，康有為、梁啟超、胡適、陳獨秀等或辦報紙、雜誌，或發表論著；胡適著〈文學改良芻議〉，提出新文學八不主義之主張，陳獨秀著〈現代歐洲文藝史譚〉，引進歐洲文藝思潮，梁啟超辦清議報、新民叢報，鼓吹倡導「新文體」語體文。當時北京大學錢玄同、劉復、周作人、沈尹默、蔡元培等起而響應，提倡放棄文言文，主張大眾通行的白話文；新文學運動終於成形開展。

語體文，不以文言為文，而以口頭語體為文，即所謂白話文。語體文的形式為「語文合一」，但須言之有物，有內容，講求語法，平易而暢達，使文章之實質能反映現實之社會人生，呈現文章時代之特色。白話散文之著名作家，有周作人、俞平伯、朱自清、魯迅、徐志摩等，皆有作品傳世。

語體詩，新詩之產生，乃民初嚴復、林紓譯西洋近代之詩歌，為歐化之新詩。胡適乃倡導語體詩，主張作詩如作文，要精純有元氣。新詩之形式，不講究格律聲調，句法自由，沒有拘限，篇幅長短不拘，惟要能表達題意，備有情韻為佳。新詩雖形式自由，不講音節聲韻，但需學有根柢，具有才情，才能感人；非形式解放，漫無體系，信筆所之，即可謂詩，毫無含蓄或暢達之意涵，已喪失文學藝術之美感。故早期之新詩作者胡適、劉復、劉大白三家之作品能符合，創始倡導諸家之主張宗旨外，率皆乏善可陳。至新文學如何發展或開創，則已進入近代文學史之範疇矣。

六、結論

中國古典文學自西周建立詩歌文學，春秋戰國建立散文體制，詩、文兩種基本文體已經建立；迄戰國末期詩文結合的《楚辭》也已形成，中國文學詩、文、辭、賦的重要文體已經初備。洎乎兩漢文體演進孳乳益多，五言詩、樂府、純散文也形成，筆記亦繼寓言出現，文學流變演進相當可觀。至建安文學發皇，曹丕〈典論論文〉文體論初見萌生，惟詩賦同科，是其不足之處。至西晉陸機《文賦》十科，其中詩賦分科，為一大突破。文學演進至南朝唯美文學大盛，純文學觀念逐漸建立，惟未臻成熟。其時傑出的文論家與文學史家劉勰，挺生齊梁，論文鉅製《文心雕龍》耀然問世，至此，文體論之基本規模已具。劉氏之殊才博學，文心之著誠然卓越不群，惜仍有瑜中有玷。其可議者有四：其一，論文之樞紐，正緯、辨騷實有不宜，緯既須正，何能入文源論；辨騷，《楚辭》由詩文結合之唯美浪漫作品，產生《詩經》之後，何能為文之樞紐，甚為不妥，宜移置於文體論中。其二，文體論中「史傳」與「諸子」，其命名須再商榷，蓋「史傳」為學術中史學之體類，「諸子」為哲學之體類，二者並非文學之體類，逕以之為文體之名，殊為不當。其實先秦兩漢即有「文」、「文章」、「辭章」之名，可斟酌用之。其三，文學史家與文論家皆須具備才、學、識，劉氏當然具備，惟受歷史背景，時代及其他因素之影響，才、學、識之運用與如何互相配合，發揮最大之功能，可能間會遭受某種局限，而未能呈現機智精明深入之鑑識，實為憾然。蓋卓越之文論家與文學史家，其重要之任務在發掘文學演進流變過程之歷史真相，否則如有失察可能造成混淆歷史真相。本文五、文心文體論之局限與評議已竭誠論及，不再贅述。「文心」之文體論所論述止於南朝初期，其後迄清代，一千五百年文學演進流變，經唐、宋、元、明、清，文體受文學思潮、社會經濟環境之影響，孳乳開創益繁。唐古典詩體完整的建立，一直發展至清而不衰，古文運動，使散文與詩歌成為文學主流；短篇傳奇小說、曲子詞與五代詞的建立，敦煌變文的出現，使唐朝文學以充滿活力、多元的發展。宋詞因社會經濟的繁榮而大盛，宋詩別立一格，上追三唐。宋之樂曲戲文與白話的平話小說，開創通俗文學發展的大道。元人尚武，文學零落，獨散曲，雜劇稱盛。明擬古主義盛行，並以八股文取士，以致詩文無足可觀，惟南曲傳奇與章回小說並秀。洎清專制政權結束，中國古典文學也作集大成的總結，流變演進三千年的文體，從神話、傳說、寓言、詩歌、散文、辭賦、筆記、樂府、駢文、亂彈、章回小說，皆一一完整呈現。至清季受西洋文學近代思潮之刺激及一些文人的推助，而走向新文學運動的開創，語體文、語體詩於焉興起，惟草創伊始，有待開展。綜觀三千年文學的發展，形成浩大的文學巨流，蔚成文學大國。

本文完稿於一〇七年元月

陶潛之歷史定位及齊梁諸家對其詩作評論之探究

一、緒論

陶潛字淵明，一云名淵明、字元亮[1]，江西潯陽柴桑人。生於東晉末哀帝興寧三年（西元三六五年），卒於南朝宋文帝元嘉四年（西元四二七年），年六十三。淵明生於世家，曾祖陶侃為晉大司馬，祖陶茂為武昌太守，父陶逸為姿城太守[2]，母孟氏為征西大將軍長史孟嘉之第

1 陶之名字，史傳所云，頗為紛歧。《宋書・隱逸傳》：「陶潛字淵明，或云淵明字元亮。」蕭統〈陶淵明傳〉：「陶淵明字元亮，或云潛字淵明。」《晉書・隱逸傳》：「陶潛字元亮。」《南史・隱逸傳》：「陶潛字淵明，或云字深明，名元亮。」又顏延之〈陶徵士誄〉：「有晉徵士潯陽陶淵明。」鍾嶸《詩品》：「宋徵士陶潛。」今陶之名，潛、淵明並行，如以傳統晉之前（含晉）命名皆單名，陶之家族自曾祖、祖、父及陶之五子皆單名，又最早論陶之史傳《宋書》稱陶潛，沈約去陶未遠，此皆可並酌。

四女；歷代仕宦，書香門第。

淵明為中國文學史上偉大的詩人，其詩歌創作之成就與價值絕對可以肯定的。不過，他生於晉末亂世，幽居於潯陽，少而貧病，好閒靜而少言，與當世文人少有來往；他的淡泊素心，不求名利，不求人知，因而在當代，或南朝初年，瞭解他的人很少，對其詩作仍甚冷淡，沒有受到應有的重視。這當然與東晉充斥玄言詩，南朝初年流行山水詩與唯美詩也有關係。

在當時唯一有文章論及陶淵明的，是南朝初年劉宋的唯美詩人顏延之。顏認識陶淵明，對陶也頗關心，曾探視過淵明，他在陶死後寫了一篇哀悼陶的〈陶徵士誄〉：

> 有晉徵士尋陽陶淵明，南岳之幽居者也。弱不好弄，長實素心，學非稱師，文取指達，在眾不失其寡，處言逾見其默。少而貧病，居無僕妾，井臼不任，藜菽不給，母老子幼，就養勤匱。……初辭州府三命，後為彭澤令。道不偶物，棄官從好。遂乃解體世紛，結志區外，定跡深棲，於是乎遠。……心好異書，性樂酒德。……有詔徵著作郎，稱疾不到。元嘉四年，卒於尋陽縣之某里，近識悲悼，遠士傷情。……故詢諸友好，宜諡曰「靖節徵士」。[3]

顏氏此誄，對陶之心性修養，人格之高潔讚揚備極，對其詩歌作品隻字未提，沒有作出應有的評論。

顏延之是南朝元嘉三大家之一，是當代唯美詩人，與陶詩風不相類，其不評論陶詩，當與此有關。元嘉三大家中的鮑照，則有〈學陶彭澤體〉五言古詩一首：

長憂非生意，短願不須多。但使罇酒滿，朋舊數相過。秋風七八月，清露潤綺羅。提琴當戶坐，嘆息望天河。保此無傾動，寧復滯風波。4

鮑明遠詩風清新，雖為當代唯美詩人，頗有憂時寫實的作品。鮑氏此詩，算是注意到陶詩，但卻無所評論。另三大家的謝靈運，則是當時有名的山水詩人，其詩風崇尚雕琢，頗有貴族氣，與陶具有平民文學的田園詩亦不相類。

南朝初唯美詩人沈約作《宋書》，這本史書雖給陶潛立傳，休文卻將陶置於〈隱逸傳〉，在傳中引陶文，不論陶詩，但錄陶〈命子詩〉四言十首，其用意不在言陶詩，而與其引陶〈與子儼等疏〉相同，乃在「以言其志」而已。在文學創作上，沈約所推崇的是謝靈運、顏延之，而不是陶淵明。而當時劉勰《文心雕龍》〈明詩〉、〈才略〉諸篇，亦不論列陶詩，在當世其

2 陶之曾祖侃，見於《宋傳》、《蕭傳》、《晉傳》、《蓮傳》。祖茂見《晉傳》。父逸，載陶茂麟《家譜》。

3 見《文選》卷五十八，《四部叢刊》影印宋刊本。

4 見《鮑氏集》卷四，《四部叢刊》影印毛斧季校宋本，頁一六。

詩不受重視如此。

鍾嶸的《詩品》，雖然對陶詩有所評論，但只列中品，並視為隱逸詩人。這與沈約列陶於〈隱逸列傳〉，對史傳於陶及其詩的歷史定位產生相當的影響。到了梁的蕭統，才開始注意陶淵明的詩作，並給與比較高的評價。蕭統為淵明作傳，並整理陶詩，編了《陶淵明集》，並寫了序文，對陶詩有所評論，也有推崇。[5]

從東晉末年到南朝，顯然陶詩沒有受到應有的重視和肯定。到了唐朝，陶才受到詩人較普遍的重視。盛唐的大詩人李白、杜甫、王維、孟浩然，中唐的白居易、韋應物、柳宗元，都有比較高的評價，王、孟、韋、柳諸家，並開始學陶詩及其風格。

到了宋朝，陶淵明及其詩作，不但受到普遍的重視，並開始對其作比較深入的研究和評論。很多學者編刻陶詩集，多達十七種，評論陶的詩話和筆記更超過七十種；如蘇東坡和陸放翁等，對陶詩都有比較深入的評論和研究，也非常推崇陶詩。從此，陶淵明及其詩作，才受到真正的肯定，也建立了陶在中國文學史上崇高的地位。

二、陶潛的史傳定位

中國史書自《史記》始，皆為文人立傳；《史記》置〈儒林列傳〉，《漢書》亦置〈儒林列傳〉，《後漢書》則置〈文苑傳〉，《晉書》置〈文苑傳〉，《南史》置〈文學傳〉，《新唐書》則置〈文藝傳〉。從〈儒林傳〉到〈文苑傳〉、到〈文學傳〉、到〈文藝傳〉，儘管名稱不同，但都是為當代文人作傳，文人如果不入文苑等傳，則入一般列傳，這是通例。

(一)沈約《宋書・隱逸傳》

陶淵明見於史傳，自沈約《宋書》始[6]，《宋書》置陶於〈隱逸列傳〉，陶是晉末宋初詩人，入〈隱逸傳〉令人意外。當代詩人謝靈運、顏延之則入一般列傳，《宋書》未置〈文苑傳〉，故顏、謝入一般列傳，衡諸情理，陶當入一般列傳。沈約置陶於〈隱逸傳〉，無視陶為東晉唯一突出詩人之事實，於傳中又不論其詩文，主觀認定其為隱者，殊有待商榷。淵明辭官歸田，過著耕讀的生活，日與農夫相處，以詩酒自娛；農村亦為現實社會之一，只是農村生活樸實，不與外界徵逐名利。陶之歸田非別有所圖，朱熹〈論陶〉云：「晉、宋人物，雖尚清高，然個個要官職，這邊一面清談，那邊一面招權納貨，陶淵明真個能不要，所以高於晉宋人物。」[7]陶生於亂世，又逢晉宋易代，社會黑暗，政治動盪不安。陶性情率真，於此亂世，不願為官，乃藉口「不能為五斗米折腰向鄉里小兒」，掛冠而去，不以退隱為高，他的高潔無

5 見蕭統〈陶淵明傳〉（宋・李公煥《箋注陶淵明集》卷末，《四部叢刊》影印宋刊巾箱本），頁九二—九四。又〈陶淵明集序〉，見梁《昭明太子文集》卷四，《四部叢刊》影印宋刊本，頁二七—二九。

6 《宋書》但置一般列傳，未置〈文苑傳〉。

7 見清・陶澍《集註靖節先生集》〈諸本評陶彙集〉。

欲，又能自拔於時代風氣之外，洵為一特出之非常人物，不只是一個什麼隱士。其實淵明出世而不忘世，所以選擇回歸田園，生活在仍是現實社會的農村。沈約是重格律雕飾的唯美詩人，不認同陶的田園詩風；沈可能又受顏延之〈陶徵士誄〉的影響，不論其詩，只強調「結志區外，定跡深棲」，認定淵明是一位隱士，而非詩歌有特殊成就的文人了。

(二)《晉書・隱逸傳》

《晉書》為唐初房喬等奉敕所撰，《晉書》置有〈文苑傳〉，但淵明不列〈文苑傳〉，而入〈隱逸傳〉，這顯然是受沈約《宋書》和鍾嶸《詩品》的影響。《宋書》是最早為陶淵明立傳的史書，卻置陶於〈隱逸傳〉，為《晉書》、《南史》立下錯誤的標竿。鍾嶸《詩品》雖評陶詩，而許其為「隱逸詩人」之宗，謂其詩作「質直」豈直為「田家語耳」[8]，雖承認陶是田園詩人，但仍強調其為「隱逸詩人」；這除了《宋書》之外，《詩品》加重了《宋書》對《晉書》和《南史》的影響。

《晉書》作者是初唐人，其時代去陶淵明已久遠，文獻難以掌握，只能根據沈約《宋書・隱逸傳》，以及昭明太子蕭統〈陶淵明傳〉等少數史料，去撰寫陶之傳記。房喬等運用的史料實在有限，卻不能就《陶淵明集》，分析瞭解其詩歌作品的表現與成就。只有炒冷飯，大談陶的「性好酒德」，所以全篇傳記，絕大部分都在談陶的好酒，而於陶真正表現與成就無所顧及，真是一個眼光有限的「史學家」。房喬此傳，不論陶詩，不能說《宋書》於陶詩無所論，所以他也不論。殊不知沈約之所以不論陶詩，是有其個人的立場；沈約時代部分與淵明的時代重疊相接，而當代唯美與山水詩風，與陶的詩風完全不同，也不合時代文學潮流，故不論其詩而論其人；不論其詩，所以不能視為於文學有成就的人，只好以陶之「結志區外」，耕讀田園自娛，認定其為隱士而入〈隱逸傳〉。但房喬諸人的時代與個人立場與沈約完全不同，論其人，更可以超拔當代文學風氣之外而論其詩文；論其詩文，則陶的成就在於文學，而不只是個人高潔之行跡表現，則陶是一個有成就的文學家而不是隱者而已。

(三)《南史・隱逸傳》

《南史》是唐李延壽所撰（李亦撰《北史》），《南史》立有〈文學傳〉，但陶不入〈文學傳〉，仍列於〈隱逸傳〉，這顯然除了受沈約的《宋書》、鍾嶸《詩品》的影響之外，又可能受到同時房喬所撰《晉書》的影響。所以李撰陶之〈隱逸傳〉，既於「史識」無所突破，只好照鈔原來有限的史料，全篇毫無新意，令人遺憾。

三、陶潛的文學史定位

8 見鍾嶸《詩品》，陳延傑注（北京：人民文學出版社，一九九八年初版），卷中，頁四一。

在中國文學史上，東晉玄言詩充斥，詩歌成為哲理的附庸。所謂「理過其辭，淡乎寡味」。[9]陶淵明的思想頗受儒道的影響，但他有執著堅持的精神，不為腐儒，不與清談同流，故不受玄言詩的拘限。南朝則唯美思潮大盛，宮體、詠物、山水詩籠罩文壇，詩文講究聲律，崇尚藻飾雕琢；陶則不喜駢儷華美的習氣，超拔於此風氣之外，自樹一格。而南朝文人為當代風氣所蔽，無法真正瞭解陶詩而冷漠相待；故沈約認定陶是隱士，而不見其詩。唯有梁蕭統，得陶之真味，為整理陶集，其〈序〉曰：「蘭之生谷，雖無人而猶芳，……。有疑陶淵明之詩，篇篇有酒，吾觀其意不在酒，亦寄酒為跡也……。余愛嗜其文，不能釋手，尚想其德，恨不同時，故更加索求，粗為區目。」[10]這是南朝第一位肯定陶是詩人，並推崇其詩。蕭統的發掘，使陶詩在中國文學史上初露曙光。當時鍾嶸《詩品》，品論陶詩，雖僅置於「中品」，但謂陶詩「文體省淨，殆無長語，篤意真古，辭典婉愜。」[11]又謂：「風華清靡，豈為田家語耶！古今隱逸詩人之宗也。」[12]鍾認定陶是詩人，與當代詩人並列，並開始注意其田園詩之作。鍾嶸是繼蕭統之後，將陶推入文學史中的人，唯其遺憾的是，仍蔽於「隱逸」二字，無法使陶及詩作呈現真象。

到了唐朝，詩風大盛，詩人輩出，風格多方。這時陶及其詩普遍受到重視，李白、杜甫、王維、孟浩然、高適、劉長卿、韓愈、白居易等大家，皆有詩論陶及其詩。孟浩然自謂「最嘉陶徵君」[13]，王維謂「陶潛任天真」[14]，李白詩曰：「何時到栗里，一見平生親。」[15]，又曰：「何日到彭澤，長歌陶令前。」[16]杜甫詩云：「焉得思如陶謝手，令渠述作與同遊。」[17]

白居易謂：「夙慕陶淵明為人」[18]，其題潯陽樓詩曰：「常愛陶彭澤，文思何高玄。」[19]樂天夙慕淵明，爰有效陶潛體詩十六首[20]。陶詩高古，平淡有深味；其人品高潔，任真自得，唐人頗為推崇，陶及其詩作，已逐漸建立文學史之地位。

到了宋朝，雖以詞為主流文學，詩歌仍然是文人重要的創作，故兩宋詩人輩出；宋代詩人對陶淵明及其詩歌的重視和肯定，可以說在中國文學史上達到最高潮。宋人中以蘇軾最為推崇淵明，有〈東坡題跋十七則〉[21]，東坡云：「觀淵明集，可喜者甚多，而獨取數首，以知其餘

---

9 見鍾嶸〈詩品序〉。
10 見註5。
11 見《詩品》卷中論陶潛。
12 同註11。
13 見《孟浩然集》卷一〈仲夏歸南園寄京邑舊遊〉（《四部叢刊》，影印明刊本），頁八。
14 見《王右丞集》卷六〈偶然作〉（《四部叢刊》，影印元刊本），頁五二。
15 見《李太白集》卷十〈戲贈鄭溧陽〉（《四部叢刊》，影印明刊本），頁一八四。
16 見前註，卷十三〈寄韋南陵冰余江上乘興訪之遇尋顏尚書笑此贈〉，頁二一八。
17 見《杜少陵集》卷十三〈江上值水如海勢聊短述〉（《四部叢刊》，影印宋刊本），頁二三九。
18 見《白氏長慶集》卷七〈訪陶公舊宅并序〉（《四部叢刊》，影印宋刊本），頁七九。
19 見前註，卷七〈題潯陽樓〉，頁七九。
20 見前註，卷五〈效陶潛題十六首〉，頁六三—六七。
21 見蘇軾《東坡題跋》卷一（《津逮秘書》第五函，百部震書集成之二二）。

人忽遺者甚多矣。」[22]又云：「古之詩人，有擬古之作矣，未有追和古人者也；追和古人，則始於吾。吾於詩人無所甚好，獨好淵明之詩。淵明作詩不多，然其詩質而實綺，癯而實腴，自曹、劉、鮑、謝、李、杜諸人，皆莫及也。吾前後和其詩凡一百有九篇，至其得意，自謂不甚愧淵明。」[23]東坡可謂淵明知音；至謂於詩人中獨好淵明，而自魏晉以來，曹、劉、鮑、謝、李、杜諸家，皆不及淵明；其推崇至極，惟謂李、杜皆不及，未免過當。又曰：「陶靖節云：『平疇交遠風，良苗亦懷新。』非古之耦耕植杖者，不能道此語；非余之世農，亦不能識此語之妙也。」[24]東坡非但肯定陶詩之地位，亦肯定其田園詩之傑出。其弟蘇轍亦曰：「此心淡無著，與物常欣然。……永愧陶彭澤，佳句如珠圓。」[25]歐陽修亦崇陶詩，謂：「窗下好風無俗客，案頭遺集有先生，文章簡要惟華衮，滋味醇醲是太羹。」[26]黃庭堅亦云：「彭澤當此時，沈冥一世豪。……歲月閱江浪，空餘詩語工，落筆九天上。向來非無人，此友獨可尚。」[27]山谷亦獨尚此友。秦觀論曰：「昔蘇武、李陵之詩長於高妙，曹植、劉公幹之詩長於豪逸，陶潛、阮籍之詩長於沖澹，謝靈運、鮑照之詩長於峻潔，徐陵、庾信之詩長於藻麗。」[28]將陶與漢魏南朝諸家並列，在文學史上，殊具意義。陳師道〈絕句〉亦曰：「此生精力盡於詩，未歲心存力已疲；不共盧王爭出手，卻思陶謝與同時。」[29]又曰：「學詩當以子美為師，……淵明不為詩，寫其胸中之妙爾。無韓之才與陶之妙，而學其詩，終為白樂天爾。」[30]後山謂陶詩高妙，而思與之同時。陳政敏謂陶〈飲酒詩〉「結廬在人境」一首曰：「由詩人以來無此句也，然則淵明趨向不群，詞彩精拔，晉、宋之間，一人而已。」[31]其推崇陶詩，可謂得當。楊時語錄一則曰：「陶淵明詩所不可及者，沖澹深粹，出於自然。若曾用力學，然後知淵明詩非著力之所能成。」[32]龜山先生蓋真知陶詩者也。蔡寬夫論唐詩人之宗陶者曰：「淵明詩唐人絕無知其奧者，惟韋蘇州、白樂天嘗有效其體之作。……然薛能、鄭谷乃皆自言師淵明。能詩云：『李白終無敵，陶公固不刊。』谷詩云：『愛日滿階看古集，只應陶集是吾師。』」[33]此皆好陶學陶者也。又曾紘〈論陶一則〉曰：「余嘗評陶公詩語，造平淡而寓意深遠，外若枯槁，中實敷腴，真詩人之冠冕也。」[34]又施德操《北窗炙輠》曰：「杜子美、陶淵明詩云：『子美遇

22 見前註，卷之二，〈題文選〉，頁四。

23 見《東坡續集》卷三〈與蘇轍書〉。

24 見前註22《東坡題跋》卷之二，〈題淵明詩〉，頁三。

25 見《欒城後集》卷二〈子瞻和陶公讀山海經詩欲同作而未成夢中得數句覺而補〉（《四部叢刊》，影印明蜀府活字本），頁五一四。

26 見《丹淵集》卷九〈讀淵明集〉（《四部叢刊》，影印明刊本），頁一〇四。

27 見豫章《黃先生文集》卷四〈宿舊彭澤懷陶令〉（《四部叢刊》，影印嘉興沈氏宋軋道刊本），頁三八。

28 見《淮海集》卷二十二〈韓愈論〉（《四部叢刊》，影印明嘉靖刊小字本），頁七九。

29 見陳師道《後山集》（上海：商務印書館，民國二十六年初版），卷四〈絕句〉，頁六八。

30 見〈後山詩話〉（《歷代詩話》，臺北：藝文印書館，民國八十年出版），頁一八二。

31 見宋蔡正孫《詩林廣記》卷一引《遯齋閒覽》（北京：中華書局，一九八二年初版），頁四。

32 見前註，卷一引《龜山先生語錄》，頁一。

33 見蔡啟《蔡寬夫詩話》，郭紹虞《宋詩話輯佚》（臺北：文泉閣出版社，民國六十一年再版），卷下，頁五。

事一觸輒發之於詩，……淵明隨其所見，指點成詩。』故余嘗有詩云：『二老詩中雄，同工不同曲。』」[35]其推崇陶、杜二家，至謂二老為詩中之雄。又許顗《彥周詩話》曰：「陶彭澤詩，顏、謝、潘、陸皆不及者，以其平昔所行之事，賦之於詩，無一點愧詞，所以能爾。」[36]此謂太康詩人潘、陸，元嘉詩人顏、謝皆不及陶淵明。又《歲寒堂詩話》云：「韻有不可及者，曹子建是也；味有不可及者，淵明是也；才力有不可及者，李太白、韓退之是也；意氣有不可及者，杜子美是也。」[37]又曰：「孔子刪詩，取其『詩無邪者』而已。自建安七子、六朝、有唐及近世詩人，『思無邪』者，惟杜子美、陶淵明耳，餘皆不免落邪思也。」[38]此謂淵明詩味深不可及，而又能「思無邪」也。又陳善《捫蝨新話》曰：「予每論詩，以陶淵明、韓、杜諸公，皆為韻勝。……如淵明詩，是其格高。」[39]此謂陶詩韻勝而格高也。又葛立方《韻語陽秋》曰：「陶潛、謝朓詩，皆平淡有思致，非後來詩人怵心劌目雕琢者所為也。老杜云：『陶謝不枝梧，風騷共推激。』」[40]此謂陶詩平淡而有思致，又不枝梧者也。《韻語陽秋》又曰：「謝康樂、庾義城之詩，鑪錘之功，不遺餘力；然未能窺彭澤數仞之牆者，二子有意於俗人贊毀其工拙，淵明直寄焉。」[41]此謂淵明詩牆之高，雖謝、庾不得窺也。又陸游〈讀陶詩〉曰：「我詩慕淵明，恨不造其微。……千載無斯人，吾將誰與歸。」[42]又〈自勉詩〉曰：「學詩當學陶，學書當學顏。」[43]放翁慕陶、學陶，而欲與斯人歸。又楊萬里《誠齋詩話》云：「五言古詩句雅淡，而味深長者，陶淵明、柳子厚也。」[44]又曰：「淵明之詩，春之蘭，秋之菊，松上之風，澗下之水也。」[45]誠齋謂陶詩雅淡而味深長，而其風韻如蘭、菊、松風、澗水，可謂深知陶詩者也。又朱熹曰：「陶淵明詩，皆說是平淡，據某看，他自豪放，但豪放得來不覺耳。」[46]朱子謂陶詩平淡，而自豪放，蓋讀陶詩而有深得者。而詞人辛棄疾則謂「陶縣令是吾師」[47]。又曰：「讀淵明詩不能去手」[48]，而詞曰：「若教王謝諸郎在，未抵柴桑陌上塵。」[49]此推愛陶詩，而王謝不如陶也。又真德秀論陶曰：「淵明之作，宜自為一篇，

34 見宋李公煥《箋註陶淵明集》卷四〈論陶〉（《四部叢刊》影印宋刊巾箱本）。

35 見清《姚覲元手鈔本》卷下〈北窗炙輠・論陶〉（《百部叢書集成三九一讀畫齋叢書二九》）。

36 見《歷代詩話》（何文煥訂，臺北：藝文印書館，民國八十年五版）《彥周詩話》，頁二二五。

37 見前註，卷上《歲寒堂詩話》。

38 見前註。

39 見陳善《捫蝨新話》（叢書集成）下集卷一〈詩有格高有韻勝〉，頁四九。

40 見《歷代詩話》（何文煥訂，臺北：藝文印書館，民國八十年五版）《韻語陽秋》卷一，頁二九一。

41 見前註，卷三，頁三一〇。

42 見《劍南詩稿》卷二十七〈讀陶詩〉。

43 見前註，卷七十〈自勉〉。

44 見《誠齋集》卷八十〈西溪先生和陶詩序〉（《四部叢刊》影印宋鈔本）。

45 見前註，頁六六八。

46 見黎靖德編《朱子語類》卷一百三十六。

47 見鄧廣銘《稼軒詞編年箋註》（臺北：臺灣中華書局，民國五十九年臺三版）卷三〈最高樓〉，頁二七九。

48 見前註，卷五〈鷓鴣天序〉，頁四七六。

以附于三百篇、楚辭之後，為詩之根本準則。」[50]真氏認為陶詩可上繼詩經、楚辭，其推崇可謂至極。

至金元明清，繼宋人之後，好陶學陶之風氣仍在。元遺山〈論詩絕句〉曰：「一語天然萬古新，豪華落盡見真淳，南窗白日羲皇上，未害淵明是晉人。」[51]淵明詩造語天然，而萬古常新，尤能見其真淳，可謂東晉最突出的偉大詩人。明何孟春〈陶靖節集跋〉曰：「陶公自三代而下為第一流人物，其詩文自兩漢以還為第一等作家。」[52]何氏予陶亦推崇至極，謂其人其詩皆第一等第一流。王廷榦〈靖節先生集跋〉曰：「三代尚矣，自兩京以至晉宋，藻麗之士，其聲屢變，獨陶元亮之集傳誦日新。」[53]黃文煥〈陶詩析義自序〉曰：「古今尊陶，統歸平淡，以平淡概陶，陶又不得見也。析之以憂時念亂，思扶晉衰，思抗晉禪，語藏本末，湧若海立，屹若劍飛，斯陶之心膽出矣。」[54]黃氏謂陶平淡之外，有憂時念亂之思，仍可感受「猛志固常在」之豪情。（見陶〈讀山海經十三首之十〉）蓋陶出世而不忘世，黃氏可謂真知陶者也。又許學夷《詩源辯體》曰：「靖節詩真率自然，傾倒所有，晉宋以還，初不知尚，雖靖節亦不過寫其所欲言，亦非有意勝人耳。」[55]所謂「初不知尚」，真是看得透徹，一語道破。唐順之答鹿門知縣曰：「即如以詩為喻，陶彭澤未嘗較聲律，雕句文，但信手寫出，便是宇宙間第一等好詩。」[56]唐推崇陶詩極矣，此亦陶所以能超拔於當代文學風氣，而自樹立一家之言也。清龔自珍〈雜詩〉曰：「陶潛酷似臥龍豪，萬古潯陽松菊高，莫信詩人竟平淡，二分梁甫一分騷。」[57]此論陶及其詩最為允當，甚有見地。

由上所述，自梁蕭統首自推崇陶詩，至唐而普遍為詩人所重視，而逐漸建立文學史上的地位。至宋朝，崇陶學陶之風大盛；蘇軾最為愛陶崇陶，至和陶詩一百餘首，又有〈東坡題跋十七則〉[58]，〈與蘇轍書〉：「吾於詩人無所甚好，獨好淵明之詩。」[59]至謂「自曹、劉、鮑、謝、李、杜諸人皆莫及也。」[60]可見東坡之好陶至極。黃庭堅則謂：「向來非無人，此友獨可尚。」[61]又陳後山、陳正敏、楊時、蔡啟、惠洪、曾紘、胡仔、葉夢得、施德操、許顗、呂本

49 同前註〈鷓鴣天〉詞。
50 見宋李公煥《箋註陶淵明集》卷首〈總論〉（《四部叢刊》影印宋刊巾箱本），頁一。
51 見清施國祁《元遺山詩集箋注》（臺北：廣文書局，民國六十二年初版）卷十一〈論詩三十首〉之四，頁五六六。
52 見明嘉靖癸未《陶靖節集重刻本》。
53 見明傳印臺刻〈陶靖節集跋〉。
54 見明刻本《陶詩析義》卷首自序。
55 見許學夷《詩源辯體》，杜維沫校點（北京：人民文學出版社，一九九八年出版）卷六，頁一〇一。
56 見《荊川先生文集》（《四部叢刊》明萬曆刊本）卷七，頁一二七。
57 見《定庵文集補》（《四部叢刊》影印清朱氏刊本），頁一二四。
58 見註21。
59 見《東坡續集》卷三。
60 同註59。
61 同註26。

中、張戒、陳善、葛立方、陸游、楊萬里、朱熹、辛棄疾、姜夔、真德秀、嚴羽等大家，皆對陶詩極為愛好推崇。至此，陶之詩人地位，絕對被肯定，在中國文學史上，已被定位為一偉大之田園詩人，而非一隱士。

四、齊梁諸家對陶詩評論之商榷

陶生於晉末宋初，當時文人初不知尚陶。齊顏延之所作〈陶徵士誄〉62，但推崇陶之人格，於陶詩無所論及品評。至梁蕭統，始重視陶詩，編輯《淵明集》並作序，謂：「有能讀陶淵明之文者，馳競之情遣，鄙吝之意祛，貪夫可以廉，懦夫可以立。」63〈陶集序〉以為淵明不忮不求，用心明達，而有助於風教，而蕭統對陶詩也是最早予以比較高評價的學者。昭明是文選家，其於詩文之選錄，對每一家詩文之風格成就皆能深入觀察，因此有機會注意到陶詩之特殊風格及成就，而予以重視，《文選》至選錄陶詩八首。

當時鍾嶸作《詩品》，又稱《詩評》，品評自漢至齊之詩人。其評陶淵明曰：「宋徵士陶潛，其詩源出於應璩，又協左思風力；文體省淨，殆無長語；篤意真古，辭典婉愜。每觀其文，想其人德。世嘆其質直，至如『歡顏酌春酒』、『日暮天無雲』，風華清靡，豈直為田家語也，古今隱逸詩人之宗也。」64嶸謂陶詩出於應璩，應詩但存百一詩一首，與陶詩不相類，不能以二人詩皆有《論語》之語，而作是說，宋葉夢得《石林詩話》已譏其陋。至「協左思風力」，二人詩風渾樸，高曠而遒健，可謂得當。至於置陶詩於中品，後人多以為不當；而謂陶詩「質直」，為「田家語」，令人有貶抑陶詩之感覺。至其謂陶為隱逸詩人，蓋受沈約《宋書》的影響，而休文則為置陶於〈隱逸列傳〉之始作俑者。謂陶為隱逸詩人之宗，宋朝詩論家頗多評論；胡仔《苕溪漁隱叢話》：「苕溪漁隱曰：鍾嶸評淵明詩為古今隱逸詩人之宗，余謂陋哉，斯言不足以盡之。不若蕭統云：『淵明文章不群，詞采精拔；跌宕昭彰，獨超眾類；抑揚爽朗，莫之與京。』」[65]施德操《北窗炙輠》謂：「正夫曰：人言陶淵明隱，淵明何嘗隱，正是出耳。」[66]又明黃文煥〈陶詩析義自序〉謂：「鍾嶸品陶，徒曰隱逸之宗，以隱蔽陶，陶又不得見也。」[67]此皆不苟同陶為隱逸詩人之宗的說法。施謂「淵明何嘗隱，正是出耳。」此說極有見地，真知陶者也，蓋陶為一出世而仍憂其世之詩人，故時有憫時念亂之思。至於置陶於中品，而不能肯定陶詩之特殊風格與成就，而列陶於上品，此蓋鍾嶸處於齊梁之際，當時唯美文學大盛，詩風華靡。鍾嶸受此風氣所囿，故其品評之標準，即以當時流風所尚而品評，不能超拔於時代風尚之外，此可憾之一也。

---

62 同註3。
63 見註5〈陶淵明集序〉。
64 見陳延傑注本，卷中。
65 見註5。又見《海山仙館叢書》本，後集卷三。
66 同註34。
67 同註51。

在齊梁諸家評論中，最令人感到遺憾的是，劉勰《文心雕龍》五十篇竟於陶詩不著一字。〈明詩〉篇論詩自古歌謠，以迄兩晉，既曰：「鋪觀列代，而情變之數可監；撮舉同異，而綱領之要可明矣。」[68]所謂要遍觀歷代詩歌的發展，又要列舉各家詩風的異同，此為文學評論家的重要基本原則與立場。陶淵明為晉末最傑出之詩人，而獨漏無所論列，為白璧之玷。《文心》衡文論詩，或褒或貶，對各代詩人，無論其詩風之異同，當有所鑑衡論列，而其不論列陶詩，有失常情常理；在文學評論上，應超然不主觀，不涉及個人情緒與好惡，吾人不知彥和之立場為何？〈明詩〉篇不論列陶淵明，實令人深感遺憾。如謂彥和當代文學風氣，競為華靡絢麗，而深為此風氣所拘囿，自失「撮舉同異」之立場，實有失衡文之原則與精神。又《文心．才略》篇，論述作家才能、識略，自虞夏至南朝劉宋，所論作家凡九十七家，東晉論及者有劉琨、盧湛、郭璞、庾亮、溫嶠、孫盛、干寶、袁宏、孫綽、殷仲文、謝混等共十一家，亦獨不列陶淵明，更令人疑惑。如謂〈明詩〉不論陶詩，是為時代風氣所拘囿，然〈才略〉不論列淵明，難道陶淵明無才無略，不得視為作家，連盧湛、庾亮諸家之不如，實難以服人。綜觀〈明詩〉、〈才略〉二篇，〈明詩〉在論述詩學流變及各家詩風，則陶詩之表現，豈不在流變之「變」中；而陶詩淡雅有深味之田園詩風，難道不在論各家異同之「異」中。而〈才略〉論作家，以才性學識為本，淵明才性高尚醇厚；至其學識，雖〈五柳先生傳〉自謂：「好讀書，不求甚解；每有會意，便欣然忘食。」[69]「不求甚解」，為幽默自謙之辭，而「好讀書」、「每有會意，便欣然忘食」，則為孔門「好學」之所期許，則陶淵明之學識當不容置疑。故《文心》之不論列陶詩，不宜以時代風氣所拘囿為理由；亦不宜以淵明耕讀田園，少與時人來往，而致知音寂寥，為其說詞。或以既為「歷史人物，自有歷史拘限，白璧微瑕，在所難免。」[70] 而不求全責備，以苛求古人為飾詞，論文之士當深憾而致意之。

五、結論

觀陶淵明生於亂世，又值易代之際，文風不變之時，陶猶蘭之生幽谷而自芳。其詩初不為時人所知尚，以致影響淵明詩之顯於當時，使其歷史定位，不列於史書之〈文學傳〉或〈文苑傳〉，而入於〈隱逸傳〉；不以詩人視之，以隱士論之，而失歷史之「真」，此遺憾當涉及《宋書》、《晉書》、《南史》作家之才、學、識，而使陶之真正歷史定位「失真」。

然文學史上，雖陶詩不為時人所知尚，而被冷淡；惟至唐代，陶詩已漸為諸家所賞識，唐人吟詠每及之。至宋代好陶學陶之風大盛，諸大家蘇軾、黃庭堅、歐陽修、王安石、陳師道、辛棄疾、陸游、楊萬里、姜夔等皆極為推崇。詩論家於詩話中爭為評論，如蔡啟《蔡寬夫詩話》、惠洪《冷齋夜話》、范溫《潛溪詩眼》、胡仔《苕溪漁隱叢話》、葉夢得《石林詩

68 見《文心雕龍．明詩》篇。

69 見楊勇《陶淵明集校箋》（臺北：正文書局，民國七十六年出版）卷六，頁二八七。

70 見徐達《詩品》譯註前言。臺灣古籍出版社。

話》、蔡絛《西清詩話》、張表臣《珊瑚鉤詩話》、施德操《北窗炙輠》、許顗《彥周詩話》、周紫芝《竹坡詩話》、吳可《藏海詩話》、吳曾《能改齋漫錄》、張戒《歲寒堂詩話》、陳善《捫蝨新話》、葛立方《韻語陽秋》、姚寬《西溪叢語》、洪邁《容齋隨筆》、黃徹《䂬溪詩話》、陳知柔《休齋詩話》、周必大《二老堂詩話》、楊萬里《誠齋詩話》、吳沆《環溪詩話》、朱熹《朱子語類》等二十餘家詩話，皆競為陶詩作評論。由宋諸大家之極力推崇，及詩話諸家之爭為好評，宋人之崇陶，早已建立陶淵明之文學史之定位，其田園詩人之地位已屹立不搖。金、元、明、清於宋代之後，踵事增華，賡續尊陶崇陶，並爭刻陶集，新出者已達三十餘種，論陶之著作達百餘種，可謂盛哉。由上所述，陶潛史傳之定位雖失真，而其文學史定位則絕對肯定，正可以還陶潛歷史定位之本真，為晉宋間傑出之偉大詩人。

至於齊梁諸家於陶詩之評論，顏延之不論及陶詩，至梁蕭統始論其詩，《文選》並錄陶詩八首，蓋蕭統已觀察到陶詩之特殊風格及成就。同時鍾嶸《詩品》亦評陶詩，惟置之中品，殊為不宜，且謂陶為「隱逸詩人之宗」，仍不脫沈約《宋書》之影響。而《文心雕龍》〈明詩〉、〈才略〉二篇，於陶皆無所論及，有失衡文鑑詩之真，尤令人殊感憾然。陶既已還歷史定位之本真，為晉宋間傑出偉大詩人，則齊梁諸家對陶之冷淡，或評論失真，或不予論列，雖令人深深致憾；然陶大詩人之地位，陶詩之成就與價值，亦無可撼動了。

原刊於《中國文化大學中文學報》九十四年第十期

陶淵明與神怪小說

人人皆知，陶淵明是一位亂世的高士，也是晉宋間的大詩人。他的「穎脫不羈，任真自得」；已成為高士隱逸的象徵；而他的「守拙歸田園」，「但話桑麻長」，也建立了沖淡自然，質樸親切的田園詩風。因此，曠達高潔的人生，嗜酒的質性，和意趣盎然的田園詩，自然成為陶淵明的象徵，和膾炙人口的話題。但他和神怪小說間密切的關係，卻鮮有人注意，而為後人所忽略，這真是一個有趣而值得研究的問題。

陶淵明從另外一個角度看來，可以說是一位神怪小說的忠實讀者，而且也可以算是一位作家。這並不表示他對神怪小說有偏愛，或好靈異神怪之談。而是他生於亂世，既然「富貴非吾願，帝鄉不可期」，只好歸隱田園以避世，託之以飲酒，託之以小說，以求寄慨，並追尋其理想的世界。當然，除了時代環境和個人的因素之外，魏晉神仙思潮的泛濫，和鬼神志怪小說的盛行，也具有很大的鼓勵作用。在這樣的情況之下，讀神怪小說以解悶舒憂，寫神怪小說以寄慨託諷，是非常自然的現象。所以陶氏讀神怪小說、寫神怪小說，正如晉之名士王羲之，「世事五斗米道」（見晉書王羲之傳）篤信鬼神之事一樣，不足為怪，也不必為賢者諱。

在陶詩一百三十九首作品裏，有讀山海經十三首，佔了他作品的十分之一；這和他與飲酒有關的五十八首詩，同樣佔有很重要的比例。他既然生在晉末大亂之世，除了詩酒之外，心神無所寄託，其心境之苦悶，是不想可知的。但也由於他的「心好異書」（語見顏延之陶徵士誄），正好給他從神話的世界中，獲得心靈上的另一種寄託。因此「山海經」、「穆天子傳」，這些古代的傳說和神話，自然就成為他耕讀吟詠之餘的遺懷讀物（猶如今人以武俠小說作為解悶的讀物一樣）。在讀山海經的十三首作品中，一方面寄其悲慨，一方面隱寓其理想的世界，和精神樂土。所謂「汎覽周王傳，流觀山海圖，俯仰終宇宙，不樂復何如？」（其一）「高酣發新謠，寧效俗中言」（其二），「恨不及周穆，託乘一來遊」，「在世無所需，惟酒與長年」（其四），「自古皆有沒，何人得靈長，不死復不老，萬歲如平常。」（其八）「神縣一登天，何幽不見燭」（其六），「形夭無千歲，猛志固常在，同物既無慮，化去不復悔。」（其十）「明明上天鑒，為惡不可履，長梏固已劇，鵕鶚豈足恃。」（其十一）「青丘有奇鳥，自言獨見爾，本為迷者生，不以喻君子。」（其十二）「巖巖顯朝市，帝者愼用才」，「臨沒告飢渴，當復何及哉」（其十三）。凡此，雖「言在八荒之表，而情甚親切」（藝概——詩概），莫不寄其悲慨坎凜。其中的寄託和寓意是非常明顯的，豈可以一般的遊仙詩視之，也豈可以「侈異聞」和「荒唐之論」輕視之。由此看來，在陶淵明的世界裏，「酒」和「神怪小說」，自然成為他追尋精神樂土的津梁了。

陶淵明愛讀山海經既是事實，而他寫神怪小說也是很可能的事。在隋書經籍志裏，著錄有他的「搜神後記」。此書後人都懷疑是晉隋間人所偽託，並且認為「陶潛曠達，未必拳拳於鬼神」。其實，這種說法只注意到表面上的問題，而未考慮到其他有關方面的因素。由於魏晉之世，亂端愈熾，使得放浪之風和神仙思潮一時瀰漫。同時小乘佛教輸入中土，益使鬼神靈異之說，更加張皇。因此，當時詩人不但沈醉於過去的「異書」，而且自己也操觚，以寄其無聊。「小說」一道，在傳統的觀念，雖然不登大雅之堂，但空虛無聊，或遊戲以寄筆端，或苦悶無依，託諷以寄悲慨，原是無可奈何之事，而此種神怪小說的盛行，也正好給予此時的文人，在苦悶的心境上，開拓一片新天地。故風氣影響所至，陶淵明，雖稱曠達，但不如在神話的世界裏追尋另一種寄託，以求得精神上更進一步的解脫。所以他寫小說，只是一種寄意和託諷，正如他的飲酒，「其意不在酒，亦寄酒為跡也。」（蕭統陶淵明集序），情形是完全一樣的。

如上所述，陶淵明有「搜神後記」之作，也是很自然的事。至於明人沈士龍謂「陶淵明卒於元嘉四年，而搜神後記有十四、十六年兩事。陶集多不稱年號，以干支代之。」以此而懷疑不是陶氏所作。關於前者，後人所續記的可能性是很大的。這在前人的著述裏，如「史記」就有此種情形。關於後者，因為這是遊戲解悶之作，自不必以過分嚴肅的觀點，去斤斤計較，不然隋書經籍志，豈能隨便著錄。本篇之作，因為只是初探的性質，當然要肯定陶氏是否作「搜神後記」，必須再作深入的考證工作，我想這是一個有待繼續的有趣問題。

孟郊奇險詩之風格

孟郊詩之風格，自來論之者甚多，惟率皆以一己之好惡加以議論，尠有深究其極，而作評議者，故多一偏之辭，而少具體允當之論。唐張為詩人主客圖，推東野為清奇僻苦主。新唐書本傳稱：「其詩有理致，然思苦奇澀。」此皆但得其偏，未能深究之論。蘇軾至謂：「要當鬪僧清，未足當韓豪，何苦將兩耳，聽此寒蟲號。」（讀孟郊詩）乃以「寒蟲號」目之。宋張表臣珊瑚鈎詩話，更謂為「郊寒」，與「島瘦」並稱。元遺山論詩絕句則云：「東野窮愁苦不休，高天厚地一詩囚，江山萬古潮陽筆，合在元龍百尺樓。」元氏揚韓抑孟，至謚以詩囚，蓋承東坡之說而加厲。上舉諸家之評，因宗尚不同，且又不能深燭郊詩，自未足為定論。趙翼甌北詩話曰：「中唐詩以韓孟元白為最，韓孟尚奇警。」此論可謂得之。又清鄭珍用力於東野詩最深，論之曰：「峭性無溫容，酸情無歡蹤，性情一華岳，吐出蓮花峯，草木無餘生，高寒見巍宗，我敬貞曜詩，我悲貞曜翁。……」（巢經巢詩鈔鈔東野詩畢書後）珍為清道咸之名家，既歷經憂患危苦，故於郊詩體會最為親切，其持論亦最扼要。故欲論東野之詩，自以苦吟為主，而表現奇險孤峭之風格，然間亦有清雅與雄放者，茲為論述於下。

一、孟郊之苦吟

孟郊為唐代詩人中，境遇最悲苦，生活最潦倒者。惟既倚詩以為活計，詩歌之創作，反而成為其生命之慰藉，故一生苦吟不休。其窮愁苦吟，詩中亦自言不諱，其送別崔寅亮下第云：「天地唯一氣，用之自偏頗，憂人成苦吟，達士唯高歌。……」又夜感自遣云：「夜學曉未休，苦吟神鬼愁，如何不自閒，心與身為讎，死辱片時痛，生辱長年羞。……」其所謂「生辱長年羞」，長期之貧困失意有以致之。胡震亨唐詩談叢卷四云：「王弇州嘗為文章九命之說，備載古今文人窮者，今摘唐詩人稍加訂定錄後。一貧困：杜甫、鄭虔、蘇源明、王季友、孟郊、盧同。……二嫌忌，……三玷缺，……四偃蹇，……五流貶，……六刑辱，……七夭折，……八無終，……九無後……。弇州云：古人所謂詩能窮人，夫貧老愁病，流竄滯留，人所不謂佳者也，然而入詩則佳；富貴榮顯，人所謂佳者也，然而入詩則不佳，是一合也。泄造化之秘，則真宰默讎，擅人羣之譽，卻眾心未厭，故呻佔推琢，幾於伐性之斧，豪吟縱揮，自傳爰書之竹，矛刃起於兎鋒，羅網布於鴈池，是二合也。循覽往匠，良少完終，為之愴然以慨。」胡氏據王弇州文章九命之說，歸東野於一貧困，四偃蹇，謂其：「苦寒恨而敲石無火，老困名場，僅得一第，或方鎮一辟，憔悴以死。」（同上）其實東野非但貧困偃蹇，其二子先後夭折，「九無後」亦當屬之。其窮愁苦恨如此，難怪苦吟不已。

惟詳考其苦吟之因素，則不止於上述三者，歸納之則有下列六端：一為困窮，二為科第之挫折與薄宦失意，三孤獨無子，四對現實之失望與不滿，五窮老多病，六多愁善感與悲觀。然則郊之苦吟，皆發乎真性情，非故作窮人之語，以乞憐者。金王若虛滹南詩話云：「郊寒白俗，詩人類鄙薄之。然鄭厚評詩，荊公蘇黃輩曾不比數，而云樂天如柳陰春鶯，東野如草根秋蟲，皆造化中一妙。何哉？哀樂之真，發乎情性，此詩之正理也。」又近人錢大成孟郊詩論略曰：「郊詩言情之作，絕無客氣假象存其間，壹本之胸臆，故其感人也深，直率抒寫，無稍顧忌。……自古詩人處境窮困如郊者不可勝數，而郊獨有大名者何哉？易曰：『修辭立其誠。』孔子曰：『辭達而已矣。』郊之為詩異於常人者無他，能立其誠耳，能曲達其意耳。世之窮困而好為詩者，每好裝點門面，不肯直率作寒酸語，貧兒學作富家翁，是以未免捉襟露肘耳。郊之詩，窮人之本色語也，足以發窮人之心聲，高棅稱為飢寒之作（唐詩品彙）是也。苟以其寒苦而遂鄙之，或謂使人不歡（滄浪詩話），是亦不善讀詩者矣。」王若虛謂郊詩雖苦吟有若草根秋蟲，而為造化中之一妙，此乃言其真也。錢氏亦以為郊詩所以苦吟而能動人，在於能立誠而達意，能作窮人之本色語，此其情真意摯，所以感人至深也。蓋詩為性情之抒發表現，不可強求，亦不可矯飾，強說愁固不可，強顏歡笑亦失其真，苟非真性情，則何異於倡，此漢枚臯所以有自悔類倡之嘆也[1]。錢氏所謂東野詩，能作窮人本色語，足發窮人之心聲，此真善讀郊詩者，爰舉郊詩於次以明之。

---

1 枚臯為漢賦作家，漢書本傳：「自謂為賦乃俳，見視如倡，自悔類倡也。」

其嘆困窮者，如「噫貧氣已焚，噫死心更灰。」（弔盧殷十首之三）又「夜貧燈燭絕，明月照我書。」（北郭貧居）又借車云：「借車載家具，家具少於車，借者莫彈指，貧窮何足嗟，百年徒役走，萬事盡隨花。」其寫科第挫折，仕途失意者，如長安旅情云：「盡說青雲路，有足皆可至，我馬亦四蹄，出門似無地，玉京十二樓，峩峩倚青翠，下有千朱門，何門薦孤士。」又大梁送柳淳先入關云：「青山輾為塵，白日無閒人，自古推高車，爭利西入秦，王門與侯門，待富不待貧，空攜一束書，去去誰相親。」其寫失子無後之悲懷者，如杏殤云：「此兒自見災，花發多不諧，窮老收碎心，永夜抱破懷，聲死更何言，意死不必喈，病叟無子孫，獨立猶束柴。」（九首之八）又老恨云：「無子抄文字，老吟多飄零，有時吐向牀，枕席不解聽，鬪蟻甚微細，病聞亦清泠，小大不自識，自然天性靈。」其寫對現實之失望與不滿者，如懊惱云：「惡詩皆得官，好詩抱空山，抱山冷殑殑，終日悲顏顏，好詩更相嫉，劍戟生牙關，前賢死已久，猶在咀嚼間，以我殘杪身，清峭養高閒，求閒未得閒，眾誚瞋虤虤。」又弔盧殷云：「耳聞陋巷生，眼見魯山君，餓死始有名，餓名高氛氳，戇叟老壯氣，感之為憂雲，所憂唯一泣，古今相紛紛。……」（十首之六）其寫窮老多病者，如上昭成閣不得於從姪僧悟空院歎嗟云：「欲上千級閣，問天三四言，未盡數十登，心目風浪翻，手手把驚魄，腳腳踏墜魂，卻流至舊手，傍掣猶欲奔，老病但自悲，古蠹木萬痕，老力安可誇，秋海萍一根，孤叟何所歸，晝眼如黃昏，常恐失好步，入彼市井門，結僧為親情，策竹為子孫，此誠徒切切，此意空存存，一寸地上語，高天何由聞。」又秋懷云：「老骨懼秋月，秋月刀劍棱，纖輝不可干，冷魂坐自凝，……病大不敢凌，單牀寤皎皎，瘦臥心兢兢，洗河不見水，透濁為清澄，詩壯昔空說，詩衰今何憑。」（十五首之六）又云：「老病多異慮，朝夕非一心，商蟲哭衰運，繁響不可尋，秋草瘦如髮，貞芳綴疏金，晚鮮詎幾時，馳景還易陰。……」（十五首之七）又云：「霜氣入病骨，老人身生冰，衰毛暗相刺，冷痛不可勝，……瘦坐形欲折，腹飢心將崩，勸藥左右愚，言語如見憎。……」其寫悲觀與多愁善感者，如贈別崔純亮云：「食薺腸亦苦，強歌聲無歡，出門即有礙，誰謂天地寬，……流苦已日長，忍泣目易衰，忍憂形易傷，項籍豈不壯，賈生豈不良，當其失意時，涕泗各沾裳，古人勸加餐，此餐難自強，一飯九祝噎，一嗟十斷腸。……」又冬日云：「老人行人事，百一不及周，凍馬四蹄吃，陟卓難自收，短景仄飛過，午光不上頭，少壯日與輝，衰老日與愁，日愁凝在目，歲箭迸如讐，萬事有何味，一生虛自囚，不知文字利，到死空遨遊。」又秋懷云：「幽苦日日甚，老力步步微，常恐暫下牀，至門不復歸，饑者重一食，寒者重一衣，泛廣豈無涘，恣行亦有隨，語中失次第，身外生蒼痍，桂蠹既潛污，桂花損貞姿，詈言一失香，千古聞臭詞，將死始前悔，前悔不可追，哀哉輕薄行，終日與驅馳。」（十五首之十一）又秋懷云：「老人朝夕異，生死每日中，……短視不到門，聽澀詎逐風，還如刻削形，免有纖悉聰，……歲綠閔以黃，秋節迸已窮，四時既相迫，萬慮自然叢，……囊懷沈遙江，衰思結秋嵩，鋤食雖滿腹，葉衣多醜躬，塵縷不自整，古吟將誰通，幽竹嘯鬼神，楚鐵生虬龍。……」（十五首之十）

東野苦吟之什特多，上舉諸篇特其較著者，篇中皆充滿窮愁之苦語，蓋錢氏所謂窮人之本色語是也。所謂「我馬亦四蹄，出門似無地。」（長安旅情）「出門即有礙，誰謂天地寬。」（贈別崔純亮）其寒苦窮蹙之狀可見。所謂「常恐暫下牀，至門不復歸。」（秋懷十五首之十一）其善感悲觀可謂至極，元人馬致遠秋思散曲，有「曉來清鏡添白雪，上床與鞋履別。」之語，殆即從此詩化出。所謂「還如刻削形，免有纖悉聽。」（秋懷十五首之十）此乃對現實人生之失望悲觀，而痛極之詞，郊謂但願有如刻削之偶人，而無纖悉之聽慧知覺，以超脫現實無限之痛苦。此與詩經王風兎爰所謂：「我生之後，逢此百凶，尚寐無聰。」[2]可謂託意深妙，異曲同工。又所謂「萬事有何味，一生虛自囚，不知文字利，到死空遨遊。」（冬日）寫出對現實之強烈失望，與極端無奈，惟藉文字以資遨遊耳；此殆即「至親唯有詩，抱心死有歸。」（弔盧殷十首之四）之謂歟！

二、奇險冷僻

孟郊與韓愈並為中唐奇險詩之領袖，惟奇險詩風實為孟郊所首創。蓋東野年長昌黎十八歲，且韓早期作品，頗不以險硬為能；朱熹韓文考異曰：「韓詩平易，孟詩喫飽了飯，思量到人不到處，聯句中被他牽得亦如此做。」蓋東野為詩，每喜艱深奇澀，往往僻搜巧鍊，排空生造，聯句尤甚，最為昌黎所推服，至欲「低頭拜東野」，為雲為龍，四方上下追逐之，其傾倒如此，豈無因哉？昌黎之推許，亦非一時之諛詞，驗之韓集，處處可尋。昌黎貞曜先生墓誌銘曰：「及其為詩，劌目鉥心，刃迎縷解，鉤章棘句，掐擢胃腎，神施鬼設，間見層出，唯其大翫於詞而與世抹殺，人皆劫劫，我獨有餘。」又醉贈張秘書云：「東野動驚俗，天葩吐奇芬，……今我及數子，固無蕕與薰，險語破鬼膽，高詞媲皇墳。」又薦士詩曰：「有窮者孟郊，受材實雄驁，冥觀洞古今，象外逐幽好，橫空盤硬語，妥帖力排奡，敷柔肆紓餘，奮猛卷海潦，榮華肖天秀，捷疾愈響報。」昌黎謂東野詩，「劌目鉥心」，「鉤章棘句」，「神施鬼設」，「動驚俗」、「吐奇芬」，「險語破鬼膽」，「橫空盤硬語，妥帖力排奡」，皆言其詩風之奇警險硬，而極力推許之。趙翼甌北詩話云：「游韓門者，張籍、李翺、皇甫湜，……昌黎皆以後輩待之。盧同、崔立之雖屬平交，昌黎亦不甚推重，所心折惟孟東野一人。……其贈孟東野詩……又以李杜自相期許，其心折東野可謂至矣。蓋昌黎本好為奇崛矞皇，而東野盤空硬語，妥帖排奡，趣尚略同，才力又相等，一旦相遇，遂不覺膠之投漆，相得無間，宜其傾倒之至也。」趙氏謂昌黎「所心折惟孟東野一人」，且謂「其心折東野可謂至矣」，「宜其傾倒之至也」，可見韓於孟推服之極，然其所以推服心折，亦在東野奇險詩風之開創與表現耳。

東野詩既好奇險，則吐奇驚俗，自為其努力追求之目標。故其所為詩，僻搜巧鍊，務在求

2 詩經王風兎爰篇，蓋傷時痛苦之極，而思超脫之詩。其詩云：「有兎爰爰，雉離于羅。我生之初，尚無為，我生之後，逢此百罹，尚寐無吪！有兎爰爰，雉離于罦。我生之初，尚無造，我生之後，逢此百憂，尚寐無覺！有兎爰爰，雉離于罿。我生之初，尚無庸，我生之後，逢此百凶，尚寐無聰！」

其奇崛險僻；而艱深奇澀，險語高調，自亦成為其奇險詩表現之獨特風格，爰就其命意、名篇、造句、押韻、用字等論述其奇險之特色。

(一)命意奇

東野詩命意多奇，蓋寄意深微，而便於託諷。如寄張籍云：「未見天子面，不如雙盲人，賈生對文帝，終日猶悲辛，夫子亦如盲，所以空泣麟，有時獨齋心，髣髴夢稱臣，夢中稱臣言，覺後真埃塵，東京有眼富，不如西京無眼貧，西京無眼猶有耳，隔牆時聞天子車轔轔，轔轔車聲輾冰玉，南郊壇上禮百神，西明寺後窮瞎張太祝，縱爾有眼誰爾珍，天子咫尺不得見，不如閉眼且養真。」此篇以張籍之失意，藉其眼疾，寫天子咫尺不得見之可悲，並藉以發洩一己之窮苦失意；託諷委婉，語多幽默，而愈顯其命意之奇妙。蓋張籍時為太常寺太祝，位極清冷，而患眼窮瞎，故曰「無眼貧」，然猶得聞天子之車聲；而己雖「有眼富」，然居東都咫尺不得見天子之面，尤為可悲，故嘲己不如雙盲之人，其託意極隱微高妙。

又如雪詩云：「忽然太行雪，昨夜飛入來，崚嶒墮庭中，巖白何皚皚，奴婢曉開戶，四肢凍徘徊，咽言詞不成，告訴情狀摧，官給未入門，家人盡以灰，意勸莫笑雪，笑雪貧為災，將暖此殘疾，典賣爭致杯，教令再舉手，誇曜餘生才，強起吐巧詞，委曲多新裁，為爾作非夫，忍恥轟喝雷，書之與君子，庶免生嫌猜。」此篇藉太行之飛雪，嘲己之窮蹙，語多詼詭，命意尤奇。

又如弔盧殷云：「前賢多哭酒，哭酒免哭心，後賢試銜之，哀至無不深，少年哭酒時，白髮亦以侵，老年哭酒時，聲韻隨生沈，寄言哭酒賓，忽作登封音，登封徒放聲，天地竟難尋。」此篇蓋藉哭酒以哀盧殷之死，「哭酒」一詞凡用五次，雖哀而命意殊奇。

又投所知云：「苦心知苦節，不容一毛髮，鍊金索堅貞，洗玉求明潔，自慚所業微，功用如鳩拙，何殊嫫母顏，對彼寒塘月，君存古人心，道出古人轍，盡美固可揚，片善亦不遏，朝向公卿說，暮向公卿說，誰謂黃鍾管，化為君子舌，一說清嶰竹，二說變嶰谷，三說四說時，寒花拆寒木，僕僕家道路，粲粲我衣服，豈直輝友朋，亦用慰骨肉，一暖荷匹素，一飽荷升粟，而況大恩恩，此生報得足，且將食蘗勞，酬之作金刀。」此篇喜所知以君子之舌，四為關說公卿，得以飽暖，有如嶰谷之清音，能使花落變氣候者，故為詩酬之，命意亦奇。

(二) 名篇奇

東野詩之命題亦奇，往往借題寄意，託旨深微。如罪松一首，其名松曰「罪」，殊奇。東野意謂，青松臨寒冬而不凋，雖宜於霜風，然冬時而行春令，衰時而榮，甚不敬天時，故以其為不臣之木而罪之，蓋反言以諷也。又如偷詩一首，以偷詩為題亦奇，言偷詩者有如餓犬之垂飢涎，而齧枯骨，又各自稱其能，惟君子則默覽有所傳，不以詩文而自賢，其託諷顯然。

又如衰松一首，以衰名松，其題亦奇；蓋松柏本常青不衰，然以世道衰，因嘆青松亦不守時信。詩謂「人心忌孤直，木性隨改易」，言極沈痛，而衰松既摧其棲日之幹，故未能展擎天之力，蓋懷才不遇，借以自喻也。又如嚴河南一首，題亦奇；蓋元和五年韓愈受為河南縣令，東野戲謂其嚴，故曰嚴河南。其詩云：「赤令風骨峭，語言清霜寒，不必用虎威，見者毛髮攢。」此東野所謂嚴也。又如惜苦一首，題亦奇；此篇意謂于鵠諫議，焦蒙舍人，二人以小節去官，又不可虛轉其心，故深惜之也。又如忽不貧喜盧仝書船歸洛一首，盧仝歸洛陽，題曰「忽不貧」殊奇。蓋元和四年冬，盧仝以船載揚州書經江淮歸洛，東野喜而為此篇。孟本貧而謂忽不貧，蓋以仝船載書崔嵬，可讀書日儲道義，此所以不貧也。又如飢雪吟一首，以飢雪名篇亦奇，此詩非興寄無端，蓋亦有託諷焉。

(三) 句法奇

五言詩之句法，一般率為上二下三之形式，其韻律節奏較為自然順暢，如：「歲暮景氣乾，秋風兵甲聲，織織勞無衣，喓喓徒自鳴。……」（秋懷十五首之八）皆為上二下三之句法。惟東野造句，每喜為不尋常之奇句，或為上三下二，或為上一下四，或為上四下一之形式，其韻律節奏，頗為詰屈拗折。此殆為奇險詩形式上之一大特色，韓愈與孟郊此種句法頗多，殊有古拗之趣。茲就孟郊集中，各舉數例以明之。

其為上一下四之句法者，如：

「磨——一片嵌巖，書——千古光輝。」（弔盧殷十首之四）

「藏——千尋布水，出——十八高僧。」（懷南岳隱士）

「飯——不煮石喫，眉——應似髮長。」（懷南岳隱士）

「將——明文在身，亦——爾道所存。」（戲贈無本二首之二）

「吟——巴山犖确，說——楚波唯壟。」（會合聯句）

其為上三下二之句法者，如：

「過隋柳——觸頷，入洛花——蒙籠。」（春日同韋郎中使君送鄒儒立少府扶侍赴雲陽）

「喝道者——誰子，叩商者——何樂。」（納涼聯句）

「以茲時——比堯」（晚雪吟）

「識音者——謂誰」（楚竹吟酬盧虔端公見和湘絃怨）

「婆羅門——叫音」（曉鶴）

其為上四下一者，如：

「花聞哭聲——死，水為別容——新。」（答盧虔故園見寄）

「地上春色——生，眼前詩采——明。」（同晝上入送郭秀才江南尋兄弟）

「手把綠荷——泣，意愁珠淚——翻。」（楚怨）

(四) 押冷僻險韻

押韻為韻文表現其條貫與諧和美感之重要手段，故古人為詩，頗講究詩之押韻，每運用「聲義相切」之原理，以達到「隨情押韻」的境界。故押韻應求自然，以臻穩妥貼切，活潑生動，應避免押冷僻險韻，庶不至於生澀；惟韓孟等奇險詩人，每喜爭奇鬪巧，好押冷僻險韻，尤以聯句詩為然。

東野與昌黎之聯句，其中以城南聯句、征蜀聯句，押險韻最多。如城南聯句：

「桑蠖見虛指，穴貍聞鬪獰。」

「靈麻撮狗蝨，村稚啼禽猩。」

「得雋蠅虎健，相殘雀豹趟。」

「賽饌木盤簇，妖靸藤索絣。」

「牕綃疑閟艷，粧燭已銷檠。」

「蜀雄李杜拔，嶽力雷車轟。」

「春遊轢霍靡，彩伴颯嫈媖。」
「文昇相照灼，武勝屠攙搶。」
「爵勳逮僮隸，簪笏自懷繃。」
「貌鑑清溢匣，眸光寒發硎。」
「羽空顛雉鷃，血路迸狐麖。」
「猛斃牛馬樂，妖殘梟鵋惸。」
「歲律及郊至，古音命韶韺。」
「宅土盡華族，運田間強甿。」
「馳門填偪仄，競野輾砯砰。」
「鼻偷困淑郁，眼剽強盯矃。」
「驗魂見蛇蚓，觸嗅值蝦蟚。」

上舉城南聯句諸聯，上聯為韓愈所作，下聯押韻者，則為孟郊所作，率皆務為奇語，押冷僻險韻。其中獰、趟、絣、娙、硎、蟚、矃等七韻，為今傳詩韻所不載，其冷僻可知。

(五)用冷僻奇字

詩為最精巧經濟之文學作品，其用字是否稱職得當，關係一詩之優劣成敗至大。故其用字，必須力求精鍊穩當，且須具有詩之意味；蓋句中字字稱職，則其組織自可合度，而能表現詩之風味。故一般詩人之創作，為免影響或破壞詩之風味，皆儘量避免用冷僻之字眼。惟奇險詩人，僻搜巧鍊，每喜用冷僻奇字，以表現奇險詩之特殊風格，觀韓孟諸家，往往如此，尤以聯句詩為甚。

孟郊詩中喜用冷僻字者，如征蜀聯句：

「風旗市地揚，雷鼓轟天殺，竹兵彼皴脆，鐵刃我鎗鹹。」

「生獰競掣跌，痴突爭填軋，渴鬭信啄呷，嗷姦何噢嗗。」

「飛猱無整律，翩鶻有邪戛，江倒沸鯨鯢，山搖潰貙㺄。」

「強睛死不閟，獷眼困逾眑，爇堞熇歊熺，抉門呀拗閶，天刀封未坼，酋膽懾前揠，跧梁排郁縮，闖竇揳窋窡，迫脅聞雜驅，咿呦叫冤鼬。」

「戰血時銷洗，劍霜夜清刮，漢棧罷罾闐，獠江息澎汃，戍寒絕朝乘，刀暗歇宵詧，始去杏飛蜂，及歸柳嘶蛰，廟獻繁馘級，樂聲洞椌楬。」

上舉征蜀聯句，其冷僻奇字，連篇累牘，處處可見，予人艱深奇澀，縱橫怪變之感。

東野除喜用冷僻奇字外，亦常用幽傷悽惻之字眼。其詩題用「怨」、「傷」、「苦」、「愁」、「病」、「憂」、「感」、「嘆」、「恨」、「飢」、「弔」、「貧」、「惱」等字者居大半。詩中亦喜用「淚」、「愁」、「死」、「寒」、「悲」、「哭」、「苦」、「孤」、「哀」、「恨」、「怨」、「憂」、「枯」、「獨」、「泣」、「貧」、「別」、「病」、「血」、「窮」、「殘」、「傷」、「夢」、「魂」等字。如：

「詈言不見血、殺人何紛紛，……詈痛幽鬼哭，詈侵黃金貧，……古詈舌不死，至今書云云。」（秋懷十五首之十五）

「試妾與君淚，兩處滴池水，看取芙蓉花，今年為誰死。」（古怨）

「……況是賢人寃，何必哭飛揚，……會將當風烹，血染布衣裳，……我不忍出廳，血字濕土牆，血字耿不滅，我心懼惶惶。」（謝李輈再到）

「破魄一雨點，凝幽數百年，峽輝不停午，峽險多饑涎，樹根鎖枯棺，孤骨梟梟懸，樹枝哭霜棲，哀韻杳杳鮮，逐客零落腸，到此湯火煎，性命如紡績，道路隨索緣，奠淚弔波靈，波靈將閃然。」（峽哀十首之三）

「棘針風相號，破碎諸苦哀，苦哀不可聞，掩耳亦入來，哭絃多煎聲，恨涕有餘摧，噫貧氣已焚，噫死心更灰，夢世浮閃閃，淚波深洄洄……。」（弔盧殷十首之三）

由上舉諸篇，可見其用冷僻奇字之另一特色，雖骨力險勁，然險僻幽奇，一片陰冷淒寒，令人不忍卒讀。

三、古淡與清雅

東野詩風固以苦吟奇險為主，然時亦有古淡與清雅者。蓋東野力能復古，而又恥學時體，其詩故能古淡高遠。宋黃轍碧溪詩話云：「孟郊詩最淡且古，坡謂『有如食彭越，竟日嚼空螯』。退之論數子，乃以張籍學古淡，東野為天葩吐奇芬。豈免所長而諱所短，抑亦東野古淡自足，不待學耶？」黃氏謂東野詩能古淡，自有見地，至引坡詩且疑其古淡自足，則未為達論。又清方世舉曰：「東野詩固古淡，而與韓往來又復奇絕。」（昌黎詩集編年箋注）蓋東野詩本自奇警，不必與韓往來始奇絕，至其古淡處，則時亦有之。今觀東野集中，其樂府之什，篇篇饒有古意，最為古淡，其他則間亦有之。又東野偶有出世之思，而有山林田園之想，故間亦有清麗淡雅之作，惟後人皆未注意及此，而尠有論及者。茲就其古淡與清雅之作，各舉數篇以明之。

其古淡高遠者，如烈女操、遊子吟、結愛、古意、古別離、娟嬋篇、古怨別、望夫石、征婦怨、審交、遣興、退居、寓言、感懷等篇皆是。其遊子吟云：「慈母手中線，遊子身上衣，臨行密密縫，意恐遲遲歸，誰言寸草心，報得三春暉。」又烈女操云：「梧桐相待老，鴛鴦會雙死，貞婦貴狥夫，捨生亦如此，波瀾誓不起，妾心井中水。」又審交云：「種樹須擇地，惡土變木根，結交若失人，中道生謗言，君子芳桂性，春榮冬更繁，小人槿花心，朝在夕不存，莫躡冬冰堅，中有潛浪翻，唯當金石交，可以賢達論。」又遣興云：「絃貞五條音，松直百尺心，貞絃含古風，直松凌高岑，浮聲與狂葩，胡為欲相侵。」又寓言云：「誰言碧山曲，不廢青松直，誰解濁水泥，不污明月色，我有松月心，俗騁風霜力，貞明既如此，摧折安可得。」

其清麗淡雅者，如題陸鴻漸上饒新開山舍、生生亭、戲贈無本、遊城南韓氏莊、遊華山靈臺觀、越中山水、旅行、和皇甫判官遊瑯琊溪、題從叔述靈巖山壁等皆是。其題陸鴻漸上饒新開山舍云：「驚彼武陵狀，移歸此巖邊，開亭擬貯雲，鑿石先得泉，嘯竹引清吹，吟花成新篇，乃知高潔情，擺落區中緣。」又遊城南韓氏莊云：「初疑瀟湘水，鎖在朱門中，時見水底月，搖動池上風，清氣潤竹木，白光連虛空，浪簇宵漢羽，岸芳金碧叢，何言數畝間，環泛路不窮，願逐神仙侶，飄然汗漫通。」又越中山水云：「日覺耳目勝，我來山水州，蓬瀛若髣髴，田野如泛浮，碧嶂幾千遶，清泉萬餘流，莫窮合沓步，孰盡派別遊，越水淨難污，越天陰易收，氣鮮無隱物，目視遠更周，舉俗媚葱蒨，連冬擷芳柔，菱湖有餘翠，茗圃無荒疇，賞異忽已遠，探奇誠淹留，永言終南色，去矣銷人憂。」又和皇甫判官遊瑯琊溪云：「山中琉璃境，物外瑯琊溪，房廊逐巖壑，道路隨高低，碧瀨漱白石，翠煙含青蜺，客來暫遊踐，意欲忘簪珪，樹杪燈火夕，雲端鐘梵齊，時同雖可仰，跡異難相攜，唯當清宵夢，髣髴願攀躋。」上舉諸篇，率皆清綺俊秀，亦淡雅自然。李觀所謂：「其在平處，下顧二謝。」[3]又李翺所謂：「……南朝二謝，郊能兼其體而有之。」[4]殆其之謂乎？

3 語見李觀上梁補闕薦孟郊崔宏禮書。

四、雄奇豪放

自來論孟郊詩者，但見其苦吟奇險之詩風，每以其寒苦而鄙之，如蘇東坡、元遺山諸大家，亦不免囿於個人之宗尚趣向而貶之。東坡有讀孟郊詩兩首，其一云：「夜讀孟郊詩，細字如牛毛，寒燈照昏花，佳處時一遭，孤芳擢荒穢，若雨餘詩騷，水清石鑿鑿，湍激不受篙，初如食小魚，所得不償勞，又似煮彭越，竟日嚼空螯，要當鬭僧清，未足當韓豪，人生如朝露，日夜火消膏，何若將兩耳，聽此寒蟲號，不如且置之，飲我玉卮醪。」東坡詩超曠俊邁，不喜孟詩，故謂其寒苦有如秋蟲之悲號；至謂「要當鬭僧清，未足當韓豪」，則未必盡然。蓋東野詩，非不能豪，以其境遇悲苦，故不免哀感若吟，至其興會所至，慷慨高歌，未嘗不能豪也。於此，韓愈所見最為真切，蓋昌黎為東野並世之知音，於孟詩體會最為深刻故也。昌黎薦士詩云：「有窮者孟郊，受材實雄驁，冥觀洞古今，象外逐幽好，橫空盤硬語，妥帖力排奡，敷柔肆紆餘，奮猛卷海潦，榮華肖天秀，捷疾愈響報。」所謂「受材實雄驁」，「橫空盤硬語，妥帖力排奡」、「敷柔肆紆餘，奮猛卷海潦」，可見東野詩於苦吟之外，亦能臻雄奇矯健之境；故昌黎謂曰：「東野繼奇躅，脩綸懸眾犗。」（雨中寄孟刑部幾道聯句）今觀東野集中，其雄奇豪放之處，間亦可見，茲舉數例於次以明之。如：

「天地入胸臆，吁嗟生風雷，文章得其微，物象由我裁，宋玉呈大句，李白飛狂才，苟

非聖賢心，孰與造化該，勉矣鄭夫子，驪珠今始胎。」（贈鄭夫子魴）

「狂僧不為酒，狂筆自通天，將書雲霞片，直至清明巔，手中飛黑電，象外瀉玄泉，萬物隨指顧，三光為廻旋，聚書雲霳霬，洗硯山晴鮮，忽怒畫蛇虺，噴然生風煙，江人願停筆，驚浪恐傾船。」（送草書獻上人歸廬山）

「觀怪忽蕩漾，叩奇獨冥搜，海鯨吞明月，浪島沒大漚，我有一寸鈎，欲釣千丈流，良知忽然遠，壯志鬱無抽。」（遠遊聯句）

「恣韻激天鯨，腸胃繞萬象，精神驅五兵，蜀雄李杜拔，嶽力雷車轟，大句斡玄造。」（城南聯句）

「積雨飛作風，驚龍噴為波。」（泛黃河）

「徒誇遠方岫，曷若中峯靈，拔意千餘文，浩言永堪銘。」（生生亭）

「鐵馬萬霜雪，絳旗千虹霓。」（獻襄陽于大夫）

「一章喻檄明，百萬心氣定。」（送韓愈從軍）

「千尋直裂峯，百尺倒瀉泉。」（送蕭鍊師）

「千巷分波綠，四門生早朝。」（送李翺習之）

「溪轉萬曲心，水流千里聲。」（同晝上人送郭秀才江南尋兄弟）

4　語見李翺薦所知于徐州張僕射書

上舉諸篇及詩句，或紀贈、或送別、或遊適、或寄興、或聯句，其無論抒情寫景，皆可見其雄奇之思，豪放健拔之筆，自不可以寒苦譏之，一概而論也。

原刊於《孟郊研究》文津出版社七十三年四月

湘鄉曾氏文論之蠡探

湘鄉曾文正，生當擾攘之世，以中興名臣治古文辭於桐城派中衰之後，再振方、姚餘緒，鼓動晚清文壇，可謂古文運動之最後勁者也。文正之治古文，於姚姬傳雖未親接謦欬，然自謂：「國藩之粗解文章，由姚先生啟之也。」（聖哲畫像記）其私淑而淵源桐城，於此可知。惟曾氏並非完全承受桐城餘緒，而能出入於桐城派，故能於桐城之後別續一燈。蓋桐城派流衍久遠，難免產生末流之病，於是起而矯之，再振桐城餘緒，而自成一家。薛福成曰：「桐城派流衍益廣，不能無窳弱之病，曾文正公出而振之。文正一代偉人，以理學、經濟發為文章，其閱歷親切，迥出諸先生上。且嘗師義法於桐城，得其峻潔之旨。平時論文，必尊源六經兩漢，故其為文，氣清體閎，不名一家，足與方、姚諸公並峙。其尤嶢然者，幾欲跨越前輩。」（寄龕文存序）黎庶昌亦曰：「循曾氏之說，將盡取儒者之多識格物，博辨訓詁，一納諸雄奇萬變之中，以矯桐城末流虛車之飾。本朝文章至曾文正公，始變化以臻於大。」（續古文辭類纂序）則文正於桐城多興復改革之功，而終能變化以臻於大，乃別立一派。故李詳審言論其文曰：「文正之文雖由姬傳入手，然益探源揚、馬，專宗退之；奇偶錯綜，而偶多於奇，複字單誼，雜廁相間，厚集其氣，使聲光炳煥，而戞焉有聲。此又自為一派，可名為湘鄉派，而桐城久在祧列。」（論桐城派）則文正雖學義法於桐城，並能廓大桐城之說，而以湘鄉名派，然淵源有自，波瀾不二，實桐城派之旁流也。

前已言及，曾氏乃一能出入於桐城派之學者，蓋能深悉桐城派之得失，而知所補救故也。故吾人於未論列其文論之先，應先瞭解曾氏對桐城派之批評。曾氏曰：「望溪為人嚴氣正性，蓋得力於三禮，而為文根源出於管、荀，故文章整飭嚴峻。二人（指方苞與歸震川）皆性情醇古，每出一語，真氣動人，其發於親屬敘述，家常文字，尤質樸懇至，使人生孝悌之心，此真六經之裔也。姚惜抱文略不道家常，意在避俗求雄，然惜抱性情蕭疏曠遠，至於質樸醇厚，實不及歸、方，即使效之，亦不能工。惜抱文別創風韻一宗，然卻受震川牢籠；其高者可追史記，得其風趣，其下者修辭飾雅，僅比元人。蓋惜抱名為避漢學，而未得宋儒之精密，故有序之言雖多，而有物之言則少。」（歐陽生文集序）「有序之言雖多，而有物之言則少。」自然造成桐城末流虛車之飾，故曾氏欲「盡取儒者之多識格物，博辨訓詁，一納諸雄奇萬變之中。」如此則有物之言亦多矣。曾氏又深不以義法之說範圍人心為然。曾氏曰：「古之為文者，其神專有所之，無有俗說龐言淆其意趣。自有明以來，制義家之治古文，往往取左氏同司馬遷、班固、韓愈之書，繩以舉業之法，為之點，為之圓圍以賞異之；為之乙，為之纖圍以識別之；為之評注以顯之。讀者囿於其中，不復知點圍評乙之外，別有所謂屬文之法也者，雖勤劇一世，猶不能以自拔。故僕嘗謂末世學古之士，一厄於試藝之繁多，再厄於俗本評點之書，此天下之公患也。」（謝子湘文集序）又曰：「古之文初無所謂法也，易、書、詩、儀禮、春秋諸經，其體勢聲色，曾無一字相襲，即周、秦諸子亦各自成體，持此衡彼，畫然若金玉與卉木之不同類，是烏有所謂法者。後人本不能文，強取古人所造而摹擬之，於是有合有離，而法不法名焉。」（湖南文徵序）曾氏以為古人本無所謂法，所謂法者乃出於摹擬，故以為桐城派評點之學，及其開闔縱擒頓挫之法，皆為學古之病。此曾氏所以不斤斤於義法，而能出入於桐城派者也，故曾氏再振之桐城派，亦已非昔日之舊矣。

然則曾氏湘鄉派之文論為何？茲以今世論文之說，就曾氏所論，予以歸納而論列之：

一、文原論

曾氏論文之本，雖亦承受方姚「文道合一」之說，然視桐城派闡發尤多。曾氏以為文不可離道，道則因文而傳，二者必合於一，而不可偏勝。故曾氏以為，文之離於道，自是不可；反之，若自託於道，而鄙視文為雕蟲篆刻，為玩物喪志，則亦矯枉過正之病。曾氏曰：「古之知道者，未有不明於文者也。能文而不能知道者或有矣！烏有知道而不明文者乎？」（致劉孟蓉書）又曰：「所貴乎聖人者，謂其立行與萬事萬物相交錯而曲當乎道，其文字可以教後世也。」（同上）又曰：「吾儒所賴以學聖賢者，亦藉此文字以考古聖之行，以究其用心之所在。然則此句與句續，字與字續者，古聖之精神語笑胥寓於此。」（同上）循曾氏之說，可得二義；其一，知「道」者必明於文。其二，學文可以知道，文亦可以傳道。故欲求道必先學文，為文功夫一深，自能得古人之精神，而求得古人之道；反之，見道之後為文才能精醇，始可漸臻無累之境。曾氏曰：「其為文之醇駁，一視乎見道之多寡以為差。見道尤多者，文尤醇焉，孟軻是也。次多者醇次焉，見少者文駁焉，自荀、揚、莊、列、屈、賈而下，次第等差略可指數。」（致劉孟蓉書）見道之多寡既決定為文之醇駁，則為文之先不可不有見於道。然則何以見道？則必溝通漢、宋，而合考據、義理於一。曾氏曰：「夫所謂見道多寡之分數何也？曰深也，博也。昔者孔子贊易以明天道，作春秋以衷人事之至當，可謂深矣。孔子之門有四科，子路知兵，冉求富國，問禮於柱史，問樂於魯伶，九流之說皆悉其原，可謂博矣。深則能研萬事微芒之機，博則能究萬物之情狀而不窮於用。後之見道不及孔氏者，其深有差焉。能深且博而屬文復不失古聖之誼者，孟氏而下惟周子之通書，張子之正蒙，醇厚正大，邈焉寡儔。許、鄭亦能深博，而訓詁之文或失則碎；程、朱亦且深博，而指示之語，或失則隘。其他若杜佑、鄭樵、馬貴與、王應麟之徒，能博而不能深，則文流於蔓矣。游、楊、金、許、薛、胡之儔，能深而不能博，則文傷於易矣。由是有漢學、宋學之分，齗齗相角，非一朝矣。僕竊不自揆，謬欲兼取二者之長，見道既深且博而為文復臻於無累，區區之心，不勝奢願。」（致劉孟蓉書）故能溝通漢宋之學，兼取二者之長，必能見道深博，見道深博，則為文必能精醇矣。

曾氏「文道合一」之說，自另一方面而言，乃在於欲合義理、經濟、考據、辭章四者於一，蓋欲融合學問之途於一故也。曾氏曰：「姚姬傳氏言學問之途有三：曰義理、曰詞章、曰考據。」（聖哲畫像記）姚氏雖已有是說，惟姚氏生當乾嘉太平盛世，時漢學方盛，故其倡導古文，欲溝通漢、宋之學，合義理、考據、辭章三者為一。曾氏則處於衰世，世局大變，國難方夷，思有所匡濟時世，故特倡言禮學；蓋禮者修己治人，經緯萬彙者所歸也。故曾氏之治古文，於姚氏義理、考據、辭章三者之外，益以經濟一科，而欲合四者於一。（曾氏所謂經濟之學，乃指禮學而言，曾氏曰：「古無所謂經世之學也，學禮而已。」）曾氏以為經濟可該於義理之中，而義理與考據本身並非目的，乃為文之手段。（蓋考據有助於文章之用字，義理則有助於文章之行氣。）曾氏曰：「苟通義理之學，而經濟該乎其中矣。……然後求先儒所謂考據者，使吾之所見證諸古制而不謬；然後求所謂詞章者，使吾之所獲達諸筆札而不差。」（示直隸學子文）循曾氏之說，考據、義理既通於文事，故若能先通義理、經濟，而後融合於考據，再發為辭章，則四者合於一，亦即合文道二者而一之矣。

二、文體論

曾氏論文之體，欲溝通駢散之分，使二者合於一。此與桐城專宗唐、宋古文之說較為廓大，而與當時主駢散合一之李兆洛，同一其說。此曾氏又所以能出入於桐城派也。曾氏曰：「天地之數以奇而生，以偶而成。……一奇一偶，互為其用，是以無息焉。……文字之道何獨不然。六籍尚已！自漢以來，為文者莫善於司馬遷，遷之文，其積句也皆奇，而義必相輔，氣不孤伸，彼有偶焉者存焉。其他善者，班固則毗於用偶，韓愈則毗於用奇。……豪傑之士，所見類不甚遠。韓氏有言，孔子必用墨子，墨子必用孔子，不相用不足為孔墨。由是言之，彼其於班氏，相師而不相非明矣。」（送周荇農南歸序）天地既以奇偶相生而成，則文章亦必駢散相合而美。此乃純就文學之觀點而言，然曾氏亦有其基於為道之理由。曾氏曰：「若其不俟模擬，人心各具自然之心，約有二端。曰情曰理，二者人人之所固有。就吾所知之理而筆諸書，而傳諸世，稱吾愛惡悲愉之情，而綴辭以達之，若剖肺肝而陳簡策，斯皆自然之文。」（湖南文徵序）又曰：「自群經而外，百家著述，率有偏勝。以理勝者多闡幽造極之語，而其弊或宕失中；以情勝者，多悱惻感人之言，而其弊常豐縟而寡實。」（同上）又曰：「綴以排比之句，間以婀娜之聲，……此皆習於情韻者之類也；……法韓氏之氣體，以闡明性道，……此皆習於義理者之類也。」（同上）曾氏之意，蓋以駢散之文皆有偏勝，駢體以情韻勝，散體則以義理勝，為使情理不偏勝，則必駢散合轍，乃為自然之文。夫駢體本為桐城所不取，惟曾氏恐義理之文不能無累，故特重文事，亦所以矯宋學之弊。此曾氏「文道合一」之論，所以獨能化腐而生新也。

三、文術論

(一) 論文之境界

曾氏論文有兩種境界，即陽剛、陰柔是也。曾氏曰：「吾嘗取姚鼐姬傳先生之說，文章之道，分陽剛之美，陰柔之美。大抵陽剛者，氣勢浩瀚，陰柔者，韻味深美。浩瀚者，噴薄而出之，深美者，吞吐而出之。就吾所分十一類言之，論著類、詞賦類，宜噴薄；序跋類，宜吞吐；奏議類、哀祭類，宜噴薄；詔令類、書牘類，宜吞吐；傳誌類、敘記類，宜噴薄；典志類、雜記類，宜吞吐。其一類中微有區別者：如哀祭類，雖宜噴薄，而祭郊社祖宗，則宜吞吐。詔令類，雖宜吞吐，而檄文則宜噴薄。書牘類雖宜吞吐，而論事則宜噴薄。此外各類，皆可以此意推之。」（求缺齋日記）又曰：「西漢文章，如子雲、相如之雄偉，此天地遒勁之氣，得於陽與剛之美者也。此天地之義氣也；劉向、匡衡之淵懿，此天地溫厚之氣，得於陰與柔之美者也，此天地之仁氣也。東漢以還，淹雅無慚於古，而風骨少隤矣。韓柳有作，盡取揚馬之雄奇萬變，而納之薄物小篇之中，豈不詭哉！歐陽氏、曾氏，皆法韓公，而體質於匡劉為近。文章之變莫可窮詰，要之不出此二途，雖百世可知也。」（聖者畫像記）曾氏所謂陽剛者氣勢浩瀚，陰柔者韻味深長，又謂剛陽之美乃天地遒勁之義氣，陰柔之美為天地溫厚之仁氣，可謂體會有得之語。其後曾氏更定古文境界八字，並各作十六字贊之，其八字原作：「雄、直、怪、麗、淡、遠、茹、雅。」後以音響節奏須一「和」字為主，因將「淡」字改作「和」字。後更將「淡、遠、茹、雅」，改為「淡、遠、潔、茹」。最後乃定陽剛之美曰：「雄、直、怪、麗」。陰柔之美曰：「茹、遠、潔、適」。曾氏曰：「嘗慕古文境界之美者，約有八者，陽剛之美曰：『雄、直、怪、麗』，陰柔之美者曰：『茹、遠、潔、適』。蓄之數年，而余未能發為文章，略得八美之一，以副其志。是夜將此八言者，各作十六字贊之，至次日辰刻作畢，附錄如左：

雄：劃然軒昂，盡棄故常；跌宕頓挫，捫之有光。

直：黃河千曲，其體仍直；山勢如龍，轉換無跡。

怪：奇趣橫生，人駭鬼眩；易玄山經，張韓互見。

麗：青春大澤，萬卉初葩；詩騷之韻，班揚之華。

茹：眾議輻湊，吞多吐少；幽獨咀含，不求共曉。

遠：九天俯視，下界聚蚊；寤寐周孔，落落寡群。

潔：冗意陳言，類字盡芟；慎爾褒貶，神人共監。

適：心境兩閒，無營無待；柳記歐跋，得大自在。

偶思古文古詩最可學者，占八句云：詩之節，書之括，孟子烈，韓之越，馬之咽，莊之跌，陶之潔，杜之拙。」（求缺齋日記）曾氏此說與劉勰所謂之八體：典雅、遠奧、精約、顯附、繁縟、壯麗、新奇、輕靡，有異曲同工之妙。可互為參照。

(二) 治文之法

曾氏論為文之法，有所謂脫胎之法，變化之法。曾氏曰：「退之以揚子雲化史記，子厚以老莊國語化六朝，介甫以周秦諸子化退之，子固以三禮化西漢，老蘇以賈長沙、晁家令化孟子、國策，東坡以莊子、孟子化國策。於此可求脫胎之法，即可求變化之法，若拘步一家之文，即能與之並，不能成一家言。朱子之文傑出，尚不免為子固所掩，況其他乎。八家惟韓、歐、東坡，門徑最大，故變化處多。老蘇惟權書能化，子厚惟辨諸子、記山水能化，子固惟目錄序能化，以其與生平文格不相似，而實能深入古人妙處。」所謂脫胎變化之法，蓋求所以自立也。曾氏曰：「凡大家名家之作，必有一種面貌，一種神態，與他人迥不相同。……。若非其貌其神，夐絕群倫，不足以當大家之目。」（家訓喻紀澤）故若能善用脫胎變化之法，必能絕離生吞活剝之模擬，而獨具其面目神態，自成一家矣。

曾氏又論文篇、段、句、字四者所應從習效法之道曰：「古文者，韓退之氏厭棄魏晉六朝駢儷之文，而反之於六經兩漢，而從名焉者也。名號雖殊，而其積字而為句，積句而為段、而為篇，則天下之凡名為文者一也。國藩以為欲著字之古，宜研究爾雅、說文小學訓詁之書，故嘗好觀近人王氏、段氏之說；欲造句之古，宜倣漢書、文選，而後可砭俗而裁偽；欲分段之古，宜熟讀馬、班、韓、歐之作，審其行氣之短長，自然之節奏；欲謀篇之古，則群經諸子，以至近世名家，莫不各有匠心，以成章法。如人之有股體，室之有結構，衣之有要領，大抵以力去陳言，戛戛獨造為始事；以聲調鏗鏘，包蘊不盡為終事。」（答許仙屏書）

曾氏又論為文用字須典雅精當，並求凝鍊。曾氏曰：「文選中古賦所用之字，無不典雅精當。爾若能熟讀段、王兩家之書，則知眼前常見之字，凡唐宋文人誤用者，惟六經不誤；文選中漢賦亦不誤也。即以爾稟中所論三都賦言之，如『蔚若相如，皭若君平。』以一蔚字該括相如之文章，以一皭字該括君平之道，此雖不盡關乎訓詁，亦足見其下字之不苟矣。」（家訓喻紀澤）又曾氏論造句之意境及其求致之法曰：「造句約有二端：一曰雄奇，一曰愜適。雄奇者，瓌瑋俊邁，以揚馬為最；詼詭恣肆，以莊生為最；兼擅瓌瑋詼詭之勝者，則莫盛於韓子。愜適者，漢之匡、劉，宋之歐、曾，均能細意熨貼，樸屬微生。雄奇者得之天事，非人力所強企；愜適者，詩書醞釀，歲月磨練，皆可日而有功。愜適未必能兼雄奇之長；雄奇則未有不愜適者，學者之識，當仰窺於瓌瑋俊邁，詼詭恣肆之域，以期日進於高明。若施手之處，則端從平實愜適始。」（雜著）

曾氏又論為文行氣之法曰：「奇辭大句須得瑰瑋飛騰之氣驅之以行，凡堆重處皆化為空虛，乃能為大篇。所謂氣力有餘於外者也，否則氣不能舉其辭矣。」（辛亥七月家訓）又曰：「為文全在氣盛，欲氣盛全在段落清。每段分束之際，似斷不斷，似咽非咽，似吞非吞，似吐非吐，古人無限妙境難於領取。每段張起之際，似承非承，似提非提，似突非突，似紓非紓，古人無限妙用亦難領取。」（辛亥日記）又曰：「雄奇以行氣為上，造句次之，選字又次之，然未有字不古雅，而句能古雅，句不古雅，而氣能古雅者。亦未有字不雄奇，而句能雄奇，句不雄奇，而文能雄奇者。是文章之雄奇，其精處在行氣，其粗處全在造字選句也。」（甲子正月家訓）曾氏以為文貴在行氣，其精處亦在行氣，其粗處則在造字選句。此說與劉海峯所謂

「神氣者文之最精處也。」「字句者文之最粗處也。」相合。二人所論雖相同，惟曾氏所謂行氣乃兼駢散而言，此曾氏又所以能出入於桐城也。

原刊於臺師大《國文學報》六十二年四月二日第二期

桐城派之文論

一、文原論

(一)文道合一

夫「文道合一」之說，乃古文家所標舉以為文之極則。蓋以古人之文，原本如此，文道未嘗相離，而其文尚矣；故唐宋以來諸家，所畢生揭竿奔赴者，莫不在此也。蓋周孔之世，聖賢之作，皆為治化而為文，道與文一，無所謂文與道之分，道與文之別，故其文即道，其道即文，本是一體，而其為文則雅正相兼，文質相扶，為古文之最高境。劉彥和曰：「故知道沿聖以垂文，聖因文而明道。旁通而無滯，日用而不匱。易曰：『鼓天下之動者存乎辭。』辭之所以能鼓天下者，迺道之文也。」（文心雕龍原道篇）故後世之為古文者，莫不以尊聖宗經，則古載道，為其立言之祈向；此韓柳所以主文以明道，貫道也。然去古日遠，時勢變易，文士為文，已非為治化而為文；則能文者，往往不衷於道，而知道者多不健於文。於是道學之儒，文章之士，各明一義，各走極端，而有雅而不正，或正而不雅之譏。故古文家揭櫫「文道合一」之幟，所以求文之雅正也（蓋欲其辭雅而理正也）；為文之士，若能有得於道而周通文事，以理為根柢，以詞為羽翼，如此之作，則劉彥和文心所謂「扶質立幹，垂條結繁」者，殆庶幾焉。

桐城派承唐宋諸家之餘緒，以古文號召天下，篤守「文道合一」之說，於前賢所論，尤多闡發。初祖方望溪處宋學方盛之時，倡為古文，故主與宋學溝通，而欲文與道合一，方氏固嘗曰：「學行繼程朱之後，文章介韓歐之間。」（王兆符望溪先生文集引方氏語）其意欲以程朱之義理，合韓歐之文二而一之。蓋程朱深於道，而文章未副，韓歐則精於文，而衷於道未深；惟學宗程朱，文服韓歐，而後道與文乃得合一。方植之門人戴均衡存莊，敘望溪集而申之曰：

「古文之學，北宋後絕響者幾五百年，明正嘉中，歸熙甫始克賡之，然熙甫生程朱後，聖道闡明，其所得乃不能多於唐宋諸家。我朝有天下數十年，望溪方先生出，其承文家正統，就文核之，亦與熙甫異境同歸；獨其根抵經術，因事著道，油然浸漑乎學者之心，而羽翼道教，則不惟熙甫無以及之，即八家深於道如韓歐者，亦或猶有憾焉。蓋先生服習程朱，其得於道者備，韓歐因文見道，其入於文者精；入於文者精，道不必深而已華妙不可測，得於道者備，文若為其所束，轉未能恣肆變化。然而文家精深之域，惟先生掉臂遊行，周漢唐宋諸家義法，亦先生出而後揭如星月；而其文之謹嚴樸質，高渾凝固，又足以戢學者之客氣，而湔其浮言。以故百數十年來奉而守者，各隨其才學高下淺深，皆能蘄乎古，不捩於正，背而馳者，則雖高才廣學，亦虛憍浮夸，半為躍冶之金而已矣。」（重刻方望溪先生全集序）

由此可知望溪「服習程朱，其得於道者備」，然桐城古文家言道，與唐宋韓歐所言者不盡相同。蓋韓歐言道，多以古聖為宗，故多談孔孟之道；桐城言道，多以宋儒為宗，故多談程朱之義理，此方氏所以主義理與詞章合一也。又方氏重道，而備於道，與八家因文以見道而重文不同。方氏楊千木文稿序曰：

「自周以前，學者未嘗以文為事，而文極盛。自漢以後，學者以文為事，而文益衰，其故何也？文者，生於心而稱其質之大小厚薄以出者也。烎烎焉以文為事，則質衰而文必敝矣。古之聖賢，德修於身，功被於萬物，故史官記其事，學者傳其言，而以為經，與天地同流。其下如左丘明、司馬遷、班固，志欲通古今之變，存一王之法，故記事之文傳。荀卿、董傳，守孤學以待來者，故道古之文傳。管夷吾、賈誼，達於世務，故論事之文傳。凡此皆言有物者也。其大小厚薄，則存乎其質耳矣。魏晉以降，若陶潛、李白、杜甫，皆不欲以詩人自處者也，故詩莫盛焉！韓愈、歐陽修，不欲以文士自處者也，故文莫盛焉！南宋以後，為詩若文者，皆勉焉以效古人之所為，而慮其不似，則欲不自局於蹇淺也，能乎哉？」

方氏以為，古人不以文為事，而文極盛，後世以文為事，而文益衰。蓋古人之文多載道貫道之作，皆言有物者也；後世為文者，但以文士自處，勉焉以效古人之所為，斤斤於章句音節，而慮其不似，此文所以衰也。則道可該文，而文不能該道，蓋「道沿聖以垂文，聖因文而明道」故也。故後人處文衰之世，欲「文道合一」，必先根於道，而後文以副之，以求二者之相合；此方望溪所以重有物之言，而不廢有序之言也。故方氏「文道合一」之論，主先道後文，而終不偏廢也。

劉海峯論文，雖偏於文事，然亦不離於義理。其論文偶記，謂「作文本以明義理，適世用，而明義理適世用，必有待於文人之能事。」又曰：「當日唐虞紀載，必待史臣，孔門賢傑甚眾，而文學獨稱子游子夏，可見自古文字相傳自有個能事在。」（同上）又徐豐玉重刊劉氏唐宋八家古文約選，其序曰：「海峯徵君古文約選，謂八家之外無文，即古之明賢道學，各有文集，未可謂之能文。又有當時以文名一世，而實無與於文之事，自蔡邕以下，及唐之李華、權德輿、獨孤及、杜牧等，下逮宋元明皆有其人，而未可謂之能文。惟韓門李翺、蘇門晁補之，附文數篇；歸氏有光，才力雖不逮古人，獨能得古人行文之意，附文數十篇。」據此，可知海峯亦主「文道合一」，以為明賢道學，及但以文名一世者，於文道各有所偏，皆未可謂之能文，其所以附錄李翺、晁補之之文者，蓋以二氏衷於道而能文故也，其附錄歸文者，以其獨能得古人行文之意也；所謂古人行文之意，亦不外文道不相離之意也。然則劉氏所以多談文事者，以義理乃為文之本，文事則為文之手段，不講文事，則義理何能明。蓋無此筆力，則發不出也。則劉氏之論「文道合一」，乃先文後道，而亦終不偏廢也。

姚姬傳承方、劉師說，於「文道合一」之論，頗多推闡，尤有勝義，且能通方、劉二家之郵，姚氏復汪進士輝祖書曰：「夫古人之文，豈第文而已！明道義，維風俗以詔世者，君子之志，而辭足以盡其志者，君子之文也，達其辭則道以明，昧其文則志以晦。鼐之求此，數十年矣。瞻於目，誦於口，而書於手，較其離合，而量劑其輕重多寡。朝為而夕復，捐嗜舍欲，雖蒙流俗訕笑而不恥者，以為古人之志遠矣，苟吾得之，若坐階席而接其音貌，安得不樂而願日與為徒也。」是姚氏主文以「明道義」，而「達其辭則道以明」，進而「維風俗以詔世」。又其所謂「以為古人之志遠矣，苟吾得之，若坐階席而接其音貌。」則與韓愈「思古人而不得見，學古道則欲兼通其辭。」（題歐陽生哀辭後）之語同一旨趣。則姚氏非但主文道合一，且主明道以致用，其贈錢獻之序云：「宋之時，真儒乃得聖人之旨，群經略有定說。元明守之，著為功令；當明佚君亂政屢作，士大夫維持綱紀，明守節義，使明久而後亡，其宋儒論學之效哉！」蓋姚氏生當宋學大熾之世，故其論文多受影響，故主明道以致用。又姚氏之論文道，不盡守故常，尤有卓識，其敦拙堂詩集序曰：

「言而成節，合乎天地自然之節，則言貴矣。有全乎天者焉，有因人而造乎天者焉。今夫六經之文，聖賢述作之文也，獨至於詩，則成於田野閭閻無足稱述之人，而語言微妙，後世能文之士有莫能逮，非天為之乎？然是言詩之一端也，文王周公之聖。大小雅之賢，揚乎朝廷，達乎鬼神，反覆乎訓誡，光昭乎政事，道德修明，而學術該備，非如列國風詩采於里巷者可並論也。夫文者藝也，道與藝合，天與人一，則為文之至。」

姚氏謂「文者藝也，道與藝合，天與人一，則為文之至。」其說頗能擴大方劉之論，蓋姚氏就純文學之觀點論之，故其論文可兼通於詩，故曰「道與藝合」。惟文重後天之學，詩則重先天之才，一以人力，一以天分，然極其至，則殊途而同歸，故曰「天與人一」。又天人之境雖殊，極其詣，亦能相合；蓋盡其天性才分，可以成藝，窮其義理學問，則可達於道。此姚氏所以由「天與人一」，而求道與藝合也。姚氏又曰：

「夫道有是非，而技有美惡。詩文皆技也，技之精者必近道，故詩文美者命意必善。文字者，猶人之言語也；有氣以充之，則觀其文也，雖百世而後，如立其人而與言於此，無氣則積字焉而已，意與氣相御而為辭，然後有聲音節奏高下抗墜之度，反復進退之態，采色之華。故聲色之美，因乎意與氣而時變者也，是安得有定法哉！」（答翁學士書）

姚氏以為詩文皆技也，技之精者必近道，而文之美者命意必善，故可合於道也；此「道與藝合」之又一精義也。又謂「意與氣相御而為辭」，而談文之聲音節奏采色，此與海峯論文事之旨相同。又望溪重道而少及法，海峯則重法而少及道，若姚氏則言道而及法，既主道，又重文事，故能折衷於方劉之間而通其郵。

姚氏之後，弟子皆皆篤守師說，不離家法。姚瑩石甫，尤能闡發姬傳之旨，石甫復楊君論詩文書曰：

「且夫文章莫大於六經，風雅典謨既昭昭矣，說者謂善學者得其道，不善學者獵其文；吾以為不得其道，則文亦烏可得哉？數子（指賈誼、司馬遷、曹植、杜甫、韓愈、蘇軾諸家）之文非特才氣為之也，道在然也。得斯道者，才與造物通，氣與天地塞。故夫六經者海也，觀於六經，斯才大矣；詩文者藝也，所以為之善者道也，道與藝合，斯氣盛矣。文與六經無二道也，詩之與文尤無二道也，凡此皆有得於天，而又得於人者是也。」（東溟文集外集）

石甫以為，得其道則得其文，謂「文與六經無二道」，「觀於六經，斯才大矣」；「詩文藝也，所以為之善者道也，道與藝合，斯氣盛矣。」而詩文「皆有得於天，而又得於人者也」。凡此皆有得於姚姬傳「道與藝合」，「天與人一」之深旨，又拈出「才」「氣」二字，實與姬傳所主之「意」「氣」（見前所舉與翁學士書）相通，而「才」與「意」皆得於人者，「氣」則得之於天；蓋欲由人以達其天，由天以成其藝，此二者所以相合也。又方植之於桐城「文道合一」之說，亦多所闡發，其與羅月川太守書曰：

「古者，自天子以至庶人，莫不由於學，語其要曰修己治人而已。是故體之為道德，發之為文章，施之為政事。故通於世務，以文章潤飾治道，然後謂之儒。」（考槃集文錄卷六）

又方氏復姚君書曰：

「是故吾修之於身，而為人所取法，莫如德，吾飭之於官，而為民所安賴者；莫如功。若夫興起人之善氣，遏抑人之淫心，陶縉紳，藻天地，載德與功，以風動天下，傳之無窮，則莫如文。故古之立言者，與功德並傳不朽。」（儀衛軒文集卷七）

又復羅月川太守書曰：

「要之，文不能經世者皆無用之言，大雅君子所弗為也。……東樹前論古人文章，皆由自道所見，得閣下引貫誼書證之益可信。蓋昔賢平日讀書考道，胸中蓄理甚多，及臨事臨文，舉而盡之，若泉之達，火之然，江河之決，沛然無所不注，所以義愈明，思愈密，而其文屢見疊出，而不可窮；使待題之至而後索之，烏有此妙哉！」（儀衛軒文集卷七）

植之以為文可以「載德與功以風動天下，傳之無窮」，而可以「潤飾治道」，故「文不能經世者皆無用之言，大雅君子所弗為也」；是植之非但主文以載道，且主經世適用，而其所載之道，乃修己之「德」，與安民之「功」，則其所載之道，非徒衍宋儒之義理而已。此與方望溪所主，文以闡明義理為主，非闡道翼教，有關人倫風化不苟作之旨相合；且與姚姬傳所主，文以維風俗而紹世之旨亦同出一轍。又植之所謂「義愈明，思愈密，而其文層見疊出而不可窮。」正可見考道勤，蓄理多以載道，皆有助於文事之發揮；此植之「文道合一」說之勝義也。厥後桐城家所論，皆不出三祖及姚門諸子之範圍，而方植之弟子蘇惇元厚子，尤能綜貫之。蘇氏為熊漸逵文稿序曰：「學不足以修己治人，則為無用之學，文不足以明道析理，則為虛浮之文；有行無學，其行無本，有學行而無文章，則無以載道而行遠。」（欽齋文偶鈔）又與曹孟明書云：

「子朱子曰：『道德文章，不可使出於二。』此古今不易至論也。自孟子沒，道學失傳，道德文章始判為二，故文章有道學文士之別焉：道學之文，以孔孟為極，後世得其宗而闡發昭晰者，惟宋五子；文士之文，以西漢為極，後世得其宗而體製加備者，惟唐宋八家。其後合道德文章為一，論理精微，辭復雅健，諸體具備，能兼西漢唐宋文士之美者，惟朱子之文而已。足下之文，喜模擬周秦諸子，似可謂高古矣，然好奇尚異，駁雜不醇，論理敘事，未能明暢。竊觀古者，道學之文不若是也，即文士之文亦不若是也。惇元竊願足下今日先取朱子之文，揣摩而力探之，使不至言文遺理，舍本趨末，再取八家及西漢近道之文讀之，庶可兼有文士之美，涵泳有日，若有所作，必能合道德為一矣。凡前此之作，大醇小疵者，點竄塗乙之，駁雜無實，微覺背道者，芟薙裁汰之，後此之作一歸於正，如此則為載道行遠之文；傳之當世則有用，傳之後世則不朽，何必窮奇極怪，以欺眩庸俗耳目為哉！夫學問之道，宜趨於正，固不必計人知不知也。趨正軌者，俗人或詆為平庸，而識者則重為極則，即不幸而當時無人識之，沒之後必有識之者表章之；此古大儒往往生前遭阨，而身後論定，偽學者生前籍籍，而身後寂寂也。」

（欽齋文偶鈔）

蘇氏以為，道德文章本是一事，其後判而為二，乃有道學之文，與文士之文之別。然二者各有其弊：文士之文，言文遺理，舍本逐末，而流為虛浮；道學之文，雖能明道析理，而不講文事，則不足以行遠。故必合道德文章二而一之，乃得論理精微，辭臻雅健，而兼宋五子與西漢唐宋文士之美；如此，則足以載道而行遠，亦必適於世用而傳之不朽。此即「文道合一」說之精神所在，而桐城文家所以力申闡揚，三致其意者亦在此也。

(二) 古文義法

1. 古文界說

古文之目，漢已有之（始見史記五帝本紀贊），然漢所謂「古文」者，乃專就「文字」（指古文字）與「典籍」（指古文經書）而言，非以名文體也。考古文之名文體，當始於韓退之，韓氏曰：「愈之為古文，豈獨取其句讀不類於今者耶？思古人而不得見，學古道則欲兼通其辭；通其辭者，本志乎古者也。」（題歐陽生哀辭後）退之以「古文」與「今者」對舉，「今者」實即「今文」之代稱，蓋指當時流行之駢儷文而言。故韓氏所謂之古文，實別於駢體文而稱之；然退之並言「志乎古」而「學古道」，是古文者，非但以形式而別於駢文，且以內含及精神而別之，蓋以其乃「載道」之文，非徒以文為事者也。故曾文正曰：「古文者，韓退之氏厭棄魏晉六朝駢儷之文，而返之於六經兩漢，從而名焉者也。」（復許孝廉振偉書）今人胡時先則更申此旨曰：「故昌黎所謂『古文』，其義實為『古道』之文。後世每以『古型』之文解之，淺之乎視之矣。昌黎而後，皆重古型，以是人格文章，各異其趣。」（昌黎「古文」之真義）是古文者，非但「辭」古也，而求「道」古也，蓋兼文體與立意而言之也。

洎乎後世，言文者往往以散文與古文混稱，或謂「散文亦不過古文之別名耳」（語見陳柱中國散文史總論章）。就大體而言，古文散文混稱，似無足疵議，然就古文家之立場而言，則不以為然。考散文之得名，蓋始於宋羅大經鶴林玉露引周益公「四六特拘對耳，其立意措詞貴渾融有味，與散文同」之語，其以駢散對舉者，則始於明清，尤見於清人。古文雖為散體，然其精神其形式，則與散文不盡相同，而別有講究；蓋古文之風裁法度，取徑謀篇，造語用字，皆有其範疇，與乎一般不拘形式，隨意以表達之單行文字，自不相同。故古文乃散文中，體至雅正，法至精嚴之一種，而與一般散文實有精粗醇駁之別（散文可包括古文，古文則不能包括散文）。劉熙載藝概曰：「文有古近之分，大抵古樸而近華，古拙而近巧，古信己心，而近取世譽，不是作散體，便可名古文也。」此就精神與風格，分別古文與一般散體之不同也。袁子才答友人論文第二書曰：

「夫古文者，途之至狹者也。唐以前無古文之名，自韓柳諸公出，懼文之不古，而古文始名，是古文者，別今文而言也。劃今之界不嚴，則學古之詞不類。韓則曰：非三代兩漢之書不敢觀；柳則曰：懼其昧沒而雜也，廉之欲其節。二公者，當漢晉之後，其百家諸子未甚放紛，猶且懼染於時；今百家回冗，又復作時藝，弋科名，如康崑崙彈琵琶，久染淫俗，非數十年不近樂器，不能得正聲也。深思而慎取之，猶慮勿暇，而乃狃於龐雜以自淆，過矣！」

袁氏此乃就體格形式而言，謂古文之途至狹，不可雜其他文體以相淆。蓋「劃今之界不嚴，則學古之詞不類」，則其所謂與古文相別而言之「今文」，乃泛指當世一般流行之文體而言，以其體格駁雜不正，故不得稱為古文。又章實齋文史通義雜說下曰：

「宋元經義，明代始專，策論表判，有同兒戲。學者肄習，惟知考墨房行（皆四書文），師儒講求，不外蒙存淺達（皆四書義）；間有小詩、律賦、韻言、動色相驚，稱為古學；即策論變調，表判別裁，亦以向所不習，名曰古文，斯則名實不符，少見多怪，俗學類然。充其義例，異日科舉成文，改易他制，必以考墨房行為古矣！」

此章氏以時人無識，不明古文之真義而致其慨嘆。夫策論表判，雖為散體，然以古文名之，實不相符而無當；故凡不純體格之文，皆不得目之為古文矣。

故就古文家之立場言之，古文之名，非特沿韓氏之所目而襲稱之，以其體格至正，義法精密，合於古人創作文章之精神與體制，以古文稱之，乃名至實歸，自不得與籠統泛稱單行文字之散文混稱無別。夫桐城派固以古文號召天下，其抉擇至精，其體雅正，義法縝密，而戒律嚴明，循名責實，古文之目，乃確切不可移易。方望溪曰：「自魏晉以後，藻繪之文興，至唐韓氏，起八代之衰，然後學者以先秦盛漢辨理論事，質而不蕪者為古文；蓋六經及孔子孟子之書之支流餘肄也。」（古文約選序）據此，則桐城派所謂之古文，其體制形式，乃以「先秦盛漢辨理論事，質而不蕪者」為準，其精神旨趣，則以六經及論孟為依歸；合乎此，乃得名之為古文，否則非所謂古文也。陽湖惲敬子居曰：「古文，文中之一體耳，而其體至正不可餘，餘則支；不可盡，盡則敝；不可為容，為容則體下。方望溪先生曰：『古文雖小道，失其傳七百年。』……望溪謹厚，兼學有本，豈妄為此論耶？」（上曹儷笙侍郎書）惲氏明言古文乃文中之一體而已，與袁簡齋所謂「古文者，途之至狹者也。」之意相同，且引方望溪之言，謂古文失其傳已七百年；是古文之體，至正至嚴，凡世俗推為作者而有「支」、「敝」、「體下」之病者，皆不得與乎方氏之所許矣！姚姬傳曰：「余來揚州，少年或從問古文。夫文無所謂古今也；惟其當而已！得其當，則六經至於今日，其為道也一；知其所以當，則於古雖遠，而於今取法，如衣食之不可釋；不知其所當，而敝於時，則存一家之言，以資來者，容有俟焉！於是以所聞習者，編次論說，而為古文辭類纂。」（古文辭類纂序目）姚氏之意，以為古文之道，在於得其「當」與否，其所謂「當」，蓋指文之體格與精神，而尤重其內含精神；此與韓退之所謂「志乎古」、「學古道」之精神正相吻合，非徒以文辭之古不古以定去取，故其類纂抉擇至精，非凡古人之作皆得與於古文之目也。是桐城派所謂之古文，特重在文之精神與內含（所謂文之「道」是也），非徒執形以求也；蓋凡合乎「文道合一」之原則者，皆可謂之「古文」，此所以古文有義法可講也。

2.「義法」之界說及其內容

桐城初祖方望溪，開宗立派，首揭古文義法之說，其用意乃在尊古文之體；蓋所以謀「文統」與「道統」之密切結合，即求「文」與「道」之合一，以標舉為文之宗旨，並開示其準的。故古文義法，實從「文道合一」說脫胎而出，然非陳陳相因之膚論，蓋能集道學家文論、與古文家文論之大成，然又不能但以「文道合一」之說視之；此桐城文論所以不蹈襲故常，而能化腐生新，別開生面也。於是「義法」之說，乃成為桐城文論之中心，而影響於一代之文壇。

考「義法」一詞，始見史記十二諸侯年表序，司馬子長序云：「孔子明王道，干七十餘君莫能用，故西觀周室，論史記舊文，興於魯而次春秋，上記隱，下至哀之獲麟，約其辭文，去其煩重，以制義法；王道備，人事浹。」是孔子以義法論春秋經，而特重「王道備，人事浹」。又太史公自序曰：「仲尼悼禮廢樂崩，追修經術，以達王道，匡亂世反之於正，見其文辭，為天下制儀法，垂六藝之統紀於後世。」又曰：「孔子知言之不用，道之不行也，是非二百四十二年之中，以為天下儀表，貶天子，退諸侯，討大夫，以達王事而已矣。」（同上）則太史公所謂之「義法」、「儀法」、「儀表」，推其辭意，玩其語法，三者似為一事，皆所以「備王道，浹人事」，或「垂六藝之統紀於後世」，或「以達王事而已矣」。故此所謂「義法」者，太史公論孔子述作春秋之旨趣也，其所主，以「義」為重，然並非完全無關於文事，子長固曰「約其辭文，去其煩重」、又曰「見其文辭」，則未嘗不裁之以「法」也。蓋「義」所以「載道」，而「法」所以「行遠」，終不可偏廢也。然則「義法」原於經，而起於史，後世之古文家，既主「文道合一」之說，故探求之於經史，而表之於古文耳。

方望溪之為古文，推本六經語孟，頗究心於春秋，用力於史記；尤深得太史公之微旨，乃標舉古文義法，以建立其文論體系。方氏又書史記貨殖傳後曰：「春秋之制義法，自太史公發之，而後之深於文者亦具焉。義即易之所謂言有物也，法即易之所謂言有序也；義以為經，而法緯之，然後為成體之文。」又書歸震川文集後曰：「孔子於艮五爻辭釋之曰：『言有序』，家人之象系之曰：『言有物』，凡文之愈久而傳者，未有越此者也。」方氏以為，「義」在求「有物」，「法」在求有「序」，蓋「有物」則「內容」充實，有序則「形式」完備，如此經緯之以義法，乃為成體之文。桐城之後勁姚永樸，於此析論頗精，闡發尤多，姚氏文學研究法綱領篇曰：

「文學之綱領，以義法為首，此二字出於史記十二諸侯年表序。……故孔子曰：『其義則邱竊之矣』（孟子離婁），而范武子（寧）論春秋云：『一字之褒，榮於華袞之贈，片言之貶，辱過市朝之撻』（穀梁傳序）。韓退之亦云：『春秋謹嚴』（進學解）。夫褒貶謹嚴，非所謂法歟，此孔子世家所以云筆則筆，削則削，而游夏不能贊一辭也。其後方望溪用力於春秋者深，故獨喻此旨，其論文遂揭此二字以示人。……吾友行唐尚節之（秉和）古文講授云：『近世古文，自方望溪始講義法，而此二字出於太史公十二諸侯年表序。此篇說春秋，實即說史記也，春秋之刺譏褒諱挹損，不可以書見，故制義法，約其文辭，治其繁重，口授其傳指於七十子之徒；而史記之忌諱尤甚，忌諱甚而又不能不有所刺譏，刺譏不可以書見也。故義愈微而詞常隱，自後人不明此旨，而淮陰淮南諸人，遂真同叛逆矣。他若語褒而意譏，責備而心痛其人者，更微妙而難識，太史公蓋傷之，故說春秋以寓史記義法也。』觀此，又可見古人文章，其為義有隱顯之不同，而其法亦極變化難測，特終歸於有條不紊耳。要之，此意諸經已言之：如易家人卦大象曰：『言有物』，艮六五又曰：『言有序』，物即義也，序即法也。書畢命曰：『辭尚體要』，要即義也，體即法也。詩正月篇曰：『有倫有脊』，脊即義也，倫即法也。禮記表記曰：『情欲信，辭欲巧』，信即義也，巧即法也。左氏襄二十五年傳曰：『言以足志，文以足言』，志即義也，文即法也。夫離婁之明，公輸子之巧，不以規矩，不能成方圓；師曠之聰，不以六律，不能正五音，使為文而不講義法，則雖千言立就，而散漫無紀，曷足貴哉。」

姚實甫以為義法二字，先賢之論春秋，或要言、或隱指，早已及之，至方望溪始揭以論文而示人，所論亦精且切。姚氏更就方氏有物有序之說，引諸經之言以釋之：所謂尚「體」「要」、有「倫」有「脊」、情「信」辭「巧」、言足「志」「文」足言者，姚氏以為「要」、「脊」、「信」、「志」，皆言有「物」也，即「義」也；「體」、「倫」、「巧」、「文」，皆言有序也，即法也。如此分析義法之意義，可謂明確，與望溪所言亦相合。然則義與法往往相因迭用，故「其為義有隱顯之不同，而其法亦變化難測，特終歸於有條不紊耳。」

蓋「義」就文而言，乃指其「內容」，就作者而言，乃其「思想」（義理），即古文家為文所載之「道」。「法」就文而言，乃指其「形式」，就作者而言，乃指其為文之「技巧」（藝術），即古文家為文所講之「文事」也。要之，義者期其文之思想不背於理，而法者期其文之形式不越於度；然則為文之立場不同，則義之隱顯亦不同，而法之運用變化亦隨之而異；方氏曰「必義以為經，而法緯之，然後為成體之文。」其此之謂乎！

故方望溪義法之說，在理論上，乃文之內容與形式之聯繫，即義理與藝術之結合，而能融合體現前人文道合一之說。惟在運用上，則求形式與內容之相互為用，即以「義」為本，「法」由「義」生，「法」因「義」變，而「法」以明「義」。方氏書五代史安重誨傳後曰：

「記事之文，惟左傳史記各有義法，一篇之中，脈相灌輸，而不可增損。然其前後相應，或隱或顯，或偏或全，變化隨宜，不主一道。五代史安重誨傳，總數義於前，而次第分疏於後，中間又凡舉四事，後乃詳書之，此書疏論策體，記事之文，古無是也。史記伯夷孟荀屈原傳，議論與敘事相間，蓋四君子之傳，以道德節義，而事蹟則無可列者，若據事直書，則不能排纂成篇，其精神心術所運，足以興起乎百世者，轉隱而不著。故於伯夷傳歎天道之難知，於孟荀傳見仁義之充塞，於屈原傳感忠賢之蔽壅，而陰以寓己之悲憤，其他本紀世家列傳，有事蹟可編者，未嘗有是也。重誨傳乃雜以論斷語，夫法之變，蓋其義有不得不然者。歐公最為得史記法，然猶未詳其義而漫效焉，後之人又可不察而仍其誤邪？」

方氏以為「法之變，蓋其義有不得然者」，若史記伯夷、孟荀、屈原傳，以「四君子之傳以道德節義，而事蹟則無可列者」，故議論與敘事相間，而與其他本紀、世家、列傳有事蹟可編者不同，而變其例；蓋內容之豐儉有別，而形式不得不異，故「法」由「義」生，因「義」而變。又評歐公此傳，『得史記法，然猶未詳其義，而漫效焉』，蓋此傳有事蹟可列，不可漫效史記傳四君子之例，而雜以論斷之語；故文之形式，乃由內容所決定，即「法」不得不因「義」而變，而可因「法」之變以明「義」。既明乎義，乃能暗合於法。又方氏與孫以寧書曰：

「古之晰於文律者，所載之事，必與其人之規模相稱。太史公傳陸賈，其分奴婢裝資瑣瑣者載焉；若蕭曹世家，而條舉其治績，則文字雖增十倍，不可得而備矣。故嘗見義於留侯世家曰：留侯所從容與上言天下事甚眾，非天下所以存亡，故不著。此明示後世綴文之士，以虛實詳略之權度也。」

方氏以為「所載之事，必與其人之規模相稱」，而有「虛實詳略之權度」，前者指「義」，乃文之內容，後者指「法」，乃文之形式，則「法」隨「義」變，形式仍決定於內容。又答喬介夫書曰：

「蓋諸體之文，各有義法。表誌尺幅甚狹，而詳載本義，則擁腫而不中繩墨；若約略剪截，俾情事不詳，則後之人無所取鑒，而當日忘身家以排逆議之義，亦不可得而見矣。國語載齊姜語晉公子重耳，凡數百言，而春秋傳以兩言代之。蓋一國之語可詳也，傳春秋重耳出亡之跡，而獨詳於此，則義無取。今試以姜語備入傳中，其前後尚能自運掉乎？世傳國語亦丘明所述，觀此可得其營度為文之意也。」

方氏以為「諸體之文，各有義法」，其所謂有所「取鑒」者即義也——指其內容，所謂「中繩墨」而「能自運掉」者即法也——指其形式；則「法」之運用仍隨「義」而變，而可以「法」見「義」。故文之形式必隨文之內容與作用而異，形式既隨內容改變，則「法」亦無定法，神明而變化之，不可拘泥以求，然「法」雖無定，能明其「義」，則自合乎法。故二者相互為用，而其用豈有窮盡乎！

望溪之後，劉海峯、姚姬傳及姚門諸子，於「義法」說多所發明布濩，使「義法」之內含更為完備精密，而擴大桐城派之堂廡。大抵而言，望溪論文重在道，於「義法」之闡說，亦偏向於「義」，於「法」則少作具體之申論，故其論文事語焉而不詳。海峯論文則重在文，於「義法」之說，側重於「法」之闡發，故所論多及文事，而少談義理。姚姬傳氏則能通方劉二家之郵，而兼擅其美，其後姚門諸子亦多能折中其間而闡發之，而「義法」說，乃成為桐城文論之中心矣。

劉海峯論文，既素重文事，以為文字相傳自有能事在，故所論多在能事上闡發，而強調行文之技巧。劉氏論文偶記曰：

「行文之道，神為主，氣輔之。曹子桓蘇子由論文，以氣為主是矣。然氣隨神轉，神渾則氣灝，神遠則氣逸，神偉則氣高，神變則氣奇，神深則氣靜，故神為氣之主。至專以理為主，則未盡其妙。蓋人不窮理讀書，則出詞鄙倍空疏；人無經濟，則言雖累牘，不適於用。故義理書卷經濟者，行文之實，若行文自另是一事。譬如大匠操斤，無土木材料，縱有成風盡堊手段，何處設施，然有土木材料而不善設施者甚多，終不可為大匠。故文人者，大匠也，神氣音節者，匠人之能事也，義理書卷經濟者，匠人之材料也。」

海峯謂為文「專以理為主，則未盡其妙」，蓋專以理為主，則質而不文，乃理學家之言耳，必講文事，然後能盡其妙。故謂「義理書卷經濟者，行文之實，若行文自另是一事」，又謂「神氣音節者，匠人之能事也，義理書卷經濟者，匠人之材料也」。所謂「行文之實」，「匠人之材料」，乃指為文之「內容」，即義也；所謂「行文之事」，「匠人之能事」，乃指為文之「形式」，即法也。劉氏以為但講「行文之實」（內容），忽略「行文之事」（形式），則

「內容」無從發揮，而其「實」不彰；專主「義理」，不講「文事」，則「義理」不明，而有違為文之旨。蓋「義」雖重，然不講「法」，則無以見其「義」，此劉氏「先文後道」之旨也。海峯雖重為文之能事，然未嘗言「文」而忘「道」，主「法」而遺「義」。所謂「文人者，大匠也」，而「大匠操斤，無土木材料，縱有成風盡堊手段，何處設施。」則「道」之不可離，「義」之不可去可知也。故「義理書卷（猶「考據」）經濟」之「材料」，與「神氣音節」之「能事」相合，乃為文必然之歸趨；而姚姬傳義理考據詞章合一之說，亦呼之欲出矣。

姚姬傳論文，雖不以「義法」為足（與陳碩士書嘗謂「止以義法論文，則得其一端而已」），而不復標舉義法之說，然其所論無不與義法契合，而尤覺圓融。蓋能兼擅方劉二家之美，而益以所自得，故持論宏通，而益為精密。姚氏鄭太孺人六十壽序曰：

> 「使其言不當於義，不明於理，苟為炫耀廷欺，雖男子為之可乎？不可也。明於理，當於義，不能以辭文之，一人之善也。能以辭文之，天下之善也。」

姚氏謂為文能「明於理，當於義」，又能「以辭文之」，乃「天下之善也」。蓋能「明於理，當於義」，則言有物；能以辭文之，則言有序。一主「內容」，一主「形式」，仍不出方氏「義法」之範圍。觀其類纂選文之宗旨，以義理為主，以清真為歸；一主有物，一主有序，亦皆合乎義法之說。惟望溪言義法，僅及文之內含及結構章法，未及文之境界，姚氏頗不足其說，其與陳碩士書曰：「得書謂震川論文深處，望溪尚未見，此論甚是。望溪所得，在本朝諸賢為最深，而較之古人則淺。其閱太史公書，似精神不能包括其大處、遠處、疏淡處、及華麗非常處，止以義法論文，則得其一端而已。然文家義法，亦不可不講，如梅崖便不能細受繩墨，不及望溪矣。」姚氏論文，非不重義法也，其於義法說有微詞者，蓋以方氏義法，塗轍雖正，而頗受局限，於是標舉一超義法之新標準。姚氏古文辭類纂序目曰：

「凡文之體類十三，而所以為文者八：曰神、理、氣、味、格、律、聲、色。神理氣味者，文之精也；格律聲色者，文之粗也。然苟舍其粗，則精者亦胡以寓焉？學者之於古人，必始而遇其粗，中而遇其精，終則御其精者而遺其粗者。」

姚氏所謂之「格律聲色」，約略相當於望溪所謂之「法」，而「神理氣味」，乃超乎「義法」，而為作者創作上所能達到之境界。姚氏以為學文之程序，「必始而遇其粗，中而遇其精，終則御其精者而遺其粗者。」蓋為文，始必講法，於「格律聲色」中，體會古人文法之高妙處，進而就「神理氣味」，探求古人高朗深賾之境界；能至此境界，自可脫化，故能「御其精者而遺其粗者」矣。姚氏此說，雖外義法，而不離義法，視望溪為精闢；其所以超義法而言之者，蓋非為常人而說法也。又姚姬傳主合義理考據詞章而一之，頗能擴大義法說，而與「文道合一」之論相溝通。姚氏述庵文鈔序云：

「余嘗論學問之事有三端焉，曰：義理也，考證也，文章也。是三者苟善用之，則足以相濟，苟不善用之，則或至於相害。今夫博學強識而善言德性者，固文之貴也；寡聞而淺識者，固文之陋也。然而世有言義理之過者，其辭蕪雜俚近，如語錄而不文；為考據之過者，至繁碎繳繞而語不可了；當以為文之至美，而及以為病者何哉？其故由於自喜之太過，而智昧於所當擇也。夫天之生才雖美，不能無偏，故以能兼長者為貴，而兼之中又有害焉，豈非能盡其天之所與之量，而不以才自蔽者之難得歟？」

姚氏以為義理考證文章，三者苟善用之，則可相濟，不善用之，則相累而相害，故能兼長而一之為貴。蓋義理考據者，所以博聞強識而充其道，以求言有物也；文章者，所以得為文之至美，以求言有序也。易言之，義理考據其實也，文章其聲也：為文豈可但求其實而遺其聲，亦不得徒尚其聲而棄其實，故必合二者乃能臻實大聲宏之境。蓋姚氏生當漢學大熾之世，既精考據，又極尊宋學而明於義理，乃欲藉二者以為為文之助，此姚氏所以能擴大義法之說，而深契於「文道合一」之旨也。

其後姚門弟子，皆能篤守義法，而多所闡發。劉孟塗曰：「夫文之本於道，道之不明，則言之無物；文之成視乎辭，辭不修則行之不遠。」（復陳編修書）方植之亦曰：「夫有物則有用，有序則有法；有用尚矣，而法不可促。」（切問齋文鈔書後）此皆論有物之言與有序之言不可偏廢，而強調內容與形式二者密切之結合。方植之又曰：「如無志可言，強學他人說話，開口即脫節，此謂之無物，不立誠；又若不解文法變化精神措注之妙，非不達意，即成語錄腐談，是謂言之無文無序。若夫有物有序矣，而德非其人，又不免鸚鵡猩猩之誚。……可見最要是誠，不誠無物；誠身修辭，非有二道。試觀杜公凡贈寄之作，無不情真意摯，至今讀之，猶為感動，無他，誠焉耳。」（昭昧詹言）植之此論，於有物有序之外，又拈一「誠」字，誠則有真實之情感，且詞必己出，此所以能動人也。又方植之書惜抱先生墓誌銘，所論尤有勝義，方氏曰：

「夫唐以前無專為古文之學者，宋以前無專揭古文為號者。蓋文無古今，隨事以適當時之事而已！然其至者乃並載道與德以出之，三代秦漢之書可見也。顧其始也，判精粗於事與道；其末也，乃區美惡於體與辭，又其降也，乃辨是非於義與法。噫！論文而及於體與辭，義與法抑末矣。而後世至且執為絕業，曠百世而不一覯其人焉，豈非以其義法之是非，辭體之美惡，即為事與道顯晦之所寄，而不可昧而雜冒而托耶？文章者道之器，體與辭者，文章之質；範其質使肥瘠修短合度，欲有妍而無媸也，則存乎義與法。」（書惜抱先生墓誌銘）

植之此述古文之流變，而區分以三階段。其始也，「判精粗於事與道」，即為道而為文也；文以內含為主，重在有物，而亦兼及有序，此乃古文家向所主張者。至其末也，「區美惡於體與辭」一，則已傾向於有意為文，偏於形式，而重在有序，乃以體辭之醇駁為衡文之標準。於是有駢散分合之問題，而古文家則重散輕駢。又其降也，「判是非於義法」，植之以為文至講義法已逐其末矣。夫義法之說，固求有物有序，而不失「文道合一」之旨；惟有意為之，至或拘泥形跡，執以求之，揭以示人，此所以論文至義法而為末也。然則，捨體辭之美惡，與義法之是非，則事與道之顯晦，何所寄託？而範文章之質，使肥瘠修短合度，又繫乎義法。故論義法，雖為逐末，然又不得不講。而古人所以不講者，以其無意為文，文道亦不兩分，蓋不求繩墨而自合乎規矩也。後世去聖久遠，道既澆漓，體辭亦駁雜，則欲求古人文道相合之旨，乃不得不執義法以為之也。則義法說之價值，於此可窺見，而桐城古文學之地位，亦以此而建立焉。

二、文體論

(一) 文體之分類

夫先秦之世，著述之事專，其文章原不分類別。自東漢以還，著述日微，而單篇之文漸富，於是別集出焉；別集不一，讀者難備，於是而有總集，有總集而文章之分類以起。惟自晉以來，總集紛紛而出，分類之途亦至殊：或以體裁分，或以性質分，或以作法分，或以時代分，或以作者分。率皆各持己見，及其一端而已；獨其中以文之體裁分類，分體宏括，覆蓋之範圍較廣，而其重要性與普通性，亦為其他之分類所不能企及；故歷來總集文體之分類，多採擇之。桐城派文體之分類，亦以體裁之不同為其歸類之標準，前已於第四章桐城派之選本中，略已言及，茲更詳論之。

桐城派之選本，雖始於方望溪之古文約選，然方選不分門類，但以時代之先後為次，劉海峯唐宋八家古文約選亦仍之。故桐城於文體之分類，乃自姚姬傳之古文辭類纂始。姚氏才高識深，其蒐之博而擇之精，考之明而論之確，洵為古今來古文選本之至善，前人於此已有定評，並非阿其所好也。夫古之選本，其善者莫若蕭氏文選，然文選成於駢文大盛之世，其選文側注於沈思翰藻，非以古文為主；又蕭氏分體三十九類，姚氏類纂序目已譏其碎雜，立名多可笑。姚氏類纂，所選以古文為主，而分類十三，尤為精當；凡前人所分，名同異實，或異名同實者，皆以類從而歸併之，而無前人瑣碎之病。姚氏類纂序目曰：「於是以所聞習者，編次論說為古文辭類纂。其類十三：曰論辨類、序跋類、奏議類、書說類、贈序類、詔令類、傳狀類、碑志類、雜記類、箴銘類、頌贊類、辭賦類、哀祭類。一類內而為用不同者，別為之上下編云。」茲就此十三類與文選及曾滌生經史百家雜鈔比較而論述之：

1. 論辨類

序目曰：「論辨類者，蓋原於古之諸子，各以所學，著書詔後世。孔孟之道與文至矣，自老莊以降，道有是非，文有工拙，今悉以子家不錄，錄自賈生始。蓋退之著論，取於六經孟子，子厚取於韓非賈生，明允雜以蘇張之流，子瞻兼及於莊子。」此類姚氏曰「論辨」，文選曰「論」，曾氏雜鈔曰「論著」。文選曰「論」者，總其體而要言之也；姚姬傳曰「論辨」者，以其所選不及經與諸子，皆錄古文家單篇之作故也。曾氏曰「論著」者，以其所錄兼及經史子，而皆「著作之無韻者」故也。又姚氏雖不錄經子，然所錄韓柳、二蘇之作，皆所以窮源溯流，以明所自出，其意微矣。

2. 序跋類

序目曰：「序跋類者，昔前聖作易，孔子為作繫辭，說卦、文言、序卦、雜卦之傳；以推論本原，廣大其義，詩書皆有序，而儀禮篇後有記，皆儒者所為。其餘諸子，或自序其意，或弟子作之，莊子天下篇，荀子末篇皆是也。余撰次古文辭，不載史傳，以不可勝錄也。惟載太史公歐陽永叔表志序論數首，序之最工者也。」此類姚氏曰「序跋」，文選曰「序」，曾氏雜鈔亦曰「序跋」。文選與姚氏命名雖異，而所錄皆為他人或己之著作序述其意者；曾氏命名雖與姚選同，然實合「贈序」一類而言，姚氏則分而為二。自來選家「序跋」與「贈序」多合而為一，惟其性質不盡相類，則以姚氏分為二體為當。

3. 奏議類

序目曰：「奏議類者，蓋唐虞三代聖賢，陳說其君之辭，尚書具之矣。周衰，列國臣子為國謀者，誼忠而辭美，皆本謨誥之遺，學者多誦之。其載春秋內外傳者不錄，錄自戰國以下。漢以來有表、奏、疏、議、上書、封事之異名，其實一類，惟對策雖亦臣下告君之辭，而其體少別，故置之下編，兩蘇應制舉時所進時務策，又以附對策之後。」此類異名頗多，文選曰

「表」、「上書」、「啟」、「彈事」、「奏記」者皆是也；姚氏則歸為一類，允稱精密，曾氏亦仍之。惟姚氏分上下二編，上編錄「奏議」，下編錄「對策」，以其皆「臣下告君之辭，而其體少別」故耳。

4. 書說類

序目曰：「書說類者，昔周公之告召公，有君奭之篇，春秋之世，列國士大夫，或面相告語，或為書相遺，其義一也。戰國說士說其時主，當委質為臣，則入奏議，其已去國，或說異國之君，則入此編。」此類姚氏曰「書說」，文選則分為「牋」、「書」、「移書」三類，曾氏雜鈔則曰「書牘」，蓋名異實同也。惟姚氏所錄多戰國說士說異國之君之辭，非以正式之書牘為之，故名曰「書說」，曾氏所錄則多同輩相告之書翰，故曰「書牘」。後世沿用「書牘」之名似較普遍而允當，以戰國之後少游說之文故也。

5. 贈序類

序目曰：「贈序類者，老子曰：君子贈人以言。顏淵子路之相違，則以言相贈處，梁王觴諸侯於范臺，魯君擇言而進，所以致敬愛陳忠告之誼也。唐初贈人，始以序名，作者亦眾，至於昌黎，乃得古人之意，其文冠絕前後作者。蘇明允之考名序，故蘇氏諱序，或曰引，或曰說，今悉依其體編之於此。」文選無此類，曾氏則附於「序跋」類。「贈序」者，贈人以文，唐乃以序名，然與乎為他人或己之著作為序者，其體與意皆不相類，故合之不宜。又蘇明允諱言序，而曰引，曰說，亦異名而實同也。

6. 詔令類

序目曰：「詔令類者，原於尚書之誓誥。周之衰也，文誥猶存，昭王制，肅強侯，所以悅人心而勝於三軍之眾，猶有賴焉。秦最無道，而辭則偉；漢至文景，意與辭俱美矣，後世無以逮之。光武以降，人主雖有善意，而辭氣何其衰薄也。檄令皆諭下之辭，韓退之鱷魚文，檄令類也，故悉附之。」此類異名亦多，文選凡曰詔、冊、令、教、策文，檄等六類者皆是也。曾氏雜鈔則仍姚氏之目，曰詔令，蓋皆能歸納統攝，以簡馭繁也。

7. 傳狀類

序目曰：「傳狀類者，雖原於史氏，而義不同。劉先生云：『古之為達官名人傳者，史官職之。文士作傳，凡為圬者種樹之流而已；其人既稍顯，即不當為之傳，為之行狀，上史氏而已。』余謂先生之言是也。雖然，古之國史立傳，不甚拘品位，所紀事猶詳。又實錄書人臣卒，必撮序其平生賢否。今實錄不紀臣下之事，史館凡仕非賜謚及死事者，不得為傳。乾隆四十年定一品官乃賜謚。然則史之傳者亦無幾矣。余錄古傳狀之文，並紀茲義，使後之文士得擇之。」此類文選曰「行狀」，蓋異名同實也。曾氏雜鈔曰「傳誌」，蓋合傳狀碑誌為一類。夫傳狀乃記人之文，皆不刻石；碑誌則同施諸金石，二者性質既不相同，作法亦異，故姚氏分之為二。曾氏則以為：「傳誌類，所以記人者。經如堯典、舜典，史則本紀、世家、列傳，皆紀載之公者也。後世記人之私者，曰墓表、曰墓誌銘、曰行狀、曰家傳、曰神道碑、曰事略、曰年譜皆是。」（經史百家雜鈔序例）曾氏謂傳與誌，雖有公私之分，然同所以記人，故合傳狀與碑誌為一類，要亦不無見地。惟曾氏於碑，又分出記事之碑，以事之大小或入「敘記類」，或入「雜記類」，稍失之碎雜。故仍以姚氏分「傳狀」、「碑誌」為二類較當。

8. 碑誌類

序目曰：「碑誌類者，其體本於詩，歌頌功德，其用施於金石。周之時有石鼓刻文，秦刻石于巡狩所經過，漢人作碑文又加以序；序之體蓋秦刻琅邪具之矣。茅順甫譏韓文公碑序異史遷，此非知言。金石之文自與史家異體。誌者，識也，或立石墓上，或埋之壙中，古人皆曰誌：為文銘者，所以識之之辭也。然恐人觀之不詳，故又為序。世或以石立墓上曰碑，曰表，埋乃曰誌，及分誌銘二之，獨呼前序曰誌者，皆失其義。」此類文選分屬「碑文」、「墓誌」二類，曾氏雜鈔則併「傳狀」曰「傳誌」類。姚氏謂碑誌同為施於金石，然碑本資以歌頌功德，墓誌則用以記人，其性質不盡相類，故分列上下二編，蓋同中有異也。文選分為「碑文」、「墓誌」二類，自是允當，然不若姚氏之簡括。

9. 雜記類

序目曰：「雜記類者，亦碑文之屬，碑主於稱頌功德，記則所記大小事殊，取義各異，故有作序與銘詩全用碑文體者，又有為記事而不刻以石者。柳子厚紀事小文，或謂之序，然實記之也。」此類文選無，曾氏雜鈔亦稱「雜記類」，惟二者次第不同；姚氏列於第九類，曾氏則殿之於諸體之後。蓋此類所以記雜事，凡宮室題壁、山水記遊，或其他細物瑣事者，胥可入焉，故謂之雜；則曾氏次於末，似得歸餘於終之義，而較姚氏之次第為當矣。

10. 箴銘類

序目曰：「箴銘類者，三代以來有其體矣。聖賢所以自戒警之義，其辭尤質，而意尤深。若張子作西銘，豈獨其理之美耶？其文固未易幾也。」此類文選分列「箴」與「銘」兩類，曾氏雜鈔不列此類，而併之於「詞賦類」。「箴」與「銘」，其性質與作法皆相類，以併為一類為宜。至曾氏併「箴銘」「頌贊」二類於詞賦類，雖謂之三類皆著作之有韻者而歸併之，然考三者之性質、用度、作法，各不相同，併之未為允洽，仍以姚氏分列三類為宜。

11. 頌贊類

序目曰：「頌贊類者，亦詩頌之流，而不必施之金石者也。」此類文選分為「頌」、「贊」、「符命」、「史述贊」四類，蓋皆異名同實；分列為四，稍嫌瑣碎。曾氏則併入「詞賦類」，其不當已見箴銘類所述。

12. 辭賦類

序目曰：「辭賦類者，風雅之變體也。楚人最工為之，蓋非獨屈子而已。余嘗謂漁父，及楚人以弋說襄王、宋玉對王問遺行，皆設辭無事實，皆辭賦類耳。太史公劉子政不辨，而以事載之，蓋非是。辭賦固當有韻，然古人亦有無韻者，以義在託諷，亦謂之賦耳。漢世校書有辭賦略，其所列者甚當。昭明太子文選分體碎雜，其立名多可笑者；後之編集者，或不知其陋而仍之。余今編辭賦，一以漢略為法。古文不取六朝人，惡其靡也。獨辭賦則晉宋人猶有古人韻格存焉，惟齊梁以下，則辭益俳，而氣益卑，故不錄耳。」此類文選立名頗多，分體碎雜，凡曰「賦」、「騷」、「七」、「難」、「對問」、「設論」、「辭」、「連珠」等八類皆是，此姚氏所以譏之「可笑者」也。曾氏雜鈔則仍「詞賦」之目，惟謂詞賦乃「著作之有韻者」，然古人亦有無韻者，姚氏固已明言之，「以義在託諷，亦謂之賦耳」，如宋玉登徒子好色賦，及對楚襄王問遺行等皆是也；而曾氏併之，未為允洽。又曾氏易「辭」為「詞」，而曰「詞賦」，亦有未當。夫「詞」、「辭」，字義本殊（其辨見第四章第一節註一），文體亦異；蓋「辭」乃賦之一體，為騷賦之流，所謂「楚辭」者是也，「詞」則詩餘之稱，古樂府之末造，而大盛於宋世者也。二者就字義、就文體，皆不宜混稱，故仍以姚氏名為「辭賦」為允洽。又姚氏纂古文而立「辭賦」一類，乃別有微意寓焉，蓋欲參酌其氣魄筆勢，以為桐城質樸古雅之文潤色，而盡文家之能事故也。前於第四章桐城之選本一節中已論及，茲不贅述。

13. 哀祭類

序目曰：「哀祭類者，詩有頌，風有黃鳥、二子乘舟，皆其原也。楚人之辭至工，後世惟退之介甫而已。」此類文選立名亦多，凡曰「誄」、「哀文」、「祭文」、「弔文」等四類，皆同實異名，宜歸為一類。曾氏亦如姚氏之簡括，但立「哀祭類」以歸納之。

上述姚氏古文辭類纂，分類十三，簡明精當，煥乎可采。凡自來選家之分類；其名實之互為異同者，皆辨析而歸納之；於文選分體碎雜之弊，尤有匡濟之功。曾文正謂其「辨文章之源流，識古書之正偽，亦實有突過歸方之處。」（覆吳南屏書）洵為知言。曾氏私淑姬傳，服膺有年，觀其經史百家雜鈔之分類，大體與姚氏不甚相遠。大抵而言，其選文範圍視姚氏為廣，分體則較姚纂為簡，尤知歸納統攝之方，歸十一類於著述、告語、記載三門；其出入分合之間，雖未必盡為精富，然亦自具識見。如曾氏於姚纂外，增「敘記」、「典志」二類，可謂曾氏之獨創，蓋為自來選集中所無者。夫「敘記」所以記事，「典志」所以記度制，曾氏並錄經史：故立此二類；姚氏所纂不及經史，故無此二類。然則於此可見曾氏卓識之所在，頗為知文君子所推許，吳摯甫答嚴幾道書曰：「姚郎中所選文，似難為繼，獨曾文正經史雜鈔，能自立一幟，來示謂歐洲國史；略似中國所謂長篇紀事本末等比。然則欲澤其書，即用曾太傅所稱敘記、典志二門，似為得體。此二門曾公於姚郎中所定諸類外，特建新類，非大手筆不易辨。」其推許備至，洵非溢美之辭。又曾氏於詞賦略，錄詩經十二首，蓋有取於梅伯言古文詞略立詩歌一類之微旨。梅氏選文體例悉依姚氏，惟併箴銘、頌贊二類為一，而別立詩歌一類，仍得十三類。梅氏立詩歌一類，與姚氏立辭賦一類，同具特殊之意義，皆有微旨寓焉；觀其所選，皆五七言古詩，蓋以其能上擷騷選之精英，下通唐宋之古文，兼取其長，亦足為古文生色也。曾氏取梅氏之意，上接漢魏古詩而選於三百篇，惟不別立一類，而附於詞賦略中，以其皆著作之有韻者，且其為用與辭賦同功，則併之亦非無見也。要之，桐城派文體之分類，自以姚纂為主，而曾氏雜鈔於姚選，則有斟酌損益之功，其後諸家所纂，如王先謙、黎庶昌所選續古文辭類纂，皆不能越姚曾二氏之範圍也。

(二)駢散之分合

夫文體之有駢散，自古已然，考其源皆出於經。蓋中國之語言文字，本屬單音節之孤立語，易造成整齊之形式與音節；而上古之世，民智未開，治事以口耳相傳，或諧音比偶、或奇偶相間，以錯雜其詞，既便記誦，且可行之久遠故也。覈諸六經，奇偶互出，比比皆是，如堯典篇首十九字奇也，分命羲仲以下則偶矣；詩關雎首章奇也，參差荇菜以下則偶矣。其他諸經，以至諸子，莫不然也，要皆奇偶相生，而奇中復有偶，偶中復有奇；凡此皆自然為之，非刻意強求，蓋所謂駢散合轍之文也。洎乎盛漢之後，文物教育皆日趨普及，且純文學之觀念亦逐漸建立，於是駢散分途，各擅其勝。逮及六朝，世衰道微，唯美思潮勃興，古文式微而駢體盛極不衰。迄唐韓文公出，厭其末流之綺靡卑下，遂倡復古道，去駢而就散，古文乃成為文統之正宗矣。其後宋元明諸代，論者於駢散分合所主雖不一，要皆為散盛於駢之世也。迄於清代，於文學形成所謂集大成之時代；其駢體有淩駕元明唐宋之勢，其古文亦盛於一代，而接跡唐宋，二者同陳而並美，而其分合之際，甚為微妙，而頗堪玩味焉。

桐城派既奉古文為正宗，故嚴持體制歸一，而主重散輕駢，考之方劉姚之所為，莫不如此也。然觀諸家於云為之際，又莫不有駢散合一之趨勢寓焉。蓋三祖皆以古文大家而為時文之能手，姚姬傳至欲以時文為古文，而時文者，乃駢文變相之一體也。又姚氏古文辭類纂，列辭賦一類，其用意蓋深得韓文公尊揚、馬之微旨，欲求奇偶錯綜，複字單義雜厠相間，以雄其氣魄筆勢，而聲采炳煥；蓋思參以漢人作賦之法以為文，於此已隱現駢散相合之趨勢矣。又陳用光碩士亦主文之疏密宜相救，其意亦微矣。陳氏寄姚姬傳書曰：

「用光曩時閱梅崖集，以為不可及，比乃覺其氣少懈，而骨格未堅。譬之樂，尠純繹之音；譬之木，尠密栗之致，二者望溪似猶未至焉，梅崖於望溪乃彌不能及已。時王鐵夫為文不可一世，用光去年得見其十二三，誠有過於梅崖者，然其於沖淡自然之詣，亦似未之有得。夫昌黎變排比之習，而以疏勝，昌黎不獨以疏勝也，歐陽曾王氏，取其疏而得其所以為疏者，故能各獨成其體。後之人，無其學，徒為冗散汗漫，使不可合於尺度，宜其見詬病於世也。然司馬子長所以勝孟堅者，何嘗必以縝密為貴乎，先生謂歐公能取異己者之長，而時濟之，非獨濟以密也，先生謂曾公能避所短而不犯，其所長在於疏，固非冗散汗漫而不可合於尺度也。」

陳氏謂方望溪於「純繹之音，密栗之致」，似猶未至，而歷舉歐、曾、王諸家，以疏密相救之處為說，又以後世之冗散汗漫，不可合於法度為戒，其說最堪玩味，蓋欲折衷於駢散之間，而深寓微旨焉。

蓋清世之文運，至乾道之間，承駢散極分之後，有漸趨於必合之勢，其時阮元芸臺、李兆洛申耆二家乘之，而其說大暢。阮芸臺文言說曰：

「為文章者，不務協音以成韻，修詞以達遠，使人易誦易記，而惟以單行之語，縱橫恣肆，動輒千言萬字，不知此乃古人所謂直言之言，論難之語，非言之有文者也，非孔子之所謂文也。文言數百字，幾於句句用韻……不但多用韻，抑且多用偶。……凡偶皆文也，於物兩色相偶而交錯也，乃得名曰文，文即象其形也。然則千古之文，莫大於孔子之言易，孔子以用韻比偶之法，錯綜其言，而自名曰文，何後人之必欲反孔子之道，而自命曰文，且尊之曰古也。」

阮氏以為有韻有偶，錯綜其言，乃得謂文。而謂「今人所便單行之文，極其奧折奔放者，乃古之筆，非古之文也。」（文韻說）蓋深不足於古文家之所為也。稍後陽湖之李申耆乃創為駢散合一之論，並選有駢體文鈔，力申駢文本出於古之旨，且深歎於古文家之去駢以自矜。李氏答莊卿珊云：

「洛之意頗不滿於今之古文家，但言宗唐宋，而不敢言宗兩漢，所謂宗唐宋者，又止宗其輕淺薄弱之作，一挑一剔，一含一咏，口牙小慧，謭陋庸詞，稍可尚口，已足標異；于是家家有集，人人著書，其於古則未敢知，而於文則已難言之。」

李氏謂當世之古文家，不宗兩漢，但取唐宋之古文以為足，而有枵腹空疏之失。蓋桐城文人嚴持體制歸一，拒駢太甚，故所作少迂迴蕩漾之深致，而一瀉無餘，及其末流，乃至淺弱不振。於是桐城文家不得不兼綜兩漢，以雄其氣魄筆勢，而潤色之，此曾文正所以主駢散合一之說也

（已詳論於第三章湘鄉派之文論一節中，茲不贅及）。然則曾氏之先，梅伯言、劉孟塗固已言之矣。夫梅、劉二子，初皆喜為駢儷之文，其後乃以古文著者，顧梅氏仍存重散輕駢之觀念，而劉氏則深得駢散之關鍵所在。梅伯言復陳伯游書曰：

「某少好駢體之文，近始覺班馬韓柳之文為可貴。蓋駢體之文，如俳優登場，非絲竹金鼓佐之，則手足無所措，其周旋揖讓非無可貴，然以之酬接則非人情也。」

又書管異之文集後曰：

「曾亮少好駢體文，異之曰：『人有哀樂者面也，今以玉冠之，雖美、失其面矣，此駢體之失也。』余曰：誠有是，然哀江南賦、報楊遵彥書，其意顧不快也，而賤之也？異之曰：『彼其意固有限，使有孟、荀、莊周、司馬遷之意，來如雲興，聚如車屯，則雖百徐、庾之辭，不足盡其一意。』」

是梅伯言雖兼善駢散，然所論則側重於散文。管異之所論亦然，其贈汪平甫序曰：「科舉之文，凡物之形也；駢儷之文，佳物之形也；司馬遷韓愈之文，異物尤物之形也。」故於曾氏之先，桐城文家能申駢散合一之旨者，劉孟塗其著者也。劉氏與王子卿書云：

「夫辭豈有別於古今，體亦無分於疏整。……駢之於散，並派而爭流，殊塗而合轍。千枝競秀，乃獨木之榮；九子異形，本一龍之產。故駢中無散，則氣壅而難疏；散中無駢，則辭孤而易瘠。兩者但可相成，而不能偏廢。」

劉氏以為駢散「殊塗而合轍」，「兩者但可相成，而不能偏廢」，偏廢則其弊出焉。此與李申耆駢體文鈔序所謂，歧奇偶而二之，則有毗陽毗陰之弊，其說正相合。又劉孟塗與阮芸臺論文書，亦深得於駢散文體之關鍵，劉氏曰：

「文章之變，至八家而極盛，文章之道，至八家齊出而始衰。謂之盛者，由其體之備於八家也，為之者各有心得，而後乃成為八家也。謂之衰者，由其美之盡於八家也，學之者不克遠溯，而亦即限於八家也。……故善學文者，其始必用力於八家，而後得所從入，其中必進之以史漢，而後克以有成。此在會心者自擇之耳，然苟有非常絕特之才，欲爭美於古人，則史漢猶未足以盡之也。……吾鄉望溪先生，深知古人作文義法，其氣味高淡醇厚，非獨王遵嚴、唐荊川有所不逮，即較之子由亦似勝之。然望溪豐於理而嗇於詞，謹嚴精實則有餘，雄奇變化則不足，亦能醇不能肆之故也。……夫非常絕特之才，必盡百家之美以成一人之奇，取法最高之境，以開獨造之域，先生殆有意乎！由是明道修詞，以漢人之氣體，運八家之成法，本之以六經，參之以周末諸子，則爭美古人者，庶幾其有在焉。」

劉氏以為，善為文者，必始用力於唐宋八家，而後進之以史漢，乃克有成。其說亦與李申耆所主，兼宗唐宋兩漢之旨相合。蓋桐城文家多用力於唐宋，而少究心於兩漢，故深知古文義法如望溪者，仍不免「豐於理而嗇於辭，謹嚴精實則有餘，雄奇變化則不足。」故劉氏主從唐宋入手，而變化以兩漢。蓋兩漢之古文承周秦戰國之餘風，多奇偶互用，錯綜其言，如賈長沙之過秦論，司馬子長之報任安書等等，實為駢散合轍之體，而氣皆極盛。其文縱歛變化，疏密有致，可以藥八家之衰之盡。此劉氏所以主「以漢人之氣體，運八家之成法」也。然又可參以周秦諸子，蓋諸子若老子、管子、荀子、韓非子等，莫不有散有偶，其體綺密整贍，而文極雄肆跌宕。此劉氏所以兼收博採，以開獨造之域；要之，莫不有求駢散合轍之微意寓焉。今觀乎嘉道後桐城派之古文家，率皆兼擅駢文，蓋阮、李之說盛，而儀徵一派異軍突起，道窮斯變，影響所及，則桐城之作風不得不稍變之矣。

三、文術論

(一)為文之基礎與條件

1. 定祈嚮、修德行

夫文章乃百年之大業，不朽之盛事，其顯晦得失之關鍵，固不專在文事也。故為文於才學法度之外，其最要者，乃在於有行而能定其祈嚮，而後以充學養本，再講以文事，則得矣。蓋文所以載道、明道者也，欲載道、明道，則不可不定其祈嚮而立其行。方望溪答申謙居書曰：

「僕聞諸父兄，藝術莫難於古文，自周以來，各自名家者，僅十數人，則其艱可知矣。苟無其材，雖務學不可強而能也；苟無其學，雖有材，不能驟而達也；有其材，有其學，而非其人，猶不能以有立焉。蓋古文之傳，與詩賦異道，魏晉以後，姦僉污邪之人，而詩賦為眾所稱者有矣，以彼瞑瞞於聲色之中，而曲得其情狀，亦所謂誠而形者也，故言之工，而為流俗所不棄；若古文，則本之經術，而依於事物之理，非中有所得，不可以為偽。故自劉歆承父之學，議禮稽經而外，未聞姦僉污邪之人，而古文為世所傳述者。韓子有言：行之乎仁義之途，游之乎詩書之源，茲乃所以能約六經之旨以成文，而非前後文士所可比並也。始以世所稱唐、宋八家言之：韓及曾、王，並篤於經學，而淺深廣狹醇駁等差各異矣。柳子厚自謂取原於經，而掇拾於文字間者，尚或不詳；歐陽永叔，粗見諸經之大意，而未通其奧賾；蘇氏父子，則概其未有聞焉；此核其文，而平生所學不能自掩者也。韓、歐、蘇、曾之文，氣象各肖其為人；子厚則大節有虧，而餘行可述；介甫則學術雖誤，而內行無頗。其他雜家小能，以文自曝者，必其行能少異於眾人者也。非然，則一事一言，偶中於道，而不可廢，如劉歆是也，然若歆者，亦僅矣。以是觀之，苟志乎古文，必先定其祈嚮，然後所學有以為基，匪是，則勤而無所。若夫左史以來，相承之義法，各出之徑塗，則期月之間可講而明也。」

望溪以為古文乃藝術中之難者，苟有其材學，而非其人，則不能有所立。蓋古文「本之經術，而依於事物之理，非中有所得，不可以為偽。」故欲為古文，必先宗經以為基，既篤於經學，而厚乎德性，則所作理充氣塞，足以載道明道，其文必為世所傳述，觀乎唐宋以來之名家，莫不如此也。故有志於古文，必先定其祈嚮，而以篤於經學，修立德行為其先決條件，至義法文事，則期月可以講明，乃其次也。姚瑩石甫亦主宗經修德，以為文之本，其康輶紀行曰：

「李華論文云：文章本乎作者，而哀樂繫乎時。本乎作者，六經之志也；繫乎時者，樂文武而哀幽厲也。有德之文信，無德之文詐。……余合唐宋以來及本朝諸公，至吾家惜翁之論，總括之曰：文章之道，惟志正而體贍，學博而思切，辭約而義精，氣足舉詞，光不掩質，是之為美。至於繁簡宏纖，曲直微顯，則審時發情，各得其當，無有定也。」

姚氏此引唐李華之言而斷之，謂文貴志正體贍，志則必本於六經；而「有德之文信，無德之文詐」，亦望溪所謂「非中有所得，不可以為偽」之旨也。方東樹植之亦有是說，其昭昧詹言曰：

「古人著書，皆自見其心胸面目，聖賢不論矣，如屈子、莊子、史遷、阮公、杜公、韓公皆然。偽者作詩文另是一人，作人又另是一人；雖其著書大帙重編，而考其人之本末，另是一物，此詩文所以愈多而愈不足重也。以余觀之，如相如、子雲、蔡邕，皆是修辭不立其誠。」

方氏謂為文貴立其誠，此古人著書所以自見其心胸面目也。故為文不可存偽，存偽則欺人欺己。其謂馬、楊諸家修辭不立誠，雖嫌過當，然其駁而不醇，則亦有是矣；故修德立誠，不可不講也。

2. 充才學識

夫才、學、識三者兼具；向為史學家所樂道，如劉知幾、章學誠諸家，莫不主作史必具此三長。作史如此，為文亦何獨而不然。蓋為文具才、學、識三者，然後足以造法運法，又足以開拓意境，以恣變化；使寫作技巧之表現更為完美，使情志之表達更為深醇。故凡文事之發揮，莫不有待於此三者，亦惟兼具此三者，乃能名家傳世。故姚石甫復陸次山論文書謂：「大抵才學識三者，先立其本，然後講求於格律聲色，神理氣味八者，以為其用。」則為文必先以才學識三者立其本，然後乃得求其為用。姚氏於復楊君論詩文書，更闡其旨曰：

「嘗論才與氣二者，有得於天，有得於人。才之大如江如海，至矣；如霆如雷，至矣。然江漢猶必納眾水以滙其流，雷霆不能擊鐘鼓以助其勢者，其充之有漸，其積之甚厚故也。孟子曰：觀於海者，難為水。又曰：配義與道。斯言也，不為詩文言之，吾以為詩文之道，無以易此矣。曩吾觀於古之善為詩文者，若賈生，太史公、子建、子美、退之、子瞻，皆取其全集玩之，謂彼特異古今者，其才其氣，殆天授不可幾也。既讀書稍廣，於數子生平，得其出處言行之大節，然後知數子之異，不僅在詩文，而其詩文才氣之盛，有由也。夫詩之與文，其旨趣不同，欲善其事者，要必有囊括古今之識，胞與民物之量，博通乎經史子集，以資其理、徧覽乎名山大川，以盡其狀，而一以浩然之氣行之，豈徒求一韻之工，爭一篇之能而已哉！」

姚氏謂才與氣（「氣」實即「學」與「識」之表現與泛稱）雖得於天，然充其漸，積其厚，則有待於人。故欲善其事，「必有囊括古今之識，胞與民物之量，博通乎經史子集，以深其理，偏覽乎名山大川，以盡其狀，而一以浩然之氣行之。」如此，以才學識三者，益以閱歷觀覽，發而為文，必能名家傳世，而與韓歐並轡矣。然三者不能兼具，則其弊出焉，而文不得完美也。方植之昭昧詹言曰：

「讀萬卷書，又深解古人文法，而其氣懦弱，其辭平緩無奇者，陸士衡是也。豈真患才之多歟？抑人之得天者，固有所限也？如荀子義理本領，豈不足，而文乃不如李斯，故知詩文貴本領義理，而其工妙，又別有能事在。」

方氏謂陸士衡才不能副其學與識，故有氣弱而辭平緩之弊。又荀子亦有學有識（所謂「義理本領」），而文乃不如李斯者，亦才不能副之也。方氏又曰：

「近代真知詩文，無如鄉先輩劉海峯、姚薑塢、惜抱三先生者。薑塢所論極超詣深微，可謂得三昧真詮，直與古作者通魂授意；但其所自造，猶是凡響塵境。惜翁才不逮海峯，故其奇恣縱橫，鋒刃雄健，皆不能及；而清深諧則，無客氣假象，能造古人之室，而得其潔韻真意，轉在海峯之上。海峯能得古人超妙；但本源不深，徒恃才敏，輕心以掉，速化剽襲，不免有詩無人，故不能成家開宗，衣被百世也。」（昭昧詹言）

方氏謂薑塢之病，亦才不逮，不能副其學識。姚姬傳才固不逮海峯，而學殖工力皆極深厚，可補其才短，而所得反在海峯之上。海峯有才而本源不深，故成就不大。於此可見學識可補救才之不足，夫才多得之於天，不可強而幾也；而學識可藉人力漸之充之，積以厚之，則學固不可少也。此殆桐城派所以主考據、義理、詞章三者合一之另一精義乎？

(二) 模擬與脫化

夫模擬乃為文之一法，於初學為必不可無之過程。為文必以摹擬為其入門工夫，猶讀文必借徑於評點，其理一也。蓋為文不經由模擬而恃才自用，則如野戰無紀之師，必自取敗；然但一意模擬，不知脫化，則為優孟衣冠，無生氣品格之可言。故為文必自模擬入手，而終求其脫化，以成一家之面目；歷城周書昌曰：「為文章者，有所法而後能，有所變而後大。」（姚鼐劉海峯先生八十壽序引語）所謂「有所法」者，即「模擬」是也，所謂「有所變」者，求所以「脫化」也。此二者乃桐城文派學習為文之必經門路，諸家於此，莫不三措其意焉。姚姬傳於後學晚輩尤諄諄以此為訓，其與伯昂從姪孫札曰：

「學詩文不摹擬，何由得入。須摹擬一家，已得似後再易一家，如是數番之後，自能鎔鑄古人，自成一體。若初未能逼似，先求脫化，必全無成就。譬如學字，而不臨帖可乎？」

又與管異之札云：

「近世人習聞錢受之偏論，輕譏明人之摹倣。文不經摹倣，又安能脫化。」

姚氏以為學詩文必經模擬與脫化之過程。而模擬之法，在於專學一家，得似之後再易他家，持之以恆，自能揣摩古人之文章之高妙奇特處，而鎔鑄之，能鎔鑄古人，即能脫化也。然不可未經模擬，即求脫化；蓋模擬乃為文之手段，脫化乃為文之目的。易言之，摹擬乃脫化之基礎，脫化乃模擬之完成，其本末先後不可不辨也。世人或譏明人之所為而致疑於模擬，實則模擬本身非病，病者在乎為之者本身；蓋明人徒知模擬，不求脫化，僅得貌似而遺其精神，故無自家面目可言。又姚氏與張阮林札曰：

「古人文有一定之法，有無定之法。有定者，所以為嚴整也，無定者，所以為縱橫變化也，二者相濟而不相妨。」

姚氏所謂有「一定之法」者，蓋指模擬也，所謂「無定之法」者，蓋指脫化也，二者相濟為用，文乃有成。能脫化，即能縱橫變化，臻此境界乃能成家。姚氏古文辭類纂序目曰：

「學者之於古人，必始而遇其粗，中而遇其精，終則御其精者而遺其粗者。文士之效法古人，莫善於退之，盡變古人之形貌，雖有模擬，不可得而尋其跡也。其他雖工於學古，而跡不能忘，楊子雲、柳子厚於斯蓋尤甚焉，以其形貌之過於似古人也；而遽擯之謂不足與於文章之事，則過矣。然遂謂非學者之病，則不可也。」

所謂「粗」者，乃指格律聲色，所以資模擬之形式也；所謂「精」者，乃指神理氣味，求所以脫化之內含也。姚氏以為，學文「必始而遇其粗，中而遇其精，終則御其精者而遺其粗者」，則由模擬而脫化，終能去其形跡而得其精神，以成一家之言，自寫其面目；此韓文公所以能獨立千古也。其不能變盡古人之形貌者，蓋模擬太過，而脫化未盡之病也。故學者之病，多在不能脫化，但止於模擬，自是一病。

方植之，姚氏之高弟弟子也，於姬傳治文之方，深會有得，亦多所闡發，其答葉溥求論古文書，論治文之法曰：「必師古人而不可襲乎古人。」「師古人」，則不能去模擬，「不可襲乎古人」，則必求乎脫化。植之嘗以水為喻而論之曰：

> 「嘗觀於江河之水矣，謂今之水非昔之水耶？則今之水所以異於昔之水安在！謂今之水猶昔之水耶？則昔之水已前逝，今之水方續流也。古之人探飲乎今之水，今之人不板酌乎古之水，古水今水是二非一，人皆知之；古水今水是一非二，則慧者難辨矣。蚩蚩者日飲乎今之水，有人曰：我必飲乎古之水，而不飲今之水，則人必笑之矣。蚩蚩者日飲乎今之水，有人曰：若所飲今之水，實仍即古之水，則人猝然未有不罔於心而中夫惑疾者也。……夫有孟、韓、莊、騷，而復有遷、固、向、雄，有遷、固、向、雄，而復有韓、柳，有韓、柳復有歐、蘇、曾、王，此古今之水相續流者也，順而同之也。而由歐，蘇、曾、王，逆推之以至孟、韓，道術不同，出處不同，議論本末不同，所紀錄官

名物時事情狀不同，乃至取用辭字句格文質不同，而卒其以為文之方，無弗同焉者，此今水仍古水之說也；逆而同之也。古今之水不同，同者濕性；古今之文不同，同者氣脈也。」（答葉溥求論古文書）

植之以為，古今之水其逝、續流不同，而其濕性則同；古今之文其形貌不同，而其氣脈則同。夫古今之文，其面目雖異，其性質，其精神氣脈相同，則其為文之方亦無二致。其性質同，為文之方無異，則可學而致；惟其形貌不同，故但求其精神氣脈相通，不可強其形貌相合。此即姚氏所主先事模擬而後脫化之說也，如此則可變盡古人形貌，而存其氣脈精神。然則模擬非難，脫化實難，故植之曰：「故為文之道，非合之難，而離之實難。」蓋求合於古人，可從模擬入手，此並不難也；「離之」，所以脫化於古人，然為之實難，此姚氏所以不足於楊子雲、柳子厚也。

夫為文離合之間固難也，其始也惟恐不能與古人合，其終也惟恐不與古人離，合之功夫易到，而離之境界難達。然初學仍不可不從模擬入手，蓋從事日久，體會既深，則境熟而術精，自可變古人之形貌，而得其精神氣脈。故初學不從模擬入手，即思脫化，而求離於古人，是猶渡水而不假舟楫，其必衣濕力盡，終至陷溺可知也；然徒知模擬，不能脫化，是猶鸚鵡之學語，優孟之衣冠，但為古人之奴隸耳。是二者不可偏廢，然必循序而進，知所先後，始克有得，而成其家數。

(三)謀篇布局

桐城文本重「法」，然謀篇布局，無一定之法，而有一定之理，此旨姚姬傳於與張阮林書中，固已明言之。然自來古文家，則喜言文章之格式，如謝叠山文章軌範之四十三格，唐荊川文編之六十九格，歸震川文章指南之六十六格。觀諸家排比格式，所言頗備，惟若不能師心求化，匠心獨運，則難免無科舉活套之譏。蓋為文當先用力於謀篇布局，求其嚴整，此乃有一定之理；然及乎思深功至，則縱橫變化，不必有定法，而皆中乎繩墨規矩。此蓋即劉海峯論文偶記所謂「行文無一定之律，而有一定之妙」之旨也。為文苟能心領神會其旨，斟酌其理，權衡其法，不為所域，不為拘牽，斯為得矣。

夫桐城派之言篇章結構，多於評點古文中見之，其所評點指陳，亦頗明確具體。其所標舉起承轉合，虛實呼應之法，雖取給於時文，亦頗能擷取前人創作之經驗，示初學以矩矱。惟於評點之外，諸家所言，多及其理，而少及其法，且又語焉而不詳；如方望溪於書五代史安重晦傳後，但強調「脈相灌輸」、「前後相應」，劉海峯論文偶記，亦僅及「抑揚高下」、「啟承轉合」之語而已。蓋桐城派雖視開闔起伏之法為獨家之秘，而諄諄誨其後進；然諸家於實際為文之際，則不拘泥於起伏照應，而於字句音節中講為文之法。此蓋所以求脫化，而欲示人以活法也。茲舉方望溪史記評語（方望溪集外文補遺卷二），以見其論謀篇布局。方氏評平津侯主父列傳曰：

「以恢奇多詐，蔽宏之為人。惟恢奇故多詐，而天子以為敦厚也；惟天子以為敦厚，故不惟汲黯之詰不能動，即左右佞幸之毀，亦不能入也。其稱人主病不廣大，及陽屈於買臣之議，陰禍主父徙董相，詐也。而使匈奴還報，不合上意，數諫通西南夷，築朔方，置滄海郡，汲黯庭詰，及稱其忠，使天子察其行，而以為敦厚，所謂恢奇也。黯詰以背約不忠，則曰：知臣者以臣為忠，不知臣者以臣為不忠。黯詰其儉以飾詐，則曰：管仲侈擬於君，而桓公以霸，晏嬰下比於民，而齊國亦治，所謂辨論有餘也。淮南衡山之反，泛引傳記，使覽者莫識其意向，而究其隱私，則自引咎，以釋人主之慙，所謂習文法而又緣飾以儒術也。凡此類，皆以恢奇行其詐也。天子報書，一則曰：君宜知之，再則曰：君宜知之，而其曲學逢君，飾詐不忠之實，不可掩矣。」

方氏以為此篇以「恢奇多詐」四字為全篇之綱領眉目。蓋公孫宏為人恢奇多詐，故從正面側面寫，皆與此四字呼應聯絡；其著力處，乃為文之時先將其一生之特出處，作一全盤之安置，而次第出之。又其評管晏列傳曰：

「管仲之功，焜耀史籍，於本傳敘列則贅矣。其微時事，則以稱鮑叔者見之，此虛實詳略之準也。其書不可多載，故揭其指要。其事人所共知，故著其權略。晏子之事亦人所共見，故本傳不復敘列，與管仲同，而總論其為人，即於敘次顯名於諸侯見之，與管仲異，此章法之變化也。於管仲傳，舉鮑叔能知其賢；於晏子傳，舉其能知越石父，及御者。三歸反坫，正與食不重肉，妾不衣帛反對。觀此，可知文之義法，無微而不具也。」

方氏謂太史公敘晏子事有與管仲同者，有與管仲異者，有與管仲相反者，此乃章法之變化也。又謂其內容之安排，敘述技巧之運用，則有「虛實詳略之準」；按「虛實詳略」一語，亦見於方氏「書漢書霍光傳後」、謂「其詳略虛實措注，各有義法如此。」又與孫以寧書謂「此明示後世綴文之士，以虛實詳略之權度也。」觀其所謂「虛實詳略之準」、「詳略虛實措注」、「虛實詳略之權度」，要皆為謀篇布局，安排設計之原則，亦為寫作技巧與剪裁之運用。蓋文章因事而異，其謀篇布局，自不相同，故其裁製之間，虛實詳略必須得宜。方氏此旨與曾文正之論謀篇布局正可相通，曾文正曰：

「古文之道，謀篇布勢，是一段最大工夫。書經、左傳，每一篇空處較多，實處較少，旁面較多，正面較少。精神注於眉宇目光，不可周身皆眉，到處皆目也。線索如蛛絲馬跡，絲不可過粗，跡不可太密也。」（曾文正日記）

又曰：

「古文之道，布局須有千巖萬壑，重巒複嶂之觀，不可一覽而盡，又不可雜亂無紀。」

（同上）

曾氏所謂「空處」、「實處」，「正面」、「旁面」，其多寡之安排，亦各有當，與望溪所謂「虛實詳略」之措注權衡，正可參看，而疏密濃淡之不可板滯膠著，猶虛實詳略必須得宜也。又曾氏眉目線索之說，與前所舉方氏評平津侯主父列傳，特重全篇綱領之旨亦相合。又曾氏謂布局要有層疊變化，不可一覽而盡，此亦與虛實濃密之安排有關，蓋知所措注權度，又能以綱領統之，則雖層疊變化，而不致於雜亂無紀。故為文而知綱領眉目，虛實詳略，於謀篇布局之法則庶幾得矣。

(四) 字句音節

夫桐城派論文之法，向頗重視斷續呼應、抑揚起伏之法，於此雖可具體而指示之，然此乃示初學之成法，即世所謂之「死法」是也；故於實際為文之際，則不拘泥於此，而於字句音節之中，講為文之法，以求脫化，前固已述及之。蓋字句音節，皆為文之能事，而於字句音節中可見文之神氣，且可進而窺見古人文法高妙之處，此乃活法也。故桐城派自劉姚以下，於此莫不刻意講求之。劉海峯論文，最重文事，其論字句音節，亦最富精義，劉氏論文偶記曰：

「文章最要氣盛，然無神以主之，則氣無所附，蕩乎不知其所歸。神氣者，文之最精處也；音節者，文之稍粗處也；字句者，文之最粗處也。然予謂論文而至於字句，則文之能事盡矣。蓋音節者，神氣之跡；字句者，音節之規也。神氣不可見，於音節見之，音節無可準，於字句準之。音節高則神氣必高，音節下則神氣必下，故音節為神氣之跡。一句之中，或多一字，或少一字；一字之中，或用平聲，或用仄聲，同一平字仄字，或用陰平陽平上聲去聲入聲，則音節迥異。故字句為音節之矩，積字成句，積句成章，積章成篇；合而讀之，音節見矣，歌而詠之，神氣出矣。近人論文，不知有所謂音節者，至語以字句，必笑以為末事，此論似高實謬，作文若字句安頓不妙，豈復有文字乎。」

劉氏以為，字句音節雖為文之粗處（指可具體而見者），然論文至字句音節，可盡文之能事。蓋於字句可準音節，於音節可見神氣；而神氣乃文最精之處，於此可體會古人為文之高妙處，則為文有途徑可循，有方法可講矣。此所以能盡為文之能事也。劉氏論文偶記又曰：

「凡行文字句短長，抑揚高下，無一定之律，而有一定之妙，可以意會，不可以言傳。學者求神氣而得之音節，求音節而得之字句，思過半矣。其要只在讀古人文字時，設以此身代古人說話，一吞一吐，皆由彼而不由我，爛熟後，我之神氣，即古人之神氣，古人之音節都在我喉吻間，合我喉吻者，便是與古人神氣音節相似處，自然鏗鏘，發金石。」

劉氏於此，再以歸納之法論之。謂「學者求神氣而得音節，求音節而得之字句」，則所悟已多。而求字句音節神氣，必假之於精誦；能精誦，則古人之音節，都在我喉吻間，而古人之神氣，亦可體會得之矣。此與上所舉「合而讀之，音節見矣，歌而詠之，神氣出矣。」之旨正相同。海峯既講字句音節，故於虛字語助之詞，尤為講究。其論文偶記曰：「文必虛字備而後神態出，何可節損。」海峯此語可謂體會有得，洵為經驗之談；蓋前賢於此莫不措意焉，如歐陽修晝錦堂記，「仕宦至將相，富貴歸故鄉」，於「仕宦」、「富貴」下，特各加一「而」字。又如范蜀公長嘯卻敵騎賦，「制動以靜，善勝不爭」，於「制動」、「善勝」下，各加一「者」字。凡此加一語助虛字，則神態出矣。此與前所謂「一句之中，或多一字，或少一字，……則音節迥異。」正可參看，蓋皆欲於字句音節中，見文之神氣也。

海峯之後，諸家之論字句音節神氣，皆本末兼賅，各有精到之言，而其旨實發自海峯也。

姚範薑塢，援鶉堂筆記云：

「字句章法，文之淺者也，然神氣體勢，皆階之而見。古今文字高下，莫不由此。」

姚姬傳古文辭類纂序目亦曰：

「神理氣味者，文之精也；格律聲色者，文之粗也。然苟舍其粗，則精者亦胡以寓焉。學者之於古人，必始而遇其粗，中而遇其精，終則御其精者，而遺其粗者。」

二家所論，雖不出劉氏之範圍，然足以發明劉氏之旨。薑塢以為，字句章法乃文章神氣之所在，文之高下亦由此而判之。姚姬傳之論，所謂「格律聲色者，文之粗也」蓋指字句音節章法也，以其有形跡可見故謂之「粗」；所謂「神理氣味者，文之精也」，蓋相當於神氣而言，以其超妙而去其形跡，故謂之「精」。姚氏以為為文之極致，在於御其精而遺其粗，然粗者乃精者寄託之所在，且欲御其精，不可不先遇其粗；則字句音節乃為文之基礎，雖為求脫化，終不得不變其形跡而遺之，然文章之高下，及得失之關鍵，莫不在此也。故姚姬傳與陳碩士書曰：「詩古文各要從聲音證入，不知聲音，總為門外漢耳。」又與石甫姪孫書曰：「夫道德之精微，而觀聖人者，不出動容周旋中禮之事。文章之妙，不出字句聲色之間，舍此便無可窺尋者。」姚氏謂為文不知聲音，即不入門，謂「文章之妙，不出聲色之間」。凡此皆深得海峯論文之旨，而為桐城一派相傳之法語也。

其後桐城派後勁諸家，皆能篤守師說，其云為之間，莫不重乎字句音節，曾文正公尤多所闡發，前於湘鄉派文論中已論及之，茲不贅述。又張裕釗廉卿，受古文法於曾氏，其論文亦以聲調為本，張氏復朱菉香書曰：「聲調一事，世俗人以為至淺，不知文之精微要眇，悉寓其中。」張氏之意，蓋與姚姬傳「文章之妙，不出聲色之間」之語同其旨趣。張氏高才孤詣，一生精力全從聲音上著功夫；凡所作，必令應節合度，詞足而氣昌，能得古人音節抗墜抑揚之妙。蓋深得桐城論文之旨，而不違乎因聲求氣之說也。

(五) 古文戒律

夫為文必先知所忌，以去其頗纇，而於從違之際，知所致意，此古今文家所以有戒律之說也。古文家於此特為重視，桐城派尤然，諸家於云為之際，莫不三致其意焉。蓋古文之體格至為雅正，義法亦極精密；故為文之際，必知應法應戒之事，乃不致駁雜不醇，蕩閑踰檢，壞亂無章，而失其醇正雅潔之體格與面目。方望溪曰：

> 「南宋元明以來，古文義法不講久矣，吳越間遺老尤放恣，或雜小說，或沿翰林舊體，無雅潔者。古文中不可入語錄中語，魏晉六朝人藻麗俳語，漢賦中板重字眼，詩歌中雋語，南北史佻巧語。老生所閱春秋三傳，管、荀、莊、騷、國語、國策、史記、漢書、三國志、五代史、八家文，賢細觀之，當得其概矣。」（沈廷芳望溪先生傳書後引語）

方氏以為先秦、兩漢、八家之古文，皆合於義法，而文稱雅潔。南宋元明以來，久不講義法，體既駁雜，文亦失其雅潔。則戒律之設立，乃求文之雅潔；而雅潔者，蓋桐城文特色之所在也。而方氏所戒者，不可雜以小說，不可沿翰林舊體，不可入語錄中語，魏晉六朝人藻麗俳語，漢賦中板重字法，詩歌中雋語，南北史佻巧語。凡此應予戒除，否則不免駁雜。又方氏答程夔州書曰：「用佛氏語則不雅，……豈惟佛說，即宋五子講學口語入散體文，司馬氏所謂言不雅馴也。」則佛氏語亦不可用，蓋以佛說接近口語故也。其後吳德旋中倫更詳之曰：

「古文之體，忌小說、忌語錄、忌詩話、忌時文、忌尺牘，此五者不去，非古文也。國初汪堯峯之文，非同時諸家所及；然詩話、尺牘氣，尚未去淨。至方望溪乃盡之淨耳！詩賦字不可有，但當分別言之，如漢賦字句，何嘗不可用？惟六朝綺麗乃不可也。正史字句亦自可用，如世說新語等太雋者，則近乎小說矣。公牘字句，亦不可闌入者，此等處，辨之須細、須審。」（初月樓古文緒論）

吳氏所論，蓋本望溪之說而推闡之。謂古文忌小說、忌語錄、忌詩話、忌時文、忌尺牘。所論除小說、語錄外，視望溪多詩話、時文、尺牘、公牘四種。又謂漢賦中字句，正史中字句皆可用，惟六朝綺靡、世說中太雋者不可用。蓋能斟酌方氏之說，而補其所不足。

劉海峯之論戒律，則本韓文公所謂陳言務去之說，本李習之所謂創意造言之說，而反對因襲剽竊。劉氏論文偶記曰：

「文貴去陳言，昌黎論文以去陳言為第一要義，後人見為昌黎好奇故云爾。不知作古文無不去陳言者，試觀歐蘇諸公，曾直用前人一言否？」

又曰：

「樊誌銘云：『惟古於詞必己出，降而不能乃剽賊，後皆指前公相襲，自漢迄今用一律。』今人行文，凡以用古人成語，自謂有出處，自矜典雅，不知其為襲也，剽賊也。」

又曰：

「大約文字是日新之物，若陳陳相因，安得不目為臭腐！原本古人意義，到行文時，卻須重加鑄造。一樣言語不可便直用古人。此謂去陳言，未嘗不換字，卻不是換字法。」

望溪所論，蓋就創作之精神而言，謂文貴己出，於遣詞造句，必欲推陳出新，戛戛獨造。此與望溪之就義法與雅潔而論不同。劉氏以為，唐宋名家皆力去陳言，不曾直用前人一言。蓋文字乃日新之物，豈可陳陳相因，偷襲剽賊，隨人作計，而失其自家精神面目。故為文之時，必須重加鑄造，用古人之意不可直用古人之語，如此乃能化腐生新，自得神奇矣。夫黃山谷有所謂

「奪胎換骨」之法，「點鐵成金」之法，雖為詩歌立說，然亦可通於古文，二說正可互為參稽。姚姬傳則更申劉氏之旨曰：

「凡言理不能改舊，而出語必要翻新。佛氏之教，六朝人所說，皆陳陳耳，達摩一出，翻盡窠臼，理豈有二哉！但更搬陳語，便了無意味，移此意作文，便是妙文矣。」（與陳碩士書）

姚氏以為，古今之理一，而用語則不能雷同，必須翻新，且以釋氏之說為喻。及其至也，惟能自鑄偉詞，一空依傍，不為古人之奴隸，則所為之文，乃有意味，便是妙文。姚氏之後，諸高弟弟子皆能致意於此。方植之曰：

「文者，辭也，其法萬變，而大要必在去陳言。理者所陳事理、物理、義理也。見理未周，不賅不備，體物未亮，狀之不工，道思不深，性識不超，則終於粗淺凡近而已。」（昭昧詹言）

又管異之曰：

「無得於己，而剽竊古人，是謂無情之辭；無當於道，而塗澤古語，是謂無理之作，二者是為偽體而已。」（管異之蘊素閣全集序）

方植之亦以去陳言，辭必己出為貴。且以說理、體物、道思、性識，之未臻周備、工巧、高超而流於粗淺凡近為戒。管異之亦以剽竊古人，塗澤古語，為無情無理之作，而至目之為偽體；二子蓋皆能闡發其師說者也。

又姚姬傳以言義理之過，為考證之過，為古文所當戒。姚氏曰：「世有言義理之過者，其辭蕪雜俚近，如語錄而不文；為考證之過者，至繁碎繳繞而語不可了。」（述庵文鈔序）蓋姚氏生當漢宋學大盛之世，為宋學者，其辭往往蕪雜而俚近，此望溪所以忌語錄中語也；為考據者，則繁徵博引，難免有臃腫累贅之習，此望溪所謂失其雅潔者。則姚氏此說，雖針對漢宋學之弊而發，然所論皆能與望溪溝通而闡發之。

又吳仲倫論為文不可有屠沽氣。吳氏曰：

「唐人以五律為四十賢人，不可有一字帶屠沽氣，古文亦然。通篇容不得一字屠沽；然而知此者鮮矣，能辨其是否屠沽，亦不易矣，真作家所以少也。」（初月樓古文緒論）

所謂屠沽氣，亦即自視太高，喜賣弄炫耀，自詡聲價。實則才不能副其所言，文亦不足觀。吳氏又以文有暴氣不自然為戒。吳仲倫曰：

「八家之外，李習之尚可參，其氣息自好也；孫可之則有暴氣，亦未能自然，究非正宗，看介甫便高，過之遠甚。姚牧庵力掃南宋，而學韓尚太吃力。」（初月樓古文緒論）

吳氏謂文有暴氣不自然，究非正宗。蓋孫可之文不能自然，乃緣好為怪奇，而流於僻澀。此本唐世艱澀一派之病，若樊宗師，皇甫湜皆有此弊，為文當戒之也。

其後曾文正於戒律之說，亦頗措意。然所懸禁約，不僅僅在求文之雅潔已耳，於文之體格措語用字外，亦兼及文德、立意、布局等，頗能推廣方、劉、姚、吳諸家之說而言之。觀其復陳太守寶箴書，以剽竊前言，句摹字擬，為戒律之首。其次褒貶人之善惡，不可太過，亦不可臨於小說。其次一篇之內要有綱領，端緒不宜繁多；其次不可競為僻字澀句。曾氏以為能明文之戒律，持守勿失，然後下筆造次，皆有法度，乃可專精。然禁約之立，本是不得已之事，若過於拘謹迫束，則文筆窒礙而不暢，故曾氏又有破除禁令之說。曾氏曰：

「申甫在此瞥談，言渠文筆所以不甚瞥者，為在己之禁令太多，難於下筆耳。余勸其破除禁令，一以條暢為主。」（曾文正公日記）

曾氏以為禁令太多，則無從下筆；蓋過於拘牽，反被牢籠。故為文之際，有時不妨破除禁令，一以條暢為主。此曾氏論文，所以能入又能出，而可以補方、劉、姚之不足者也。

四、批評論

(一)論文之境界

夫文之境界，乃作者修學造詣所臻之境也，而此境界，由文之興象外貌可窺見之。然則，有諸中，乃能形於外；故文之興象外貌，莫不緣中之美惡以發之。而個人資質美惡不同，修學造詣亦殊；則文章外在之興象，與乎內在之情趣韻味，亦必因人而異，此文之境界所以有殊也。而桐城派諸家，則喜以陽剛陰柔之說，論文之境界。姚姬傳海愚詩鈔序曰：

> 「文章之原本乎天地，天地之道，陰陽剛柔而已。苟有得乎陰陽剛柔之精，皆可以為文章之美。陰陽剛柔並行而不容偏廢，有其一端而絕亡其一，剛者至於僨強而拂戾，柔者至於頹廢而闇幽，則必無與文者矣。」

姚氏謂陰陽剛柔之精，可以為文章之美，然此陰陽剛柔，必待調劑，乃不至於偏廢，而得其完美。姚氏於復魯絜非書，更詳論之曰：

「鼐聞天地之道，陰陽剛柔而已矣。文者天地之精英，而陰陽剛柔之發也。惟聖人之言，統二氣之會而弗偏，然而易詩書論語所載，亦間有可以剛柔分矣。值其時其人告語之體，各有宜也。自諸子而降，其為文弗有偏者；其得於陽與剛之美者，則其文如霆、如電，如長風之出谷，如崇山峻崖，如決大川，如奔騏驥；其光也如昇日、如火，如金鏐鐵；其於人也，如馮高視遠，如君而朝萬眾，如鼓萬勇士而戰之。其得於陰與柔之美者，則其文如升初日，如清風，如雲，如霞如煙，如幽林曲澗，如淪如漾，如珠玉之輝，如鴻鵠之鳴而入寥廓。其於人也，漻乎其如嘆，邈乎其如有思，暖乎其如喜，愀乎其如悲。觀其文，諷其音，則為文者之性情形狀，舉以殊焉。且夫陰陽剛柔，其本二端，造物者糅而氣有多寡進絀，則品第億萬，以至於不可窮，萬物生焉。故曰一陰一陽之為道。夫文之多變亦若是已，糅而偏勝可也。偏勝之極，一有一絕無，與夫剛不足為剛，柔不足為柔者，皆不可以言文。今夫野人孺子聞樂，以為聲絃管之會爾，苟善樂者聞之，則五者十二律，必有一當，接於耳而分矣。夫論文者，豈異於是乎？」

姚氏謂「文者天地之精英，而陰陽剛柔之發也」。文章既原本於天地，而天地之氣象，其變化不同，有陽剛與陰柔之別，文亦如之，而有陰柔陽剛兩種境界。然陽剛陰柔之說，稍涉玄虛，故姚氏特舉山川、風雲、雷電、珠玉等實物，以為兩種不同之譬喻而闡發之，其陽剛與陰柔之氣象，於是瞭然可辨。姚氏又謂，為文於此二者糅而偏勝，並不為害；若一有一絕無，而偏廢之，則不可。蓋剛無柔以調劑之，必流於獷悍亢戾；柔無剛以調劑之，必有纖弱不振之弊，凡此皆不足以言文也。為文之際，若能於陰柔淵懿之中，運以雄直之氣，而於雄偉遒勁之中，輸以淵懿溫厚之氣。則陽剛之文，亦具陰柔之美，陰柔之文亦然。故二者苟能相錯為文，互為調劑之，則雖有時仍不免而有所偏勝，然亦不害其為文章之美也。

然則陰陽剛柔之說，雖辨析於姚姬傳，而為桐城文家所樂道，然其說並不始於姚氏，考其始也，易賁卦象傳已言之矣。姚永樸仲實曰：

「文體陰陽剛柔之說，始自易賁卦象傳，言：『柔來而文剛，分剛而文柔，剛柔交錯，天文也。文明以正，人文也。觀乎天文，以察時變；觀乎人文，以化成天下。』說卦傳又言：『分陰分陽，迭用剛柔，故易六位而成章。』文章之體之本於陰陽剛柔，其來遠矣。」（文學研究法剛柔篇）

姚仲實謂陰陽剛柔之說始見於易傳，故文章之體，其本於陰陽剛柔，其來已久。惟易推天道，以驗人事，初非為文章而立說也；然觀乎天文，足以化成人文，則陰陽剛柔之迭用，由人事而至於文事，乃必然之趨勢，自不待言矣。其後宋書謝靈運傳論，亦有「剛柔迭用，喜慍分情」

之說；而劉彥和文心鎔裁篇，乃以之論文，而有「剛柔立本」，「職在鎔裁」之說。朱子王梅溪集序，亦有人秉陽剛陰柔之氣，「發而為文，亦無弗肖」之說。諸家之論，雖為姚氏所託始，然不若姚氏之旨細深微，而可證合群論也。近人王葆心謂：「姚氏此論出，而論文家之以唐代前後，長短華質深曠言者，以秦前後骨與氣言者，以昌黎前後，奇偶繁簡，有韻無韻言者，皆可廢。」（古文辭通義卷十六）王氏之論雖不免過當，然姚氏所論，足以概括群說，則毋庸置疑矣。

姚氏之後，其弟子管異之，頗能闡發姚氏之說，而主以陽剛為貴。管氏與友人論文書曰：

「僕聞文之大原出於天，得其備者，渾然如太和之元氣，偏焉而入於陽，與偏焉而入於陰，皆不可以為文章之至境；然而自周以來，雖善文者，亦不能無偏。僕謂與其偏於陰也，則毋寧偏於陽，何也？貴陽而賤陰，伸剛而絀柔者，天地之道，而人之所以為德者也。……聖賢論人重剛而不重柔，取宏毅，而不取巽與。夫為文之道，豈異於此乎？古來文人陳義吐辭，徐婉不失態度，歷代多有；至若駿樂廉悍，稱雄才而足號為剛者，千百年而後一遇為耳！甚矣，陽之足貴也。然僕以為是有天焉，有人焉，得天之剛，世亦無幾，其餘必進之以學；進之以學者，孟子所云以直養而無害是也。日蓄吾浩然之氣，絕其卑靡，過其鄙吝，使夫為體也常宏，其為用也常毅，則一旦隨其所發，而至大至剛之概，可以塞乎天地之間矣。如此，則學問成，而其文亦隨之以至矣。取道之原，六經其至極也，而論其從入之途，則公羊、國策、賈誼、太史公，皆深得乎陽剛之美者，誠熟復之，當必更有所進耳。」

管氏以為，為文於陰陽各有所偏，皆非文之至境，然善文者能備陰陽而無所偏者，固尠矣。天地之道，既貴陽而賤陰，伸剛而絀柔，而聖人所論，亦重剛而不重柔，故謂為文之道，陽為足貴。而於文家二氣之說，專主陽剛，蓋亦性近而致力之說歟？然則貴陽賤陰之說，亦不過僅及其一端矣，究非完論也。故能大昌姚姬傳之說者，不得不待之於曾文正也。曾氏就姚氏陽剛陰柔之說，推演而為古文四象；將陽剛與陰柔二類，分為太陽、太陰、少陽、少陰四種，以「氣勢」屬太陽，以「識度」屬太陰，以「趣味」屬少陽，以「情韻」屬少陰。其後更定古文境界八字，以「雄、直、怪、麗」，歸諸陽剛之美，以「茹、遠、潔、適」，歸諸陰柔之美。前於第三章湘鄉派之文論中已論及之，茲不贅言。然則，曾氏古文四象之論，嬖積精微，頗能發明光大姚氏之說，可謂姬傳之功臣。

(二) 論文之風格

桐城文之風格，要言之，乃以雅潔為其特色。所謂雅潔者，實即為文講究義法之表現，前於論古文戒律中，已言及之矣。蓋為文講義法，而知所應法應戒之事，則其文必能醇正雅潔，不致於駁雜不醇，壞亂無章；若不講義法，而犯其戒律，則文無雅潔者。故雅潔乃義法表現之一標準，而形成為文之一種風格。此與方望溪所立為文之另一標準，「清真古雅」而「理是辭是」（欽定四書文凡例）之旨，正可相通。望溪曰：「古文氣體，所貴清澄無滓，澄清之極，自然而發精光。」（古文約選序例），所謂「清澄無滓」，即雅潔之意也。方氏又曰：「夫文未有繁而能工者，如煎金錫，粗礦者去，然後黑濁之氣竭而光潤生。」（與程若韓書）故雅潔者，實亦所以求文謹嚴樸實，以刊落浮辭也。望溪書柳文後評其病曰：「辭繁而蕪，句佻且稚。」又其書歸震川文集後云：「又其辭好雅潔，仍有近俚而傷於繁者。」故凡蕪辭累句，或佻語不雅，皆宜刊落之，如此乃得雅潔。然欲文之雅潔，又須明於體要，望溪曰：「柳子厚稱太史公書曰潔，非謂辭無蕪累也；蓋明於體要，而所載之辭不雜，其氣體為最潔耳。」（書蕭相國世家後）蓋氣體潔，則「清澄無滓」，故其辭不雜，而臻於雅潔。其後姚姬傳亦深得方望溪雅潔之深旨，而亦頗致力於此。姚氏曰：「文章之事，欲其言之多寡當然，不可增減。意如駢枝，辭如贅疣，則失為文之義。」（與陳碩士書）又曰：「大抵作文，須見古人簡質惜墨如金處，……老年精神已憊，作文潔淨而已。」（同上）姚氏謂為文當忌意之駢枝，辭之贅疣，尤須重視古人惜墨如金處，以求文之簡質；而自謂所作已臻潔淨之境。所謂潔淨者，亦即方望溪所謂之雅潔也。

劉海峯論文，亦不失雅潔之旨。其論文偶記曰：「文貴簡，凡文筆老則簡，意真則簡，辭切則簡，理當則簡，味淡則簡，氣蘊則簡，品貴則簡，神遠而含藏不盡則簡，故簡為文章盡境。」劉氏論文，以「簡」為貴，所謂「簡」者，亦不離雅潔之意；蓋「簡」則不蕪雜而無贅累故也。海峯以為欲文之簡，必須文筆精鍊，又當意真、辭切、理當、味淡、氣蘊、品貴、神遠；蓋如此則文必清真古雅，氣體清澄無滓，故為文之最高境。又海峯論文之風格，所貴多方，品類不一，其論文偶記曰：

「文貴奇，所謂珍愛者，必非常物。然有奇在字句者，有奇在意思者，有奇在筆者，有奇在邱壑者，有奇在氣者，有奇在神者。字句之奇，不足為奇，氣奇則真奇矣，讀古人之文，於起滅轉接之間，覺有不可測識處，便是奇氣。」

「文貴高，窮理則識高，立志則骨高，好古則調高。」

「文貴大，道理博大，氣脈洪大，邱壑遠大，邱壑必峰巒高大，波瀾闊大，乃可謂之遠大。」

「文貴遠，遠必含蓄，或句上有句，或句下有句，或句中有句，或句外有句；說出者少，不說出者多，乃可謂遠。」

「文貴疏，凡文力大則疏。宋畫密，元畫疏，顏柳字密，鍾王字疏，孟堅文密，子長文疏。凡文氣疏則縱，密則拘，神疏則逸，密則勞，疏則生，密則死。」

「文貴變。易曰：『虎變文炳，豹變文蔚。』又曰：『物相雜故曰文。』故文者，變之謂也。一集之中，篇篇變；一篇之中，段段變；一段之中，句句變，神變、氣變、境變、音變、節變、句變、字變、唯昌黎能之。」

「文貴瘦，須從瘦出，而不宜以瘦名。蓋文至瘦，則筆能屈曲盡意，而言無不達。然以瘦名則文必狹隘，公穀、韓非、王半山之文，極高峻難識，學之有得，便當舍去。」

「文貴華，華正與樸相表裏。以其華美，故可貴重，所惡於華者，恐其近俗耳。所取於樸者，謂其不著粉飾耳。不著粉飾，而精彩濃麗，自左傳、莊子、史記而外，其妙不傳。」

「文貴參差，天生之生物，無一無偶，而無一齊者，故雖排比之文，亦以隨勢屈曲貫注為佳。」

「行文最貴品藻，無品藻不成文字。如曰渾、曰浩、曰雄、曰奇、曰頓挫、曰跌宕之類，不可勝數。然有文上事，有氣上事、有體上事、有色上事、有聲上事、有味上事、有識上事、有才上事、有格上事、有境上事，須辨之甚明。文章品藻最貴者，曰雄、曰逸。歐陽子逸而不雄；昌黎雄處多，逸處少：太史公雄過昌黎，而逸處更多於雄處，所以為至。」

海峯所論，風格多方，不僅僅在清真、雅潔，蓋才大而又特重文事故也。觀其所論，有「高」、「大」、「遠」、「疏」、「奇」、「變」、「華」、「瘦」、「參差」之境，然「品藻」最貴之「雄」、「逸」二境，似又可概括各種風格。凡此皆可見其文心之妙，文理之精；則論文之風格，桐城而至於劉氏，可謂庶幾矣。

(三) 評各家之文

夫文章之流變，莫可窮詰，然其因緣世變，附會時尚，則可知也，是以文質往復，華樸代興，各成一代之特色焉。夫風會之所趨，作者俯仰於其間，雖多受其影響，然秉性不同，積學殊方，造詣亦異境，則其得失之間亦可得而言也。劉海峯論文偶記曰：

「天下之勢日趨於文而不能自己，上古文字簡質，周尚文，而周公孔子之文最盛；其後傳為左氏，為屈原宋玉，為司馬相如，盛極矣。盛極則衰，流弊遂有六朝，六朝之靡弱，屈宋之盛肇之也。昌黎氏矯之以質，本六經為文，後文因之為清疏爽直，而古人華美之風亦略盡矣。平奇華樸，流激使然，末流皆不可處。」

劉氏謂文自周秦，迄於盛漢，皆極盛。至六朝則盛極而衰，其衰乃肇於屈宋。洎唐昌黎倡復古道，而流為清疏爽直，惟少古人華美之風。此周秦迄唐，文章流變之大略也。劉氏論文偶記又曰：

「唐人之體，較之漢人，微露圭角，少渾噩之象，陸離璀燦，猶似夏商鼎彝。宋人文雖佳，而萬怪惶惑處少矣。荊川云：唐之韓，猶漢之班馬，宋之歐曾三蘇，猶唐之韓，此自其同者言之耳，然氣味有厚薄，力量有大小，時代使然，不可強也。但學者先求其同，而後別其異，不宜伐其異而不知其同耳。」

劉氏謂唐人有意為文，氣象不及漢人，然不失古意；宋人亦佳，惟雄奇變化之氣勢又遞減矣。又謂自其同者而言，唐之韓猶漢之班馬，宋之歐曾三蘇，猶唐之韓，然諸家亦各有其殊異之處。故論文之道，「不宜伐其異而不知其同」。此海峯之卓識也，然所論僅及其大端，於諸家之同異，則少具體而微之評論。

方望溪頗究心於史漢，所得尤多；其纂古文約選之微意，以治古文者，於史、漢二者必觀其全。故於兩家之文，除子長自序外，概弗選錄。方氏謂：「子長世表年表月表序，義法精深變化，而退之、子厚讀經子，永叔史志論諸作，皆自子長演出。孟堅藝文志七略序，淳實淵懿，而子固序羣書目錄，介甫序詩書周禮義諸作，皆自孟堅演出。」（古文約選序例）又望溪於書史記十表後曰：

「十篇之序義，並嚴密而辭微，約覽者或不能遽得其條貫，而義法之精變，必於是乎求之，始的然其有準焉。歐陽氏五代史志考序論，遵用其義法，而韓柳書經子後語，氣韻亦近之，皆其淵源之所漸也。」

方氏蓋自其同者，而論其淵源之所漸，而由班馬之文，可沿波而得諸家之流別。又望溪於唐之韓柳，則揚韓而抑柳，其答程夔州書曰：

「柳子厚惟記山水，刻雕眾形，能移人情；至監察使四門助教，武功縣丞廳壁諸記，則皆世俗人語意思。援古證記，指事措語，每題皆有見成文字一篇，不假思索，以是北宋文家，於唐多稱韓、李，而不及柳氏也。凡為學佛者傳記，用佛語則不雅，子厚、子瞻皆以此自瑕。至明謙益，則如涕唾之令人穀矣。」

方氏以為子厚之文，惟記山水可取，其餘之文，皆不免落於俗調；且以子厚學佛，用佛語既不雅，其思想亦不醇正。方氏之論，當時袁簡齋嘗持論非之，李穆堂攻之尤力；李氏有二書與方氏論所評柳文歐文，各附以論方氏評語四十餘條，亦足以發方氏之固。劉海峯、姚姬傳於韓柳所見，與望溪相近，惟姚氏則詞微耳。實則韓柳二家之文，各有其特色，不宜持其一端而遽斷之，近人陳衍石遺室論文，王葆心古文辭通義固已辨明之矣。

原刊於《桐城文派學述》文津出版社六十三年四月

《鏡花緣》的主旨及其成就

一、緒論

一部動人而成功的小說，最重要的，不僅要具有嚴肅的主題，和作者的理想，而且必須能反映創作的時代，與社會人生。至其別出心裁，隱微巧妙的表現作者的心境，或以生動親切的文筆，引人入勝；凡此自是文之餘事。然而就《鏡花緣》來說，如上所述諸端，李汝珍可以說都做到了。

明清小說，大致上說來，都是文人失意發憤之作。不過《鏡花緣》在表現上與眾不盡相同，作者李汝珍不但借小說以抒其苦悶抑鬱，用幽默活潑的文筆來諷刺譏評現實的社會人生，而且更進一步的提出個人的主張和理想，以警世以淑世；而不僅僅在於膚淺的譏諷和諧謔，也不斤斤於論學說藝以炫能。儘管清初康、雍、乾、嘉間的失意文人，在文字獄的淫威下，在小說的創作中，不敢觸及敏感的現實和政治，因而只好以女人和神怪為創作的題材，以求寄託，並討好讀者。就這一點而言，《鏡花緣》雖然不能擺脫當時的風氣，但李汝珍卻能活用這兩種題材而脫其窠臼。他一方面承受了《山海經》和《神異經》的內容，然而卻把它人情化了；另一方面他也沿襲了明末以來文人常寫的才子佳人和冶遊的故事，但卻淨化了渾然的脂粉氣，也使閨閣理想化了。凡此，使得這一部敘述「海外奇談」，和描繪一百才女故事的《鏡花緣》，不再僅僅是《山海經》神話的翻版而已，而且能超脫於所謂的「淫詞穢說」之外，由此也可看出作者苦心孤詣之所在了。

二、《鏡花緣》的主旨和精神

本書的真正宗旨是深藏隱微的，這似乎異於一般的作品。最難能可貴的是，作者經由對女人和神怪這兩種題材的安排，獨運匠心，隱微而巧妙的表現出來本書的主題和作者的理想。很遺憾的是作者經由這種匠心和辛苦的經營而隱微表露的真正主旨，卻為一般人所忽視了。從胡適之先生〈鏡花緣引論〉以來，大多數的學者，都認為《鏡花緣》是一部討論婦女問題的小說。其實這只是從表面來看的第一層面的題旨而已。（我們必須認清的一點是李汝珍藉百花仙子所寫的女人，本來就承受了傳統「香草美人」之諷喻象徵，這一點歷來學者似乎少有言及者。）李辰冬先生〈鏡花緣的價值〉則頗具卓識，以為《鏡花緣》的宗旨是在「表現民族氣節」，此說庶幾近之，可惜有點籠統而語焉未詳。其實本書的真正主旨所在——第二層主旨，乃借武則天和諸才女故事中之「恢復唐室」，以暗諷滿清之入僭中原，高壓統治，亦當有仁人志士，起而推翻之。但這在當時是說不得的，何能明言，因為文人懍於文字之禍，故只好借古諷今，以武則天之故事為幌子，以隱匿其真意。這絕非是個人的臆測或穿鑿附會，我們可從本書第四十八回（胡、李二先生皆誤為四十九回）泣紅亭白玉碑末泣紅亭主人總論窺其消息所在：

「泣紅亭主人曰：以史幽探、哀翠芳冠首者，蓋主人自言窮探野史，當有所見，惜湮沒無聞，而哀群芳之不傳，因筆志之。或紀其沉魚落雁之妍，或言其錦心繡口之麗，故以紀沉魚、言錦心為之次焉。繼以謝文錦者，意謂後之觀者，以斯為記事則可，若目為錦繡之文，則吾既未能文，而又何有於錦？矧壽殀不齊，辛酸滿腹，往事紛紜，述之惟恐不逮，詎暇工於文哉！則惟謝之。而『師仿蘭言』，案其蹟敷陳表白而傳述之，故謝文錦後，承之以師蘭言、陳淑媛、白麗娟也。結以花再芳、畢全真者，蓋以群芳淪落，幾至澌滅無聞，今賴斯而得不朽，非若花之重芳乎？所列百人，莫非瓊林琪樹，合璧駢珠，故以全貞畢焉。」

所謂「窮探野史，當有所見」，正是此消息關鍵之所在。可是胡適之先生卻誤解原意，以為李汝珍所看出的是「幾千年來忽略的婦女問題」。這實在沒有會得作者的本意。蓋作者此語正是針對當時文士避禍諱談史事之弊加以微諷，喚醒大家不要忘記歷史的提示和教訓。而李汝珍之「所見」，就是歷史上仁人志士，推翻偽朝和暴政的貞烈史蹟。於是他選擇了武則天臨朝僭號，諸義士「恢復唐室」的一段歷史，藉著諸才女的故事，暗中提醒被壓迫的文人，效法徐敬業等人的義舉，起而推翻滿清暴政；但卻懼清廷之猜忌，故藉「記其沉魚落雁之妍，或言其錦心繡口之麗」，這些專以描寫諸才女之事當為幌子，以障人眼目。李汝珍又深怕讀者不能會得他的微旨，把它當為「錦繡之文」看待，只去欣賞那些錦心繡口的佳麗，留意他所故意表現的才學、詩文。故特別強調：「後之觀者，以斯為記事則可」；目為錦繡之文，自然就不可了。尤其「記事」二字隱寓微意，發人深思。然而他為什麼要寫這樣一部「記事」之作來微諷「後之觀者」呢？正是因為「壽殀不齊，辛酸滿腹」之故，而這些由於異族高壓統治所引起個人的家國民族的憂憤牢騷，又不能明言發洩，故只好「師仿蘭言」而敷陳表白了。「師仿蘭言」，就其詞義而言是：師法古人朋友「同心之言」，意謂所敘述者皆大家膺受心感之事；就文字諧音來說是「是方難言」，謂此事正難於明言者。故緊接著說「謝文錦後，承之以師蘭言、陳淑媛、白麗娟也」。「陳淑媛」、「白麗娟」就其詞義來說是：所陳述表白的皆才德賢淑，資質娟好的女子（象徵賢德君子）；就諧音而言，「陳淑媛」諧音「陳宿怨」、「白麗娟」諧音「白裏覯（見）」，意謂「所敘述者皆在清人高壓統治下長久累積之苦悶怨恨，惟難於明言，故表白當於文之隱微深處見其真意」。至此，作者之微意深旨已漸表露。最後「結以花再芳、畢全貞者」，一則感慨群芳淪落，幾至澌滅無聞，一則希望群花重芳，而能保全其貞烈。然則所謂群芳實意指賢才君子，蓋亦本乎《國風》與《離騷》香草美人之象徵諷喻（李辰冬先生謂「群芳就是群才」，見解極正確）可見作者懷著無限的企待和心願，希冀凡我賢士，同仇敵愾之，再發揚其賢德芳烈，推翻滿清暴政，切勿為其走狗，甘心被奴役，而保全其節烈。

從上述這段借題發揮的總論看來，作者是如何的苦心經營，他運用隱括斂藏，或諧音暗喻的各種修辭方式，隱微宛曲的來表露本書所揭櫫的微旨深意；然作者猶恐如此還不夠隱微，故最後以幾個篆字圖章，強調「茫茫大荒，事涉荒唐」，來移人耳目。（這和以「鏡花水月」為名書之由，有相同的用意），所以這段總論可說是作者所設計的一個機關，能解此機關，則全書微旨一目瞭然，不能破此機關，則只能當寫婦女問題，或表現才學的小說看了。由此可見作者匠心之所在，讀者如能三復這篇總論之言，必可參透此中之禪機。然而更高妙的是第一百回最後的一段文字：

「以文為戲，編出這《鏡花緣》一百回，而僅得其事之半。其友方抱幽憂之疾，讀之而解頤、而噴飯，宿疾頓愈。……他人看了又看，也必拈花微笑，是亦緣也。……若要曉得這鏡中全影，且待後緣。」

這段文字深寓兩種微意：其一，作者認為《鏡花緣》一書只得「其事」之半，這個「事」字正與前面總論所謂「以斯為記事則可」之「記事」二字相呼應；而這「記事」的「事」也正是「恢復唐室」的歷史及其啟示。但這僅是整個「事」的一半而已，至於另一半則有待於有識的仁人義士，推翻滿清暴政，恢復漢民族的歷史正統，始克完成之。故謂「若要曉得這鏡中全影，且待後緣」。可見「後緣」這兩字大有講究，前人皆未能會得其真意，因為這並不是普通的機緣，它暗示著作者最大的期待和心願，而「其事」之半是否能實現，端看有無這個機緣；假如「恢復唐室」之盛舉能在清朝的歷史上重現，則《鏡花緣》之後半就「有緣」可見了。其二：作者認為他著書的微旨深意，必能為讀者所體會，並引起其共鳴。這其中又有兩種類型：一種是他的朋友，他的朋友雖然「方抱憂幽之疾」（受當世政治社會所壓制而形成的抑鬱苦悶），讀了他這部帶有微旨深意的小說，不但可以解頤噴飯，而且幽憂之宿疾也可以立即痊癒。可見這種同心的「蘭言」，必能深獲摯友之我心，而引起強烈的共鳴。另一種人是「他人」，這一種人不一定有志同道合的關係和默契，因此必須「看了又看」，才能參透禪機會得作者的微旨深意，慢慢的引起內心的共鳴。所以他認為這些普通的讀者，如能反覆詳慎的閱讀本書，必定會「拈花微笑」，也可以算是有「緣」的了。

由上所述，可以看出《鏡花緣》這部小說，最主要的是表露那些失意的文人和被迫害的知識份子的心聲，從徐、駱諸人「恢復唐室」的歷史象徵，作苦悶的發洩，並對清廷作一「精神上的抗暴」。而並非僅僅在反對一無道的武則天而已，我們可以說：凡是那些不合王道的帝王和暴政都是他所反對的，如第二十回寫長人國，借長人的故事諷刺殘暴的帝王：

「九公道：……當日我在海外曾見一長人，身長千餘里，腰濶百餘里，好飲天酒，每日一飲五百斗，當時看了正覺詫異，後來因見古書，才知名叫『無路』」。

像這樣霸佔天下（縱橫千百里），剝削民脂民膏的，自然是那些專制政治的巨人了，他稱這種暴政的巨人為「無路」——實即「無道」（昏君也）。又說這個長人「頭頂天，腳踏地」，並且「那張大嘴還要愛說大話，倒是身口相應」，又說「只顧大了，那知上面有天」。這是多麼顯然的在諷刺那些專橫狂妄的帝王。又如第十五回寫犬封國：

「你看他雖是狗頭狗腦，誰知他於吃喝二字，卻甚講究，每日傷害無數生靈，想著方兒，變著樣兒，只在飲食用功，除吃喝之外，一無所能；因此海外把他又叫『酒囊』、『飯袋』。」

所謂犬封國，亦稱「犬戎」，為西方之夷狄，此借以諷刺東方之夷——滿洲人，既恨其傷害無數生靈，又譏其昏庸無能。凡此可見作者是反專制奴役，反抗清廷暴政，而不能籠統說是談「民族的氣節」問題。而這種反專制奴役、反暴政的宗旨，自然成為本書精神之所在了。

三、《鏡花緣》的內容

《鏡花緣》一百回的內容，是由神怪和女人兩種題材構成和表現的。大致而言，前五十回是藉著唐敖、林之洋遊歷海外諸國，徧述海外之奇風異俗、奇人異事，和神怪的蟲魚鳥獸草木。表面上它承受了山海經和神異經的神怪內含，但敘述神怪奇異之事，本身並非目的：固然作者是想藉此引起讀者的好奇心和閱讀興趣，但最重要的是藉著這些充滿著古人對世界幻想的奇書，來諷刺譏評中國不合理的、不好的社會生活和人情，同時給這古老的民族痛下針砭；進而表達了自己在政治、社會、文化學術各方面的見解和理想。其中諷刺的如：第十二回藉君子國二長者的談話，罵盡華夏上國的頹風敗俗。第十四回無腸國，譏刺腹虛無物者的自大和可笑，以及為富之刻薄不仁。第二十二回藉白民國，諷刺假儒學，和酸腐的八股文。第三十三回藉女兒國，譏評女子纏足的惡習，等等不勝枚舉。寫理想的如：第十一回，藉君子國寫好讓不爭的理想社會風氣。第二十四回，藉淑士國寫理想的政治社會。第三十二回，藉女兒國用「易地而處」的方式，寫理想的女性社會等。在這一部分裏，作者使神怪的題材人情化了，而呈現它的趣味性和社會性，也使得它具有《儒林外史》、《官場現形記》等諷刺小說的譏彈嘲諷特色。

後五十回，一方面借武則天開科考才女，倡言「女權運動」，並藉這些才女來表現個人的才學和博識。另一方面則敘述徐敬業、駱賓王諸人的兒子，和劍南節度使文芸聯合起義，終於推翻武氏的政權，恢復了唐室的正統；並以此暗喻表現個人對專制暴政的厭惡，而微諷仁人志士效法先賢，推翻滿清政權。其談「女權」自是有創見，亦頗具體：如提倡男女平等（五十一回），開女科（四十二回），破纏足（三十三回），放宮女、釋奴婢（四十回），和造福婦女的諸德政（四十回）等。倡言「女權」固然深具膽識和創見，不過也有它產生的背景；一則作者看不慣一般士子的爭名逐利，而又酸腐可惡，不知性靈為何物，反不如才女之靈秀可愛。一則清代的小說都有黜男性的趨勢，如《紅樓夢》稱男人為「鬚眉濁物」，稱士子為「書蠹國賊」。因此崇女性，也可以說是黜男性的反響。至於推翻「偽周」政權，「恢復唐室」正是本書主旨之象徵，已詳論於前，不再贅述。

在本書的整個內含裏，作者除了時時借題發揮議論和諷喻之外，也處處借機會表現個人的才學和博識。這也是本書內容上的特色之一。由於作者博學多識，在失意之餘，頗喜表現才學：如第十七回之奢談聲韻，第五十二回之論《春秋》、論三《禮》，第五十三回之論史，第八十二回之論雙聲疊韻、百條雙聲疊韻之酒令，第八十八回，論以題為韻之〈天女散花賦〉，第八十九回論無一重字之千言百韻詩等等，皆頗自得，而有賣弄炫能之嫌。至其談雜藝百戲，如談花卉，論茶道，說鼻烟，談本草醫藥秘方，說棋藝，論彈琴八法，論射箭及劍術，談物理算學，談酒令、投壺、燈謎，說大書，論占卜壬課，說雙陸、馬弔、花湖等等，幾乎網羅古代的各種遊藝雜技。雖然作者是在表現其博識，但由於有些已逐漸失傳，因此倒可使讀者增加不少的認識。

四、《鏡花緣》的特色和價值

在清代的章回小說中，《鏡花緣》雖不像《紅樓夢》、《儒林外史》那樣的膾炙人口；但它所以能流傳後世，在小說史上占一席之地，亦自有其價值及特色存在。我們可以從作者的思想、境遇、創作的動機和理想，寫作表現的技巧等諸端，去探求本書的價值和特色。茲論述於次：

第一，《鏡花緣》是作者失意發憤之作：小說之創作必有其動機和背景，作者李汝珍是一個有個性的文人，不喜八股時文，又伉爽遇物，在科第官場上頗為失意，而老於諸生。由於懷才不遇，又目睹清廷之高壓統治和迫害文人，於是窮愁之餘，發憤著書，隱微以託深旨，諷喻以寄悲慨；而成為有理想、有寄託的理想小說的一種類型。雖然明清的小說大都也是文人失意發憤之作，但從這一點看來，它與一般失意之作，亦有其殊異之處。

第二，本書是以小說見才學之作：作者既失意於宦途，而滿懷理想與才學無以申展和濟世，而又不甘隱沒以終，故轉而刻意表現其才學，藉小說以寄筆端。誠如作者所說的：「世人只知紗帽底下好題詩，那裏曉得草野中，每每埋沒許多鴻儒。」（第十八回）作者認為自己就是一位不甘心被埋沒的草野鴻儒，所以利用小說來作為庋藏本身博學的工具，以發抒其才學博識；至其好談音韻考據，則本是乾嘉學風自然的反映。固然以小說見才學的非始於《鏡花緣》，清初康熙年間夏敬渠的《野叟曝言》已開其端，又屠伸之《蟫史》、陳球之《燕山外史》，亦以小說見辭章，但其中仍以《鏡花緣》為著。雖然這種「論學說藝、數典談經、連篇累牘而不能自已。」（魯迅《中國小說史略》）的作品，很容易造成沉悶乾枯的缺點，但因作者天分高，手法也高妙，故能逸趣橫生，而不至流為帳簿式或百科全書式的刻版形式。

第三，具有倫理教化和社會改革的意義：小說雖為俗文學，但因其流傳之廣大深遠，故對群治及社會之風氣有極大之影響。作者既欲以小說警世，假才學以淑世，故所述無不深寓教忠教孝之意義，亦思有以轉移社會之風氣。嘗自謂「雖以遊戲為事，卻暗寓諷喻勸善之意，不外風人之旨，上面載著諸子百家，人物花鳥，書畫琴棋，醫卜星相，音韻算法，無一不備。還有各種燈謎、諸般酒令，以及雙陸馬弔、射鵠、蹴毬、鬥草、投壺各種百戲之類，件件都可解得睡魔。」（第二十三回）凡此莫不欲藉小說之趣味性及其社會性來推行社會倫理教化，和提倡正當娛樂。至其主張男女平等，破除世俗迷信，倡導生活樸素節約，反對鋪張虛偽之頹俗等等，亦皆具有社會改革之深意。這些都可以改變小說是「街談巷語，道聽塗說者之所造」的傳統觀念，以及稗官野史，不屑道，無足觀的看法。故作者亦自詡所作為「少子」（與其本家李耳之《老子》相對），以為小說談義理學問，亦足以淑世，功同諸子。金聖嘆嘗讚美《水滸傳》之作者施耐庵為「格物君子」，從這一點看來，「格物君子」四個字，李汝珍亦可當之無愧了。

第四，在寫作的技巧上善以「空想」（某種特殊的想像）來表現「實感」：《鏡花緣》原屬「理想小說」之類型，它的特色之一就是善以「空想」表現實感──「理想」。但這種「空想」並非是一種幻想，也不是絕對的超現實；其實這些「空想」都是受「現實」的刺激而產生的，也因「實感」的反射而出現的。然則為何不作正面的抒發和直接的批評呢？這也就是作者表現技巧高妙之所在。因為正面的抒發和直接的批評，一則在高壓專制政治下，某些敏感的政治和思想問題的討論是不容許的（如清初常見的文字獄之禍）；一則如此的文藝表現方式，太直接太生硬，缺乏「藝術的美感距離」，自然無法造成修辭上含蓄婉曲，回環轉折之妙。反之，如能善用這種「美感距離」（就本題來說「空想」就是從「實感」到「理想」的距離））必能達到上述的高妙境界和效果。我們可以說《鏡花緣》這本小說，從主要題旨的點化，到全書結構的設計，莫不處處運用這種技巧來表現和強調的。前者以武氏的「偽周」及諸才女義士「恢復唐室」的故事，藉「空想」的距離而寄託其推翻清廷，恢復正統王道政治的「理想」。後者係對中國當代社會、政治、教化上所感受到某種不合理的現象和重大缺失，經由「空想」——海外諸國的故事，加以微諷和譏評，以寄託他合理和有效的改革主張和「理想」。

第五，行文幽默風趣，善諷喻嘲弄：這一點是本書在形式修辭上的另一大特色。很明顯的，這是作者想藉生動的形式、活潑諧俗的修辭，來調劑嚴肅的主題和內容，以及易流於枯燥單調的陳述（如表現才學博識）。為此，作者以最活潑諧俗的語言，自然穿插點綴的方式，引人入勝，來敘述、說理，來諷喻嘲弄。絕不作教條式刻板的說教，也不作自我陶醉的生硬灌輸；不但行文是那樣的婉曲生動，逸趣橫生，而且使讀者在不知不覺中自然的接受他的批評諷喻和理想主張，這也是作者苦心經營之所在。而表現了它的趣味性通俗性，和某種特殊的古典韻味。可見本書不但宜於雅人，而且宜於俗人，真可說是雅俗共賞了。

收錄於李汝珍撰，尤信雄校訂，繆天華校閱《鏡花緣》，臺北市：三民書局，六十八年初版，七十五年再版，頁一——九

據民六十八年五月六日《國文學報》第八期〈鏡花緣的主旨及其成就〉修改

附：讀《鏡花緣》二首

（一）

鏡花水月自成春，世界琉璃脫俗塵。才子稗官翻舊樣，豈關詩力解窮人。

（二）

佳人織錦發幽思，山海職方事最奇。空相結緣成「少子」，拈花微笑幾人知。

原刊於《鏡花緣》三民書局六十八年十一月初版

《鏡花緣》考證與版本

《鏡花緣》是明清章回小說中，問題比較少的一部作品。儘管在李汝珍僑寓的江蘇海州，曾傳說《鏡花緣》為許喬林、許桂林兄弟所作，近人吳魯星嘗著〈鏡花緣考證〉一篇，亦認為許氏兄弟為《鏡花緣》的作者。但據《鏡花緣》各種刻本的序文，自許喬林以下諸家所序或題詞，皆認為是李松石（松石為李汝珍之字）所作。後來胡適之、孫佳訊諸家的考證，亦皆深以為然，而為後來的學者所接受。故李汝珍為《鏡花緣》之作者，已無可置疑，是絕對可以確認的。

李汝珍，字松石，河北大興人。其確切生卒年不可考，據現存各種資料推算，約生於清乾隆二十八年（一七六三年）或以後，約死於道光十年（一八三〇年）或以前，大概活了六十幾歲。他小時聰明穎異，但痛恨八股時文，不屑於章句帖括之學，以致於在科舉功名上非常不得意，只是一個窮秀才，而老於諸生。乾隆四十七年（一七八二年），他隨哥哥李汝璜到江蘇海州，於是有機會從音樂家及聲韻學家凌廷堪受業，在論文之暇，兼及聲韻學，李汝珍亦自承「受益極多」。從乾隆四十七年到嘉慶五年（一八〇〇年），他都停留在海州一帶。嘉慶六年

（一八〇一年）到河南當縣丞，時黃河缺口，使他有機會體驗了實際的治河工作，這對他在《鏡花緣》裏寫女兒國治河一段是相當重要的。嘉慶十年（一八〇五年）以前他又回到江蘇海州，除了回到海州這幾年外，大概都和哥哥客居淮南淮北一帶。到了嘉慶十九年（一八一四年），他又回到海州。此後他的生活行踪無可考據，許喬林所編的《朐海詩存》凡例，說他「久作寓公」，這大概是因為他娶海州許桂林的姐姐為妻，故僑寓海州，而老死異鄉。

李汝珍是一個豪邁熱誠的人，亦頗善飲，於學無所不窺，是一個博學多識之士。余集的《音鑑序》說他的學問「旁及雜流，如壬遁星卜、象緯、篆隸之類，靡不日涉博其趣。而於音韻之學，尤能窮源索隱，心領神悟」。石文煃的序也說他「伉爽遇物，肝膽照人。平生工篆隸，獵圖史，旁及星卜奕戲諸事，靡不觸手成趣。花間月下，對酒徵歌，興至則一飲百觥，揮霍如志」。許喬林在《鏡花緣》的序裏，則說他「枕經葄史，子秀集華，兼貫九流，旁涉百戲，聰明絕世，異境天開」。從這些敘述裏，可以看出他的個性和人品學識。他在學問上，雖然很博，而且注重實用，但卻特別精研聲韻學。而他這些學問，後來都容納在他的《鏡花緣》裏面了。他出版的著作除《鏡花緣》之外，有《李氏音鑑》、《字母五聲圖》、《受子譜》等書。另外他曾寫一部《廣方言》，可惜沒有完成，至於詩文則多散失。《受子譜》是圍棋譜，搜集兩百餘局。《李氏音鑑》和《字母五聲圖》是他在聲韻學上的重要著作，頗具學術價值。他雖是北方人，但久居南方，故對音韻的南北分合同異，頗有心得，而且講究實用，敢於變古。這些音韻學的主要內容，也被安排在《鏡花緣》裏歧舌國談字母的那一回（第三十一回），作者津津樂道，頗為欣慰自得；這也是作者以小說皮藏學問的原因之一了。

至於《鏡花緣》的著作時期，及其成書年代，頗缺乏直接資料以考證。胡適之在〈鏡花緣引論〉中，認為《鏡花緣》是作者晚年失意之作；並據道光九年（一八二九年）坊刻本麥大鵬序，推定《鏡花緣》之著作時期為「約一八一〇年（嘉慶十五年）至一八二五年（道光五年）」，又說「約一八二五年（道光五年）《鏡花緣》成書」。胡適之此說，與《鏡花緣》實際著作和成書的年代頗有出入，孫佳訊在〈鏡花緣補考〉一文中，已辨明其誤。孫氏據棲雲野客七嬉〈洗炭橋〉文中「……頃見松石道人作《鏡花緣演義》，初稿已成將付剞劂。」之語，及東海滕氏家藏道光二十一年芥子園藏版《鏡花緣》第一回眉頭上有署名菊如之批語，謂書中之伏筆，月南等諸君各於本條圈點標出。按棲雲野客七嬉乃海州許桂林的別號，月南為許桂林之字。可見許桂林已見《鏡花緣》之初稿，並曾為它圈點過。惟許桂林死於道光元年（一八二一年），則《鏡花緣》之成書必在道光元年以前。因七嬉〈洗炭橋〉不知作於何時，許喬林的《鏡花緣》序，亦無年月可考，故其實際之成書年代亦無法確定，但至遲在道光元年以前即已成書則可認定。

至其著書的時期，在《鏡花緣》第一百回的結尾，作者自云：「消磨了十數多年層層心血，算不得大千世界小小文章。」許喬林的序也說：「《鏡花緣》一書乃北平李子松石以十數年之力成之」，則「十數年」之著作期間當無疑問。如自道光元年以前上推十年，為嘉慶十六年（一八一一年），上推二十年，則為嘉慶六年（一八〇一年）。則「十數年」之起點當在嘉慶六年至十六年之間。惟《鏡花緣》第三十五回已談到治河的經驗，則著書當在李汝珍到河南任縣丞（嘉慶六年，八〇一年）治河以後，亦顯然可見。故比較合理的推算，開始著書的年代當在嘉慶十年（一八〇五年）以後。因此我們可以說：《鏡花緣》是李汝珍在嘉慶十年（一八〇五年）以後，至嘉慶二十五年（一八二〇年）前，十餘年間所完成的作品。

最後談到《鏡花緣》之版本。《鏡花緣》最早出版的刻本，因許喬林的序沒有年月可考，故無法確定其時間，不過大概在道光初年左右，當不會有很大的出入。又據許喬林的序：「惜向無鐫本，傳鈔既久，魯魚滋甚。」之語，可知在許序刻本之前，已有手鈔本流傳。至道光八年（一八二八年），已有芥子園新雕本。次年有麥大鵬者，託謝葉梅摹繪一百八人之像付刻，是為麥刻許像本。後來光緒十四年（一八八八年），有李刻繪圖王韜序本。至於今日流傳下來的《鏡花緣》版本，大致上說來，沒有多大的分歧出入。本局所編印的《鏡花緣》，是以許序原刊刻本為底本，並參校以其他各種善本，加以標點分段，並擇其較難懂的辭語加以注釋，附於卷後，以利讀者參閱。

收錄於李汝珍撰，尤信雄校訂，繆天華校閱《鏡花緣》，臺北市：三民書局，六十八年初版，七十五年再版，頁一──三

原刊於《鏡花緣》三民書局六十八年十一月初版

論「詩文合一」

一、前言

中國向有文明古國之稱，其實也可以稱為文學大國，由於中國歷史之悠久、幅員之遼闊、傳統文化美善合一之精神、加上中國文字單音節孤立語之特性（可以造成格律化的聲韻美與整齊之形式美），使得中國文學源遠流長、體制至夥、風格多方，可謂包羅萬象、美不勝收。然而在這些繁多的文學體裁中，如就其淵源流變、及其分合的關係，則可歸納為兩大類——「詩」與「文」而已。

先秦時期，由於純文學的觀念尚未建立，而且受儒家倫理思想、及崇質尚用之文學觀的影響，文學是為政教和學術而服務的，於是文學乃成為政教和學術的附庸。故先秦所謂「文學」，乃泛指一切學術與學問而言，其所謂「文」、「文學」、「文章」，實乃性質相類、內容相通之泛稱。在這種特殊的情形下，「文學」的意義和體裁，實在很難加以明確的體認和分劃。故後人對論語中「文學」（見先進篇）一詞之解釋，率以「博學古文」（皇侃疏）、「文章博學」（孔穎達疏）、「善先王典文」（邢昺疏引范寧說）釋之，其中以「文章博學」的解釋，較為具體而明晰。其實孔穎達所謂的「文章」，即相當於孔、孟所常談的「詩」（指詩經），所謂「博學」也可概括於儒家所常談的「書」（指書經）。由此我們可以加以歸納，先秦所謂「文學」，其體制之劃分，約略可以「詩」、「書」（相當於「文」）二者為之，其後文體孳乳，流衍愈多，然皆由此二者衍化而出。我們可以說：「詩」是後世「詩歌」和各種有韻文學（如辭、賦、詞、曲、箴、銘、頌、贊等）的根源，「書」（「文」）是後代「文章」以及各種無韻文學（如戲劇、小說等）與雜文學（如哲理文學、歷史文學、公牘、典章、雜文等）的根源；因此我們也可以說：「詩」、「文」是我國文學體裁中的兩種基本形式。（近人有以「詩」、「說」，或「詩」、「論」來區分文學的基本體制，個人以為不如以「詩」、「文」二者區之較為明切。）

雖然兩漢以後，純文學的觀念逐漸建立，「詩」「文」的定義日趨狹隘，體類也孳乳益多，不過二者既是兩種基本的文學體式，於是「詩」「文」仍能成為我國傳統文人，學習與創作的最主要文體，也成為閱讀最普遍，應用最廣大的文學。然而，更值得我們注意的是：這兩種文體在創作的精神和旨趣上，有其相通之處，就創作之特性與條件而言，亦有其相通之處，就其創作之內容而言，也可以相互為用，而且可以二者兼工。凡此，皆是後人為何常常將「詩」「文」相提並論的原因；本篇「詩文合一」的各種含義，也就是從上述的各種關係中所產生出來的。茲分別陳述於次：

二、詩文相通

「詩」和「文」的形式體制雖然不同，但撇開音樂性不談，二者同以修飾的語言為其表象，而且其創作的精神和旨趣，也往往相通。文學的創作可以說是人類的情志經由一美善的融合體而表達，詩文尤然，在這種創作的精神下，雖然體制不同，但其表現的旨趣並無差異，只是它們表達的方式不同而已。所以「詩」「文」這兩種文學，如專就其旨趣和內含而言，應該是交流相通的，而此種相通是以「味」，而非以「形」。甚至於有時文學的體制並不能限制其本身於旨趣的表現，說得清楚一點：有些具有「詩」體的作品，不一定完全就是詩（表現「詩」的旨趣），而有些具有「散文」體的作品，也不一定都不是詩（可具有「詩」的旨趣）。在這種有趣的情形下，有些名之曰「詩」的作品（具有「詩」的體裁），卻無「詩」的旨趣和韻味，實與散文無異，如談考據、義理的純學者之詩，以及一些缺乏性情的作者所寫的詩，皆屬此類；而有些散文作品，雖然不具「詩」的體式，卻充滿詩的旨趣和韻味，如清新雋美的小品，或情辭兼具、韻味雋永的短文皆是，此種作品，令人在感受上與「詩」無別。因此，有些「詩」散文化了，而有的散文卻詩化了，這就是「詩」「文」在旨趣上可以相通的最好說明。

由於這種特殊的情形，以致於在文學批評上，常常有人批評某人作文如作詩，某人作詩如作文（甚至同一人也會發生這兩種情形），這就是「詩」「文」的定義，有時從某方面看卻無法給予明確而肯定之定義的原因。這也就是上述所謂文學的體裁，有時無法限制其創作之旨趣的必然現象。以前英國的浪漫詩人辜勒律濟（Samuel Taylor Coleridge）曾說過：「詩真正的對照，不是散文，而是科學。」這句話頗值得我們深深的去體味，由此亦可獲得「詩」「文」相通的一點消息。

三、詩文合一

「詩文合一」的基本理論——「詩」「文」相通，已如上所述。而「詩文合一」的更深一層精義，就是二者內含的相通，在創作的表現上也可以相互為用。提出這種說法的，是開始於宋人詩歌散文化的主張，但具體提出這個口號的，卻是晚清同光詩派的詩家。他們認為詩文二者同道，本是非常接近的兩種文體，在文學的表現上並無相異之處；像同光派的陳石遺就認為：「詩者以言情說理紀事與文同，而所以言之寫之紀之者，與文稍有不同，及其工也，可誦可讀，又無不同，此以古者均謂之文。」這種「詩文合一」的理論，可以說是宋人說法更具體的發揮。

宋人提倡散文化的詩，原是別開徯徑，自廣門庭，以別於唐詩的一種策略，但卻給詩歌的創作開闢一條新的道路，樹立一新的風格，也印證了詩文可以相通的道理。其實詩的散文化，並非原始於宋人，唐朝杜甫的詩已有散文化的趨勢和跡象，後來韓愈也是走上這種創作的路線，而變成了奇險散文化的詩。

到了宋朝，江西詩派的詩，變本加厲，直以文為詩，以口語入詩，以詩議論說理，不事雕琢，專講新奇。黃山谷甚至說：「寧律不諧，不使句弱，寧用字不工，而不使語俗。」這樣的詩當然更散文化了。到了晚清同光詩派，更能發揮宋詩的精神，大振江西派餘緒，不僅以文為詩，甚至以學為詩，主張「合學人之言，與詩人之言二而一之。」於是桐城派在散文上所主張的：義理、考據、詞章三者為一的理論，也為同光詩派所實踐，使詩的散文化發揮到極致。在這裏必須加以補充說明的是：詩的散文化，是特別指其內含而言的，只是以「散文」的內含、學者的根柢來充實詩的內含而已，至於詩的形式並未改變，詩的旨趣也仍然保存。這可以說是「詩文合一」的最高境界了。

四、詩文兼工與才學合一

由於「詩」「文」相通的道理，和「詩文合一」的結果，「詩」「文」可以兼工也是合理而必然的現象。所以清代的詩人就一再的強調：「詩、文古人皆謂之文。」「斷無真能詩而不能文，真能文而不能詩。」（陳石遺）的主張（方東樹昭昧詹言亦有類似的理論）。以為李、杜、陶、謝、韓、歐、蘇、黃諸家，皆能詩而又能文，兼工而不偏勝：因此，他們認為能詩不能文、或能文不能詩、偏勝而不能兼工，必其用力於此不夠的原因，否則所謂偏勝，實亦未勝。這種主張看似苛求，其實古來傳世的名家，莫不如此。試看前人之文集，無不詩文並列，鮮有善為文不通於詩者；唐宋八大家既以古文名家，但他們以餘力為詩，仍然能橫絕一世。所以善為文必通於詩，而詩自然也是文事的一端了。

然欲詩文兼工，亦非人人可造，必須才學兼具，始可臻此境。換言之，就是作者同時要具有詩人與學者的氣質和才分，也就是要有詩人的性情與學者的根底，二而一之，而後才力與懷抱相發越，始能達此境。宋嚴滄浪詩辨謂：「詩有別材，非關書也。詩有別趣，非關理也。然非多讀書、多窮理，則不能極其至。」這話初看似乎矛盾，然細味之並不衝突，「非關書」，是指詩創作所應具有的特殊才分，「非關理」，是指詩抒情的特性：「多讀書、多窮理。」是要建立學者的根底。如此才學兼具，始能極其至。因為詩原本性情，無情非詩；詩亦為一特殊之文學，沒有才分亦不能為詩，這些可說是詩創作的先決條件，具有此條件者，不但能為詩，為文當然是綽有餘裕。如此，有了真摯而豐富的情感，於事物才能有敏銳的感受，真摯入微的體會，也才能有真摯而自然的抒發，而使得詩的創作更有韻味、風調，也能使得文章的寫作，更為生動感人。再加上特殊的才分（包括精思與悟性），由於能精思和妙悟，在創作上，必能造法，亦能運法，而使創作的技巧和表現，得到更充分的發揮。

才華與情感固然是「詩」「文」創作的先天條件，但如果沒有學問與閱歷的輔佐和指導，則其表現必受到後天修為的限制，而無法使其創作發揮達於極致，當然那種作品也不足以名家傳世。因為詩文的創作不能脫離人生之閱歷與境遇，而閉門造車、無病呻吟，也不能虛華無學，但恃天才而苦思冥搜，徒事空吟。因此學問與閱歷乃成為「詩」「文」創作，所必須具備的後天條件，然而學問必由勤始，再由勤學以達學人之根底。能勤學則必有所得，楊子雲所謂「讀千賦則能賦。」語云：「熟讀唐詩三百首，不會作詩也會吟。」皆是勤學的效果。能勤學、能融會各家之長，再加上學人之根底，然後發而為詩文，必能使作品更有內含、更有深度；因為學能運才，也能運法，亦能使情感之表現更為深醇，而有助於才情之發揮。杜甫所謂「讀書破萬卷，下筆如有神。」大概就是此種境界。至於閱歷，則有助於養氣，開闊心胸，亦必能使詩文寫作的題材更為擴大，意境更為開拓。古人之所以遍歷名山大川，周覽四方，就是因為「文章」有待於山水之助啊！如此看來，「才學兼具」，不但可使詩文兼工，而且也是文人名家傳世所應具備的完美條件了。

五、結語

「詩」「文」雖然異體，但體性相近，旨趣相通，創作最多，流傳最廣，延續也最久；當辭賦駢文已成為陳篇，詞曲逐漸消聲匿跡的時候，它仍然在繼續創作，影響於中國文壇。這一點我們不能不承認它的普遍性和實用性，也由於二者同道，可以相通，在創作上相互為用，可以兼工，使得二者之關係密切，以致於合而為一，成為中國文學史上的美談。然而更值得我們注意的是，在「詩文合一」的理論上所產生的才學兼具的問題，對文學創作不可忽視的重要性。文學的創作、才情的具備是不可或缺的，然而但恃才分而不學，則難免有風而不雅之譏，也必至江郎才盡；凡少時聲名大著，久而不能成大器的，都是此病。反之，博學而無性情，卻侈談文學，則所作必庸濫或澀，而有餖飣理障之議，則亦難脫穎而出。由此可見，「詩文合一」的精神，「才學兼具」的條件，對文學創作的影響，是如何的重大深遠。今天我們常感喟我國輝煌的文學創作已經成為歷史，現代的中國文學似乎無法立足於世界文壇，與泰西文學一爭長短，在我們搖頭嘆息之餘，是否也該注意到「才學兼具」的問題，所帶給我們的啟示。

談「中國文學史」的研究

一、前言

儘管中國文學的流變已有四千年的歷史，儘管我們總以「文學古國」和「文學大國」稱之，但「中國文學史」一詞，卻是二十世紀才出現的新名詞；而這個學科成為一門新興的學問，自然也是近代的事了。然而今天，中國文學史不但已是大學裏國文系（或中文系）學生所必修的專門科目，而且也成為中外人士研究中國文學的基本學科了。

說也奇怪，像中國這樣一個對歷史非常愛惜和重視的國家，在傳統上對文學的歷史，卻似乎有所忽視。比如像書畫史在唐宋時即有專著出現（如唐裴孝源的貞觀公私畫史、宋米芾的書畫史）；在音樂方面，宋朱長文也有琴史；在詩畫方面，清姜紹書著有無聲詩史；在經學上，皮錫瑞著有經學歷史；而獨獨無文學史的專著問世。這在中國文學如此發達的國度裏，寧非一件令人感到遺憾的事。甚至於，在七十八年前，第一本「中國文學史」的完成，也不是出自中國文學家之手，而是由日人笹川種郎，和英人格爾斯（Giles），分別在公元一八九八，和一九〇〇年，在日本的東京和英國倫敦的劍橋出版。這事說起來，多少予中國人也有難堪之感。我想中國的文人所以遲遲未對中國文學的發展流變，作這種具有時代意義，系統性的研究，其主要原因，除了風氣未開之外，可能因為中國文學的歷史太悠久，文學的體制又繁多，而且風格多方，作者和作品之多，也頗難臚陳勝數；在這樣複雜的情況下，要想對中國幾千年的文學，加以貫串會通，作一綜合性系統性的研究，實在也不是一件容易的事。因此，一般學者大都也只作片段的，或專題的研究。使得一些外國的「漢學家」，也只好「不自量力」的領先創作「中國文學史」，來啟發我們了。所以從研究的形式和風格看來，這倒有一點像是「半舶來品」的味道。

雖然研究中國文學史的風氣，是由外人來啟發開創的，但究竟這是中國人自己的學問，由中國人自己來研究，比較親切而實際。因此，自清光緒三十年（西元一九〇四年），林傳甲創作中國人第一部的「中國文學史」以來，七十幾年之間，從事研究的學者慢慢的多了，專著也紛紛出現了，而形成一股熱烈的研究風氣。到今天有關中國文學史的撰著，已有二、三百種之多；這是一個很可喜的現象，也是很可觀的成績，更帶給我們很大的鼓勵。不過，儘管在這方面前輩們已為我們開創一條坦途，但這門學問尚待開發之處仍多，它的前途也仍然是大有可為的。而在此我們所要談的，只是研究中國文學史的一些基本問題而已。

二、文學史的特質和範疇

文學史就其性質而言，是人類文化史之一，也是整個歷史的一部分。歷史是記載人類過去活動的一切事實，而文學史所記錄的，只是人類有關文學活動的過程而已。不過在所有的歷史當中，文學史算是一部更真切，更動人的「活的歷史」。因為一般的歷史，當已成為過去的時候，一切偉大的人物和事蹟，終將在現實的人生中消逝。但文學史上每一位偉大的作家，當我們閱讀欣賞他們那些不朽的作品時，很自然的有一種面對面的親切之感。因此，只要他們的作品永垂人間，那麼他們就永遠活在人的心中，也永遠的活在歷史中。

如此看來，文學史之所以是「活的歷史」，是因為它具有「歷史的」和「文學的」雙重特質，這也就是它異於一般歷史之所在。我們可以說，文學史即是將人類最崇高、最不朽的情思產物——文學作品，在某一個環境、時代、和民族之下，把它變遷發展的過程展現出來。換句話說，文學史不僅在考察各個時代文學體裁的演變、和文學創作的發展，而且不能忽略的是，必須探討在這種演進發展的過程中，它與民族文化、語言文字、社會生活、地理環境，等等彼此間的關係。當然在創作發展過程的探討中，難免會涉及作家的成敗得失，作品的風格及其美疵。因此，各種價值的判斷和鑑賞，也成為文學史所必須探究的一環了。就中國文學史而言，在其探究的過程中，上述文學史的特質，是非常突出而顯明的。

至於文學史的範疇，在早期的「中國文學史」創作中，都有一共同的現象，即是籠統曲包，含混而不明確。這大概是在草創伊始體例不嚴而無定，或者是由於文學觀念不清楚，以致文學與學術相混；於是文學史有如「國學概論」也類似「經學史」或「哲學史」。也有專注在文學作家個人的活動上，而所探討的，不外乎是作家的生平和他的作品，於是這種文學史也就變成所謂的「文學巨人」傳記的集合體。頂多也只能算是文學家傳記，和文學批評的綜合而已。

然則，中國文學史應有的範疇究竟如何？這從前述文學史的特質中，已不難窺其大略。中國文學史既是綜述中國文學發展演進的大勢，那「文學流變」自然成為它的主要內含（包括文學之創作、發展及影響等）。然而在「文學流變」過程中，一定涉及文學體裁的產生和演變，於是「中國文學概論」內容的一部分，也成為「中國文學史」範疇之一（包括文學之原理、體裁、格律等）。再者，如前所述，對文學作品的鑑賞和批評，也是文學史研究不可或缺的一環，因此「中國文學批評」內容之一部分，也應該歸屬中國文學史的範疇了。由此可見，中國文學史完整的範疇，應以中國文學的流變為主體，同時又包含了中國文學概論，和中國文學批評的一部分。而一部完美的中國文學史作品，也必定具備這些內容，應是無容置疑的事了。

三、文學史觀的建立

研究文學是一種複雜而艱巨的工作，研究中國文學史，尤其是如此。一位傑出的文學史家，在基本上和史學家一樣，必須具備「才」「學」「識」三要件，但就「學」「識」二者而言，文學家和史學家所需要的，又不盡相同。由於文學史的特質，使得一位文學史家，對文學和史學的學識，必須具備相當的程度，最低限度，兩者也都應該涉獵過才可。因為具備了這些條件，對於建立正確的文學史觀才能勝任愉快。

所謂文學史觀，即是文學史家從事文學史研究所應把握的最高指導原則。因為文學史觀是否正確，將影響到對文學發展過程的敘述是否能表白其真相，也可能曲解文學演變的事實，更密切的關係到對作品批評鑑賞的結果。文學可以說是人類生活的綜合反映，它反映了時代和社會，也表現個人和整個人生。而每個時代有不同的社會背景，有不同的文學思潮，文學家是生活在這樣的大環境中，不朽的作品也產生於其中。在如此嚴肅而複雜的情況下，從事文學史研究，豈能以個人的主觀來論述，也豈能以個人的好惡來批判，更不能以個人的偏頗之見來論衡。由此可見，超然的、正確的文學史觀的建立是多麼的需要。也可看出，一位完美的文學史家，他本身所應具備的素養是如何重要了。也唯有凡是從事其道者如前所述，必須同時具備文學與史學的相當學識，才能使文學史的研究趨於正軌，也才能創作一部真實的、包羅性大的、廣角度而客觀的文學歷史。

然而，事實上歷來大多數的文學家，在從事中國文學史研究時，或多或少的帶有主觀的意識，或個人偏見的色彩；使文學史的研究失去應有的本真，而造成文學與文學批評的主觀歷史。一般常見的缺失，舉其顯著的，約有以下數端：第一是對文學的流變，往往持著「退化的文學史觀」，時時流露「今不如古」的批評意識。無可否認的，某種文學的創作，如純就其造詣而言，往往後人難於超越前人，但如果認為文學作品愈古愈好，而抹煞文學思潮的演進，和文學進化的意義；很顯然的，這樣必使文學史的研究失去它的意義和真相。這情形正如同明朝在復古主義籠罩之下，其擬古作品必然失去創作的意義，失去其創作的價值一樣。第二是：過分主觀的歷史的文學批評史觀。這有兩種情形：一是過於偏主傳統的古典文學，而忽略俗文學的存在，並貶抑其價值。一是過於強調俗文學的意義，刻意宣揚其價值，而無視於「現存的」文學事實。這兩種情形，其極端的現象是，不但顧此失彼，甚至將造成一無是處，察秋毫而不見泰山的尴尬情形。同時，在這種曲解的結果，「文學史」的意義和價值是非常令人懷疑的。第三是：以個人信仰為主，自我情感為絕對價值的偏激的文學史觀。如三十年代囂張一時的「普羅主義」的文學史觀，即是明顯的一例。其他各據一端，或以一時潮流時尚來標榜號召，都是從事文學史研究很危險的弊病。除此而外，武斷的、印象的主觀態度，以個人的好惡，在探究中作不應有的偏袒或褒貶，更是一般文學家常犯的通病。由此可見，正確、超然而完美的文學史觀的建立，是多麼的難能可貴。就中國文學史而言，我們所要建立的文學史觀，必須以能表現我們民族的文學精神為主，而忠實的、客觀的敘述我們的文學在進化的過程中，各種創作在形式上、技巧上，以及其內容所表現的情思等特色，並且能與文學發展的種種環境和因素，發生聯繫和影響。也唯有在這樣的前提下，所建立起來的，才是我們所必須確切把握的文學史觀。

四、文學史料的處理

中國以前雖然沒有文學史的名目，也沒有文學史的著作出現，但「中國文學史」的資料卻很豐富，而且被保存得很好。在以前百科全書式的正史作品中，文苑傳（有稱為文學傳或文藝傳的）和藝文志（或稱經籍志），可以說是比較算是有系統的保存一部分文學史的資料。前者所提供我們的是，文學家的傳記，後者則提供我們文學作品的資料，而這些散見於歷代史書的材料，也是我們最容易找到和處理的基本資料。

另外，魏晉齊梁間產生了一些有關文學流別和批評的專著；還有從唐宋以後紛紛出現的詩話文談等作品。這些後人所謂「詩文評」的作品，大量的提供我們有關文學史中，文學批評類的資料。這些資料，在唐期以後，大都很完整的被保存在總集後所附錄的「文史」一類之中。這一類資料雖然很豐富，但是大部分總雜而缺乏系統，因此，在處理上頗為不易。不過這些資料根據其性質，可以把它歸納為以下六類：

（一）流別類：如晉摯虞的文章流別論，南朝劉宋任昉的文章緣起等。

（二）批評類：如梁劉勰的文心雕龍、鍾嶸的詩品、唐司空圖的詩品等。

（三）雜評類：如典論論文之屬，和宋以後的詩話皆是。

（四）紀事類：如唐孟棨的本事詩、宋計有功的唐詩紀事、清厲鶚的宋詩紀事等。

（五）法式類：如唐皎然詩式、清趙執信聲調譜等。

（六）總集類：如文選、玉臺新詠、樂府詩集、文苑英華等。

上述六類只是大概的歸類，即便是屬於同一類之中，亦可再分若干細目，雖然在整理上手續頗為繁瑣，但卻能提供許多意想不到的寶貴資料。因此必須善加處理和運用。

在所有舊有的文學史資料中，儘管其性質不同，但在文學史探究的過程中，它所發揮的效用卻是相同的，只是在處理上有所不同而已。首先就正史中的文苑傳這一類資料來說，這些專門記載文人生平事蹟的傳記，大都依時代先後為序，以風格相類聚，並有序論；如稍加整理，即可構成一部斷代的文學簡史。不過在處理此類資料時，有二點應該注意：一是正史的資料不一定很完備，因此必須搜集其他方志、雜史、別傳等有關資料，以補充其不足。一是歷代文學家，都不一定入正史的文苑傳，有的入普通列傳，如宋朝的王安石和蘇軾兄弟等。有的入儒林傳，如宋楊萬重、真德秀等。有的入隱逸傳，如晉陶潛、宋林逋等。有的入列女傳，如漢班昭、蔡琰等。甚至也有入循吏、酷吏、方伎諸傳的。因此，在搜集此類資料時，必須多方兼顧，以防有所遺漏。至於正史中的藝文志，對於歷代或當代的文學作品，都有詳細的著錄，並且都經分門別類，按時代次序排列，亦有序說，凡此亦可窺見歷代文學創作的概況。但是各史的資料偶有出入，故必須詳加比對，乃不至有所疏失。其他如「政書體」的歷史作品，如通志、通典、通考之類，其中有關文學的資料也頗可觀，然龐雜而不易處理。去年「十通分類總纂」出版後，這個困難也隨著解決；我們可以從其中的藝文類，和樂類的一部分，找到我們需要的資料了。

次就所謂「詩文評」的六類資料而言，其中紀事類和前述文苑傳資料性質相似，可以彌補此類資料之不足。因此，二者應加共同整理歸納，以獲得關於文學家方面的完整資料。又總集類與藝文志的資料性質也相同，可合併加以整理，以充實有關文學作品方面的資料。至於流別類和法式類，皆與文學體制和創作有關，原是文學概論的材料，也是中國文學史材料的一部分；因此將這兩類的資料，加以綜合整理和歸納之後，可提供中國文學創作和文體流變的一部分資料。還有批評類和雜評類，都是文學批評的寶貴資料，應加以分類整理歸納，以建立系統而完整的資料；則對文學批評，甚至文學流變的探究將有很大的幫助。而在處理以上各種文學史資料的過程中，辨偽的工作是非常重要的，決不能有所疏忽。否則引據偽書，或運用不可靠的資料，必將擾亂文學史的研究，甚至使這種研究工作發生動搖，故不可不慎。

以上所談的都是舊有的文學史資料，及其處理，至於近七十幾年來，有關中國文學史二、三百種專著的出現，也提供了我們在這一方面，更進一步研究的參考資料，至少對我們有觀摩和啟發的作用。這些前輩們的心血結晶，固然都各有其特色和成就，但無可諱言的，也有它美中不足之處。這些在我們參考之餘，相信必能給我們更多的啟發，因此這些現成的資料，其意義和價值，自是不容等閒視之。

五、研究文學史的方式

從事文學史研究，其方式是多方面的。就其性質而言，有文學通史的研究，分類文學史的研究，以及專題的研究等數種方式，茲分別說明於後：

文學通史的研究，是最複雜而繁重的工作，尤其是中國的文學通史為然。因為通史必須總攬全局，貫串古今，要面面俱到，又要上下相承，而材料的運用安排，尤其要詳略得所。就中國文學史而言，其淵源流變數千年，文學體類之多，雜陳並出，要加以會通，實在不是簡單的事。因為這種方式的研究，對於每一個時代的背景、文學的思潮，主流文學的形成和發展，當代各種文學的創作、以及作家的作品的去取，還有鑑賞和批評，都要費相當的心思和安排。通史的研究另外必須注意的問題是，敘述方式的抉擇：是逕以朝代立目，並以先後為序（如胡雲翼的中國文學史），或以時代為序，並參以文學作品的產生和發展的情況加以標目（如劉大杰的中國文學發達史），或先將文學的發展劃分為幾個時期，而後以時代為序，並以當代文學標目，或逕以作者標目，或以文體及文學流派立名，而數者參雜並陳（如鄭振鐸的插圖本中國文學史，謝无量的大中國文學史亦近似之）。在上述三種方式中，前者較單純，條理眉目都很清楚。後兩者，雖然看起來較生動，但易失之煩雜，如才力不相副，則可能弄巧成拙。

斷代文學史的研究，是單就某一朝代，或某一時期的文學發展，加以自成單元的探究，這比起通史的研究是單純多了。這種方式的研究，無論在體例上，或資料去取的詳略，也與通史不盡相同。它所要強調的是，一代文學的特色，並要詳盡的探討當代的文學環境，文學思潮及其流派；尤其對主流文學及其他各種文學的作家和作品，必須作周全的闡述，對於鑑賞和批評也應深入探究，而完整具體的表現其風格和特色。不過這種方式的研究，向來不如通史的研究熱烈，因此作品不多，這可能也是一種風氣的問題。今天我們所能看到的作品，如錢基博的現代中國文學史即是，至於劉師培的中古文學史，雖近似通史，其實也可以算是斷代文學史的一種。

分類文學史的研究，是專就某一種體類的文學，將其創作演進的過程，作一通盤而系統性的研究。雖然它具有通史的性質，但是它所探討的，只是某一種文學的作品而已，其他的文學則不在探究之列。它的特色就是在於能將某一種文學的發展，作更專精，更深入，也更系統化的研究。雖然比通史的研究較單純，但也要上下古今，縱橫全局。而且特別要注意的一點是，必須先做好文體的歸類和劃分工作，如果這種歸類和劃分，不恰當明確，則所研究出來的分類文學史，必會產生一些困擾的問題和爭論。一般說來，中國的文體可歸納為文章、辭賦、詩歌、詞曲、戲劇、小說等六大類。根據這些文學的體類，我們就可以作分類文學史的研究了。這種研究，跟通史一樣比較熱門，常見的有「中國詩史」、「中國戲曲史」、「中國小說史」、「中國駢文史」等分類史的研究，而且都頗有可觀。

專題的文學史研究，是就某一具有特殊意義和價值的主題，作一專門性質的文學史研究。這種研究，必須具有獨特的代表性，也必須有創見和發明。這種研究的主要意義和價值是，能夠填補通史研究的死角，和分類文學史的不足，而使整個文學史的研究，更趨於完整。向來這種研究也頗熱烈而普遍，較具有代表性的作品如胡適的白話文學史，和鄭篤的中國俗文學史等。其他凡就文學史中的某一特定問題，或對象，作專門而深入的研究，以論文或專著的方式提出，也是屬於專題研究的範圍。如「屈原研究」、「竹林七賢研究」、「江西詩派研究」、

「桐城文派研究」等皆是。

六、參考書目

關於中國文學史的著作，迄至目前，當已超過三百種，可謂總雜繁多，其中難免沙石並存，或聊備一格之作，而且在此時此地也不一定獲得。因此，這裏所開列的書目，為求切合實際，皆以曾在臺灣出版，或能在此時此地找到的，而適合於大學中文系（或國文系）學生研究參考的為限。茲根據上述原則將中國文學史之專著，及其他有關研究中國文學史之參考書目，分類臚列於後：

一、通史類（包含斷代史類）

1. 中國大文學史　謝旡量著　中華書局
2. 校訂本中國文學發展史　胡雲翼著　華正書局
3. 中國文學發展史　劉大杰著　中華書局
4. 中國文學史　林庚著　清流出版社
5. 插圖本中國文學史　鄭振鐸著　明倫出版社
6. 中國文學史　錢基博著　西南書局
7. 中國文學史　易君左著　華聯出版社

8. 中國文學史論　華仲麐著　開明書局
9. 中國文學史　李曰剛著　聯貫出版社
10. 中國文學史　葉慶炳著　廣文書局
11. 中國文學史　黃公偉著　帕米爾書店
12. 中國文學史　孟瑤著　大中國圖書公司
13. 中古文學史　劉師培著　世界書局
14. 中古文學史論　王瑤著　長安出版社
15. 現代中國文學史　錢基博著　明倫出版社

二、分類及專題文學史類

1. 中國散文史　陳柱著　商務印書館
2. 中國駢文史　劉麟生著　商務印書館
3. 中國詩史　陸侃如　著　明倫出版社
4. 中國小說史略　魯迅著
5. 中國小說發達史　譚正璧著　宏業書局
6. 中國小說史　郭箴一著　商務印書館
7. 宋元戲曲史　王國維著　商務印書館
8. 中國戲曲史　孟瑤著　文星書局

9. 元明清劇曲史　陳萬鼐著　鼎文書局

10. 中國文學流變史——辭賦篇　李曰剛著　聯貫出版社

11. 中國文學流變史——詩歌篇　李曰剛著　聯貫出版社

12. 白話文學史　胡適著　樂天出版社

13. 中國俗文學史　鄭篤著　商務印書館

14. 中國文藝思潮史略　朱維之著　地平線出版社

三、概論類

1. 中國文學概論　鹽谷溫著　開明書局

2. 中國文學概說　青木正兒著　啟業書局

3. 中國文學概論　劉麟生著　文馨出版社

4. 中國散文概論　方孝岳著　文馨出版社

5. 中國駢文概論　翟兌之著　文馨出版社

6. 中國小說概論　胡懷琛著　文馨出版社

7. 中國詩詞概論　劉麟生著　文馨出版社

8. 中國戲劇概論　盧冀野著　文馨出版社

9. 中國文藝思潮　蔡正華著　文馨出版社

10. 中國文學批評　方孝岳著　文馨出版社

11. 中國韻文通論　陳鐘凡著　中華書局

12. 韻文論述彙編　陳夢雷著　鼎文書局

13. 今古文學概論　徐嘉瑞著　鼎文書局

四、批評類

1. 中國文學批評史　郭紹虞著　明倫出版社

2. 中國文學批評史大綱　羅根澤著　開明書店

3. 中國文學批評論文集　王煥鑣編　正中書局

4. 周秦兩漢文學批評史　羅根澤著　商務印書館

5. 魏晉六朝文學批評史　羅根澤著　商務印書館

6. 隋唐文學批評史　羅根澤著　商務印書館

7. 清代文學評論史　青木正兒著　開明書店

8. 中國文學批評家與文學批評　朱東潤等著　學生書局

9. 中國古典文學論叢　王夢鷗等著　中外文學月刊社

10. 文學評論　廖蔚卿等著　書評書目出版社

五、文學選本及工具書

1. 文選　蕭統編著　藝文印書館

2. 古文辭類纂　姚鼐編　中華書局

3. 經史百家雜鈔　曾國藩編　國光書局
4. 駢體文鈔　李兆洛編　世界書局
5. 六朝文絜　許槤評選　新興書局
6. 十八家詩鈔　曾國藩編　文源書局
7. 樂府詩集　郭茂倩編　世界書局
8. 宋六十名家詞　毛晉輯　中華書局
9. 唐宋詩舉要箋證　高步瀛選注　學海出版社
10. 唐宋名家詞選　龍沐勛輯　開明書局
11. 唐人傳奇小說　明倫出版社
12. 小說彙要　徐訏編　正中書局
13. 元曲選　臧懋循　中華書局
14. 中國文學百科全書　楊家駱著
15. 中國文學家列傳　楊蔭深編　中華書局
16. 中國文學家大辭典　世界書局

原刊於《學粹雜誌》第十八卷第四、五期六十五年十月三十一日

清詩之流變與宋詩之復興

一、清詩之流變

有清一代之詩學，蓋亦云盛矣。學者漢、魏、唐、宋，門戶各張，一闢一闔，極縱橫跌宕之觀；要其歸，惜未能別出於漢、魏、唐、宋而自成一代之文學。蓋詩至唐已造登峯之境，以宋人之賢，別闢蹊徑，力破其餘地，亦不得超邁前修；清人去宋遠矣，乃僅得守成而已。然其二百五十年間詩學之變遷亦有可云者：

康雍之初，承明代前後七子之後，流風餘韻至此猶存。觀於復社幾社諸賢，如陳子龍、李雯之倫，罔不奇情盛藻，聲律鏗鏘，當時號為七子中興，流風所播，乃在明末遺民。旁逮新朝，迄未歇絕，惟稍益以憫時念亂之思，麥秀黍離之感，讀者雖罔覺為七子餘波，然終見譏糟粕。語其至者；如崑山顧炎武亭林，黃岡杜濬茶村，順德陳恭尹元孝，商丘侯方域朝宗，宜興陳維崧其年，吳江吳兆騫漢槎，華亭夏完淳存古諸家，皆此風會中所孕舉者也。至其能領導清初詩壇，稍大其氣體者，首推常熟錢謙益牧齋，太倉吳偉業梅村二家；合肥龔鼎孳芝麓，雖與錢吳號稱為江左三大家，實非其匹也。是時秀水曹溶（秋岳）之詩名，亦與鼎孳相驂靳，惟大抵步武王、李，亦不足多也。錢氏記醜學博，才力雄健，沈潛內發，其詩出入於李、杜、韓、白、溫、李、蘇、陸、元、虞之間，兼以留心內典，名理絡繹，辭采瑰偉，故能獨步一時。吳氏則才華豔發，藻思綺合，尤長於七言歌行，實具樂府、古詩、四傑、香山之長，兼有玉谿詠史之體，故世稱絕調，與錢氏並稱江左大家。四庫提要評其詩云：「格律本乎四傑，而情韻為深，敘述類乎香山，而風華為勝。」確是的論。惜晚年屈節，常以此自慚；觀其過淮陰有感詩云：「浮生所欠只一死，塵世無由識九還，我本淮王舊雞犬，不隨仙去落人間。」又臨終一詞云：「……故人慷慨多奇節，為當中沉吟不斷，草間偷活，艾炙眉頭，爪哇鼻，今日須難決絕……。」可知其胸中之苦痛矣。

洎新城王士禎漁洋一出，肇開有清一代之詩學。王氏枕葄唐音，獨嗜神韻，含蓄不盡，意有餘於詩，海內推為正宗。漁洋早年受知牧齋，晚歲雄視中原，以詩歌奔走天下者垂數十年，後生末學得其獎掖，以詩名家者不可指數，在當時蔚然為一時風氣矣。惟其詩名動天下，鋒芒太露，乃以名高動被謗傷。至與王氏並稱為清初六大家之朱彝尊竹垞，趙執信秋谷，施潤章愚山，宋琬荔裳，查慎行初白五家，亦復自成宗派，不相蹈襲，朱氏才富學高，樹幟江左，為浙派之領袖；始則描摩初唐，心儀杜陵，繼則濫泛北宋，與士禎並馳詩國，為南派之大宗，時人有「朱貪多，王愛好」之語。趙秋谷敵體新城，語多枯淡巉刻，而談龍錄一書，發難士禎，足救新城末派之弊，而山左之詩一變。施愚山以溫柔敦厚為歸，五古有王孟之風致，近體則宗杜，以規矩工力見長，存古詩之遺音。宋荔裳則雄健磊落，音節蒼涼，有高岑之清警，與施愚山有「南施北宋」之稱。查初白氏有奇創之才，於諸家宗尚之外，力追蘇、陸，而於陸尤近；其師黃梨洲方之放翁，蓋牧齊以後傑出之詩才也。當是時，商丘宋犖亦稱詩宗，與漁洋相頡頏，而詩主條暢駿快，又刻意生新，於王氏之外，自樹一宗。此外泰川吳嘉紀野人之孤往，德州田雯子綸之清豔，常熟馮班定遠之綺麗，甫田余懷曼翁之秀逸，蘄州顧景星黃公之雄贍，石門吳之振之拗捩，亦皆各有獨到，不專主一宗，皆此時期之冠冕也。觀乎此期之詩，以時際開創，民物維新，眾製咸備，風會總雜。

逮及乾嘉之世，為有清全盛之時期，海內詩人相望，各標宗旨，獨樹壇坫；惟時當文網謹嚴，作家不敢仰眉低首以賈禍，故以溫柔平樸為依歸，詩學由是益超平淡。錢塘厲鶚樊榭山房詩，精深峭秀，參會唐宋，於朱王外，又別樹一幟，而兩浙之詩一變。迨錢塘袁牧，鉛山蔣士詮，陽湖趙翼並起，號江左三大家，而大江南北之詩無不一變矣。至其能獨標宗旨，自樹壇坫，爭雄於一時者，首推長州沈德潛歸愚，錢塘袁枚子才，大興翁方綱覃溪三家；其時漁洋之詩既為人所不饜，袁氏乃倡為性靈之說，以矯新城之膚廓，翁覃溪拈肌理以救神韻之空泛，沈歸愚則論格調以藥漁洋之浮響。惟沈則篇章妥帖，塗澤為工；袁則雖有神奇之才，亦有神狐露尾之譏；覃溪則喜金石考據，而少性靈，蓋皆有所偏也。踵其後而以詩名者，大興有舒位鐵雲，秀水有王曇仲瞿，昭文有孫原湘心青，世稱三君；四川遂寧有張問陶船山，常州有黃景仁仲則，洪亮吉北江；江西有曾燠賓谷，樂鈞元叔；浙中有王又曾穀原，吳錫祺穀人，許宗彥積卿，郭麐頻迦；嶺南則有馮敏昌魚山，胡亦常豸甫，張錦芳粲光三子，而錦芳又與黃丹書盧舟，黎簡二樵，呂堅介卿為嶺南四家。洪北江以詩與黃仲則齊名，仲則詩本青蓮，而清越蒼涼，多商音，有燕趙之氣，與舒位並稱「舒黃」。舒鐵雲為詩得溫厚之旨，沉博恣肆，俊拔如青蓮，粹雅似子美。孫原湘與舒位皆從昌黎山谷入杜，黎簡則學杜而極得其神髓者也。此外謝啟蘇潭之密栗，錢載籜石之拗折，姚鼐惜抱之雅正清妙，皆能別闢谿徑，自廣門庭，與爾時詩家宗尚迥然異趣，而詩名亦不亞趙蔣諸家，惟以託旨較高，步趨不易，號召之力或遜沈袁。要之，此期以時際昇平，辭多愉悅，異時諷頌，了無動人，雖能風靡一時，萬流奔赴者，類皆辭采有餘，意境差少耳。故乾嘉中盛之詩，率皆偏重於外形辭采之膏麗，而不能卓然獨立，以自闢蹊徑者，蓋遭逢盛世，歌詠昇平，乃無所用其深湛之思，固亦時會之所趨也。

綜觀此二期之詩，不論宗派，即模倣古人，別立門派以自重；詩風固典雅，要皆紛飾太平，無自成風會之可言，即無真面目之可識者，清詩之有面目可識者，當在道咸以後，迄於光宣，歷時既久，而作者彌繁。蓋清祚由盛而衰，內亂外患，無時或歇，詩人感時憫亂，憤世哀時，痛定思痛，乃撥之聲詩；故詩至道咸而遽其變也，其匯為晚清詩壇主流，以宋詩為宗尚之同光詩派，於焉而出矣。

二、宋詩之復興

有清一代詩學之變遷，略已如上述；在當日復古潮流中，率皆取法前代，惟各家喜言宗派，多樹立門戶，蓋好尚不同，取舍各異，遂有畛域之分。舉其大要，唯尊唐與宗宋二大流而已。主唐者言神韻，言宗法，言格調，言肌理，而又有初唐、盛唐、晚唐之分；宗宋者反流俗，排淫濫，以文入詩，又有蘇黃劍南之別。此二主流或盛或衰，各不相容，難定於一尊。洎至咸同，而唐音漸微，宋詩始盛，然宋詩經明人之黜廢，得以再闢坦途，亦多歷荊蓁。

夫唐宋分界之說，宋元未有，明初亦無有，成弘後始有之；蓋其時議禮講學，皆立門戶以為高，七子狃於此習，遂皮傅盛唐，搤腕自矜。及至明季公安袁宏道，乃矯王李之弊，倡以清真，竟陵鍾惺復矯其弊，變為幽深孤峭，號為竟陵派。及其末流，遠離正音，繁響競作，以剽襲為能事，形貌僅存，精神全無。清祚繼明而興，清初諸家固多承明季之舊，大抵步武王李也。蓋自明人倡謂唐以後無詩，歐陽、蘇、陸概從芟薙，故有明一代之詩家，無不極力排斥宋詩，謂宋詩疏鹵淺俗，意象乖離，至目之以為腐；於此，清人吳之振於所選宋詩鈔自序，言之詳矣。吳序云：「自嘉隆以還，言詩者遵唐而黜宋，宋人集覆瓿糊壁，棄之若不克盡……黜宋詩曰腐。宋人之詩變化於唐，而出其所自得，皮毛落盡，精神猶存，不知者或以為腐；後人無識，倦於講求，喜其說之省事，而地位高，則群奉腐之一字，以廢全宋之詩。」明人既如此全力排斥宋詩，宋人集至以覆瓿糊壁，賤之若此，宋詩在明世已無立足之處。清初諸家承七子餘波，流風尚存，惟窠臼漸深，詩家乃厭而學宋，誠如四庫全書提要宋詩鈔下所云：「……蓋明季詩派最為蕪雜，其初厭太倉歷下之剽襲，一變而趨清新，其繼又厭公安竟陵之纖佻，一變而趨真樸，故國初諸家頗以出入宋詩。」蓋清初詩人皆厭王李之膚廓，鍾譚之纖仄，談詩者乃轉而宗宋，故宋詩乃在厭棄皮傅盛唐之模擬剽劫，唾棄千喙一唱之風下，再為世人所好，得以復興。

清初諸家倡導宋詩者，首推錢謙益牧齋；錢氏思想頗近公安一派，反對明代王李所標榜之詩必盛唐說，力斥模擬形似之非，乃倡為宋元之詩，並極力推崇東坡遺山二家。馮班鈍吟雜錄所云：「牧翁每稱宋元，以矯王李之失。」蓋即謂此。又牧翁序徐元歎詩序云：「宋之學者祖述少陵，立魯直為宗子，遂有江西宗派之說：嚴羽卿辭而闢之，而以盛唐為宗，信羽卿之有功於詩也。自羽卿之說行，本朝奉以為律令，談詩者必學杜，必漢魏盛唐，而詩道之榛蕪彌甚。羽卿之言，二百年來，遂若塗鼓之毒藥；甚矣，偽體之多，而別裁之不可以易也。」蓋錢氏既憂宋詩之黜廢，又歎詩道之榛蕪彌甚，故有光復宋詩之志。牧齋於濁流中不為所污，此種眾醉獨醒之見解，令人欽仰，且予當時詩壇極大之影響，逮及康雍之世，宋詩乃益盛。其時長洲汪琬，深於學術，詩亦宗宋，兼范成大，陸游、元好問之勝。鄭方坤國朝詩鈔小傳評其堯峯詩鈔云：「……大致脫去唐人窠臼，而專以宋為師，於宋人中所心摹手追者，石湖居士而已，取徑大狹，造語太纖。」雖有纖仄之譏，然於詩必盛唐之日，能脫去唐人窠臼，自是難得。又商丘宋犖牧仲，論詩亦宗宋賢，於東坡尤為愛好，所作縱横奔放，刻意生新，詩稱駿快，一時與漁洋爭名，學者恆以漁洋緜津並稱。

上舉數家固皆能開創宋詩之風氣，為後世之先導，然其時學宋詩最著者，莫若查慎行初白。查氏詩崇蘇陸，而於陸尤近，時人比之陸游；謂奇創之才，慎行遜游，綿至之思，游遜慎行。其論詩云：「詩之厚，在意不在詞；詩之雄，在氣不在貌；詩之靈，在空不在巧；詩之淡，在脫不在易。」可謂通論。四庫全書提要評云：「查慎行近體實出劍南，核其淵源，大抵得之蘇軾為多；觀其積一生之力，補注蘇詩，其得力之處可見矣。明人喜稱唐詩，自康熙初年，窠臼漸深，往往厭而學宋，然粗直之病亦生焉；得宋人之長，而不染其弊，數十年來，固當為慎行屈一指也。」由此可見初白在宗宋詩派之地位。其後錢塘厲鶚樊榭，亦頗肆力於宋詩。鶚搜奇嗜博，館於揚州馬曰琯小玲瓏山館者數年，所見宋人集最多，而又求之詩話、說部、山經、地志，為宋詩一百卷，又嘗與符曾等撰南宋雜事詩。其詩幽新雋妙，刻琢研鍊，尤工五言；鄭方坤國朝詩鈔小傳，謂「其旨溫以厚，其音和以雅，其詞麗以則，于新城長水之後別續一燈。」確是的論。

至其時提倡宋詩最力者，當首推石門吳之振孟舉。之振雅愛宋詩，工於七言，所作課蠶詞十六首，推為絕唱。選宋詩一百六卷，所選至百數十家，有黃葉村莊集。吳氏深厭時流之皮傅盛唐，痛詆黜宋之非是，力陳宋詩之不腐，振臂高呼，慷慨激昂，儼然以光復宋詩為己任，在當日尚宋之潮流中，其推助之力可謂最大。吳氏以為黜宋者皆未見宋詩者也，究其病，不在黜宋，而在尊唐。其自序宋詩鈔云：「……故今之黜宋者，皆未見宋詩也，雖見之而不能辨其源流，則見與不見等，此病不在黜宋，而在尊唐。蓋所尊者嘉隆後之所謂唐，而非唐宋人之唐也；唐非其唐，則宋非其宋，以為腐也固宜。」吳氏蓋深痛黜宋者未能認識宋詩之真面目，不辨其源流；尊唐者所奉亦非真唐，特附會時髦而已，乃痛斥棄宋而學唐之非類。序又云：「宋之去唐也近，而宋人之用力於唐也尤精以專，今欲以鹵莽剽竊之說，凌古人而上之，是猶逐父而禰其祖，固不直；宋人之軒渠，亦唐之所吐，而不饗，非類也。曹學佺序宋詩，謂取材廣，而命意新，不剿襲前人一字。然則詩之不腐，未有如宋詩者矣，今之尊唐者，目未及唐詩之全，守嘉隆間固陋之本，皆宋人已陳之芻狗，踐其首脊，蘇而爨之久矣；顧復取而篋衍文繡之，陳陳相因，千喙一唱，乃所謂腐也。譬之膾炙，翻故出新，極烹芼之巧，則為真美矣，三朝三暮，數進而不變，臭味俱敗，猶以為珍美也，腐乎？不腐乎？故臭腐神奇，從乎所化，嘉隆之謂唐，唐之臭腐也，宋人化之，斯神奇矣；唐宋人之唐，唐宋之神奇也，嘉隆人化之，斯臭腐矣，乃腐者以不腐為腐，此何異狂國之狂其不狂者歟！萬曆間，李蓑選宋詩，取其遠離宋，而近乎唐者，曹學佺亦云選始萊公，以其近唐調也；以此義選宋詩，其所謂唐終不可近也，而宋人之詩則已亡矣！余與晚村自牧所選，蓋反是，盡唐人之長，使各極其致，故門戶甚博，不以一說蔽古人，非尊宋於唐也，欲天下黜宋者得見宋之為宋。如此，其為腐與不腐，未知其何如，而後合議其黜與否，或由是而疑，此數百年中文人老學，游居寢食於宋者，何翅千倍後人，何獨於嘉隆之說求一端之合而不可得，因忽悟其所以然，則是集也，未必非唐以後詩道之巫陽也夫。」孟舉所論，以為詩之腐與不腐，乃在於是否能善於變化。善於變化，則神奇而不腐，不善於變化，陳陳相因，千喙一唱則腐矣。宋詩學唐，變化於唐，翻故而出新，則何腐之有。吳氏自謂非尊宋於唐也，乃欲天下黜宋者得見宋之為宋。苦心孤詣，奔走呼號，蓋思於時弊有所匡正也。

與之振同時，山左尚有一名家，極尊宋詩，而尤推山谷者，則田雯山薑是也。雯天姿高邁，記誦亦博，負其縱橫排奡之氣，欲以奇麗駕漁洋之上，故詩文皆組織繁富，鍛鍊克苦，自成一家，但好奇太甚，即藥方亦必取異名，頗為人所訾議，著有古懽堂集三十六卷。山薑力非論詩之分劃唐宋，且謂梅、歐、王、蘇、黃、陸皆登少陵之堂，入昌黎之室。又謂七言古至唐末式微，直接杜韓而光大之；山谷從杜韓脫化，創新闢奇，風標娟秀，陵前轢後，有一無兩，宋人尊為江西派，與子謬美俎豆一堂，實非悠。又謂山谷七絕，新絕如繭絲出盆，清颸如松度曲，下筆迥別。蓋山薑雅愛山谷，至謂宋人之詩山谷為冠，真篤於好，而敢於言者矣。

康雍之世，宋詩既經諸家之倡復，乃再為時人所好，蔚為風尚矣。誠如宋犖漫堂說詩所云：「近二十年乃專尚宋詩。」納蘭性德淥水亭雜識亦云：「人情好新，今日勿尚宋詩。」鄭方坤國朝詩鈔小傳亦云：「是時江南盛詩社，又崇尚蘇陸之學。」則此一由錢牧齋開其端之宗宋風氣，至此已瀰漫於大江南北矣；即如當時大家，主持壇坫如新城王漁洋者，雖倡主唐者，亦不敢輕廢宋詩。漁洋句曰：「幾人眼見宋元詩」，又曰：「涪翁掉臂出清新」，又曰：「豫章孤詣誰能解」，又曰：「生平一瓣香，欲下涪翁敗。」又曰：「近人言詩，好分唐宋，歐梅蘇陸諸家，才力學識，皆足陵跨百代，使俯首撏拾吞剝，彼遽不能耶？其亦有所不為耶？」又曰：「宋景文詩無字無來歷，明大家用功之深，如此者絕少，宋人詩何可輕議也。」又曰：「胡元瑞論歌行、頗知留眼宋人，然於蘇黃尚未窺堂奧。」又曰：「山谷詩得未曾有」，又曰：「從來學杜者，無如山谷」。由此可知，漁洋亦極推崇宋詩而泯畛域之見，以為不可輕議也。然其時大家論詩，尚多主盛唐，詆斥宋人，尤以朱竹垞，沈歸愚為甚。竹垞於所作曝書亭集中，如題王又旦過嶺詩集七古，夏病足留慧慶寺讀藝七律第二首，齋讀書五古第十一首，汪司城詩序，棟亭詩序，荇谿詩集序，丁武選詩序，王學士西征草序，葉李二使君合刻詩草序，張趾肇詩序，南湖居士詩序，鵲華山人詩序，胡永叔詩序，李上舍瓦缶集序，橡村集序，書劍南集後諸篇，皆力詆宋詩，推尊唐調，尤集矢於山谷、誠齋。沈竹愚於所選明詩別裁自序云：「宋詩近腐，元詩近纖，明詩其復古也。」又曰：「有明之詩，誠見其陵宋躒元而上追前古也。」是則沈氏鄙視宋詩，以為明詩猶不如也，觀其唐詩別裁自序云：「唐詩蘊藉，宋詩發露，蘊藉則韻流言外，發露則意盡言中。愚未嘗貶斥宋詩，而趨向舊在唐詩。……」雖自避未嘗貶斥宋詩，亦難掩飾其畛域之見，識者自明矣。於此，袁子才簡齋與沈大宗伯書曾駁之云：「唐人學漢魏，變漢魏，宋學唐變唐，其變非有心於變也，乃不得不變也。使不變，則不足以為唐，不足以為宋也。……先生許唐人之變漢魏，而獨不許宋人之變唐，惑也。且先生亦知唐人之自變其詩與宋人無與乎？初唐一變，中晚再變，至皮陸二家已浸淫乎宋氏矣。……變唐詩者宋元也，然學唐詩者莫善於宋元，莫不善於明七子。何也？當變而變，其相傳者心也，當變而不變，其相傳者迹。……」簡齋之論可謂公允矣。若竹垞歸愚二家，以位重名高而貶斥宋詩，雖或能影響一時之人心，而終不能遏止尚宋之潮流。洎至道咸之世，詩家更盛為宋詩，曾國藩、何紹基、鄭珍、莫友芝、金和諸輩倡之於前，同光諸子繼之於後，宋詩之運動，遂成為晚清詩壇之主流矣。

原刊於《慶祝林景伯先生六秩誕辰論文集》

談古典詩的前途

一、前言

中國的「古典詩」，無疑的已有三千多年輝煌的歷史（從詩經時代以迄清末），也無可否認的，這一種植根於中國語文特性，涵養於中華文化淵藪的文學，在中國的文學史上，確曾一再的大放異彩，照耀古今。從詩經、楚騷，而漢魏樂府古詩，而唐宋古近體，而緜延至清，其體制雖一再的演變（其中唐詩遞變而為宋詞元曲），然而詩的特質仍能保持不失；由於優美的形式，生動的內容，幾千年來使它成為我國流傳最廣，延續最久，也是最富藝術價值的一種文學。稱它為中國文學的奇葩、瓌寶，實亦不為過。的確令人嚮往地，「舊詩」在這一塊中國文學美麗的園地裡，可以說一直都是繁花似錦，爭奇鬪麗，或穠華縟采，也有冷韻幽香，真可謂風格多方，美不勝收。

然而，卻不幸的，也無可避免的，隨著歷史的轉移，隨著社會型態及教育環境的改變，當西方的文學思潮東漸，當白話文學成為一時的風尚，從此西風滿園，繁英凋傷，令人有繁華遲暮，不勝今昔之感。半個多世紀以來，舊詩可說備受冷落，一般時流「敬而遠之」則不遑，青年學子則與之日見疏遠。獨賴一群熱愛古典文學的志士孤軍奮鬪，他們辛勤的耕耘，盡力呵護這塊日漸荒蕪的園地。然而以大家的熱忱、執著、奮鬪不懈，雖能保持這種最足以表現中國文學特性的優美文學，不墜於一時，然「古典詩」的命脈，也真到了「不絕如縷」的境地。在此，凡是熱愛中國文學，關切「舊詩」的朋友，不禁要問，「古典詩」的前途究竟如何？

儘管「古典詩」的歷史地位早已確定，儘管我們仍可以以個人的熱愛和無限懷念的心情來欣賞前賢名家的作品；但值得我們深思的是，對於舊詩興衰存續的問題，我們必須對現代的中國文學史有所交代。我想，凡是熱愛中國文學，獻身於中國詩歌的朋友，一定不願意看到「舊詩」隨著年月，任其式微而沒落，以至於「無疾而終」。在此，我們不能光以「盡人事而已」消極的口吻來自慰，而必須正視面前現實的問題，從根本以求解決之道。深信以大家的熱忱，執著，和共同的心力，我們絕對有信心，「古典詩」的前途，也必定充滿希望，大有可為。為此，在實際的行動上，我們有兩件事要作：一是如何振衰起廢，以求守成不墜（消極的）；一是更進一步的，如何更新體制，開創中國詩學的新運（積極的）。在此，個人深願以最誠摯之心，將一己之見，擴陳於次，以就正於諸前輩大家，也和青年朋友共同探討。

二、振衰起廢

今日「古典詩」的不振，深入的探究，不外外在（環境的因素）與內在（詩歌本身的問題）兩種因素。關於外在因素，前略已言及，茲再詳之。無可諱言，舊詩的式微，最直接的是由於時代劇烈的變動，新文學思潮的衝激，和功利社會的現實，使得古典文學不得不日趨沒落（相反的俗文學大行其道）；但最值得我們注意的是，由於時代變動而產生的教育環境而改變。我們可以說，舊詩的發達，幾千年來多借助於有利於它的教育環境：歷來各代，在教育的內容上，文學課程一直很受重視，而保持著很重要的份量，使得詩歌可以獨立一門。童子啟蒙，即有很多的機會接觸它，在學習的內容上，「學記」就已強調「不學博依，不能安詩。」而且把它與「安弦」、「安禮」、「樂學」相提並論，由此可見其份量之重，也使得一個十幾歲的孩子，就能背誦各種選本的作品，也能熟讀名家的專集。在這種環境裡，對詩的興趣自然被培養起來。還有更值得注意的是，它還得力於科舉考試的推助。因為科舉考試的內容，除了策論之外，還有律詩一題，使得萬千學子不得不學詩，也不得不盡其心力以求工（考試領導教學，自古已然。如果今日大專聯考國文一科考作絕律，相信「古典詩」的盛況必再重現，補習班的廣告也必然改觀。當然事實已無此可能，也無此必要）。然而教育環境的改變，已使得今日的學童，幾乎沒有機會接觸「古典詩」。如此，既無學習的基礎，也缺乏環境有力的鼓勵，自難造成普遍的文學風氣。故就外在因素言，以今天的時代環境，欲求扭轉「古典詩」的命運，可說回天無力。就這一點來說，我們所能做到的是，盡一己的熱忱和執著，繼續宣揚這種優美可愛的文學，庶能再度的引起時人對它的注意和更深刻的認識，而不致於疏遠淡忘它。但更重要的是，在另一方面，吾人應該認真的，勇敢的面對詩歌本身內在的問題，痛下針砭，力求振作。

然則，「古典詩」本身的問題為何？先就詩之特性而言，詩原本性情，發越以才學，而訴之於形式格律。詩的形式內含，原有密切的關係，但這種關係必須分別賓主，定其輕重。很明顯的，性靈是詩的靈魂——主，形式格律是詩的軀殼——賓，然後藉著個人的才學，匠心獨運，溝通二者於無形。因此在創作上，必須明其賓主，知所輕重。袁子才所謂：「須知有性靈，便有格律，格律不在性靈外。」（隨園詩話），郎廷槐於師友詩傳錄也說：「學力深始見性情。」楊誠齋亦謂：「風趣專寫性靈，非天才莫辨。」（隨園詩話引）固然，失去形式格律，性靈便無所寄託，才學便無從發越，而不得不講形式格律。但是如果專講形式格律，專講寫作技巧，而忘其性靈；則所作徒具美麗的外表，空洞無物，終失其精神，以致成為所謂「沒有靈魂的藝術」，而喪失詩歌的生命。

很不幸地，一千多年來，中國的詩歌逐漸的趨向於注重形式格律的道路，作者徒恃才學，專講格律，賣弄技巧；表面上是踵事增華，其實外腴內槁，似盛而實衰，積習既久，不得不每下愈況。當然這種執偏的風氣不是一時形成的，在南宋時嚴羽就已經發現這種弊病。他說：「近代諸公乃作奇特解會，遂以文字為詩，以才學為詩，以議論為詩，夫豈不工，終非古人之詩也；蓋於一唱三歎之音有有歉焉。且其作多務使事，不問興致，用字必有來歷，押韻必有出處，讀之反覆終篇，不知著到何處。其末流甚者，叫噪怒張，殊乖忠厚之風，殆以罵詈為詩，詩而致此，可為一厄也。」（滄浪詩話）這個厄運嚴滄浪已見其開端，到了明世更加嚴重，清世稍見好轉，至今又形惡化。前人之詩，雖已有此弊，然猶有大家獨撐大局，且其時教育之環境和科舉考試仍可維持「舊詩」於不墜。然而今非昔比，縱然吾人性靈不失，才學與前人相埒，而時代已不利於我；教育內容的複雜，既移其才智，事業生計之壓力又分其心力。以此之勢，才高者已覺心餘力絀，欲肩隨明清諸賢而不可得；其才下者，早為格律所困，往往因文造情，何能獨抒性靈，自造新境。於今之計，欲求振作，則必須在不破壞詩的藝術價值原則下（保存基本的形式格律），使作者性靈不受太多或過分的拘束，而能自由抒發，即能以情真意摯之筆，寫自家之面目，反映社會民生百態。同時也切忌再作獺祭魚，或淪為點鬼錄；更不可強說愁，或強顏歡笑。不過，要做到這點，必須就詩的聲調、押韻，或其他嚴格的格律上，彈性的遷就現實，適度的給予方便。比如平仄以今日的聲調為主，押韻亦以今韻為準（當然古聲古韻亦宜並行不廢，尤其閱讀古人的作品亦應以古人的聲韻為主）。如此，「舊詩」必能為一般青年學生所接受，也必能適應這種格律，進而運用真摯之筆寫其內在的情思，詩歌的內含也將隨之充實，日趨活潑生動。同時更能賦予詩歌本身應有的生命，於詩運亦可維繫於一時而不墜。然而在今日的文學環境裡，「舊詩」原有的形式格律，多多少少已經失去它的吸引力，而且站在文學史的立場觀之，也逐漸失其意義。因此這種僅就原有體制，去其流弊而思振作的工作，仍是非常艱巨，事倍功半，故推其極致，亦僅得守成而已，所以說這只是一個消極辦法而已。

三、更新體制，開創詩學新運

如上所述，欲求守成，已屬不易。這一點我們不得不沈痛的承認一個事實和原則，即每一種文學必有它的歷史特性和時代精神；失去了這種特性和精神，任何文學都必定式微。故吾人如欲挽救「舊詩」的厄運，個人以為根本之計，必待體制之更新，而後乃能開創其新機運。因為一種文體流衍過久，難免形成末流之弊，而且文學是進化的，人心是好新好奇的；因此一種文學，盛極必衰，如不脫胎換骨，以求更生，必將為另一種文學所取代。試看漢魏古樂府一變而為五七言，五七言一變而為唐人近體，近體一變而為詞，詞一變而為曲。蓋時勢推移，文學思潮及文學環境亦隨之而異，則文體亦不得不變；變則能化腐生新，重獲生機。故文體更新，乃勢所必然。惟其遞嬗之間，仍不失其淵源關係，亦能保存原有文學的本質；而只在體制形式上作適當變更修改，以配合當代的各種外在環境，和文學思潮，同時在創作上，求能反映當時的社會民生，以表現其時代精神和社會性。還有一點不能忽視的是，不管其體制如何的變化，在形式上必須能表現中國語文的特性（聲韻美和形式美），造成整鍊的形式和韻律，在內含上亦應表現中國文化的精神，和中國文學特有的風骨。正因這種流變是文學對歷史的承受，而非接受橫的移植（橫的移植與今日流行的心臟或腎臟移植手術很相似，總因彼此的排斥作用而無法「血氣」相通，以致無法維持長久的生命），故能建立文學的新生命，成為當代的特色文學，也自然能流傳於後世。

有了這些認識，再加上對現代文學環境的體認，我們已能把握更新詩體應循的原則和路線。首先應注意的是，「古典詩」的句式雖然整齊簡鍊，但缺乏變化，而且格律化的結果，容易拘限作者的性靈，尤其是在現代的文學環境裡，這是它美中不足之處。為此，很多人主張完全以語體入詩；以口語為詩，固然「平白如話」，也是道道地地的社會文學。然而純粹的語體，往往容易言到意盡，缺乏深醇含蓄的韻味，也較難造成簡鍊雅麗的形式，不但不能完全表現中國語文的特性，也將失去中國詩歌原有的特質。個人的看法是，詞、曲活潑的句法，既整鍊雅潔，而字句長短參差又富形式上的變化，不但接近口語（詞曲頗富口語的韻味，然非完全口語化），而且不失中國語文的特性；在韻味上，或含蓄、或諧俗，雅麗而生動活潑。因此我們不妨參酌詞曲的句式和韻味來創作；不過仍有一個問題有待解決，那就是詞調曲譜的問題。這似乎又是一種「格律的拘限」，使作者依聲填詞，情思亦難自由發揮。因此必須擺脫詞調曲譜的限制（詞曲今日已失樂，擺脫原有調譜自是合宜。但我們不願看到詩樂的分離，因此希望音樂家能與詩人合作，因詩入樂，使二者相得益彰，自是美盛之事）。雖然去了詞調曲譜，但並不是漫無形式，「各自為政」，而是在精神上遵循詞曲樂府特有形式，庶能表現中國詩歌韻文應有的特色；至其字句之長短，聲調韻律的安排，隨意所之，文言白話亦不相忌（如詞曲），一任自然，但求達意。此種體制，雖然「不歌而誦」，然亦可據以入樂，如目之為「新樂府」，亦未嘗不可。

四、結語

在今天艱難的文學環境裡，我們很欣慰，也很敬佩那些熱愛舊詩的朋友，盡一己的心力，默默的耕耘。然而我們尤殷望那些獻身文學的有志之士，更應該積極的站出來，共同為中國詩歌開創新運。而個人以上所陳，亦思以一個從事詩歌創作者的立場來盡其棉薄之力；那些看法，雖是代表個人的，不一定成熟，但絕不是執其兩端而折中之，也不是東施效顰的「新古典主義」。當然個人的才力微不足道，所見亦僅及其一，但可以確定的是，這些都出自個人的至誠。因為個人已深深的體認到「舊詩」的真正前途，是建立在「詩體的更新」上。因此寫作本篇的用意，亦僅僅在提醒大家正視這個問題，希望能藉此拋磚引玉，以收集思廣益之效。也更殷切的希望，在諸前輩大家的引導下，集合所有同道的心智，共同為中國詩歌闢一坦途，庶能建立一真正能代表中國詩歌特色，代表現代中國文學精神的新詩體。在此我願再次的強調，這是大有可為的。

〔附錄〕新體詩一首國中國文科教師暑期研習班結業諸學員索詩爰戲為「新體詩」1一篇聊以相贈

尤信雄

菡萏香殘

風蟬新唱
炎炎餘暑，偏是讀書天
紅樓書聲入疏鐘晚
窗外夕陽無限
算日子——只有兼月
何似四年
詩詞策論，小說戲劇
——白話和文言
五千載文學連成一線
滿口韻味
一室的古典
不是沈醉，何用自憐
只怕西風亂翻陳編

1 所謂「新體詩」者，貌似詞曲，而無詞調曲譜之拘限。其字句之長短，聲調韻律之安排，隨意所之，一任自然；而文言白話亦不相忌，但求立誠達意耳。雖無一定之格律，要亦不失我國文字及詩歌之特色；無以名之，姑目之曰「新體詩」。然則，其為古樂府之餘裔乎？

不談復古
不嘲新鮮
考舊知新，但求中華文化緜延
聽！洙泗潺潺
滙成歷史的泓流巨浪
看！海嶠巉巉
嶄然東南一柱擎天
……………………
嗚呼！
何當祭告韓文公
——斯文自與日月長在
何待再傳！

抱朴子的道教思想

一、前言

在魏晉的人物裏，葛洪——抱朴子，可說是非常值得我們注意的一位。他不但是一位很突出的思想家和宗教家，也是一位很有膽識的文人，和獨樹一幟的文學批評家。但令人想不到的是，這樣一位特殊的人物，卻是一個絕棄榮華，熱愛丘園，與世無爭的「抱朴之士」。然而在他的整個人生中，他所追求的卻是一方面想經由修鍊和服食以得長生，另一方面又想著作子書，傳世不朽。姑不論他所追求的肉體永生和精神不死，是否已達到，但最後他終於成為一位文武兼修，宏揚仙道的高士，則是不容置疑的事實。

對於這樣一位傳奇性的人物，他給人的印象，絕不只是令人感到好奇而已，最難得的是，他帶給人一種真摯的親切感，並油然產生一種虔誠的敬意。因為這位飽經亂世折磨的高士，雖然承受了老莊的玄思，和熱烈的神仙思想，但並沒有完全漠視現實和傳統。他對儒家仍然非常敬重，對傳統仍然充滿信心，對當世的社會人生，也隱隱約約的表現出他內在深深的關懷，這就是他令人可敬也可愛的地方，也因此使他成為魏晉亂世一位很特出的學者。另一方面，他也非常期望成為後世所知名的一位「文儒」，所以他積極的從事創作。儘管抱朴子一書是用最清麗典雅的駢文寫成的，但最後他卻非以文學名家，而以子學傳世。不過在文學批評上，他仍然有令人非常滿意的表現，也建立了他個人在中國文學批評史上的地位，而與王充、陸機諸人成為兩漢魏晉間非常峭拔的文論家。

由此看來，他的思想是相當豐富而複雜的，成就自然也是多方面的。不過就抱朴子內篇和外篇的自序來看，似又可以看出他思想的歸趨和理想的目標——內篇自序謂屬於道家，外篇自序謂屬於儒家。外篇的思想雖然雜一點（儒、道、法、名並陳），但大致上仍以儒家思想為主；由此可見，在現實生活裏，他是接受儒道和傳統的。至於內篇的內容，談的都是神仙方藥、鬼神變化、養生延年、禳邪卻禍之事，這些顯然的都是屬於道教的思想和內容，他自己說是屬於道家，這是一種依託。在魏晉之世，道教附會依託於道家，原是很普遍的現象，不足為怪；後人不察，常常把道教和道家混為一談，如果我們也因此認為他內篇的思想是屬於道家，那是很籠統含混的。為此，我們對道教的淵源，不得不有一概略的認識。

道教起源於東漢，為張道陵（原名張陵）所創。因凡是入教信道的人，都要繳納五斗米，故又稱五斗米教。因信徒稱張道陵為「天師」，而他後世的子孫也都叫「張天師」，於是又有「天師道」之名。道教自初創起，就依託於道家，而奉老子為祖師、道德經為聖典。因為道家的玄思，富有神秘的色彩；道家的人生、崇尚虛無清靜。這些跟道教神秘的思想，神仙的境界都很相似，正可以附會依託；而老子和道德經崇高的地位，更可以借重他來抬高道教本身的地位和身價，也容易博得社會的崇敬，和爭取智識份子的信仰。故自東漢以迄魏晉，道教莫不披上了「道家」的外衣，而流行活動於社會各階層，如晉朝像王羲之父子那樣的名士，都篤信其道，下階層的人入教附從則更不用說了。自來道教既然標榜道家以自重，而後人稍為不察，就容易把道家和道教混為一談。其實道教的思想，並不如道家那樣的高妙和精純，而且它的內容也是很混雜的。它包括了神仙出世的思想，導引行氣的工夫，鍊丹服藥之術，寶精的房中術，以及陰陽占驗之說，和祝禱符咒的治病術，甚至於摻入了民間的迷信和神話傳說。然而這些複雜的內容，在早期是雜亂而缺乏系統的，到了葛洪的抱朴子一書出現後，才給予理論化和系統化，這在道教的發展過程上是很重要的轉捩點。以下就將葛洪理論化的道教思想，分神仙思想、宗教觀、和養生術等三者，分別論述於次。

二、神仙思想

神仙思想可說是葛洪道教思想的中心，但這種思想並非始於葛洪，而是前有所承的，只是到他才加以集大成而發皇之。神仙之說，春秋以前原產於燕齊濱海一帶，但到了戰國，連江漢流域的楚國，都已非常盛行，這從楚辭的「遠遊」諸篇，即可窺其一斑。至秦始皇時，由於特別沈醉於神仙之事，而遣人入海求之（見史記封禪書）；因此更熱烈的助長了神仙思想的發展。到了漢代，這種思想仍然盛行，帝王如漢武帝，和秦始王一樣，非常醉心於神仙的追求，而淮南子一書，更是帶有濃厚的神仙思想。到了魏晉，由於世亂的刺激，也由於老莊思想的推波助瀾，而造成神仙思想的泛濫。葛洪既然生活在如此的環境和思潮裏，而且性又簡素好道，於是著書立說，暢論神仙之道，而深信不疑；不但成為個人思想的代表和特色，也使神仙思想的發展達到最高潮的境界。但有一點值得注意的是，他的神仙思想也是附會依託道家。他說黃老二聖，深識獨見，受仙經於神人，而傳之於後世。這種附會雖然充滿神秘性和戲劇性，但如前所述，這種依託原有它的背景和動機，瞭解了也就不足為怪。

抱朴子神仙思想的建立，固然是由於時代環境和思想的刺激，但最主要的是由於對人死生的問題無法獲得圓滿的解決，而內心又無所依託；於是乃退而追求長生和神仙之術，以為人生最完美的歸宿。抱朴子以為，人生是可愛的，而死亡卻是可怕的，因為在深暗的九泉之下，長夜漫漫無極，而屍體不但變成螻蟻的糧食，最後也必歸於塵土；每一想起人生最後竟是如此的下場，不禁令人怛然心驚，而無限的感嘆。於是長生養性以避死，乃成為人生所追求的必然目標了。既然求長生以成仙是人生求解脫的最好法門，於是對於神仙的存在，和成仙的可能性，就必須加以確定。這一點他先從理論上去求證神仙的存在，和成仙的可能性，以堅定求道的信心。再輔以各種求道的秘訣，和養生諸術，如此神仙的境界自然可達到。

對於神仙的存在，他是很有信心的。他認為人的智慧和經歷是有限的，而宇宙的奧妙，事理的深微，並非人類所能完全瞭解。因此，不能因為世俗的人，用他們短淺的耳目看不到神仙，就否定了神仙的存在。何況神仙和人，殊趣異路，絕棄人間聲名和榮華富貴，豈是那些追求名利如行尸之人所能看到的。退一步說，即使神仙遊戲人間，也必定匿真隱異，外同凡庸，縱然和凡人比肩接踵，常人也無法認識。至於神仙不願為凡人所見，潛遁隱形，那就更不用說了。由這些理論推演的結果，他特別強調，人類不能以所見為有，也不能以所不見為無，如此自然不能隨便否定神仙的存在。更進一步的，他認為人經由某種的修養鍛鍊，和服食藥物，可以做到常人想像不到的事，和達到某種奇妙的境界。如漢朝左慈斷穀絕食一月，而氣色精神不變。又如甘始以藥物詞養活魚，然後把魚放入煎沸的油鍋中，不但不死，而且仍能悠然游戲終日；他又用藥物灑在桑葉上，然後採桑葉以養蠶，這些蠶到了十月還不老死。又如史記龜策列傳所載，有人年輕時用龜墊牀腳，至死移牀而龜仍活著。從這些例子看來，其中必有不死之道存在。因此，利用人類的聰明才智，以某些特殊的藥物和秘術，可以創造生命的奇蹟，或改變自然對生命的限制。由此推論，可以確定人類經由後天的修鍊，追求長生不老以成仙的可能性。既然肯定了神仙的存在和成仙的可能性，於是他們得到一個結論，就是凡能達到不老不死的，就是神仙之法。因此他否定了尸解化形成仙的說法，他認為一個人既老而死，生命已結束，怎能以尸解來附會。退一步說，假如成仙之說有尸解之法，但他為什麼不能駐年不老，然後離開人間呢？他這種嚴謹的態度，和一般動輒以尸解來附會成仙的道教說法，是不可同日而語的。

然則如何才能達到長生不老的境界呢？抱朴子認為必須兼顧以下四者：一曰寶精，即是房中之術。二是行氣，即是吐納之法。三是導引，亦即屈伸法。四是服丹藥，亦即黃白之術。在這四者之中，他特別強調鍊丹服藥的重要性。因為前三者只能保持人的精氣體力不致枯絕，而延長年命；至於服食金丹，則可使人直接成仙。因此，服食金丹大藥是成仙最重要的一個關鍵。談到鍊丹，最重要的是必須得名師的傳授和指點；而且必須在名山之中鍊製，只要絕棄榮華，精誠以赴，則仙藥可成。這些仙藥共有九種，稱為九轉還丹：其中九轉之丹，服之三日立可成仙。七轉之丹，服之則需三十日始可成仙。四轉之丹，服了半年才能成仙。一轉之丹，則必需三年才能成仙。而成仙後的境界，也有三種；最高的境界，可以昇為天官，其次可以棲集於崑崙山，最下也可長生於世間。

儘管服食九丹金液是成仙的關鍵，但成仙仍有種種困難：其一，鍊製丹藥，明師難求，所要支出的費用金錢也相當可觀，非一般人所能辦到：如此看來，成仙也不是容易的事。因此他主張用漸進的方法以求之，先行寶精愛炁之術，繼之修鍊導引吐納諸法，和各種方術，再服以小藥，亦可延長年命而漸進於精微之境。其二，鍊製丹藥必須誠摯堅信，疑則無功；而世人往往不能精誠專一，不能堅信勤修，以致金丹不成，自然無法成仙。其三，修道鍊丹，不可為惡犯過，必須善積陰德，不傷不損，以感動神明，則學道速成，亦可助成金丹。故凡人格品德，稍有缺陷不足，亦有妨礙於成仙。

由此看來，雖然他認為成仙是可能的事，但九丹金液的鍊製，卻受上述三種情形的限制，因此實際上丹藥並非人人可得；但他卻特別強調，假如因此而不能成仙，那不是成仙本身有問題，而只能歸咎於修鍊的人，不誠不信，或不得名師的指點，或不隱處名山鍊製。於是他又把鍊丹術，加上一層神秘的色彩，而帶有宗教信仰的意味。這樣一來，使得他的神仙思想和邏輯，轉趨圓融，但也把它帶進一更深遠的神秘世界。

三、宗教觀

葛洪的道教思想，主要的雖然只是在成仙一念，但純就宗教的形式和內容而言，仍是相當複雜的。它包括了鬼神論，因果報應之說、各種方術、符籙和禁咒等。其中雜有陰陽讖緯之說，和一部分佛教的思想，也混合了民間的傳說和迷信，可以說充滿了神秘的色彩。

對於鬼神的存在問題，他的態度也是很審慎的。他認為天道邈遠，以至鬼神之事難明，但山川、草木、井竈、洿池等都有精氣，而人不但有精氣，而且有靈魂；何況天地如此之大，從道理上講應該有「精神」，所以鬼神之事，不能說沒有，而且特別強調，山無大小皆有鬼神。不過他對鬼神並不是盲目迷信的，他認為鬼神是超然公正的，不能以巧言動，不可以飾賂求；如果光是迷信鬼神，而本身不修明德，不但沒有好處，而且有很大的禍害。因此，淫祀妖邪之事，不可信，也不可從。並且一再強調，祭禱之事，無益於杜禍卻害，因為鬼神對於一個修德明道的人，是不能加害的（這一點，看起來跟儒家「敬而遠之」的態度，倒有些相似）。於是他進而提出因果禍福之說，他以為鬼神既是超然公正，必定賞善罰惡。因此，凡是不忠不義，為非作歹，淫佚傾邪的人，每作一件壞事，就有一樣罪過，會招來災禍，折損自己的壽命，甚至殃及子孫。但若作壞事，而事後悔改的人，也可行善加以補救，而轉禍為福。至於不為惡而能行善不懈的人，一定有好報；不但能延年益壽，而且學道也可以速成。這種因果報應之說，很顯然的是受佛教三世因果報應之說的影響。

在他的鬼神論裏，雖然他一再的強調，鬼神對於有德求道的人無能為害。但另一方面，他又特別指出，山林裏的鬼神魑魅百怪，對入山求道者多加禍害，且引諺有「太華之下，白骨狼藉」之語，以資強調。從表面上看來，兩者似乎矛盾衝突，其實這些說法都是為神仙之說而設的。因為儘管鬼神妖怪能為害入山求道的人，但卻有種種預防保護和禁制的方法，於是又引出了道教的方術和符籙禁咒之說。

道教所講求的方術，其內容頗為複雜，包括各種秘術，和禁咒符籙等充滿神秘的禁避異術。而他們追求方術的目的不外有二：一在平常生活中可以卻患防災，和抵抗疾病；一在入山修鍊過程中，可以不受鬼怪虎狼百毒五兵之害。就秘術而言，抱朴子所常談的，有以下數種：（甲）守身鍊形之術：此術有口訣，學會的人可以不畏萬鬼五兵。（乙）遁甲之術：此術以禹步法念咒語而隱身，使人鬼不能見，可避百邪虎狼毒蟲，而且盜賊不能近，山精鬼怪亦不能為害。（丙）守「真一」之術：此術最微妙，能「守一存真」，就能通神，而能陸避惡獸、水卻蛟龍、不畏鬼怪、不怕兵刃。（丁）其他有含影藏形、守形無生、九變十二化、二十四生等，思見身中諸神，而內視含見之法，也都能卻惡防身，不為百鬼兵寇所害。這些方術抱朴子強調都是流傳自仙經秘典，或師徒世世歃血口傳，頗充滿神秘奇異的色彩，而為道教信徒所津津樂道的。

至於禁咒符籙，和各種秘術一樣，除了平常可保身卻惡之外，大都也是為了入山求道、護身除害之用的。禁咒之法，乃以「炁」禁之，可以禳天災，可以抗大疫，也可以禁邪魅山精，不使害人，能禁虎豹蜂蛇，不使傷人，也可以禁白刃，不使殺害人。其他可以「炁」禁水，使之逆流，禁沸湯止沸，禁水大寒不結冰，禁火不熱等等，真是精奇玄虛之至。符籙則有入山籙，三皇內文，五岳真形圖，七十二精鎮符等等。其中以三皇內文、五岳真形圖二者最為重要，可以避邪驅鬼，避瘟疫瘴氣，避橫殃飛禍，可以避虎狼山精五毒，可以涉江海、卻蛟龍、止風波。也可以救婦人難產等，真是「法力無邊」，「妙用無窮」。另外又有照妖之鏡，也是入山的道士所必備的；道士欲入山，則以九寸以上的明鏡懸於背後，則老魅山精皆不敢近人為害。上述的各種方術，雖然過於神奇玄虛，把道教帶入一更神秘的世界，但卻填充了道教貧乏的宗教內容，故就道教而言，這些都是重要而不可缺的。

四、養生術

養生術是抱朴子神仙思想中，求長生不老的最重要基礎，也是他醫學思想的主要內容：這在道教的思想裏，是最切實際，也是最具價值，和最有意義的。抱朴子認為：形體是人的精神寄託之所在，在世俗的生活中，身體過於勞瘁，精神就會離散，一旦精氣枯竭，生命就結束了。換言之，人所以會衰老，是受各種疾病所侵襲，受風寒暑熱，和各種毒惡邪氣所傷害的結果，也由於衰老和身體的虧損，終將趨向死亡。但衰老並非不能克服，生命年壽也不是不能延長：於是他提出導引、行氣，還精補腦，服食藥物，飲食起居有度、思神專一等各種預防衰老疾病，和延年益壽的方法，這就是抱朴子的養生術。這些養生術可以把它歸納為房中術、導引行氣、服食藥物、及生活修養等四者來敘述。

房中術：又稱玄素之術，是一種寶精術；它是利用還精於腦的手段來補救傷損，或攻治眾病，而最後達到延年益壽的目的。這從表面上看來，似乎很玄虛神奇，其實以生理學和心理學的觀點來看，它是很合乎科學精神的。從生理學的觀點而言，陰陽不可不交，如果不作適當的宣洩，必將產生某種疾病。不過如果過於縱恣情慾，也將會導至癆瘁，而損伐年命。因此，不可禁慾，也不可縱慾，而運用這種寶精術，自可作適切的調劑，不虧不損，而強身長命。次就心理學的觀點來說，男女性生活的不協調，常易造成幽鬱怨曠，而影響至整個的生活，或導致疾病，或造成家庭變故，以致減損年壽。房中術的目的，就是想從生理上的協調，而達到情感上的諧和，以求身心的平衡。如此，自然精神不苦悶，而身體無病痛，以致延長年壽。不過房中術的內容也是相當複雜的，它運用的方法有十幾種之多，非一般人所能瞭解或做得到；而且如果是缺德無行之人為之，適足以造孽，故非其人不傳，而有歃血相傳的口訣。如此，道家的房中術自然又披上一層神秘的外衣。

導引、行氣之術：導引是一種屈伸法，與華陀的五禽之戲相近，其實是一種活動筋骨脈絡，近似健身操的一種強身術。行氣就是吐納法，是一種吐故納新，利用「氣」以養氣的一種養生術。「氣是萬物賴以生存的一種東西，因此善於養氣的人，能夠內以養身，外以卻惡；而且能治病，抗拒瘟疫，也可以避飢渴，最後以延長生命。至於行氣的方法，是先用鼻子吸氣，然後屏息，默數一百二十下，再用口輕輕的把氣吐出來。其要訣是：行氣時不能使耳朵聽到氣出入的聲音，每次呼出的量要少於吸入的量，而且行氣前不能吃得太多，或吃生的食物，也不能生氣發怒，否則便會亂氣而學不成。至於行氣到最純然的情況，則可達到「胎息」的境界；而能行「胎息」，就能「閉氣」，猶如動物之冬眠，不飢不渴，甚至可出入水火而不受傷損。

服食藥物：就是利用藥物來治病療疾，更可以用藥石來補益血氣，以達到養生的目的。他認為人一生病，祝禱無濟於事，更不可相信巫祝邪術，必須求良醫治療，才不致於誤事枉死。這比起一般道士，遇人疾病則施法祝祭，是不可同日而語的。至於要養性延年，則更不可不知草木之方，和服藥餌之事。他把藥分為上中下三類，其中下藥只能治病，中藥可以養性，二者大都屬草木之方。上藥則可以救體衰神凋之人，用以安身延命，以致長生不死。因為上藥都是由黃金、白銀、諸芝、五玉、雲母、明珠、雄黃、石英等礦物質所做成的；他認為這些藥物，入火不銷不滅，埋於地下不腐不朽，而且愈加燒鍊，變化愈妙，服食它，當然能堅固形體，強健血脈，以致於延年長生。這也就是抱朴子一再所強調、服食上藥的重要性，及其原因所在了。

除了上述各種重要的養生術之外，精神修養，和生活的規律，也是不容忽視的。在修養方面，必須淡泊寡欲，絕去榮利得失之心，能做到恬素無為，思神守一，則必能身心舒泰而有助於養生。至於平日生活，必須飲食有度，起居有節；不疾言，不久坐、耳不極聽，目不久視，坐不至久，臥不及疲；要先寒而衣，先熱而解，不極飢而食，不極渴而飲；不能過勞，也不能太安逸，不可暴怒，也不可極樂極悲。如此，則生活必趨於正常而臻於規律，心身得到調和，而達到閒適和諧的境界。如上所述種種，從房中術到生活的規律，構成了抱朴子完善的養生術，也表現出他在醫藥衛生和保健上的真知卓識。

五、對後世道教發展的影響

道教雖然創始於東漢，但那時只略具宗教的雛型，在那虛架的組織上，徒以符咒等方術欺弄愚民，談不上宗教的組織和教義。實在是一個粗濫的宗教形式，和遊民（甚至是盜匪）的混合體，也是當時社會的一種非法組織。到了葛洪，因為慨嘆世亂，絕望榮華，於是乃有嘉遁之思，想要超脫紅塵而追求肉體的永生。因此篤信神仙之說，而且熱中於道教的宣揚，也因此充實了道教的內容，而建立其系統的理論；並袪除當時道士種種的迷信，力斥巫祝欺人的邪術。凡此，不但使道教脫去盜匪的色彩，和幼稚的宗教形式；而且對社會風氣的轉移，和民間迷信的破除，都有很大的貢獻。同時在信仰中更強調本身為善積德的重要，融合了儒家的倫理思想於道教教義之中，這一點更有助於民間教化的普遍推行；而且更有意義的是，使得這中國唯一的宗教，和中國正統的思想，作一無形的結合。

至於神仙思想的提出，從科學史觀的立場來看，可以說是對自然的一種反抗；是想藉人類本身的修鍊和補救，來打破大自然所給予人在壽命和生存上的限制，而表現了人定勝天的科學精神。為此，他力斥道家傳統所謂的尸解之說，認為那是欺人之談；而且更積極的提出具體的理論和行動，想藉種種養生術和精神的修養，以延長人類的壽命，甚至於達到長生的境界。姑不論其神仙境界是否能達到，但至少他所倡導的各種養生術，不但更充實了道教貧乏的內含，而且對促進我國醫藥衛生保健的發展，實有其不可磨滅的貢獻。凡此，使得道教——這個中國唯一的宗教，在它的理論和教義上，獲得較具體而充實的內容。其後到了南北朝時，寇謙之和陶宏景，再在宗教的形式上，訂定其儀式和戒律，並創設道院神像，正式建立宗教的體制，使它成為中上階層的信仰。至此，道教也才真正具有宗教的形式規模，這一點不得不歸功於，葛洪在道教的內含上所賦予豐富的生命力；同時也使他自己成為道教教理上的祖師之一（另一是東漢末年的魏伯陽）。

另外，由於葛洪把道教依託於道家，於是道教也尊奉老子，諷誦道德經。他的原意一方面想提高本身的地位和聲望，藉以博得上階層社會和知識分子的信仰；一方面想使道教長生的理想，和道家出世的人生觀，能互相發越，而合乎亂世的個人理想。然而這種依託附會的結果，不但使後人容易混道教道家於一談；而且有使道家和道教的發展，傾向於彼此結合的趨勢。因此，後世的道家並不廢養生之術，而道教信徒也多侈談黃老之術，自是不足為怪的事了。

原刊於《國文學報》第七期六十七年六月五日

附錄

兩情若是久長時，又豈在朝朝暮暮——秦少游的愛情世界

風流學士，第一詞人

北宋樂府鬱起，詞人高飛軒翥。秦少游遊於蘇門，在四學士中獨為標舉，雖風流自賞，而才學足以相副。他繼柳永而起，誠為慢詞之大家，柳詞浮豔虛華，少游的詞則婉約中不失高雅，浪漫中見其真情。他的作品，辭情相稱，無所偏勝，綽約妍麗，而時見幽趣；說他是北宋詞中第一流作手，應該是當之無愧。至於他性情高潔，頗能開拓出一片有情的世界，進入悠悠的愛情空間。

人間仙侶，刻骨銘心

在中國的文學故事中，最膾炙人口的，當數秦少游和蘇小妹——這兩位才女和學士，撮成人間的有情仙侶。雖然蘇小妹是明朝文人所虛構的一位才女，但「天與娉婷」，卻能塑造出一個纏綿感人的愛情故事。不管是蘇小妹或是校書文娟，她們的才質都可以和俊秀飽學的秦少游匹配為人間仙侶，而藉以通往傳統才子佳人的理想愛情世界。在「鵲橋仙」裡，纏綿的感情和美好的相會，如素波蕩漾，如夢境迷離。不管是「仙家好別離」，或是「金風玉露一相逢」，少游卻能開展出「不渝的愛情觀」——「兩情若是久長時，又豈在朝朝暮暮」。這種刻骨銘心的愛情，可以從剎那中見其永恆，也好像嚴冬裡綻放的寒花，令人期待和欣喜。所以若「天還知道，和天也瘦」，這種真情，也唯有當時照人的皓月能知。而程頤藉道學大罵：「上穹尊顏，安得易而侮之。」實在太可笑，也無關緊要了。

一簾幽夢，柔情似水

少游的愛情，浪漫而真摯高潔，他所愛的自是「碧桃天上和露栽，不是凡花數」，不論是蘭心蕙質的蘇小妹，或是貌美而兼通文墨的校書文娟姑娘，當然不是人間的凡花俗草可比，而是一枝「為我而妍」的天上天桃，是那樣高貴芳潔。「包衙內」的非分妄想，像是「地薄，種之不生」的人間荒原，益顯其齷齪不自量。而聰慧又有雅量的蘇小妹，則成就了多情而好文的文娟姑娘，進入少游深摯的愛情世界；猶如夜月的一簾幽夢，傳達春風十里的柔情。這正是才士佳人，才情相敵，共譜戀曲，自成美眷的佳話。

銷魂當此際，春色難管

人間的離別，令人最難消受。少游為了「名韁利鎖」，不得不「香囊暗解，羅帶輕分」。而悵望佳期，「倚危亭」的結果，自然是「恨如春草」；或者是「魚傳尺素，砌成此恨無重數」。至於「高樓望斷」，「襟袖空惹啼痕」。此時但感「花輕似夢」、「雨絲如愁」，而歸舟猶繫，「便作春江都是淚，也流不動、許多愁」，難怪「若說相思，佛也眉兒聚」了。在「酒盞疏」，「離別寬衣帶」的無奈之下，春色難管，只見飛紅萬點，春愁如海，難怪「為君沈醉又何妨」。然而不渝的愛，應是天長地久，又何在乎朝朝暮暮。我想千古風流人物，應該有這分真情，有這一分執著和灑脫。

原刊於《中央日報》八十三年六月三十日第十七版【長河】

論古典詩

詩歌是一種藝術化、音樂性的文學，也可以說是一種最生動的精緻文學，同時也是人類起源最早的文學。從歌謠的形式開始以迄格律化詩體的出現，它已經流變了數千年，其創作之普遍、及流傳之久遠，在中國文學史上只有「文章」一體可以相抗衡。因此詩文這兩種文學，一直是中國文學的中堅。

傳統論詩，在早期特別強調「言志」，而義歸無邪，這是受儒家崇質尚用文學觀的影響，故重視文學社會功能的表現，而不談藝術功能的價值，此非古人論詩有所偏枯，而是其時文學乃政教或藝術的附庸，缺乏獨立的生命，因此「溫柔敦厚詩教也」自然是儒家所津津樂道的了。洎魏晉之際，儒家思想式微，而唯美思想萌發，至齊梁則修辭主義大盛，純文學的觀念逐漸建立，此時格律化新詩體的醞釀，使詩歌文學特別強調其藝術功能，而其內含轉趨空洞貧乏，自是矯枉過正之病。至唐初格律化詩體已建立，而漸臻成熟完美，詩歌之創作尤能與社會及生活相結合，故其題材豐富，諸體兼美，風格亦多方，使詩歌成為唐世全民之文學，真是猗歟盛哉。自宋迄清，雖代有主流文學，而詩歌仍能成為歷代文人重要的文學創作，而與整個中國文學的流變相因緣終始。

今天我們一方面要恢宏溫柔敦厚的詩教，另一方面也要發揚傳統質文並美的詩學，這並不是盲目的復古，而是要讓後代的子孫認識我國詩學之美，讓他們在詩歌的欣賞以及在創作的體驗中，以建立其語文能力，也在溫柔敦厚的情思中，陶冶其完美高潔的性靈。這也就是為什麼在現在文學的時代潮流之中，還有一些熱愛中國文學的青年朋友，仍然孜孜不倦，吟詠不輟，師大南廬諸生就是一個典型的例子。茲際南廬詩刊付梓，爰綴數語以誌之。末附余所敬愛唐宋杜甫、李白、李商隱、蘇軾四大家感懷詩四首丙申近作，以表其盛。

感懷詩聖杜公

自來詩是杜家事，悲天憫人憂患多。
儒冠誤身終稱聖，彩筆驚人語不休。
詩律精深切國事，國破軍聲動山川，朱門肥甘路饑寒。
漂泊西南天地遠，浣花溪邊種藥欄。
萬里秋風扶哀病，天涯落日壯心驚。
草堂秋風一時破，獨憐風雨寒士苦，廣廈萬間眼前橫。
艱危受凍無人問，留滯湖湘氣益增。
已登絕頂眾山小，致君堯舜誠難求。

蜀山青青錦江流，草堂風雅自千秋。

感懷詩仙李白

敏捷千首詩無敵，飛揚拔劍自為雄。
京華憔悴夜郎去，未得丹砂成仙翁。
蜀道難於濟滄海，長風破浪竟成空。
太白詩聲動天下，千古比肩唯杜公。

讀李義山詩

樂遊原上意難適，黃昏朦朧染落紅。
繁華難追鶯聲歇，碧樹無情搖東風。
錦瑟可彈華年逝，莊生漆園自稱雄。
江湖惜歸髮未白，鵷雛棲梧豈途窮。
漂泊天涯彩筆在，千古詩聲接杜公。

讀東坡寒食詩二帖

才高性真一東坡，春雨阻江在黃州。

寒食煮菜濕葦竈，懷瑾抱玉無怨尤。
二帖揮筆隱神秀，謫宦萬里猶出遊。
嗣宗早恥窮途哭，東坡豪氣蓋九州。

原刊於《南廬詩社詩刊》

國家圖書館出版品預行編目資料

中國古典文學論文集

尤信雄著. – 初版. – 臺北市：臺灣學生，2017.07
面；公分

ISBN 978-957-15-1729-2 (平裝)

1. 中國古典文學 2. 文集

820.7　　106011299

中國古典文學論文集

著作者：尤信雄
編校者：林佳蓉
出版者：臺灣學生書局有限公司
發行人：楊雲龍
發行所：臺灣學生書局有限公司
臺北市和平東路一段七五巷一一號
郵政劃撥戶：〇〇〇二四六六八號
電話：（〇二）二三九二八一八五
傳真：（〇二）二三九二八一〇五
E-mail: student.book@msa.hinet.net
http://www.studentbooks.com.tw
本書局登記證字號：行政院新聞局局版北市業字第玖捌壹號
印刷所：長欣印刷企業社
中和市永和路三六三巷四二號
電話：（〇二）二二二六八八五三

定價：新臺幣五〇〇元

二〇一七年七月初版

82048

ISBN 978-957-15-1729-2 (平裝)